李商隐诗歌

欧丽娟 ○ 著

北京大学出版社

图书在版编目(CIP)数据

李商隐诗歌 / 欧丽娟著. —北京：北京大学出版社，2020.9
ISBN 978-7-301-31275-9

Ⅰ.①李… Ⅱ.①欧… Ⅲ.①李商隐（812~约858）—唐诗—诗歌研究 Ⅳ.①I207.227.42

中国版本图书馆 CIP 数据核字（2020）第 040187 号

书　　　名	李商隐诗歌 LISHANGYIN SHIGE
著作责任者	欧丽娟
责 任 编 辑	吴　敏
标 准 书 号	ISBN 978-7-301-31275-9
出 版 发 行	北京大学出版社
地　　　址	北京市海淀区成府路 205 号　100871
网　　　址	http://www.pup.cn　　新浪微博:@北京大学出版社
电 子 信 箱	pkuwsz@126.com
电　　　话	邮购部 010-62752015　发行部 010-62750672 编辑部 010-62757065
印 刷 者	三河市北燕印装有限公司
经 销 者	新华书店 880 毫米×1230 毫米　A5　12.25 印张　264 千字 2020 年 9 月第 1 版　2022 年 12 月第 2 次印刷
定　　　价	65.00 元

未经许可，不得以任何方式复制或抄袭本书之部分或全部内容。
版权所有，侵权必究
举报电话：010-62752024　电子信箱：fd@pup.pku.edu.cn
图书如有印装质量问题，请与出版部联系，电话：010-62756370

前言

李商隐是唯一彻底以情为骨、以泪为心的诗人。与唐代其他伟大的诗歌创作者相较,李商隐无疑是最女性化,也最具魅惑力的一位。

从个人与世界互动的方式上来观察,最能呈现作家之世界观与独特性格,而历数唐代特色鲜明的几位诗人,我们可以通过比较而得见其间差异:

陈子昂是一位勇者,对世界施予的是控诉与抗议,因此充满奋战时怒张的剑戟和勃发的血气,以及冲撞失败时孑然陨落的悲壮;发而为诗,即有"前不见古人,后不见来者,念天地之悠悠,独怆然而涕下"以及"大运自古来,旅人胡叹哉""岁华尽摇落,芳意竟何成"之感愤慷慨。

王维则是一位智者,以超越的精神与洞察的眼识和光同尘,因此表现出随遇而安的从容自得,和对红尘不即不离的超然智慧;其笔端所抒发的,便是"桃源四面绝风尘"以及"行到水穷处,坐看云起时"之自足圆满。

李白是一位仙者,鄙弃蠕蠕蠢蠢的人间而亟欲加以摆脱,因此具备的是任性自适的清朗刚健,以及视世界如粪土的高度反抗精神;而形诸作品中,遂多"我本楚狂人,凤歌笑孔丘"的喷薄之气以及"桃花流水窅然去,别有天地非人间""俱怀逸兴壮思飞,欲上青天览日月"的飘逸洒脱。

杜甫则是一位仁者,他以悲悯之心纵身拥抱整个世界,并一一承担其中的苦难,拥有的是地负海涵的温柔敦厚,和将万物拥入心田的无限博大胸怀;因而在其诗篇之中,镂刻的皆是"上天无偏颇,蒲稗各自长""雨露之所濡,甘苦齐结实"以及"安得广厦千万间,大庇天下寒士俱欢颜"的深情慈爱。

李贺则是一位患者,病态的精神处境往往使他越界进入光怪陆离的超现实宇宙,穿幽入仄于扭曲失衡的异常情境中,往往在异质时空里迷途漫游,乃至失落了通往常态世界的归路。结果便是以"诗鬼"或"鬼仙"之姿,透过"芙蓉泣露香兰笑""雨冷香魂吊书客。秋坟鬼唱鲍家诗"以及"月午树无影,一山唯白晓。漆炬迎新人,幽圹萤扰扰"之类的诗句,营造出牛鬼蛇神、虚荒诞幻的心灵图像。

至于李商隐,他可以说是一位弱者,出于感伤的性格、脆弱的心灵、纤细的情感,处世之际往往过度夸大周遭世界的威势与压迫,以致产生浓厚的受虐意识而充满极度的自怜情绪。这不但直接引发过多的眼泪与绝望,也使得李商隐往往只将外事外物向内心层层纠结而作茧自缚,并非让心中积郁向外舒发散放而海阔天空,因此表现出来的总是千丝万缕的缠绵哀思,而不是光风霁月的豁达明朗。那与生命相始终的悲剧性格,使他总是看不到夜空中的星辰,而只看到满地污秽的泥泞;让他对朝气蓬勃的旭日东升视而不见,只全神贯注于绚丽却感伤的夕阳。他所拥有的,仅仅只是一颗没有任何玻璃罩保护,而赤裸裸地暴露在粗糙的现实中任由命运风吹雨打的纤细的心灵,并从那不断受创、因此未曾愈合过的伤口中唱出椎心泣血的哀歌。于是,那"沧海月明珠有泪""玉盘迸泪伤心数""微香冉冉泪涓涓""芳心向春尽,所得是沾衣"的泪水,便成为他一无所有的人生中的唯一所有。

再加上坎坷不定的外在环境和人生际遇,也使得幸福彻底背弃了他,而命运每一次对他展露昙花现式的微笑之后,都使得接踵而来的厄运显得加倍残酷;在任何人都束手无策的无常遭遇中,无能为力的李商隐也只得被动地接受这爬起来又跌倒、期待后又落空的人生,只有挣扎,没有抗争,只有感伤顺服,没有愤怒叛逆,终究在不断剥夺、不断离散、不断失去的现实世界里,无可奈何地凋零为一片随风飘泊的黄叶,完成其与悲剧相始终的一生。但就因为他总是以最细腻的心弦来接受外界事物的抚触和撞击,因此时时发出最灵敏的震颤之音;而每一次的震颤无论是轻微还是剧烈的,都牵引出最纯粹不染的深心挚情。清胡以梅《唐诗贯珠》卷一五曾说:义山诗"皆幽秀精腻,去尽渣滓"。便是这种一往不复、义无反顾的纯粹至情,使李商隐诗充满了柔弱又坚韧、晶莹而易碎的动人特质,令人低回不已。

崔珏《哭李商隐》诗曾形容这样的人生道:"虚负凌云万丈才,一生襟抱未曾开。"这与悲剧相始终的一生淬励出敏感脆弱的一颗心,在风雨磨难之中永远不停地受伤泣血、震颤哀歌,直至泪尽成灰而停止跳动的那一刻。命运，的的确确给李商隐的人生开了一个恶意的玩笑，然后，再从悲剧的土壤中开出最美丽的花朵。而李商隐诗就是来自如此凄苦人生的结晶，至今犹然见证着那不死的、悲怆的灵魂。

目录

1　富平少侯

8　初食笋呈座中

15　宿骆氏亭寄怀崔雍崔衮

21　曲江

32　牡丹（锦帷初卷卫夫人）

45　回中牡丹为雨所败二首之二（浪笑榴花不及春）

56　安定城楼

73　北齐二首

97　马嵬二首之二（海外徒闻更九州）

116　龙池

128　落花

135　野菊

147　蝉

页码	标题
160	昨日
170	板桥晓别
181	房中曲
204	七月二十九日崇让宅宴作
211	西南行却寄相送者
219	悼伤后赴东蜀辟至散关遇雪
226	夜雨寄北
236	柳
241	天涯
245	南朝（地险悠悠天险长）
251	隋宫（紫泉宫殿锁烟霞）
266	无题（白道萦回入暮霞）

380	366	358	352	335	328	317	311	299	291	286	275
后记	锦瑟	乐游原	暮秋独游曲江	北青萝	日高	日射	为有	嫦娥	花下醉	赠荷花	无题四首之二（飒飒东风细雨来）

富平少侯

七国三边未到忧,　十三身袭富平侯。
不收金弹抛林外,　却惜银床在井头。
彩树转灯珠错落,　绣檀回枕玉雕锼。
当关不报侵晨客,　新得佳人字莫愁。

本篇乃一托古讽今之咏古诗,作于敬宗宝历二年(八二六),时李商隐十五岁,身世寒微。诗题虽以汉之富平少侯为名,内容却杂用其他典故,综合出一个豪奢骄纵、唯声色荒嬉是耽的纨绔子弟形象,乃当时一般权贵少年的典型。全诗虽以叙事笔调行之,不落褒贬之词,而尖刻冷峭之讽意却自在其中。

诗题中的富平少侯,即西汉之贵戚张放,张安世之五世孙,《汉书·张汤传》载:昭帝下诏曰:"其封(张)安世为富平侯。"一说此富平少侯乃隐指唐敬宗,敬宗十六岁即位,好击毬、手搏、奢猎,宴游无度,尤爱篡组雕镂之物,在位仅两年即为宦官所弑。为了刻画这样一个历史中习见惯有、因而具有普遍意义的昏庸形象,李商隐一起手落笔即十分尖锐锋利,故冯浩特别挑明指出"此章首七字最宜重看"(《玉谿生诗集笺注》卷一),所谓的"七国三边未到忧"一开始便以极端突兀之姿刺入读者心眼,令人错愕不已!所谓的"七国",指的是发生于西汉的七国之乱,《汉书·景帝纪》载:景帝三年春正月,"吴王濞、胶西王卬、楚王戊、赵王遂、济南王辟光、菑川王贤、胶东王雄渠,皆举兵反"。此处借喻唐朝国内的藩镇之祸。而"三边"者,语出《后汉书·乌桓鲜卑列传》所载:"灵帝立,幽、并、凉三州缘边诸郡无岁不被鲜卑寇抄,杀略不可胜数。熹平……六年夏,鲜卑寇三边。"另一说为战国时秦、赵、燕三国之边境与匈奴接壤,故常发生战争;此处乃代指晚唐时吐蕃、党项、回鹘等边族之寇乱。

而"七国""三边"之类的内忧外患,乃是战国以来,历经两汉乃至于唐代都无一能豁免的国防阴影,事关家国之危急存亡与百姓之身家性命,然而忧国之心却从未到其心上;原本应该让君臣宵衣旰食、殚精竭虑以求除灾禳祸的危机,竟以"未到忧"三字轻轻带过而一笔勾销,其中之轻重不分所造成的落差形成强韧的对比张力,令人在错愕惊怪之余,不免亟于追问其人如何?其所以然之故又安在?而紧接而来的第二句"十三身袭富平侯",便适时地揭开谜底,打破谜团:原来那是一个还少不更事之际,便被富贵权势败坏了心性的纨绔子弟!"十三袭侯"意谓十三岁即嗣爵,典出《孔子家语》:"周成王年十有三而嗣立。"乃用以极言其年少富贵。但"年轻"是人生中最不成熟的、欠缺智慧的早期阶段,它让一个人拥有成年的体魄,却装载了不稳定的灵魂,因此往往伴随着轻率、鲁莽与冲动,稍一不慎,便容易变成失控的高速马车,横冲直撞地向毁灭奔去;再加上权力的腐蚀与扭曲,欲求其心性之健全发展,真乃是缘木求鱼。

孔孟谆谆教诲"戒之在色""戒之在得"与"富贵不能淫",由于在权力传承的特殊过程里,常常出现"少年极权"的畸形组合,以致一个来不及健全成长即横遭权力腐蚀的病态灵魂,便顺理成章地出现了,试看历代之斑斑史迹,骄奢荒淫的北齐后主高纬是如此,残暴纵欲的齐东昏侯也是如此,而逸乐亡国的陈后主自然没有例外。《南齐书·东昏侯本纪》载:东昏侯萧宝卷,在东宫时便好嬉弄,不喜书学,尝夜捕鼠达旦以为笑乐。即位为帝后,"日夜于后堂戏马,与亲近阉人倡伎鼓叫。常以五更就卧,至晡乃起。……所置射雉场共二百九十六处,翳中帷帐及步障,皆袷以绿红锦,金银镂弩牙,玳瑁帖箭"。拜爱姬潘氏为贵妃,服御皆极选珍宝。又起造芳乐苑,"山石皆涂以五彩,跨池水立紫阁诸楼观,壁上画男女私亵之像"。被废时年仅十九岁。《北齐书·后主纪》亦曰:齐后主高纬,即位为帝时年仅十岁,其骄纵奢逸,以为帝王当然,如曾凿晋阳西山为大佛像,一夜燃油万盆,光照宫内;拜冯小怜为淑妃,盛与仪从,田猎无度,其余宫女宝衣玉食者五百余人,一裙值万匹,镜台值千金,竞为变巧;乃更增益宫苑,其嫔嫱诸宫中起镜殿、宝殿、玳瑁殿,丹青雕刻,妙极当时,人间谓之"无愁天子"。而年仅十七岁即立为皇太子的陈后主叔宝,更被初唐名臣魏徵评论道:"后主生深宫之中,长妇人之手,既属邦国殄瘁,不知稼穑艰难。"(《陈书·后主本纪》史臣赞)当然更是"后主骄,不虞外难,荒于酒色,不恤政事"(同前)了。至于近在眼前的唐敬宗,更是将历史立体化的活生生的范本,他自十六岁即位后,便过着"乐从群小饮,其后卒以夜猎还宫,与中官刘克明打毬"的生活,于宝历二年,"浙东贡舞女二人,曰飞鸾、轻凤,帝琢玉芙蓉为歌舞台,每歌舞一曲,如鸾凤之音,百鸟莫不翔集。歌罢,令内人藏之金屋宝帐",某日与"军将苏佐明等饮酒,帝不酬,入室更衣,忽遇害,时年十八"(苏鹗《杜阳杂编》)。这些屈指难数的昏君废帝典型俱在,都可以说是建构富平少侯之形象的有力参证。

因此当"十三身袭富平侯"这样一个过早受到富贵之侵蚀与扭曲的形象提出之后,接下来极力形容其奢豪侈费的六句诗,便立了根本而有所着落,不致沦为夸谈无据的泛泛之说。所谓"不收金弹抛林外",用的是《西京杂记》卷四所记载的历史典故:"韩嫣好弹,常以金为丸,所失者日有十余。长安为之语曰:'苦饥寒,逐金丸。'京师儿童,每闻嫣出弹,辄随之,望丸之所落,辄拾焉。"如此豪奢纵侈的大手笔,呈现的是一种"何不食肉糜"的无知,以及对贫穷的冷漠和对责任的轻视;而好于林中拉弓射弹,在猎杀生命中获得血腥之快感,这种癖好又隐隐透露出其为人残酷自私之本性。由此以下的"却惜银床在井头"与"彩树转灯珠错落,绣檀回枕玉雕锼"这三句,都是从物质层面来继续对豪奢纵侈的这个现象加强描写,因为豪奢纵侈可以说是所有被富贵权势所腐蚀之显要者所必备的基本特征之一。

"却惜",即怎会吝惜之意,张相《诗词曲语辞汇释》卷一曰:"却,犹岂也。……却惜,岂惜也。描写豪侈,与上句语意一贯。"而所谓的井头银床,出自乐府《淮南篇》:"后园凿井银作床,金瓶素绠汲寒泉。"意犹井上之玉栏也,谓以银为井栏,一说指井上银制的辘轳架,无论何者,都是奢华的富家用品。彩树,即系结彩带之大树,在节日庆典乃至一般日子,树上所系之繁灯如明珠一般高高低低地参差交错,如火树银花一般璀璨耀目,《开元天宝遗事》即载:"韩国夫人上元夜燃百枝灯树,高八十余尺,竖之高山,百里皆见。"至于接下的"绣檀回枕玉雕镂"一句,即以工笔细摹的方式,描写其卧室一隅中的小小物事,以见微知著。"绣檀回枕",即以珍贵的檀香木细工雕花而回环中空的睡枕;"玉雕镂",乃极力形容此一檀枕如玉雕琢刻镂而成,具有晶莹光洁之质感。小小睡枕已经如此珍异奢华,其他便不言可喻了。至此,这些紧接于"十三身袭富平侯"之后六句极其金玉辉煌、情色旖旎的描写,也回头将"十三袭侯"的后果充分具体化,避免抽象蹈空、凭虚论议的弊病,而具有形象鲜明、直接可感的力量。

而我们更可以进一步指出的,是全诗结构紧密,匠心独运,使讽谕之意越发显得辛辣有力。除了首联两句点出主角之外,就其后用以渲染其荒淫逸乐的六句而言,中间的"不收金弹抛林外,却惜银床在井头。彩树转灯珠错落,绣檀回枕玉雕镂"这四句乃是由物质财货这个层次来着墨,其间并非杂乱拼凑而成,事实上这四种物事具备了由远而近、由室外而室内的脉络,如"不收金弹抛林外"乃发生在最远的林郊之处,而"却惜银床在井头"则回到了深宅大院中较为偏僻的外围地带,至于"彩树转灯珠错落"则已经是门庭中接近主建筑物的景色布置,然后便突破门限,进入到室内最私密的卧房,让我们窥看到"绣檀回枕玉雕镂"的精致入微,如此一来,富平少侯的豪奢才称得上是如影随形地彻底无遗。而当这些彰显物欲的物事逐步推展,层层向室内卧房趋近之际,末联的两句便顺势折尾一掉,另开淫乐之范畴来补足前两联的财货取向,则富贵场与温柔乡就此兼备,将"食色,性也"的原始本能充分开显。故清钱朝鼒、王俊臣《唐诗鼓吹笺注》便指出:"此言富平侯少年袭封,乐不知节,如韩嫣之弃金弹,淮南之饰银床,以致珠灯之错落,玉枕之雕镂,皆倚其富贵也。末言新得佳人如莫愁之美,而当关不敢报客,是又极形淫乐以讽之耳。"

至于末联所谓的"当关不报侵晨客,新得佳人字莫愁",恰恰与白居易《长恨歌》所言的"春宵苦短日高起,从此君王不早朝"异曲同工,其间耽于女色的景况,早已不言可喻。"当关不报",指在门关处当差值班的守门人不传报来客的消息。然而何以如此傲慢失礼,连家奴都胆敢让来客吃闭门羹?原来来者是"侵晨客",即侵晓而来的早客,此时富平少侯尚且高卧未起,因此不惜得罪人客,也不能搅扰他的一夜好眠,以免被触怒的富平少侯施加横暴之责罚。但富平少侯的"春眠不觉晓"是有其他特定之原因,不只是昼夜不分的懒散成性而已,末句"新得佳人字莫愁"就点明富平少侯的迟迟晏起,乃是深陷温柔乡的结果,名为"莫愁"的佳人,典出南朝乐府《河中之水歌》云:"河中之水向东流,洛阳女儿名莫愁。莫愁十三能织绮,十四采桑南陌头。十五嫁为卢家妇,十六生儿字阿侯。卢家兰室桂为梁,中有郁金苏合香。"另一说莫愁为石城女子,无论何者,都可以从"莫愁"一名上直接得到无限美好的遐想。沉迷于云雨中的人们是浑然忘我的,因此何愁之有?而北齐亡国之君后主高纬的"无愁天子"之称号,似乎也在这里获得了回响。遗憾的是,那必须早早前来求见的"侵晨客"究竟有多么紧急的要事,又面临多么迫切的危机需要协助,这都不是富平少侯所关心在意的,因此也比不上眼前满足色欲重要。如此一来,腐蚀身心的"声色犬马"便样样俱全,其败坏之路也就条条皆到。

值得进一步说明的是,除了内容上对食色之性的补足之外,在结构上末联又是直承上一句的"绣檀回枕玉雕锼"而来。所谓檀枕,属于金弹、银床和彩树一类的高级奢侈品,但其功能与所在地又易于关涉到闺房情事,于是物(檀枕)、人(佳人)、事(春宵云雨)一脉承接,语势十分顺当,由富贵到淫乐之转折极其自然而不露痕迹;此外,末句的"莫愁"之名又以回鞭之势倒扣首句的"未到忧",双绾包夹之下,少侯享乐无虑、荒淫失度的形象遂更加彻底而集中地展现出来。

微妙的是,此诗以"未到忧"始,以"莫愁"终,从头到尾都无一字危言耸听,处处点染的都是一片富贵温柔的豪奢景象,却令人油然兴起无限的重忧深愁,沉沉难以消解。无忧的贵公子,腐朽的栋梁材,则无忧之为忧,其道理深微矣!

初食笋呈座中

嫩箨香苞初出林，　　於陵论价重如金。
皇都陆海应无数，　　忍剪凌云一寸心。

　　本篇为李商隐早年一首立意新警的咏物诗，借其初次食笋之经验，而巧妙传达一种摧苗折志的不忍之心和不平之意，其受屈遭抑的个人感怀亦兼寓其中，应是未第之前的少作。旧注皆编于文宗大和八年（八三四），时李商隐二十三岁，因兖海观察使崔戎之知遇提携，故随至其任所掌章奏之事，因缘际会而即席作成此诗。

　　"呈座中"，意谓呈献给在座的宾客们看。对生长于江南水乡的人而言，"笋"只不过是一日常佐食的平凡之物，平凡到令人食而不思，即使再爽口美味都还是只停留在食物的感官层次，不易移心入情，从而"将自身放顿在里面"（清李重华《贞一斋诗说》）地展开联想。另一方面，对长年生活在水深土厚之中原地区的北方人而言，江南特产的"笋"乃是一道稀有珍贵的美食，因此于初次品尝之际，容易专注于味蕾的满足，全心皆为感官享受所夺占，此时亦未能从口腹特区中抽离出来，上升到生命观照的层次来看待这个经验。换句话说，笋之鲜美，对习惯成自然的江南人士而言容易流于麻木无觉，对北方人士来说则又容易沦陷在尝新猎奇的感官层次，形诸诗篇，都不易在审美观照或生命反思上，取得物我交融、虚实相生之恰当距离。相较之下,《初食笋呈座中》这首诗之新鲜独特,就在于作者以未曾尝过笋味的北方人士的背景,将初次尝鲜的感受和个人的生命体验结合为言,因而打开了饕客们在看待吃笋一事上从来没有过的新角度;而此一新角度不但是惯食笋者不易有,深情不如李商隐者亦不能有。

首句的"嫩箨香苞初出林"乃是就笋的质感来切入,极为符合一个初尝美味之北方人士的应有反应。"箨",音拓,即竹笋的外壳。"香苞",意谓鲜美的笋心。而所谓"初出林"者,是指笋刚刚破土透出于竹林中的状态,在未经阳光曝晒、纤维粗硬之前,其嫩、其香都足以令人垂涎不已。李商隐之所以能有幸品尝,原因不外乎有二,一是如徐逢源注此诗所言:"戴凯之《竹谱》:'九河鲜育,五岭实繁。'九河在今德州平原之间。大约北地多不宜竹,时必有以笋为方物献者,故纪之。"则李商隐所食之笋乃特别从远地进献而来者;另一说则是此笋乃附近之特产,亦为笋中之最美者,如冯浩曰:"《竹谱》云:'般肠实中,为笋殊味。'注曰:'般肠竹生东郡缘海诸山中,有笋最美。'正兖海地也。淄亦与兖邻,何疑焉?"无论何者,都无损于笋的美味与身价,也势必成为这场盛筵最引人注目谈论的焦点。

只就笋的美味而言,明末张岱的《天镜园》一文中,曾有一段绝妙描写:"每岁春老,破塘笋必道此,轻舠飞出,牙人择顶大笋一株掷水面,呼园人曰:'捞笋!'鼓枻飞去。园丁划小舟拾之,形如象牙,白如雪,嫩如花藕,甜如蔗霜。煮食之,无可名言,但有惭愧。"(《陶庵梦忆》卷三)诸句透过生动传神的明喻类比,使笋的形状、颜色、口感、味觉都历历可感,而咏叹敬慕之意也洋溢于言外,比诸李商隐"嫩箨香苞初出林"的形容,其实更有过之;唯李商隐的重点并不在于对笋的歌颂咏叹,而是完全从另一个角度来看待人与笋的关系,初不必如此铺排妆点,因此只泛泛以香、嫩等抽象之词来形容。无论如何,笋所具备的"无可名言"的绝美至鲜,一旦到了追风猎奇的社会中,就被赋予高昂的货利价值,尤其在物以稀为贵的异乡中更会获得不同凡响的回应,而引起识与不识者争相竞逐的热潮,呈现洛阳纸贵的身价暴涨。故而全诗接下来之重点便转向其"於陵论价重如金"的非凡身价。

比较而言,第一句的"嫩箨香苞初出林"是就笋本身的美质芳姿与生命情态而言,属于"卷舒开合任天真"(《赠荷花》)之自然范畴;至于第二句的"於陵论价重如金"则是就人世间的物化心理,以量化的方式赋予竹笋一种人为的货利价值。"於陵"一词中的"於"音wū,为兖州附近的地名,在今山东邹平东南,汉时置於陵县,唐代改设淄州长山县。于此处掌章奏之职的李商隐,势必相当熟悉当地之民情风俗,因此在宴会中乍见此道美食之际,便立刻就其所知之市价,即席明说其珍贵不凡之行情,所谓"重如金"者,意同于陈子昂《感遇三十八首》之二十三所说的"骄爱比黄金",似乎如此一来,笋就取得了名副其实的待遇,因为它的美质充分被认识与肯定而未曾遭到忽略或埋没,一跃成为脍炙人口的美馔佳肴,担任豪宴贵席中点燃光辉的佼佼者。

然而,是邪非邪?笋之生命价值能否就此底定,其实还存在更严肃的课题。庄子曾提出两种不同的人生选择,以寓言的方式谓:

"楚有神龟,死已三千岁矣,王巾笥而藏之庙堂之上。此龟者,宁其死为留骨而贵乎?宁其生而曳尾于涂中乎?"(《庄子·秋水篇》)基于同样的道理,笋若有知,究竟是会对其"死为留骨而贵"而心满意足,还是会选择"宁其生而曳尾于涂中"的全身全性?就李商隐而言,其答案不言自明。事实上,价值判断本来就会因为观照角度的不同而见仁见智,甚而有之者,此之蜜糖恰为彼之毒药,更有将自己的快乐建立在别人的痛苦上者。李商隐正是在追风猎奇的社会风潮中保持灵魂清醒的人,或许是他独特的生命观照方式,使他在"於陵论价重如金"的眩惑中一扫迷雾,而在俗世的光荣中看到丧失生命的灾难,在社会的掌声里看到失去自我的悲剧,于是整首诗便从世俗论价"重如金"的无与伦比而翻转直下,于"皇都陆海应无数"一句顺势引带的过渡之后,篇终出乎意料地陡然一转,发出"忍剪凌云一寸心"的呼求,而使前文"於陵论价重如金"的美丽假象为之彻底幻灭。

"皇都",即京城,此处指长安。"陆海",本指陆地上物产丰饶的肥沃地区,有如海洋涵藏甚富一般,《汉书·地理志》载:长安所在之秦地"有鄠杜竹林,南山檀柘,号称陆海,为九州膏腴"。此处则从字面直接望文生义,作山珍海味解。而所谓"忍"也者,为岂忍、怎么忍心之意,是一个表示不解与控诉之情的疑问词。至于"凌云一寸心"乃拟人化的说法,意指嫩笋初生仅长一寸,却蕴育着高入云霄之弘远心愿,只要假以时日,必能长成拂天齐云之翠竹;然而人不假年,漠视其凌云之壮志而横加剪伐,在嫩笋刚刚出生的时候便施加死刑,让诗人椎心痛感"先期零落更愁人"(《回中牡丹为雨所败二首》之二）的悲愤之情，遂不禁甘冒大不韪，当场令人扫兴地提出"忍剪凌云一寸心"的质疑。如果单单只是为了满足口腹之欲，则"皇都陆海应无数"的山珍海味已经足以令人无下箸处，何必非要独沽笋之一味，不惜让其凌云之志与身俱灭！其中之无知与残酷已令人惊心，更何况，人们在斫笋而食，享受其"形如象牙，白如雪，嫩如花藕，甜如蔗霜"这无可名言的美味时，非但未曾抱有张岱"但有惭愧"的感恩与敬意，视之为上天恩赐而虔诚地品尝那令人感动的清甜，反而以虚荣豪奢的心态将笋贬为夸富纵欲的工具，于大口啖食之余，究竟有多少人真正是无愧于笋的美味，而堪称为笋的知己！则笋之被无端糟蹋，毋宁才是"於陵论价重如金"背后真正的意义。

如此一来，笋所具备的"嫩箨香苞初出林"之绮才艳骨，非但不是来自上天厚爱，使之成为竹子完成自我"凌云之志"的先天凭借，竟适得其反地招来横死之杀机，成为竹子惨遭斫丧的不幸根源，讽刺地证明了"爱之适足以害之"的道理。而这却是中国历史上一直不绝如缕的悲歌，如陈子昂也曾借神话中的翡翠鸟来呈现类似的逻辑，所谓："翡翠巢南海，雄雌珠树林。何知美人意，骄爱比黄金。杀身炎州里，委羽玉堂阴。旖旎光首饰，葳蕤烂锦衾。岂不在畋远，虞罗忽见寻。多材信为累，叹息此珍禽！"（《感遇三十八首》之二十三）至于他在《麈尾赋》中所质疑的"此仙都之微兽，因何负而罹殃？……岂不以斯尾之有用，而杀身于此堂"更几乎是声嘶力竭的控诉了，原来世间对良材美质的对待方式，竟是一贯的戕害与杀戮！如果进一步探究的话，我们就会知道"爱之适足以爱之"的逻辑是建立于怎样的道理上，一如西方小说家加缪（A. Camus）在其《鼠疫》一书中所说的：人们的爱与善意如果不包含了解与尊重，就会造成跟恶一样大的伤害。于是，这样缺乏了解与尊重的爱就太沉重、太自私，导致最终竟然造成对象的被摧毁！

全诗乃以"初出林"为基础，分别向两个方向展开又互为因果：一方面，正因为是"初出林"的新笋，所以不老不硬，以其"嫩箨香苞"的嫩与香跃登于豪宴之上，成为"论价重如金"的珍馐美馔；但另一面，这"初出林"的新笋虽仅长一寸，然而的的确确是修竹的嫡系幼裔，在不久的将来，便可以成长为凌霄拂云的姿态而傲视人间。以拟人化的角度来看，此一寸之笋虽然短小稚嫩，却蕴蓄着非凡之高远志向，原该得到全心的呵护与全力的协助，以实践其无上的生之意志并完成其至高之理想，为世界增添更高的美与善。但是，就在它初初探头出来开展人生之际，竟遭到无情的拦颈一剪，使其无上的生之意志和至高的存在理想都骤然遭到斫丧，以致中途殂落而沦为梦幻泡影！更不幸的是，此一以生命和理想为代价的牺牲，所成全的并不是什么崇高伟大的价值，而竟只是满足平凡人可有可无的口腹之欲而已。因此李商隐才会发出"皇都陆海应无数，忍剪凌霄一寸心"的悲愤之语，指控人世的盲昧、无知、残忍与无情！

对宴席上乃至于世界上所有其他的人而言，眼前的嫩笋只是一道可供恣意尝鲜、满足口腹享受的美食佳肴，但对已然移心入情、"将自身放顿在里面"而物我交融的李商隐来说，却从嫩笋上看到了一个来不及长大的莫扎特。在周遭环境充满愚昧无知和残忍无情的强大力量之下,具有无限未来与远大成就的莫扎特注定只能来不及长大,这就是年轻的李商隐在初次食笋时所意识到的悲剧。由此也证明了李商隐写作咏物诗时,往往刻意去突显趋于极端的差异性,并堕入绝望之中惨伤不已的创作风格,而这样的创作风格,其实也正是他内在性格的典型表现。更不幸的是,李商隐那出于诗人的敏感多情所感慨的现象,竟成为先知式的预言,从餐桌上的美食参透到的物情之悲,终究如实成为他个人存在之悲剧的印证,那凌云之心惨遭斫丧的嫩笋,正预告了李商隐奋力挣扎却一生无成的命运。

一如崔珏《哭李商隐》诗曾形容这样的人生云:"虚负凌云万丈才,一生襟抱未曾开。鸟啼花落人何在?竹死桐枯凤不来!"由此言之,那在"嫩箨香苞初出林"之际便过早夭折的竹子,就不幸一语成谶,成为二十三岁的李商隐对自己未来一生的预言,而李商隐诗就是来自如此"虚负凌云万丈才"的生命结晶,至今犹然见证着那不死的、悲怆的灵魂。

宿骆氏亭寄怀崔雍崔衮

竹坞无尘水槛清,　　相思迢递隔重城。
秋阴不散霜飞晚,　　留得枯荷听雨声。

本篇为李商隐隔城外宿之时,即景有感,而写怀寄情之作。

从诗题来看,李商隐所宿之骆氏亭,其所在地有数种说法,一说为长庆初年乱臣王庭凑为相士济源骆山人所筑之亭;一说为善事权相李吉甫而受到擢用的骆浚所建之池馆台榭,则其地在长安春明门外。实则此处未明其确址,或即某骆姓之人营构于某地之林水居所;冯浩则以为应当即是白居易《过骆山人野居小池》所言,在京城东南之蓝溪;或则如杜牧《骆处士墓志铭》所言,乃骆峻栖隐之灞陵东阪。无论位居何处,"骆氏亭"都是一个让诗人立足眺望远方的据点,从诗中第一联可知,其地临水而筑,周遭绿竹茂生如云,带有城郊水竹林泉的自然景致,而与深居城内的被怀思者之间,乃存在着"迢递隔重城"的距离与阻碍,由此遂奠定了启动相思之翅膀的基础。而所怀思者乃崔雍(字顺中)、崔衮(字炳章),两人为对李商隐有怜才知遇之恩的兖州观察使崔戎之子,亦为李商隐之从表弟;此处直称其名,可见此诗应是二人尚未入仕之前所作,故冯浩系于文宗大和九年(八三五),时李商隐二十四岁。

静夜怀人,作为全诗之主旨或内涵,乃是诗中常见的人生体验。在四下无声、万籁皆寂的夜晚,人类的灵魂平息了白日期间扰攘骚动的浮躁浑沌,反而得以从窒闷与沉睡中豁然苏醒,以无比清明之灵视逼近心魂的深处,让真正的思念更加活跃而深沉,形诸笔墨之中,便多诚挚恺切之词。如孟浩然有"感此怀故人,中宵劳梦想"(《夏日南亭怀辛大》)之句,抒写其寻觅知音之渴切,以至于终夜辗转难眠之情状,笔调坦率热切;而韦应物《秋夜寄邱二十二员外》一诗则说:"怀君属秋夜,散步咏凉天。空山松子落,幽人应未眠。"以清雅之笔墨叙写悠远之情致,比起孟浩然思念故人时的执着浓烈,显得是淡而有味。相较之下,李商隐此诗就比较接近韦应物这首诗,同样是秋夜的清景雅致,怀人之情也含蓄蕴藉得多,更重要的是两者都寓情于景,借秋气之清澄明净与夜晚之寂然静默,将那一份深幽清明的思念之情委婉表出。

　　这首《宿骆氏亭寄怀崔雍崔衮》既是因夜宿有感而作,故首句之"竹坞无尘水槛清"便先从宿处着墨,所谓"竹坞",为种植竹林而四面高中央低的地方;"水槛"者,乃临水所建有护栏之台榭。至于诗中分别所下之"无尘"与"清"字,除了描绘出一种清彻不染的视野,而展现骆氏亭竹水幽然的清雅景致之外,仿佛也蕴含着使人心虑澄净的意味。独自不寐的诗人凭栏悠思,感受到竹林中细叶吟风、水槛外清澈见底的秋景,四周沉降之夜气过滤了空中浮游之埃尘,虽然笼罩在重重秋阴之中,无法领略到"荷风送香气,竹露滴清响"(孟浩然《夏日南亭怀辛大》)的盛夏风光,但在如此水清天凉、清新不染的环境浸润之下,空明的心灵反而使思绪感觉都更为纤细敏锐,而那股油然生起的相思之情,也就显得加倍透明而纯粹,带有晶莹剔透的性质。

然则,这种纯净无垢的相思之情,却不能在无阻无碍的情况下直达怀想的彼岸,那倾心缅怀的对象一方面是如此遥不可及,另一方面彼此之间又是如此山阻水隔,以致对难以促膝接语的双方而言,连相思都是无比之悠长不绝。所谓的"迢递",与迢迢、迢遥义同,于此便用以点出距离的遥远;而所谓"隔重城"者,则是在距离遥远之外更进一步勾勒出重重的阻碍。重城,本意是宏伟高大之城,此处指长安,尤其当时长安亦有内城、外城之分,"重"字一方面是实写其境,一方面则是加强了"隔"字的效果,如此一来,这既远且隔的处境,便使得相思的双方落入到更难以相逢的绝望之中。因此"相思迢递隔重城"这整句诗,可以说是李商隐悲剧情怀的典型表现,对李商隐而言,在理想物最终被触及之前,总不免横隔着重重的障蔽阻绝和遥远难企的空间距离,使他终究徘徊在可望而不可即的境地,而只能徒劳地追寻、怅然地远眺,《无题》诗中的"红楼隔雨相望冷"是如此,"刘郎已恨蓬山远,更隔蓬山一万重"亦是如此。就在这特属于李商隐的"远隔情境"之中,便产生了两种结果,一个是导致相思之情更为纯粹,也更为强烈,因为只有纯粹的相思之情才能具备足够的强度超越距离的阻隔,而另一个结果便是产生深受困陷的悲剧心灵,只能在绝望和孤独里另行开辟存在的意义,那就是以残缺美或凄清的美感作为心灵之安顿寄寓的所在,成为心灭肠断而一无所有的人生中的唯一所有。

于是末联先以"秋阴不散"的物候现象,象征整个外在环境所施加的浓厚压迫,虽无"万里重阴非旧圃"(《回中牡丹为雨所败二首》之二)、"百里阴云覆雪泥"(《西南行却寄相送者》)的四顾茫茫之意,沉重低迷之心绪却依然自在其中;然后在秋阴不散的沉沉阴霾之外,诗中又复加以"霜飞晚"的描写,意谓深夜之际开始降霜,则在亭槛边眺望竹林水塘的诗人,应该就可以见到"露如微霰下前池,风过回塘万竹悲"(《七月二十九日崇让宅宴作》)的景象,秋寒更深,绝望也更进一层。而秋阴不散,早已使池中荷花失去阳光而黯然萎落,一旦晚霜飞降,那就更无所逃于天地之间,只能彻底地红消翠减,再无一丝希望,遗留下来的仅仅只有几枝枯荷,如同夏季挽歌般,勉强作为完全零落前的最后见证。至于另一种说法,则是将"霜飞晚"的现象放在一年中来衡量,解作今年降霜较晚,如此则语中犹带一丝庆幸,意谓荷花虽已凋落,秋阴亦凝结不散,然而承蒙天意眷顾,今年之秋霜竟然延后飞临,故眼前秋阴虽浓,而池上尚得以残留枯荷。

  以上两种说法表面上虽有一幸一忧之别,但其实都无碍于整体诗境之内在脉络,因为夏荷亭亭如碧之美,至秋早已无从得见;而无论秋霜是当夜初降还是迟迟未至,都还能争取到"留得枯荷听雨声"那短暂而凄清的美感。枯荷残枝,犹可听赏雨声,此中别具慧心之灵思,乃撷取自孟浩然《初出关旅亭夜坐怀王大校书》的"荷枯雨滴闻",宋代的欧阳修也于《宿云梦馆》诗中说:"井桐叶落池荷尽,一夜西窗雨不成。"这些诗句说的都是听觉上虚拟巧喻的感官错觉,而不是风吹雨打的实有其事。风吹枯荷,摩娑如雨,仿佛雨打残枝,淅沥成韵,对诗人而言,风吹枯荷之声比诸雨打残枝之音,彼此实在有着异曲同工之妙,若就艺术的心灵而言,那"风吹枯荷,摩娑如雨"之感虽然是从虚幻中形成的错觉,比诸"雨打残枝,淅沥成韵"的实况描写却意义重大得多,因为它无形中使得秋风与枯荷的自然关系产生质变,脱化出物我之间崭新的体验与诠释,而提升了人类的感官能力与审美内涵,有如弹奏乐器一般,一旦诗人以灵心慧眼启动想象的指挥棒,秋风与枯荷在摩娑互动的过程中便奏起了前所未有的天籁。

然而,这样的天籁固然是俗眼所难知的艺术意境,是李商隐身为"人类的感官"(维柯〔G. Vico〕形容诗人之用语)的高度发挥,但就李商隐个人而言,这更是他在一无所有中唯一能够自主的创造物。既然李商隐常常面临相思无成、追寻无望的情况,而落入"芳心向春尽,所得是沾衣"(《落花》)的无情幻灭,则除了沾衣的眼泪之外,诗人唯有无中生有,才能向不断剥夺他的残酷命运挣回一些人生的幸福;换言之,在废墟中开创想象的殿堂,虽然不能改变其为废墟的事实,却能够让废墟产生完全不同的价值与意义,这也是处身在废墟中的李商隐唯一能够超越现实的着力点所在。一如《花下醉》一诗乃是在"客散酒醒深夜后"的满目凄清中,逼出末句的"更持红烛赏残花",此处"留得枯荷听雨声"(《红楼梦》第四十回林黛玉误引作"留得残荷听雨声")也是从"秋阴不散霜飞晚"的四顾荒寒里陡然转进的崭新意境,残花可赏,枯荷可听,则深夜持烛荧荧、倾耳风吹飒飒的诗人,确然是打开天眼天听,察人之所未察、见人之所未见,提炼出别具心窍的审美之情趣,而其幽隐深微的一份心怀亦自在其中。

而相思无成、追寻无望的李商隐,便在枯荷残花中离析出一种残缺美,透过幻觉或错觉产生真实世界所没有的美感,这就是一无所有的诗人在"所得是沾衣"的眼泪之外,最后得以真切拥有的人生归属。

曲 江

望断平时翠辇过，　　空闻子夜鬼悲歌。
金舆不返倾国色，　　玉殿犹分下苑波。
死忆华亭闻唳鹤，　　老忧王室泣铜驼。
天荒地变心虽折，　　若比伤春意未多。

本诗作于文宗开成元年（八三六）令狐楚幕中，时年二十五岁的李商隐游长安名胜之地曲江，因景生情，追忆沧桑兴亡之史事感慨而作。

而所谓"沧桑兴亡之史事"究竟为何呢？从诗中屡屡言及之"翠辇""金舆""玉殿""王室"等与宫廷相关的语汇，以及"望断""鬼歌""不返""死忆""忧泣"和"天荒地变"等指涉倾亡覆灭的说辞，可知全诗之主旨或是创作动机，应是出于对某一广义的政变——政治的剧烈变动而来，其中包括帝王妃嫔的杀身惨死与朝廷的分崩离析，如此才足以构成极端惨烈的动荡悲怀。然而综观有唐一代的历史，包含这些构成要素的历史事件又不止一端，因此本诗之作旨历来素解者不一，有谓乃专吊明皇、贵妃者，有谓前半言天宝之祸、后半言文宗崩后杨贤妃赐死之事者，此外程梦星《李义山诗集笺注》云："此诗专言文宗。盖文宗时曲江之兴罢，与甘露之事相终始也。曲江之修，因郑注厌灾一言始之；曲江之罢，因李训甘露一事终之。故但题'曲江',而大和间时事足以概见矣。"在这三种说法中,程梦星所主张的说法应最为近之,盖玄宗、贵妃毕竟其人已渺,天宝之乱距此已达八十年之久,前后之历史阻隔容易令人产生遥想之思,却难以感到切肤之痛;而文宗朝甘露之变则是近在眼前,不劳远求,其间斑斑之血泪依然历历可验,而从诗中字里行间所弥漫的痛定思痛、椎心泣血的浓厚悲情,正是身处巨变之后的劫后余生者,从依然鲜血淋漓的伤口中哀吟的回音。何况全诗题为"曲江",曲江之重新兴修与再度旷废的过程,正与文宗企图革新朝政的用心与失败密切相关,因此本诗所指涉的历史事实,应是文宗朝的甘露之变,似较为切当。

曲江,乃是位于长安东南的风景胜地,唐康骈《剧谈录》卷下云:"曲江本秦世隑洲,开元中疏凿,遂为胜境。其南有紫云楼、芙蓉苑,其南有杏园、慈恩寺,花卉环周,烟水明媚,都人游玩,盛于中和上巳之节,彩幄翠帱,匝于堤岸;鲜车健马,比肩击毂。……入夏则菰蒲葱翠,柳阴四合,碧波红蕖,湛然可爱。好事者赏芳辰、玩清景,联骑携觞,亹亹不绝。"但经过安史之乱的巨大冲击,宗室大臣对朝政之支撑维系已然殚精竭虑,无暇兼顾其他无益于国计民生者,时至晚唐,曲江已淤塞荒废,文宗即位后,追思开元、天宝之盛世规模,始乃大兴土木重加疏凿兴理。《旧唐书·文宗纪》载:大和九年十月,"内出曲江新造紫云楼、彩霞亭额,左军中尉仇士良以百戏于银台门迎之。时郑注言秦中有灾,宜兴土功厌之,乃浚昆明、曲江二池。上好为诗,每诵杜甫《曲江行》(案:当是《哀江头》)云:'江头宫殿锁千门,细柳新蒲为谁绿?'乃知天宝已前,曲江四岸皆有行宫台殿、百司廨署,思复升平故事,故为楼殿以壮之。……壬午,赐群臣宴于曲江亭"。但次月即发生著名的甘露之变,"时李训、郑注谋诛内官,诈言金吾仗舍石榴树有甘露,请上观之。内官先至金吾仗,见幕下伏甲,遽扶帝辇入内,故训等败,流血涂地。京师大骇,旬日稍安"。宦官仇士良等大获全胜,势力更加巩固;而朝臣之地位与曲江之修竣同时再废。此即本篇创作之背景。

首句言"望断平时翠辇过",望断者,谓极目远望而不见。翠辇者,指帝王之车驾,因其卜插翠鸟羽毛以为装饰,故云,张说《芙蓉园侍宴》诗即曰:"芳园翠辇游。"至于句中所言的"平时"一词,是一个看似平常实则极为非常的用语,盖"平时"本是一般生活的基础,也因而延展出一种习焉不察的惯有状态,日日可见,便容易视而不见,不似"非常"状态的独特不凡而引人注目。就宫廷而言,帝王所乘之翠辇车驾日日往来经过,仪从队伍随之络绎不绝,衣香鬓影、笑语喧哗自亦相伴而来,推而扩之,整个宫廷势必也是处处可见灯火辉煌、歌舞升平的景致,这就是原本最为正常也最平常的皇城生活。然而,一旦"平时"被干扰甚至被中断,其正常状态遂失落不可复得,则"平时"反而会成为乱世里人心渴望寻回的失乐园,因为"平时"代表了一种安稳的生活轨道,一种可以期望未来的静定秩序,在动荡不安的局势里,"平时"就摇身一变,成为幸福的代名词。李商隐在这句诗中,将"平时翠辇过"的日常景观加添"望断"一词,正指出帝权倾灭,造成"君失臣兮龙为鱼,权归臣兮鼠变虎"(李白《远别离》)这种颠倒反常的现象,失落了平时稳定的生活常规之后,皇城王室已失去太平气象,沦入昏悖暗昧的乱局之中。

果然,从次句开始,一直通贯到接下来的颔联、颈联,整首诗大半以上的篇幅都在描写风雨如晦的惨淡局面,透过"鬼歌""死忆""鹤唳""老忧""驼泣"等负面语汇的层层皴染,描绘出一幅魅影幢幢而令人忧惧不安的末世光景,并归诸第七句的"天荒地变"为结穴。所谓"空闻子夜鬼悲歌",意谓帝王翠辇巡幸时辚辚转动的车声已渺不可闻,如废墟般空空荡荡的宫殿中只听到半夜里传来鬼哭之悲歌。其中的"子夜"一语兼具了两种涵义,既是深更半夜的一般意义,同时亦是与鬼相关的专有名词,《晋书·乐志》云:"《子夜歌》者,女子名子夜,造此声。孝武太元中,琅邪王轲之家有鬼歌《子夜》。"人曲同名,其声哀苦。此处兼摄其义,乃用以极力形容曲江之荒废凄怖,只剩下蛰伏在黑暗中不肯瞑目的异类,以"新鬼烦冤旧鬼哭,天阴雨湿声啾啾"(杜甫《兵车行》)以及"日惨惨兮云冥冥,猩猩啼烟兮鬼啸雨"(李白《远别离》)的方式,抒发似海难平的冤屈。则在"甘露之变"中惨死于宦官之手的李训等人,其英魂亦应徘徊在宫中金吾仗舍的石榴树旁,为"壮志未酬身先死"的悲惨下场哀哭不已。

既然帝王失势、忠臣尽去,权力中心被架空之后,宫中景象也势必大不如前,"金舆不返倾国色"一句即从风华所在的妃嫔着墨,以见涂染皇室盛景之金粉红妆已然点滴不存。金舆,为皇后之坐车,《旧唐书·舆服志》载:"皇后车则有重翟、厌翟、翟车、安车、四望车、金根车六等。"前四等皆"金饰诸末",故称金舆;倾国色,谓绝世之美貌,《汉书·外戚传》载:武帝宠妾李夫人未入宫前,其兄李延年为之作《李夫人歌》,于侍上起舞时,歌曰:"北方有佳人,绝世而独立。一顾倾人城,再顾倾人国。宁不知倾城与倾国,佳人难再得!"此处乃用以泛指宫中妃嫔,谓覆巢之下无完卵,随着翠辇的望断不再,金舆及其所载之倾国红颜也随之一去不返。美人毕竟是宜于盛世以锦上添花的点缀,在乱世中却注定只是最柔弱无助的牺牲品,因此失去了帝王的庇荫之后,当时歌唇舞腰的温柔旖旎,都只能在追忆中感伤而已。

而一旦落入追忆,势必会产生无常与永恒的对比。上述之"金舆不返倾国色"已言红颜渺然无寻,随着銮驾一去不返,与之对仗的"玉殿犹分下苑波",则从人事沧桑的对立面来设定一个恒久不变的坐标,所谓"下苑波",指的是曲江之水波,"下苑"即长安之曲江,《汉书》颜师古注云:"宜春下苑,即今京城东南隅曲江池是也。"因通于宫中之御沟,为与宫禁上苑有所区别,故相对而称下苑。而"犹分下苑波"之谓,表面上是说曲江之水依然分流至禁中之御沟,实则言外之意,正如杜牧《金谷园》诗所感慨的"繁华事散逐香尘,流水无情草自春",一脉水浪依旧源源不断地盈盈流淌,"逝者如斯夫,不舍昼夜"的恒常现象,使人事更显得空幻无情,一个"犹"字下得感慨万千,比诸"雕栏玉砌应犹在,只是朱颜改"(李煜《虞美人》)更加尖锐刺骨。因为在这首《曲江》诗中,朱颜不仅仅只是改换,而竟是空绝;不只是老去,而竟是死灭,同时"玉殿犹分下苑波"之景象既有"雕栏玉砌应犹在"的意涵,又再增加日夜冲刷的拍岸浪波,就整体意象而言,其实更接近李煜《浣溪沙》所说的"待月池台空逝水",流水无情,默默地淌过褪色的世界,让玉殿的美丽显得更寂寞,让一切对过去的追忆变得更辛酸。

而在前一联由"不返""分波"所呈现的空寂静默之后,接下来的一联"死忆华亭闻唳鹤,老忧王室泣铜驼"便添加了听觉上凄厉尖锐的声响,来打破废墟中空空荡荡的寂静。"华亭唳鹤",意同"华亭鹤唳",因为要与下一句的"铜驼"对仗,故稍加倒装,用的是晋朝陆机的故事,《晋书·陆机传》载:宦人孟玖逸害陆机,"潜机于(成都王)颖,言其有异志。……颖大怒,使秀密收机。……既而叹曰:'华亭鹤唳,岂可复闻乎?'遂遇害于军中,时年四十三"。另《世说新语·尤悔篇》亦载此事,谓其"河桥败,为卢志所谗,被诛",临刑而叹;刘孝标注引《八王故事》云:"华亭,吴由拳县郊外墅也,有清泉茂林。吴平后,陆机兄弟共游于此十余年。"又引《语林》曰:"机为河北都督,闻警角之声,谓孙丞曰:'闻此不如华亭鹤唳。'故临刑而有此叹。"华亭鹤唳,指的是年轻时寄心世外之悠游岁月里所听闻的清亢嘹亮的鹤鸣声,也是陆机一生中最温暖美好的一段光阴,如今华年不再,都被葬送在风波险恶的政治深渊之中,因此这句话可以说是陆机在临死之际,回顾平生得失荣辱而悔不当初的由衷之言。李商隐檃栝用之,一方面是借陆机被谗而死,以言"甘露之变"中诸臣含冤受害之情,一方面则是渲染出一股死神威临之下风声鹤唳的情景,呈现耸动疑惧的紧张气氛。

而死者已矣,生者何堪!在废墟中活着的人,跋涉过荆棘丛生的荒野而举步维艰,承受了更沉重的负担以及更艰巨的未来。接下来的"老忧王室泣铜驼"一句,典出《晋书·索靖传》:"靖有先识远量,知天下将乱,指洛阳宫门铜驼,叹曰:'会见汝在荆棘中耳!'"冯浩注引《华氏洛阳记》谓:"两铜驼在宫之南街,东西相对,高九尺,汉时所谓铜驼街。"正是说出危难之后,诗人对此不可收拾之乱世残局感到忧心忡忡,因此至老都不免怀抱家国倾覆之忧。而李商隐在这句中增加了原典故所无的"老"字、"泣"字,不但把忧国之心延长到了终其一生、至死方休的地步,展现出知识分子以天下为己任的任重道远;而铜驼之哭泣更是草木为之同悲的表现,比诸李贺诗中那"忆君清泪如铅水"(《金铜仙人辞汉歌》)的金铜仙人,以及被音乐感动到"芙蓉泣露香兰笑"(《李凭箜篌引》)的花花草草,这里的"泣铜驼"更呈现出哀伤不能自已的悲恸。连金属为质之无情物都承载不起如许之悲恸,不禁为之潸然泪下,则秉具血肉之躯的诗人,竟还要将这家国之忧背负至于终老之时,又如何载得动许多愁!

于是乎,末联的"天荒地变心虽折"一句便将前文层层顿蓄而来的忧伤哀痛,都纳入"天荒地变"一词里,谓诸如甘露之变(乃至安史之乱)之类惊天动地而改变世界的大事件,带来世界末日般的毁灭,那"天荒地变"的末日景象使诗人感到"心折",即心中为之摧伤,一如江淹《别赋》所云"使人意夺神骇,心折骨惊",而产生肝胆俱裂的怆痛。但李商隐却又增加了一个带有退让意味的"虽"字,已经暗示了一种较诸"天荒地变"之"心折"而犹有甚之的悲哀,并在最终的一句中折尾一掉,明说此一比天荒地变悲哀更甚的,乃是"伤春"之情,故谓"若比伤春意未多"。如此一来,便不免令人大感意外。

所谓"伤春",究竟指涉为何,以至于在诗人的情感天平上,竟然可以比天荒地变的大灾难更要来得重要,这就成为诠释上众说纷纭的争议所在。冯浩采取政治比附的索隐派说法,认为:"唐人喻下第,每云伤春。"(《玉谿生诗集笺注》卷三)然而这种解释却未免拘狭坐实,而且让李商隐沦为一个关心个人得失胜于忧心天下治乱的自私自利者,使前文之伤悼哀痛都流于虚情假意,也使整首诗意变得索然乏味,显然并不可取。就此,我们要对李商隐诗歌进行较广泛的比较观察,以取得较深切的理解。

在玉谿生诗集中,"伤春"乃是经常出现的惯用语,如"我为伤春心自醉,不劳君劝石榴花"(《寄恼韩同年二首时韩住萧洞》)、"刻意伤春复伤别,人间惟有杜司勋"(《杜司勋》)、"曾苦伤春不忍听,凤城何处有花枝"(《流莺》)、"莫惊玉朕埋香骨,地下伤春亦白头"(《与同年李定言曲水闲话戏作》)、"君问伤春句,千辞不可删"(《朱槿花二首》之二)、"年华无一事,只是自伤春"(《清河》),再加上这里的"若比伤春意未多",真可谓洋洋洒洒、再三致意,显示出一种具有强烈心灵之暗示性的偏爱,而蕴藏了诗人的性格特征。如果只就其中可能的具体指涉而言,黄世中认为:"李义山诗'伤春'句约有三义:或指男女相思,情感失落,如《寄恼韩同年》,'我为伤春心自醉,不劳君劝石榴花';或指伤时感事,忧念家国,如《杜司勋》,'刻意伤春复伤别,人间唯有杜司勋';或又自伤身世,叹机遇之屡失,如《朱槿花》,'君问伤春句,千辞不可删'。《曲江》诗之'伤春',周振甫云:'伤春,指唐朝的没落,比大变乱更可悲。因为大变乱还可以平定,而唐王朝的没落却无法挽救'(《李商隐选集》)。即为第二义。"(《李商隐诗歌赏析集》)

这种说法自然具有一定的正确性,对特定诗作也提供了合理的认知。然而,综观李商隐诗歌中所奠基的心灵本质与情感取向,我们认为,无论"伤春"所对应的具体事实是上述所言之任何一种,其实在更深的层次上,都指向一种对世间万事万物之必然趋向衰亡的本质性体认,因为"伤春"本就是有鉴于春去花落、佳期不再而产生之伤怀,此乃年年必不可免而人人皆得领会的永恒悲感,较诸一时一地的历史事件,当更具有人情的普遍性而意义重大,故曰"意多"。这样的解释,似乎较合乎李商隐往往不拘于特定事物之表面,而总是深入触知世间悲剧本质之心灵意向,因此"伤春"不仅仅只是对春去花落、佳期不再的感叹,推而言之,更是一种对包括青春、爱情、理想、乐园等一切美好事物在内的伤逝与哀惋。

在李商隐诗中与此诗颇为类似的典型例子,乃《燕台四首·秋》一诗,其中曾说:"金鱼锁断红桂春,古时尘满鸳鸯茵。堪悲小苑作长道,玉树未怜亡国人。"四句先以"金鱼锁断红桂春,古时尘满鸳鸯茵"铺陈出美好事物在岁月递嬗中遭到无情消亡与阻断的场景,"锁断"也者,"尘满"也者,都可以盈盈见到来自一股无常力量的毁灭;而随之便将这股力量直贯而下,呈现出"小苑作长道"的变化,并直接以"堪悲"展露作者感怆不已的心怀。所谓"堪悲小苑作长道",正如杜甫《曲江二首》之一所说的"江上小堂巢翡翠,苑边高冢卧麒麟",指出繁华面临憔悴的沧海桑田之变迁,原来仕女漫游、花娇树茂的幽雅宫苑,如今已化为市井百姓往来杂遝的平凡长街,不免生发一种类似"旧时王谢堂前燕,飞入寻常百姓家"(刘禹锡《金陵五题·乌衣巷》)的感叹;而更有甚者,宫苑建筑原本就较人事更为恒定持久,如李煜《虞美人》即云:"雕栏玉砌应犹在,只是朱颜改。"而如今不仅朱颜已改、人事皆异,连应犹在的雕栏玉砌都已颓然改头换面,在整个地基上一变而为市井风景。故"堪悲小苑作长道"一句,实为对古往今来世间万物都不能豁免于无常迁异的本质性的悲慨,特以"小苑作长道"之景象为寓托;由此而谓"玉树未怜亡国人",则显然是说,相较于那历朝历代、各时各地都会发生的"小苑作长道"之现象,制作《玉树后庭花》此一靡靡之音而终究倾覆社稷、国破人亡的陈后主,便不过只是历史中偶发的短暂泡沫,无法引起深刻痛切的哀怜。

　　对此,叶嘉莹先生说得好:"'小苑作长道'并不确指,乃是千古由盛而衰一切美好事物皆不得保全的共同的象喻;'玉树亡国人'则仅为一个朝代的一个君主而已,何况陈后主之败亡,更有其由于自取之咎责在。《人间词话》曾经说:'政治家之眼域于一人一事,诗人之眼则通古今而观之。''小苑作长道'是千古的兴亡悲慨,'玉树亡国人'则是一人的得失成败。曰'堪悲',曰'未怜'者,意谓宇宙之可悲者,乃在凡一切美好之事物之终归于毁废,而非仅只某一人某一事之堪为怜惜而已。如此我们方能体会得出'未怜'二字原来并非真的不怜,而是有更超过于此种哀怜的更为永恒深切的悲痛在。……乃知义山所见之世界,原来乃是整体的绝望堪悲,并不仅限于一人一事而已。"(《旧诗新演——李义山燕台四首》)

　　由此可知,"天荒地变心虽折,若比伤春意未多"的内在涵义,也应该是表现出一种整体的绝望堪悲之情,兹透过"伤春"来获得具体化。若再与晚唐诗坛之现象相并观,此一解释又可以获得另一旁证,如韦庄《长安旧里》一诗中也有"伤时伤事更伤心"之句,明白指出,较之于针对特定对象而发的伤时、伤事,"伤心"之情乃本质得多也因此重要得多,与"天荒地变心虽折,若比伤春意未多"可谓同一表述。由此言之,诗篇末联先将前文对时代动荡、世局惨淡的大幅铺写汇集于"天荒地变"一词中,却又随即加以否定而将其一笔抹倒,在剧烈翻转的语势中,透过对比奇突的文意,而归结于对生命本身与整个世界存在的"伤春"之情,更足以见出李商隐彻骨的悲剧性格。

牡 丹

锦帷初卷卫夫人， 绣被犹堆越鄂君。
垂手乱翻雕玉佩， 折腰争舞郁金裙。
石家蜡烛何曾剪？ 荀令香炉可待熏？
我是梦中传彩笔， 欲书花叶寄朝云。

这篇咏牡丹诗，可以说是一首对花之后的热烈淋漓的颂歌，诗中之字字句句，洵然"如百宝流苏，千丝铁网，绮密瑰妍"（敖器之诗评），都是用来向牡丹之华丽尊贵致以最高的礼赞。

牡丹花，在历史载记中逐渐浮出地表并取得登峰造极之势，乃是从唐代才开始的。唐人段成式记载："成式检隋朝种植法七十卷中，初不记说牡丹，则知隋朝花药中所无也。开元末，裴士淹为郎官，奉使幽冀，回至汾州众香寺，得白牡丹一窠，植于长安私第，天宝中为都下奇赏。"（《酉阳杂俎》）而陈寅恪根据李肇《国史补》、段成式《酉阳杂俎》、舒元舆《牡丹赋序》等唐代笔记小说及诗赋之相关记载，推论道："此花于高宗武后之时，始自汾晋移植京师。当开元天宝之世，犹为珍品。至贞元元和之际，遂成都下之盛玩。此后乃弥漫于士庶之家矣。"（《元白诗笺证稿》），由此考证之结果，知其乃于初盛唐所缔造的太平盛世中，以其花朵之硕大秾艳而跃登为唐代的国花，俨然是唐人之审美观、价值意识乃至时代精神的具体象征。

　　唐人对牡丹花爱极赏重之情形,一如刘禹锡《赏牡丹》一诗所谓的"惟有牡丹真国色,花开时节动京城",正指出牡丹之美,其魅力已然直追倾国倾城之绝色佳人,实在是"能狂绮陌千金子,也惑朱门万户侯"(徐夤《牡丹花二首》之一),连金字塔尖的王公贵子都纷纷拜倒在其裙下,而那满城为之癫狂惑乱的情形,唐李肇《国史补》卷中曾有如此之描述:"京城贵游,尚牡丹三十余年矣。每春暮,车马若狂,以不耽玩为耻。执金吾铺宫围外寺观,种以求利,一本有值数万者。"至于中唐诗人白居易于《买花》诗中,也记载其盛况道:"灼灼百朵红,戋戋五束素。……一丛深色花,十户中人赋。"在在可见此花不可一世的烜赫之势。只是综观这些说法,都只是对牡丹之贸易价值的市场纪录,对牡丹花本身之容姿,亦即所以拥有如此高昂身价之倾国姿色却无由得见,白居易的"灼灼百朵红"之说,显然更是空泛熟滥的一般诗歌套语而已。

　　而李商隐的这首《牡丹》诗在审美价值上即远远超出了它们。由于是在二十一岁这生命首航之时刻所写成,人生之苦难尚未真正开启,沧桑血泪都还未成为无从超脱的宿命,年轻的李商隐保留了若干对幸福的憧憬,而拥有纯粹从审美享受的角度去刻画事物的余裕,因而《牡丹》这首咏物诗有别于《落花》《蝉》《野菊》等用来寄寓身世感慨的类型作品,自始至终都着力于牡丹花叶之外观进行刻画,歌咏牡丹花的形状、姿态和色香之美,无论是静态的花或动态的叶,是初开时的朦胧动人或盛开时的炫目照眼,还是沉静如睡的优雅或风吹舞动的缤纷,对牡丹明艳秾丽又雍容华贵的丰姿都极其形似神似之能事。换言之,有别于"将自身放顿在里面"的物我交融,本篇采取的摹写角度是"将自身站立在旁边"的精雕细琢,艺术炫技的成分远远高于抒情寄慨的需要。

然而,为了充分地写物赋形、传神写照,李商隐并没有像六朝的咏物诗人一样,错将诗笔作画笔,徒劳无功地进行皮毛雕刻却流于隔靴搔痒;而是采取诗歌才具备的艺术特权,透过生动的比喻、丰富的联想和切合的典故,以精简的文字充分启动读者的体验与想象,所谓"通身脱尽皮毛,全用比体,登峰造极之作"(清胡以梅《唐诗贯珠》)这段话正指出这首诗的两大特点:

一方面李商隐采取了"全用比体"的手法,诗中大量堆叠典故的现象清楚呈现了李商隐被称为"獭祭鱼"的创作特色,一如杨文公《谈苑》所言:"义山为文,多简阅书册,左右鳞次,号'獭祭鱼'。"通常这样的做法,容易流于炫学式的文献铺陈,由博学而来的堆砌与深奥往往会伤害诗歌灵动的抒情性质,甚至会引发反对者所声称"诗到义山,谓之一厄,以其用事僻涩"(严羽《沧浪诗话·诗体》)的负面批评;李商隐诗集中的《泪》《井泥四十韵》《咏史》("历览前贤国与家")等作品,都不能不说是贪多务博而产生了排比牵合的现象,由于过度的致密厚实阻碍了情思的流动,造成阅读或赏鉴的困难。然而难能可贵的是,在这首《牡丹》诗中,李商隐虽然也是一句一典而句句有来历,却并未被大量之典故所制而挥洒不开,相反地,正是因为李商隐在驱遣典故时能"脱尽皮毛",用典而化典于无痕,避开了堆砌板滞之弊病,让典故、意象与诗义相即无间,将文献与诗意镕摄于一炉,以至于读者在不知故实的情况下依然能够直接"望文生义",无损于意象的丰美可感和节奏的灵动流畅,整体意境展现得精致华丽而神采飞扬。

换句话说,此诗堆叠众多的典故非但没有造成阅读的障碍,甚且使读者在深入了解典故内容之后倍增阅读的情趣,如此才得以精当而生动传神地展现出此一天香国色雍容华贵之气度,使牡丹之神采跃然纸上。这样一种"脱尽皮毛"的艺术造诣,便是此诗的另一大特点,与"全用比体"的做法相辅相成,共同凝聚了反复皴染、层层叠映的浓彩效果,从而创造出一首淋漓尽致的名花颂歌。因此清陆昆曾《李义山诗解》即赞美道:"牡丹名作,唐人不下数十百篇,而无出义山右者,惟气盛故也。昌黎论文云:'水大而物之浮者,大小毕浮。'余谓诗亦有之。此篇生气涌出,自首至尾,毫无用事之迹,而又能细腻熨贴。诗至此,纤悉无遗憾矣。"如此推誉,实不为过。

首先,李商隐采取了一般律诗少见的笔法,在第一联就进行对偶。而通常以诗学上称为"偷春格"的方式,在首联开端即提前进行对仗时,次联便应该散行而不对仗,以免堆砌之弊,然而此诗却一反通则,在律诗四联中的前三联连续排比,目的便是要契合牡丹花非寻常可比的浓艳富丽的风范。如胡以梅《唐诗贯珠》即云:"起一联用排偶,气便浑厚,原是平写花如锦绣丽人。初卷,乍见也;犹堆,未离绣被也,……是一堆繁艳,高下皆赋矣。语浑而活,可以双解。句奇突,妙处全在'卷'字、'堆'字,有花之蹊径。"高妙的是,虽然连续骈比为言,却能在这"一堆繁艳"中不流于堆砌呆板,而产生"语浑而活"的流动活泼,其中奥妙就在于这一联分别使用了"初卷""犹堆"这两个带有虚字的动词,呈现出时间变化的进展状况,无形中就形成了一股内在驱力,带动诗脉流衍之故。

试看"锦帏初卷卫夫人"一句,句下诗人原注:"《典略》云:'夫子见南子在锦帏之中。'"而《典略》原载其事曰:"孔子反卫,夫人南子使人谓之曰:'四方君子之来者,必见寡小君。'不得已见之。夫人在锦帏中,孔子北面稽首,夫人自帏中再拜,环佩之声璆然。"卫灵公夫人南子以美貌闻名,孔子往见之一事,《论语·雍也篇》也曾以特殊的方式记载道:"子见南子,子路不说(案:即'悦')。夫子矢(案:即'誓')之曰:'予所否者,天厌之,天厌之。'"连圣明之孔子都以发誓无所动心来平息学生的疑虑和不悦,则南子之艳丽动人几乎足以消解最坚实的道德障壁,其魅惑力可想而知;而由李商隐特别点明孔子的加注做法,其用意也应是如此。句意乃象喻牡丹初开之际,那缛丽层叠的花瓣刚刚卷起,犹似从锦绣幕帏中露面的卫夫人一样美丽,眼前乍见芳容的道德圣人心动不已,必须拼力收摄心神方足以自持。相较而言,晚唐诗人罗隐在其《牡丹花》诗中所说的"绛罗高卷不胜春"乃有其貌而无其神,不免略逊一筹;而白居易同样采用了锦绣之意象,来形容牡丹盛开的"照地初开锦绣段"(《牡丹芳》),就更是流于平面而陈套了。

接下来与之骈比的"绣被犹堆越鄂君"一句,则采用一个美男子的典故,进一步加以强化与渲染,"犹堆"意谓其绣被仍然层层堆叠,乃越鄂君依然拥被高卧未起之状,这是描绘牡丹花之种种比喻中前所未见的崭新笔法,因此更是令人耳目一新。越鄂君,越国之贵公子鄂君子皙,其俊美受到举国上下之倾慕爱恋,典出《说苑·

善说篇》,楚大夫庄辛说襄成君曰:"君独不闻夫鄂君子晳之泛舟于新波之中也?乘青翰之舟,极芘芘,张翠盖,而擒犀尾,班丽袿衽,会钟鼓之音毕,榜枻越人拥楫而歌,……'今夕何夕兮,搴舟中流。今日何日兮,得与王子同舟。蒙羞被好兮,不訾诟耻。心几顽而不绝兮,得知王子。山有木兮木有枝,心说君兮君不知。'于是鄂君子晳乃揄修袂,行而拥之,举绣被而覆之。"此句谓牡丹之叶片层层堆叠,犹如越人为渡舟的鄂君子晳所披覆的绣被。所谓"牡丹虽好,也要绿叶扶持",在首句极力渲染牡丹花之艳丽以后,诗人调转笔锋,描写叶片的厚密光润,其华贵气派并不亚于花瓣的富丽堂皇,用以陪衬花后之美,更是收到烘云托月之效。妙的是,这两句虽然都以人间绝色为喻,却分别以美人喻花、以美男子喻叶,性别安排可谓配置得井然有序;同时,两句虽以卫夫人和越鄂君为中心,构成意象的重点却是在簇拥于他们身旁的"初卷锦帷"和"犹堆绣被"上,那繁缛浓丽、如绫罗绸缎一般层叠堆覆的锦帷绣被,才是表现牡丹花叶雍容华贵的形象所在。

很显然,李商隐颇为喜爱这种如锦帷初卷、如绣被犹堆般层层叠叠的缛丽意象,也颇为觉得足以将牡丹之富艳姿容传神写照,因此他在另一首《僧院牡丹》诗中也曾作过类似的诗句,所谓"缃帏初卷灯",意谓在"缃帏初卷"之际,牡丹绽露出如灯火般辉艳之花光,与本诗之相关诗句颇为形似又神似,似乎就是将此篇首句的"锦帷初卷卫夫人"以及第五句的"石家蜡烛何曾剪"加以拼合凝缩而成的结果;或者反过来说,李商隐将其所偏爱的"缃帏初卷灯"之意象加以衍绎扩充,使"缃帏初卷"进一步添加绝色美人之容姿,成为"锦帷初卷卫夫人"的心荡神驰,使"灯"进一步赋予富贵豪奢之气魄,化为"石家蜡烛何曾剪"的光彩炫目,由此遂使牡丹之华美表现得淋漓尽致。

而无论是"初卷锦帷"还是"犹堆绣被",这两句以烘云托月的方式来比拟时,都属于是静态的描绘与铺陈,而且一如清陆昆曾《李义山诗解》所言:"起二句,形花之初放,而睡态未足也。"首联所摹写的,乃是花朵初放之际含羞待涩的形貌,虽已绽现了风华照人之媚态,但还只是牡丹之美的初试啼声而已,从初露微现到全开盛放的过程中,牡丹的倾国倾城之美还有各种不同的风貌,因此次联便笔锋一转,改由动态的临写来呈现牡丹姿态的撩人之美,而到了再次一联,则是对牡丹全开盛放时,那艳光四射、芳香袭人之姿的堂堂咏赞。

所谓"垂手乱翻雕玉佩"者,乃象喻牡丹之叶随风翻动,有如舞伎跳着《垂手》曲时,手臂垂落摇摆而身上的雕玉佩饰也同时凌乱晃动的舞姿。"垂手",为舞曲名,唐吴兢《乐府古题要解》卷下云:"《大垂手》,言舞而垂其手。亦《小垂手》及《独垂手》也。"至于"雕玉佩",指的是雕镂着精美图案的玉佩,只从字面上来看,可以使人联想其莹白之质地堪与垂落其旁的酥洁手臂互相辉映,在乱翻的舞姿中呈现出令人眼花缭乱的光影;而胡以梅《唐诗贯珠》则认为:"玉而曰'雕',有花瓣之状;且曰佩,有飘垂之态,方与'翻'字相通,正是意匠经营处。"如此一来,"雕玉佩"即是牡丹花的拟喻,且其为白花牡丹亦显然可知,而"垂手乱翻"者,乃巧拟叶片纷纷之喻。句中加以"乱翻"一语,似乎可见疾风狂吹之下,绿叶纷纷翻飞,有如节奏迅密、繁弦急管的快舞,而牡丹花容在其遮拨掩映之下忽隐忽现,已非适才"初卷锦帷""犹堆绣被"之际的睡态未足,而是光彩流转、顾盼生姿,其激昂淋漓、华丽健动的姿态,充满了旺盛的生命力。

下一句的"折腰争舞郁金裙",乃进一步形容丛生之数朵牡丹花随风摇曳,有如身着郁金裙的舞姬争相折腰起舞。所谓的"折腰",并不是陶渊明《归去来辞》中所用的弯腰屈从之意,而是说行走或舞蹈时腰肢扭动的娇媚姿态,为美人所特有,如葛洪《西京杂记》卷一云:汉高祖宠妃戚夫人"善为翘袖折腰之舞,歌《出塞》《入塞》《望归》之曲"。又《后汉书·梁统传》载:梁冀妻孙寿"色美而善为妖态,作愁眉、啼妆、堕马髻、折腰步、龋齿笑,以为媚惑"。因此可见所谓的折腰,乃是行走或舞蹈时刻意扭动腰肢的媚态,取其弱不禁风、莲步款款而创造出楚楚动人的纤柔形象。之所以强调腰部的形姿,因为那是躯体中最为柔软无骨而富于动态的部位,以行走来说,一般人是用双脚走路的,"走路"作为一种生活的需要,寓含的是实际的功能,因此行动之间不免刚健直接而欠缺美感;但是真正的美人却是用腰肢走路的,意思是说除了双脚一前一后地迈进挪移之外,整个形躯肢体的动作姿态表现得均衡优雅、从容柔媚,更让走路变成一种美感的展现,寓含的是艺术的品味,因为她们深知美丽的质素不只是来自静态的形貌皮相,还更来自一种动态的节奏氛围,所谓"曹衣若水,吴带当风",在笑语呼息、转目流盼以及举手投足之间,都蕴含了女性特有的妩媚、娇柔与优雅,舞蹈时就更是如此。

而如此娇媚之美人身上所穿着的,自然不是贫女村姑聊备一格的粗衣布裙,而是芳香鲜丽的"郁金裙"。郁金乃是由外夷传来之香草,《梁书·诸夷传》曰:"郁金独出罽宾国,华色正黄而细,与芙蓉华里被莲者相似。国人先取以上佛寺,积日香槁,乃粪去之。"其花可以香酒染衣,如张泌《妆楼记》云:"郁金,芳草也,染妇人衣最鲜明,染成则微有郁金之气。"它更可以制作成昂贵的香料,为富家贵族的厅堂熏染出与众不同的气息,如南朝《河中之水歌》所说的"卢家兰室桂为梁,中有郁金苏合香"即是。无论何者,"郁金裙"一词极其精简地浓缩了芳香、光艳等兼含嗅觉与视觉的意象,而归总出一种富贵华艳的气息,此外也无形中透露出牡丹之叶色并非浓绿欲滴,而是较为轻盈娇柔的黄绿,如此则与前一联中同样是形容牡丹叶片的"锦帷初卷"和"绣被犹堆"更为一致。

用"郁金"来表现牡丹芳香贵气虽然顺理成章,对于表现其光艳夺目之特性而言却还是远远不够的。唐诗中用来形容牡丹盛开时光彩照人之艳丽者,一般多以彩霞、灯焰喻之,如白居易《牡丹芳》的"千片赤英霞烂烂,百枝绛焰灯煌煌"、《看浑家牡丹花戏赠李二十》的"香胜烧兰红胜霞",徐夤《牡丹花二首》之一的"万万花中第一流,浅霞轻染嫩银瓯",以及徐凝《牡丹》的"疑是洛川神女作,千娇万态破朝霞",等等皆是。然而李商隐的别出心裁之处,便在于他一方面保留了霞彩灯光的灿烂辉煌,却又前所未有地更进一步增添了奢华富贵的意涵,使诗句表现得更浓缩、更凝练、更丰富,而其比喻也更出人意表、一新耳目,在腹联的"石家蜡烛何曾剪,荀令香炉可待熏"两句中,真正表现了活色生香的形象。

所谓"石家蜡烛何曾剪",乃夸言牡丹花盛开时,有如众多蜡烛齐燃一般明艳照人,相较之下,上一联"雕玉佩"的形容就显得含蓄许多。典故出自西晋的豪富之臣石崇的故事,《世说新语·汰侈篇》载:王恺(字君夫)与石崇(字季伦)争豪,"王君夫以秙糒澳釜,石季伦用蜡烛作炊"。可以想象,为了将那钟鸣鼎食之家的鼎镬烧热、食物烹熟,偌大厨房中千百支蜡烛齐燃的场面将是何等壮观!更重要的是,蜡烛在古代乃是极其昂贵的燃料,一般以烛照夜之家已然属于达官贵戚,如韩翃《寒食》诗中所谓的"日暮汉宫传蜡烛,轻烟散入五侯家",就是以帝王于寒食禁火之节日传赐蜡烛,来展现五侯炙手可热的声威权势,而石崇竟然将之视同量大而价廉的柴薪,用作日常消耗的炊饭煮羹之途,有如隋炀帝将珍美昂贵的宫锦裁割"半作障泥半作帆"(李商隐《隋宫》)一般,其大手笔称得上是虚耗物力、作贱人工,两者具有异曲同工之处。而石崇用以代薪作炊之蜡烛必然不在少数,作为日常三餐之消耗品,其补给也是无时中断,故"不曾剪",也就是无须将已烧至焦结之烛芯剪除,使烛光更明亮,这就更加突显石崇的穷奢极侈,对"剪烛"的小惠全不在意。若不考虑道德上应然与否的问题,李商隐倒是极其精当地捕捉到那由富贵燃烧得来的炫目光芒,充分烘托了牡丹花大家闺秀的艳质丽色,而展现他取材比譬上的高度眼力。同时从燃烛作炊的比喻来看,李商隐这首诗所描绘的对象,也的确是"各色大丛牡丹,非单株独本也"(胡以梅《唐诗贯珠》),与上一句的"争舞"互相对应,如此则是以"数大便是美"的方式,更加强化牡丹花艳光四射的烜赫夺目。

"燃烛"的视觉意象,易于连带到"燃香"的嗅觉感受,于是诗人接着便从气味着手,夸言牡丹在"国色"之外的"天香",也将上一联中由"郁金"所暗示的香气充分渲染。所谓"荀令香炉可待熏",荀令指的是东汉末年的荀彧,《三国志·魏书》记载:荀彧字文若,"为汉侍中,守尚书令。常居中持重,太祖虽征伐在外,军国事皆与彧筹焉。"除了政治上的功业令其留名青史之外,其人最著名的便是身上带有奇香,其身上之香使所到之处留香不散,如晋习凿齿《襄阳记》载刘季和云:"荀令君至人家坐幕,三日香气不歇。"又梁萧统《博山香炉赋》曰:"粤文若之留香。"而此香除了时间上绵延的持久之外,还兼具了空间上远播的性质,李商隐另一首《韩翃舍人即事》诗即云:"桥南荀令过,十里送衣香。"则此香并不只是装饰的作用而已,还跃升为一种刻画个人存在痕迹的自我标志,而此一特质比诸政治功业的表现,实更为人所津津乐道。至于"可待"者,即岂待、何待、何必等到之意,乃是以反诘代替否定的用法。则此句意谓牡丹花散发出浓郁的芬芳,就好比荀彧一样,因此不必等到用香炉熏染,其香气便已经久久不散。实则牡丹之无香本为其一大遗憾,而人多惋惜,此处以荀彧故事作比,用的又是反诘语气,带有一种不容置疑的充分自信。则牡丹的"国色天香"之名乃铢两悉称、兼美俱妙,得其全幅精神了。

从中间四联的刻画,牡丹的国色天香之姿已然尽善尽美、无以复加,因此末联更必须施以压轴之笔,始能免于虎头蛇尾、强弩之末的弊病。清陆昆曾认为:"其必用雕玉佩、郁金裙、石家蜡烛、荀令香炉等字为之衬贴者,以不如是则不能尽牡丹之大观,且不能极牡丹之身份耳。结处谓此花富丽，非彩笔弗称，必如我作，方可为之传神，盖踌躇满志之语也。"(《李义山诗解》)因此，用以作结的"我是梦中传彩笔，欲书花叶寄朝云"两句，并不仅仅只是"晚唐赋物多用艳体，非可尽以风怀测之"(冯浩《玉谿生诗集笺注》卷一)的惯用手法而已，其中连续运用两个充满传奇色彩的典故，让牡丹与诗人彼此烘托，相辅相成；又将牡丹与神女比并为言，则名花、诗人、神女三者之间，更收相乘相加之效。

试看"我是梦中传彩笔"一句，典出南朝宋代江淹之故事，《南史·江淹传》载：江淹"尝宿于冶亭，梦一丈夫自称郭璞，谓淹曰：'吾有笔在卿处多年，可以见还。'淹乃探怀中，得五色笔一以授之。尔后为诗绝无美句，时人谓之才尽"。此处李商隐用以夸言自己才华洋溢，文采斐然，实已臻至天授神予之境，足堪膺任牡丹花之代言人，且为独领风骚的不二人选。至于最后的"欲书花叶寄朝云"一句，更是将牡丹提升到神女般崇高不凡的地位，所谓"结言花叶之妙丽可并神女也"(清屈复《玉谿生诗意》)，朝云，为古神女之名，出自宋玉《高唐赋》序："昔者楚襄王与宋玉游于云梦之台，望高唐之观。其上独有云气，崒兮直上，忽兮改容，须臾之间，变化无穷。王问玉曰：'此何气也？'玉对曰：'所谓朝云者也。'王曰：'何谓朝云？'玉曰：'昔者先王尝游高唐，怠而昼寝。梦见一妇人曰："妾巫山之女也，为高唐之客。闻君游高唐，愿荐枕席。"王因幸之。去而辞曰："妾在巫山之阳，高丘之阻。旦为朝云，暮为行雨，朝朝暮暮，阳台之下。"旦朝视之，如言，故为立庙，号为朝云。'"句谓欲以牡丹之花叶为书写之信笺，寄给如朝云一般的女子，言下之意乃将牡丹与美人相提并论,以见相得益彰、互相辉映,颇有李白《清平调词三首》之三所谓"名花倾国两相欢"之意味。

而实际上,末联又不仅是将诗人与牡丹、牡丹与美人各自相提并论而已,当诗人以"欲书花叶寄朝云"为说时,就已经塑造出名花、诗人、神女三位一体的综合形象,彼此浑沦为一,莫辨高下。如胡以梅《唐诗贯珠》云:"结言对此锦色繁香,须用彩笔书之花叶,寄与朝云,则成为云叶,竟是一朵彩云矣。朝云亦言神女之轻盈,可与花为伍。梦中之笔,书寄入梦之朝云,其言缥缈,皆以乌有先生为二丽人作陪客耳。锦心灵气,读者细味自知。"如此我们便可以说,在整首诗的结构上,末联之功能乃由实而虚、超凡入圣,将前面六句诗的实拟具象翻上一层,进入到缥缈空灵之虚拟幻象,而牡丹之不同凡响也才得以由俗界跨越到神界,跃升为天上地下唯我独尊的花之后。于是乎,这首牡丹花之颂歌才真正到达无与伦比之境,表现出神俗皆然的至高礼赞。

回中牡丹为雨所败二首之二

浪笑榴花不及春,　　先期零落更愁人。
玉盘迸泪伤心数,　　锦瑟惊弦破梦频。
万里重阴非旧圃,　　一年生意属流尘。
前溪舞罢君回顾,　　并觉今朝粉态新。

此组《回中牡丹为雨所败二首》诗作于文宗开成三年(八三八)春,二十七岁的李商隐在泾原节度使王茂元幕中任职,眼见生非其地之牡丹花饱受风雨摧残之景象,触景而油然生发一股身世苍凉之感,遂作此诗以抒己意。清汪辟疆即曰:"此义山在安定借牡丹以寄慨身世之诗。题意已明,非专咏牡丹也。……此二诗假物寓慨,隐而能显,是徐熙惠崇画法。"(《玉谿诗笺举例》)诗中透过凄楚哀惋之笔墨,借花颜零落之种种凄美情状,以寓托其灵心幽怀之无限感伤,遂令人产生不忍卒读的悲恸绝望之情。

诗题开宗明义所点出的"回中",为一隶属安定郡的地名,在今甘肃固原,《汉书·匈奴传》载:"孝文十四年,匈奴入朝那、萧关,……遂至彭阳,使骑兵入烧回中宫。"又同书《武帝纪》云:元封四年,"行幸雍,祠五畤。通回中道,遂北出甘肃关"。应劭注云:"回中在安定高平,有险阻。萧关在其北。"它居处国境的边陲位置与险要的地理形势,已充满了征战兵燹的历史想象,而铺垫一幅西疆边地粗犷荒远之背景，一如"白狼河北音书断"（沈佺期《古意呈补阙乔知之》）、"碣石潇湘无限路"（张若虚《春江花月夜》）、"可怜无定河边骨"（陈陶《陇西行四首》之二）诸句所叙写者；如此边鄙荒远之地区，本来只宜于荆棘劲草之类强韧植物的成长，而题目中接续提到的却是最属尊贵之娇客的牡丹花，则微微隐伏了一种托根失所、生非其地的不幸；明珠暗投的结果，果然便如同红颜薄命般香消玉殒。

作为唐时举国赏爱之名花，牡丹之娇贵与赏花之盛况在贵游群集的京城长安中最可展现，唐代李肇《国史补》卷中记述其事道："京城贵游尚牡丹三十余年矣。每春暮，车马若狂，以不耽玩为耻。执金吾铺宫围外寺观，种以求利，一本有值数万者。"如此红艳之娇、至尊之贵，本来应该深居四季如春的温室之中不食人间烟火，如这组诗中第一首所说的"罗荐春香暖不知"一般备受呵护娇养，以掌上明珠之姿，在公卿权贵之间赢得最轻柔的呵护与最倾慕的眼光，一如李白所形容的"春风拂槛露华浓""一枝红艳露凝香"与"名花倾国两相欢，常得君王带笑看"（《清平调词三首》），鲜花着锦的绫罗绸缎以及富贵权势的华屋软障，才是她应有的居处。如今却遭到命运之残酷拨弄，沦落至回中异地，惨遭风雨失时之残害，最终面临"零落成泥碾作尘"的幻灭，其中蕴藏的是世间遇合无常的玄妙之理，其理却又实在难以究诘也无从解答，遂使往往才命相妨的志士能人产生"黄钟毁弃，瓦釜雷鸣"（屈原《卜居》）的愤懑之情，于是那托根失所的牡丹便特别触动诗人幽微之心怀，而引发无限感慨。

首句的"浪笑榴花不及春"运用了榴花开放于夏天的自然现象,以及由此衍生出来的一个有关人事的历史典故,其功能是在无形中先设定了一个悲剧的参考坐标,成为进一步彰显牡丹之悲剧的比较基准。"浪笑",为漫笑、恣笑之意。榴花即石榴花,为来自西域的异乡娇客,《博物志》佚文云:"张骞使大夏,得石榴。"(李善注《闲居赋》引)其特色是夏日盛放,其色深红,故诗中就其开放于夏天之特性而言"不及春"。而由于这样的特性,曾被隋代监察御史孔绍安借以比喻个人错失良机的不平,因此榴花便在单纯的生物习性之外,带有一种"比上不足"之人事缺憾的寓意,《旧唐书·文苑传》记载:"高祖(案:指唐高祖李渊)为隋讨贼于河东,诏绍安监高祖之军,深见接遇。及高祖受禅,绍安自洛阳间行来奔,高祖见之甚悦,拜内史舍人。……时夏侯端亦尝为御史,监高祖军,先绍安归朝,授秘书监。绍安因侍宴,应诏咏《石榴诗》曰:'只为时来晚,开花不及春。'时人称之。"由此可见地利、人和皆具的孔绍安,因为近水楼台的缘故先一步与李渊建立交情,唯独错过了早日归附唐高祖的"天时",便丧失先驰得点的机会而被后来者捷足先登,以致先发却后至,将高官厚禄拱手让人而屈居下僚,故其诗句借榴花晚开而赶不上春天的季候现象,来表示一种错失佳期的遗憾,即李商隐用意之所本。

　　整句诗之意义大约如上,然而细细究之,从语言结构来进行分析,"浪笑榴花不及春"之意义依照断句或节奏点的不同,尚有两种不同的解释:

　　一、断句为"浪笑""榴花不及春",则"浪笑"为动词,其主词为人,意谓人们对榴花赶不上春天之落后现象恣意嘲笑。

二、断句为"浪笑榴花""不及春",则"浪笑"为描写狂放不羁之态的形容词,修饰榴花恣意怒放、如火如荼的盛开之状,其主词为榴花,意谓即使如此花团锦簇的火红石榴,依然逃不开"不及春"的生命缺憾。

无论何者,这句诗通过"浪笑"之恣意狂放来反衬"不及春"之悲剧宿命,在全篇伊始便扑面袭来一股无所逃于天地之间的压迫感,仿佛在命运从中作梗的铁律之下,榴花再怎么尽心努力地拼过秾桃艳李,都注定只能是一个落后的失败者!其不甘不平,已足以令人感愤气馁,却不知,榴花虽然终身挣脱不了落后一步的缺憾,但尚且有机会全开盛放而完成生命的风华;比诸"先期零落更愁人"的回中牡丹,算是已经领受到厄运网开一面的恩典。由"榴花不及春"所设定的比较基准,牡丹之悲剧遂更加不堪闻问。

"先期零落"者,意谓在正常的花期之前就已凋落,来不及绽放。此句言牡丹未能等到春天来临便香消玉殒,终年绽放无望,较诸石榴虽错过春天却犹能尽情吐蕊、挥洒红艳,实更令人惨伤,是故清姚培谦云:"大抵世间遇合,不及春者,未必遂可悲;及春者,未必遂可喜。"(《李义山诗集笺注》)而何以牡丹竟会遭遇到如此芳心无成、赍志以殁的悲惨命运?时在冬末春初孕育饱满而即将绽放的蓓蕾,竟然横遭零落摧折的下场,究竟何以致之,又孰令致之?这些都是亟待追索的关键问题,也是解开悲剧的钥匙。于是,中间两联便针对牡丹之所以"先期零落"的原因与情状,展开凄痛入神的说明与描写,颔联的"玉盘迸泪伤心数,锦瑟惊弦破梦频"是呈现风雨摧残之景况,而腹联的"万里重阴非旧圃"则点出流离失所以致水土不服的现象,将命运罗网不留丝毫余地的残酷无情集中表露。

"玉盘迸泪伤心数"一句,原是用来形容雨打牡丹之状,又巧妙兼用了鲛人泣泪成珠之事。"玉盘"者,喻白牡丹之花冠,如《洛阳花木记》载有名为"玉盘妆"之牡丹品种,又有名为"玉盘盂"之芍药,苏轼《玉盘盂诗序》云:其花"重跗累萼,繁丽丰硕。中有白花,正圆如覆盂。其下十余稍人,承之如盘"。则"玉盘"正是比喻牡丹硕圆如盘、洁白如玉的风貌。"迸泪"者,则是比喻花瓣上点缀的雨珠,与"玉盘"合用,便自然而然地融入了鲛人泣珠的典故,左思《吴都赋》注云:"俗传鲛人从水中出,曾寄寓人家,积日卖绡。……鲛人临去,从主人索器,泣而出珠满盘,以与主人。"另《博物志》卷二亦载:"南海外有鲛人,水居如鱼,不废织绩,其眼能泣珠。"由此而启出"伤心"的主旨。为了充分表现这样一种无从救赎的伤心入骨,李商隐用了"迸泪"一语,形容伤心之甚,以致泪水自眼中迸落,仿佛是牡丹对突如其来的悲惨命运措手不及,于是泪水便毫不思考地从紧闭的双眼中一涌而出,"迸"字正充分描写了驱动泪水的悲痛力量的强大;一如白居易《琵琶行》所形容的"银瓶乍破水浆迸",那激射喷薄之力道冲撞了一切的约束与压抑,划开周遭的平静与恬和,而带来一股势不可遏的怆痛之波涛。这般汹涌而来的怆痛力量一次即足以摧心裂肺,然而李商隐却意犹未尽,在"迸泪"之下再加以"伤心数"一语,以至迸泪伤心成为反复不断的长期煎熬,所谓"数"也者,音硕,为屡次、频频之意,如此一来,便简直欲让伤心变成了椎心,让迸泪变成了泣血。于是雨打牡丹之状,就显得更加令人不忍卒睹。

接下来,李商隐再度运用他所偏爱的意象——锦瑟,借用瑟曲之急弦狂拨,来形容雨打牡丹之声。这种雕饰华美却音声甚悲之乐器,出于《史记·封禅书》所载:"太帝使素女鼓五十弦瑟,悲,帝禁不止,故破其瑟为二十五弦。"浓厚的神话色彩,使它本即染上了迷离凄美的深沉悲剧感;然而比诸《锦瑟》诗的"锦瑟无端五十弦"、《房中曲》诗的"锦瑟长于人"与《寓目》诗的"锦瑟傍朱栊"诸句,此篇的"锦瑟惊弦破梦频"中更加展现那美丽却哀愁的不幸,已达凄厉狂暴的地步。与李商隐另一首《七月二十八日夜与王郑二秀才听雨后梦作》诗所说的"雨打湘灵五十弦"相参照,"锦瑟惊弦破梦频"虽然也是以拨弦之声与雨打之音相类比,但一方面是因为更添加了"惊"字,意谓琴声急切迫促,令人心惊,乃用鲍照《代东门行》所云"伤禽恶弦惊,倦客恶离声",以传达一种事出意外、措手不及的震骇之情;此外,李商隐另一方面又复增补了"破梦频"的描写,意谓那狂拨之力量使得美梦破灭、心魂俱碎,其中"频"字更说明命运的长鞭从未停止它无情地抽打,一次次的破灭使得一切美梦与期待终将被撕扯成一无所有,与上句互相对偶的"伤心数"一样,共同表现那一而再、再而三却不知何时能够终止的残酷命运。

汪辟疆曰:"三、四一联,正面写牡丹为雨所败,'玉盘'句,写花含雨;'锦瑟'句,写雨打花。体物精细,故精紧乃尔,亦所以喻己之横被摧残,故曰'伤心'、曰'破梦'也,泪迸弦断,悲苦可知。"(《玉谿诗笺举例》)既然牡丹的生非其地,为她招致花非其时的不幸遭遇,在无情风雨连续不断的摧折之下,雨打牡丹之状有如玉盘迸泪,点点伤心;雨打牡丹之声则如锦瑟惊弦,声声破梦,因此随后而来的便只有那风吹雨打、迸泪伤心之后的惨况。接下来的"万里重阴非旧圃,一年生意属流尘"一联,让我们看到牡丹的处境是"非旧圃"的离乡背井,被连根拔离位在长安中下苑曲江的旧日花圃,本已失去故土温暖的护持;而在如此水土不服的孤绝陌路上,上天竟是如此吝于施舍温煦的阳光与轻暖的和风,以致沉沉笼罩在牡丹四周的,只有裹盖四垠的"万里重阴",让来不及盛开的牡丹花横遭压迫与围困,而被迫提早萎缩与窒息,一如陶渊明《停云》诗的"八表同昏"、谢惠连《咏冬》诗的"积寒风愈切,繁云起重阴",那遮天蔽日的重重阴霾,更进一步阻绝了光明与希望,制造了黑暗与寒冷,听任极需阳光照拂的花朵萎缩凋落,因此牡丹在异地他乡奋力挣扎,所得到的终究还是只有"一年生意属流尘"的残灰余烬。这正符合"年华若到经风雨,便是胡僧话劫灰"(《寄恼韩同年二首时韩住萧洞》之一)的逻辑进程,一切历经风雨之后的"年华"都将面临"劫灰"之终局。

"生意",即生机、生气,往往用以说明花草树木的生命力表现,如《晋书·殷仲文传》云:"仲文因月朔与众生至大司马府,府中有老槐树,顾之良久而叹曰:'此树婆娑,无复生意。'"即是其证。但就花朵而言,其生命周期远远比一般草木都要来得短暂,除了"昙花一现"的昙花以及"可怜荣落在朝昏"(李商隐《槿花》)的槿花是在更短的旦夕之间开落,一般花朵由盎然盛放到无复生意的整个过程,至多也是集中于数日之间完成,因此本来就对比鲜明,所谓"繁枝容易纷纷落"(杜甫《江畔独步寻花七绝句》之七),正道出人们爱花、惜花之根本原因。再加上其存在之意义乃是植株一年来生机所累聚的心血结晶,是草树历经四季煎熬所费力凝结的最大成果,所担负的更是生命传承、繁衍后代的终极使命,故陈子昂称之为"岁华"(《感遇三十八首》之二),等同于此处所说之"一年生意";若将之类比于人生的时间跨度与存在意义,其实也等同于"一生精华"之意。而不幸的是,无论是"一年生意"还是"一生精华",最终都得面对"属流尘"的结局——沦为随风飘散的尘土而化为乌有。

至此,牡丹(或是诗人)的悲剧已然无可复加,在流尘成灰的废墟上还能再有什么打击呢?然而,李商隐的悲剧性格让他看到了凡人难以想象的更深更重的不幸,遂尔进一步写下了"前溪舞罢今回顾,并觉今朝粉态新"的绝望与哀恸。所谓的"前溪"本是溪水名,《太平寰宇记》云:"水自铜岘山曰前溪,在武康县西一百步,古永安县前之溪也。晋沈充家于此溪。"又为村里名,其地居民盛习音乐,如于兢《大唐传》谓:"前溪村,南朝习乐之所,今尚有数百家习音乐。江南声伎多自此出,所谓舞出前溪者也。"同时亦为曲歌之名,由晋时家于此溪的沈充创作而因地称之,如《晋书·乐志》载:"《前溪歌》者,车骑将军沈充所制。"至于这里所用的,明显是作为歌舞曲调的《前溪曲》,而诗中之所以用到此曲的原因,则是因为它属于乐府的《清商曲辞》,歌词内容即是以花为喻,传达时光无情流逝、青春一去不返的悲感,其词所谓:"黄葛结蒙笼,生在洛溪边。

花落随流去,何时逐流还?还亦不复鲜!"无论是主要意象与意象内涵,都足以与此诗的牡丹契合无间,显示李商隐取材用典的高度功力。

而末句的"并觉"者,意谓"相对地觉得",如《说文通训定声》解释道:"相合为并,相对为併。"则末联两句的意思便是:当《前溪歌》舞终曲罢而花朵也凋落飘零殆尽之际,您再回头看看现在,从两个时间点的对照中就会相对地觉得,现在雨中残败之花朵姿态仍然算得上是粉艳鲜新的。从诗境进展、意脉经营的角度来看,这样的笔调甚至带有一点翻案式的幽默俏皮,因为它突发奇想地以能够预见的未来为坐标,居然把眼前已然频频"迸泪伤心""惊弦破梦"而令人不忍卒睹的残败之状,一笔翻转为"粉态新"的可爱可喜,的确是出人意表,因此清汪辟疆曰:"非旧圃,则殊于下苑也;属流尘,则困于轮蹄也,嗟叹之间,出以凄惋,不能卒读矣。结则言今日之零落如此,而他日之零落或更有甚于今日者,必反觉今日雨中粉态,犹为新艳。此进一层写法,与前篇之'罗荐春香暖不知'遥遥相发,然无聊之慰情,可于言外得之矣。"(《玉谿诗笺举例》)冯浩评注此二句时,也以诗法上意义等同于"翻案"的"进一层法"来称之,都是说诗歌意境的翻新与开拓,因此令人耳目一新。

但抛开技法的表现不谈,纯就人格情调的特质来加以分析,一般人在全心关注眼前惨况而为落花哀惋不已的时候,何曾会像李商隐一样,预想到明天的光景只可能是每况愈下?谁会进一步解悟到生命的不可逆性质,只会是将生命扯落深渊的单行道,因此唯一能够发挥的作用,便是将已然残落的花朵带往更深更暗的地狱？在这等于是说"比起以后必然更多的不幸,今天这样的惨况已经算是很好了"的说词之下,李商隐的创作心理恐怕并不是用俏皮话来安慰自己,也不是以"不如怜取眼前人"(晏殊《浣溪沙》)的自足惜福来安顿心灵;同时,其中之悲怆亦不仅仅只在"一片花飞减却春,风飘万点正愁人"(杜甫《曲江二首》之一)、"最是人间留不住,朱颜辞镜花辞树"(王国维《蝶恋花》)这类的层次上而已。相反地,这些认定明日势必更有过之的思考或推论,是来自于李商隐对牡丹花的悲剧所具备的更深邃的观照,因此,与其说李商隐对"前溪舞罢"的想象是因为高瞻远瞩,不如说是出于那彻底绝望的悲剧意识,因此才会在前面已然将悲剧一层层地推至极限之后,又把已达极限的悲剧向前更推进一步,使得未来之命运深深染上了万劫不复的永恒深渊之感。原来,每一个必然来到而可以预期的明天,都会开启另一个更大的厄运;而每一个手上握有的今天,无论是多么的残破不幸,都已经是个人所能拥有的最佳状态。如此一来,人生之路的开展势必是一道不断向深渊坠落的轨迹,只有逐渐黯淡的破灭,没有奋斗向上的梦想。

"前溪舞罢君回顾,并觉今朝粉态新"这种观点的出现,正可以说是一个绝少受到眷顾,因而也不敢拥有希望的人,对眼前已然残破之命运的退让与和解;他太熟悉"歌唇一世衔雨看,可惜馨香手中故"(《燕台四首·秋》)的消殒与无奈,因此生命中接踵而至的打击与不如意,都被这位敏感脆弱的诗人深刻内化为一种观照事物时根本性的悲观情调,最终便形成一种"习惯于绝望"并"预知绝望"的心理模式。而早已习惯于绝望的李商隐,总是自觉到目前所拥有的,乃是彻底幻灭之前相对可喜的残光余热,下一刻就注定要"一级一级走进没有光的所在"(张爱玲语)。所谓"习惯于绝望,比绝望本身更可悲"(加缪语),于是习惯于绝望甚至预知绝望的李商隐,便只有无奈地接受这样惨绝无望的命运,在俯首顺服的同时,也将终身与之俱碎。

安定城楼

迢递高城百尺楼，　　绿杨枝外尽汀洲。
贾生年少虚垂涕，　　王粲春来更远游。
永忆江湖归白发，　　欲回天地入扁舟。
不知腐鼠成滋味，　　猜意鹓雏竟未休。

安定城，即泾州，为泾原节度使治所，《元和郡县志》载："关内道泾州保定县：本汉安定县地，今临泾县安定故城也。"在今甘肃泾川北。文宗开成三年(八三八)，二十七岁的李商隐刚刚应吏部博学宏词科落选，远赴此地担任泾原节度使王茂元之幕僚，本篇即于暮春某日登上城楼之际，引发了心中蓄积的忧国之思、政治之抱负、个人身世之悲感和高傲不俗之心志，遂有感而作。

从分类上来看，《安定城楼》这首作品乃属于传统习见的登临诗。元代杨载《诗法家数》中，将"登临诗"独立一类，并说明其创作法则为："登临之诗，不过感今怀古，写景叹时，思国怀乡，潇洒游适，或讥刺归美，有一定之法律也。中间宜写四面所见山川之景，庶几移不动。第一联指所题之处，宜叙说起。第二联合用景物实说。第三联合说人事，或感叹古今，或议论，却不可用硬事。或前联先说事感叹，则此联写景亦可，但不可两联相同。第四联就题意生发感慨，缴前二句，或说何时再来。"这段话将传统一般的登临诗做了周全的分析，从内容主旨的类别、篇章的创作手法，都一一顾全。而衡诸李商隐这首《安定城楼》诗，也提供了诠释上大概的参考架构。

就创作的动机、处境与感怀而言，所谓的登临诗，必然是诗人作于登高望远、居高临下之际，所登之处可以是高山峰顶，也可以是高楼崇台；而面对川原辽阔而纵览无遗的景色时，其心中往往会兴起一种宇宙苍茫、时空无限的历史感，相对说来，个体的存在感就会被架空而随之显得渺小无依，李商隐自己在《夕阳楼》一诗中便说："花明柳暗绕天愁，上尽重城更上楼。欲问归鸿向何处，不知身世自悠悠。"这种在广大天地之间无所归止的漂泊意识，可以说是构成大多数登临诗的基本情调，如孔子登农山时，就有"登高望下，使人心悲"之叹。

而所悲者何也？当个体被如此浩渺无穷的时空意识压迫之余，或者心生离乡去国、羁旅他方的游子情怀，如汉代乐府古诗《悲歌行》所说："悲歌可以当泣，远望可以当归。"三国的王粲更在他的《登楼赋》中高声唱出穿透历史、震撼人心的永恒乡愁："虽信美而非吾土兮，曾何足以少留！……悲旧乡之壅隔兮，涕横坠而弗禁。"同样地，王维以《九月九日忆山东兄弟》一诗抒发"遥知兄弟登高处，遍插茱萸少一人"的思亲之情；至于中唐诗人柳宗元更是突发奇想，于《与浩初上人同看山寄京华亲故》一诗中，简直要幻想自己具有孙悟空般分身无数的超能力，以便处处望乡，因此说："海畔尖山似剑芒，秋来处处割愁肠。若为化得身千亿，散上峰头望故乡。"则盘踞在每一个制高点上的，都是那迫不及待之万般归心。相较于这种被"身千亿"强化到极大值的思乡之情,宋代的柳永于《八声甘州》一词里所说的"不忍登高临远,望故乡渺邈,归思难收"就显得比较传统旧套了。无论如何,透过地平线推展到天际深处的延伸,产生了仿佛可以与故乡连结的错觉,因而使游子的思归之情获得补偿或宣泄;以致游子的身影总是踟蹰徘徊于高处,在山巅楼上涌泻那满腔浓烈的思乡情怀。

其次,既然登高望远会带来缩短距离的错觉,因此缅怀的对象若是从故乡转移到远方的情人,则登临诗又可以表现情人间相思怨望之迫切。魏代"才高八斗"的诗人曹植在其《七哀诗》中,曾如此为一位闺中思妇塑像造型:"明月照高楼,流光正徘徊。上有愁思妇,悲叹有余哀。"则在高楼上徘徊不已的是明月如水的流光,也是那心系远方良人而深夜难眠的幽闺女子;李商隐的《无题诗》中也以"来是空言去绝踪,月斜楼上五更钟"来描绘那对情人痴守苦候的执着,在情人空负诺言而音痴全无之际,依然于楼上鹄立眺望以至天明;而李后主的《相见欢》更是明白写道:"无言独上西楼,月如钩。寂寞梧桐深院,锁清秋。剪不断,理还乱,是离愁。别是一番滋味在心头。"这些独登高楼的身影,踱着留连不去的步伐,岂非都是因为企图透过高度来拉近彼此的距离,让凝望的双方可以贴得更近,因而登高望远,捕捉天际之地平线上朦胧存在的人影。

此外,登高时也可以唤起生命如寄、短暂匆促的存在意识,这种无常的存在意识如果是在家国之类的群体范畴中,便会道向沧桑兴亡、世事无常的历史感怀,使得诗人登临之际,促发一种对历史无情的感伤喟叹。如许浑的《咸阳城东楼》便说:"一上高城万里愁,蒹葭杨柳似汀洲。溪云初起日沉阁,山雨欲来风满楼。鸟下绿芜秦苑夕,蝉鸣黄叶汉宫秋。行人莫问当年事,故国东来渭水流。"登上高城的诗人在宏观的视野之下,极目所见的,是秦苑沦为绿芜平畴、汉宫为蝉鸣黄叶所包围的荒凉景象,充满黄昏、寒秋的萧瑟气息;又由于登临的高度使他切实感受到"山雨欲来风满楼"的气候现象,这些与晚唐时代的动荡不安结合起来,就扩大为一种"故国东来渭水流"的无常体认,从古至今,包括秦、汉以及唐代在内的历朝历代,一切都在历史之流持续不断的强力冲刷之下灰飞烟灭,因此才会在诗人心中涌现为悠长难尽的"万里愁"——这时由登高眺望所引发的,非但不是凌空飞去的宏观的跳脱与超越,反倒是一种存在感被架空之后的苍茫与虚幻感,与历史同其深远,因此引发的也是同其巨大的"万里愁"了。除此之外,杜牧《登乐游原》所说:"长空淡淡孤鸟没,万古销沉向此中。看取汉家何事业,五陵无树起秋风。"亦属此中同调,孤鸟消失于广漠长空之中,正如古往今来之无限岁月被宇宙所吸纳、消融,真乃呈现出俯视万象、包扫一切之概。

而这种生命如寄、短暂匆促的存在意识如果是从个体存在的角度来看的话,就不免生发浮生若梦的虚幻无常之感,令人在死亡的威临之下一洒凄然哀恸的眼泪,如春秋时代的齐景公"牛山沾衣"的故事使属于此种类型:"齐景公游于牛山,北临其国城而流涕曰:'美哉,国乎!郁郁芊芊,若何滴滴去此国而死乎?使古无死者,寡人将去斯而之何?'史孔、梁丘据皆从而泣。"(《列子·力命篇》)或如晋朝羊祜的故事:"祜乐山水,每风景,必造岘山,置酒言咏,终日不倦。尝慨然叹息,顾谓从事中郎邹湛等曰:'自有宇宙,便有此山,由来贤达胜士,登此远望,如我与卿者多矣!皆湮灭无闻,使人悲伤!如百岁后有知,魂魄犹应登此也。'"(《晋书·羊祜传》)唐代的孟浩然追随前人脚步而登临岘山时,也如此慨叹:"人事有代谢,往来成古今。"(《与诸子登岘山》)这样一种"前有古人,后有来者"的历史感怀,使人在"人生代代无穷已"的觉醒中架空个体自我之存在感的伤情,正是在登高望远时,由极大与极小、宇宙与个人的高度落差所对比产生的。

当然,面对一览无遗的开阔远景,性情洒脱豁达的诗人也可以兴发一种凌空飞去的超越与宏观的跳脱,如李白在《宣州谢朓楼饯别校书叔云》一诗中,就忍不住那一份飞扬的心绪,畅怀高歌:"长风万里送秋雁,对此可以酣高楼。………俱怀逸兴壮思飞,欲上青天览明月。"而杜牧也在《九日齐山登高》中,以放旷之心怀咏叹道:"尘世难逢开口笑,菊花须插满头归。古往今来只如此,牛山何必独沾衣。"至于王安石更是以无比的傲岸之情,自信地宣称:"不畏浮云遮望眼,自缘身在最高层。"(《登飞来峰》)其中皆可见诗人脱略世俗、潇洒尘外的自适之情,不但看透古往今来的空浮虚幻与复杂污浊的人生纠葛,翻升出菊花满头、纵情酣饮的解脱自在,而李白更是仿佛要纵身随着无垠的地平线飞至天际,伸手触及高空深处的明月星辰,与广大无边的宇宙化为一体,则尘世的存在就全然被抛诸空无,"人"也因而升华为超然无羁的自由存在。

但是,李商隐在登上他形容为"迢递高城百尺楼"的安定城楼时,所兴起的非但不是思国怀乡之伤情,也不是怀人念远之怨望,更不是人寿有限之哀恸与身世悠悠之感叹,当然也非豁然世俗之外的自适之情,反倒一反登临诗惯有的感伤情调或虚幻意识,而借之作为个人政治理想与人格情操的宣言,其中充满了挺拔亢进的傲睨之气与横扫浊俗的伟岸之概,并深深蕴涵了心灵洁癖的自我告白。因此这首诗不但是李商隐作品中罕见的别调,也是传统登临诗类中少有的异数,勉强加以归类,大约可以系于为元代杨载《诗法家数》中所区分的"讥刺归美"一类;而其第一联之起句,也正如杨载所说的"第一联指所题之处,宜叙说起",首句所谓"迢递高城百尺楼"直接切入地点以破题,点出所登之处乃是耸立难跻的城楼,而其写法则以重笔浓墨再三强调的方式,不惮词费地透过"迢递""高""百尺"三个同义语,反复皴染出城楼的耸立之姿,在接连三个形容词的作用之下,安定城楼之高耸入云,显然是毫无疑义的了;而就在这样的背景下,李商隐接着描写眼前"绿杨枝外尽汀洲"的开阔视野,更烘托出一派居高临下的睥睨气势。这样的写法,传达的正如程梦星所言:"首二句借城楼自喻,有立身千仞,俯视一切之意。"(《李义山诗集笺注》)而这也与篇终喷薄而出的"不知腐鼠成滋味,猜意鹓雏竟未休"的傲岸宣言,形成首尾呼应的整体感。

接着首句而来的"绿杨枝外尽汀洲"这一句,表面上是写安定城楼上眺望所见的开阔视野,目光所及皆是一片绿杨枝叶的景色,同时也点出登楼的季节,与下一联的"春来"相映衬。汀为水岸平处,洲为水中沙渚,此处所谓"汀洲"是指泾州东的美女湫,《史记·封禅书》裴骃《集解》云:"湫渊在安定朝那县,方四十里,停不流,冬夏不增减,不生草木。"其中形容者,即其所在之具体景致。

此句意谓将视线延伸,往绿杨枝外眺望,其目光极处乃为一片平沙水渚相依延展的汀洲,单从字面来玩索,似乎看不出用力雕琢之处,也欠缺匠心经营之痕迹,只是描绘水边景物的泛泛之笔。然而,置诸全篇之意脉来揣摩其写法,纪昀便指出:下文的"'江湖''扁舟'之兴俱自'汀洲'生出,故次句非趁韵凑景"(《瀛奎律髓刊误》)。因此,当我们解析这一句时,应该了解到"绿杨枝外"一语,乃是由近而远地将诗人与读者的视野拉向远方,同时也就让整体诗歌摆落现境,得以从城楼自身的"高"而调转到城楼周遭的"广",以充分突显上下四方的空间感;而"尽汀洲"一语,则一方面是以"汀洲"埋下后文"江湖""扁舟"的伏笔,一方面则是以"尽"字传达那广阔无余而横绝一世的气概,然后,就在这横绝时空的阔大之中,一如传统登临诗的习用套式一般,李商隐将个人的人生感怀收纳进来,从而紧接着发出"贾生年少虚垂涕,王粲春来更远游"的慨叹。

"贾生年少虚垂涕"一句,用的是西汉文帝时代贾谊的典故,贾谊(前200—前168)乃西汉之文学家兼政治家,年少才高,时称"洛阳少年",却因此而不幸为权贵所忌,《史记·屈原贾生列传》记载:"孝文帝初即位,谦让未遑也。诸律令所更定,及列侯悉就国,其说皆自贾生发之,于是天子议以为贾生任公卿之位。绛、灌东阳侯、冯敬之属尽害之,乃短贾生曰:'洛阳之人,年少初学,专欲擅权,纷乱诸事。'于是天子后亦疏之,不用其议,乃以贾生为长沙王太傅。"在长沙的湿热瘴疠中水土不服,又深受忧愁幽思之煎熬,贾谊遂于身心之困顿交逼下灯尽烛灭,死时年仅三十三岁。而汉文帝六年时，贾谊曾上《陈政事疏》云："臣窃惟今之事势，可为痛哭者一，可为流涕者二，可为长太息者六。"因忧心国事而流泪，却受谗遭疏，于事无补，终究只是白白流泪而已，故下云"虚垂涕"；而下一"虚"字，那"年少才高"的不凡才情际遇与"叹息垂涕"的一腔报国热诚，都被无情地一笔勾销，化为徒劳无益的梦幻泡影，恰恰与《贾生》诗所说的"可怜夜半虚前席，不问苍生问鬼神"有着异曲同工之处。这种报国无路之悲痛无奈固然是"有才无情"者所不能体会，亦是"有情无才"者所难以契知！

接下来的"王粲春来更远游"一句，则是借东汉末年的王粲以自喻，王粲年仅十七即因避乱而自长安流徙至荆州，依靠刺史刘表以度日。身为建安七子之一的王粲（177—217），也曾于春日登上湖北当阳城楼，写下传颂千古的《登楼赋》，以"虽信美而非吾土兮，曾何足以少留""人情同于怀土兮，岂穷达而异心"等语句感叹寄人篱下、客居远游的人生际遇。此种离乡背井兼又登楼赋诗的两种条件，正和寓居泾原节度使王茂元幕中，又登上安定城楼的李商隐差相仿佛，因此诗句中借以切合自身遭际。只是，李商隐善用典故的功力，使他总是表现出役使典故而不被典故役使的特质，一如《锦瑟》在庄周梦蝶的原始典故中益以"晓"字"迷"字，形成带有刻骨铭心与迷恋不舍之意味的"庄生晓梦迷蝴蝶"，又于望帝化鹃的传说故事中添加"春心"与"托"之字词，让"望帝春心托杜鹃"之句充满了"亦余心之所善兮，虽九死其犹未悔"之美好与坚持，如此都丰富了原典故之意涵而令人心醉神往。移观此篇亦然，相较于王安石在《登越州城楼》一诗中所说："可怜客子无定宅，一梦三年今复北。浮云缥缈抱城楼,东望不见空回首。"虽然同样都是抒发登处高楼而感叹居无定所之意,然而王安石的表现方式明显比较直线单一,李商隐的表达手法便深曲细腻得多,因为他在"王粲远游"的原始典故中,一方面强调了"春来"的季节,让此一明媚灿烂之美好佳节也因为丧失了赏心乐事而白白虚度,正如"良辰美景虚设"之说,则其他季候如夏热、秋荒、冬冷时节之愀然难舒自是不在话下;一方面则是增加了一个"更"字,使这般流离落拓之生涯成为一再发生的现象,形成一种此生注定的命运常轨,却非偶然进现的偶发状况。而既然"远游"已足悲叹,则"更远游"便是悲叹之至,原来离居失所而栖身无处已是一再重复发生的劫难,天涯海角、茫茫前途,究竟何时是归程?李商隐在句中所下的"更"这个虚字,言外便充满了时时虚度青春华年,往往聚散不由自主的人生感慨,与上句中之"虚"字都是一种无力回天之感的流露。因此姚培谦《李义山诗集笺注》说得好:"悲在一'虚'字,一'更'字,人生至此,百念顿灰。"下此二字,尤其将此一漂泊无着之感推至无以复加之境。

由此,我们看到"贾生年少虚垂涕,王粲春来更远游"这两句的作用是:上一句从群体事业上"兼济天下"之志的落空,借贾谊的沦落以喻自己之报国无路,下一句则从个人归宿上"独善其身"之愿的破灭,借王粲的远游寄托自己的漂泊不定,而双双绾出李商隐穷途末路的绝境,天地之大,竟无容身之处,飘飘然如一苇水上之落叶,徒令身心不知所终。但从整首诗的基调来看(此点可观下文之分证),这两句固然是对个人失志落拓之处境的自喻,若从另一个角度来看,却也不尽然只是愤世自伤之词,而可以理解为一种对现实人生的体悟,亦即以贾谊、王粲之高才伟志,都不免遭到"虚垂涕""更远游"的下场,则现实人世的虚妄无谓便不待言。如此一来,在斑斑可验的前车之鉴下,境遇相类的李商隐遂产生一种毋须重蹈覆辙的想法,并因之激发出弃世绝俗、飘然远去的另一抉择,而下一联"永忆江湖归白发,欲回天地入扁舟"的脱略之词就承接得更顺理成章。这样的解释也更足以说明,李商隐虽然失志至此,接下来却没有放任悲观之情绪继续沉沦,反而由低调拔高,在衰颓之中翻出一片傲岸兀立的睥睨之气,这在李商隐诗歌意脉发展上极其少见的异数,其真正的理由何在?

清纪昀曾对腹联这两句赞赏道:"五、六千锤百炼而出于自然,杜亦不过如此。世但喜其浮艳雕镂之作,而义山之真面隐矣。"(《瀛奎律髓刊误》)其格律之精严、气势之宏阔,确然允称为杜甫七律之嫡派,而有登堂入室之功力。若探究其涵义,所谓"永忆江湖归白发,欲回天地入扁舟"之说,则显示出李商隐在"年少虚垂涕""春来更远游"的漂泊潦倒之下,一扫阴霾的自负之言,他以充分的自信表示出终其一生向往遂性江湖的潇洒丰姿,以灵魂中纤尘不染的洁癖来睥睨众人,决意不肯沉沦官场而辜负素心的信念,就足以将自己与竞逐功名的世俗之人区隔开来。就此而言,退隐之前那一长段的人生历程,无论是否功成名就,都是一个无关紧要的过程,李商隐为自己所规划的人生是首尾一贯的,在洒然摆脱俗世之后,依然能够清洁高贵而无负此衷,毕竟,在功名利禄中淌过一遭浑水之余,却能不迷失沉沦的人乃是少之又少,一如屈原早已感慨过的:"何昔日之芳草兮,今直为此萧艾也!"(《离骚》)在不知不觉间,那干净纯洁的原始初衷就一点一滴地失落,由芳草沦为萧艾之际却浑然忘我,惊醒再回头已迷途难返。因此,为了彰显此心光明坦荡,并与篇终以"鹓雏"自比的卓尔不群相一致,呈现首尾相绾的互映之姿,诗中刻意刊落仕进求宦此一人生阶段,直接切入"白发归江湖""扁舟入天地"的出世意境,而突显清拔出尘的迥然心性,可以说是用心良苦的安排。

至于对"永忆江湖归白发,欲回天地入扁舟"此一联的解释,大多数的评论者都认为"忆江湖""入扁舟"是用范蠡归隐江湖之事,其事如《吴越春秋》卷一〇载:勾践二十四年,"范蠡辞于王,……乃乘扁舟,出三江,入五湖,人莫知其所适"。因此皆不出"功成然后身退"之意。持此说者占历代评论者的绝大多数,如王应奎引述李安溪之说云:"言己长忆江湖以归老,但志欲斡回天地,然后散发扁舟耳。"(《柳南随笔》)其他说辞与此大率相近,如沈德潜《唐诗别裁集》曰:"言己长忆江湖以终老,但志欲挽回天地,乃入扁舟耳。"又程梦星《李义山诗集笺注》亦谓:"五、六言本欲功成名立,归老江湖;旋转乾坤,乃始勇退。"而何焯《义门读书记》卷五八也解释道:"吾诚永忆江河,欲归而悠游白发,但俟回旋天地功成,却入扁舟耳。此二句亦是荆公一生心事,故酷爱之。"这种说法显然是将"回天地"解作扭转世局、斡回天地之大事业,一如杜甫《奉寄章十侍御》诗所云:"指挥能事回天地。"若是,此句之义,将使济世活国的政治功业成为退隐江湖的前提,而如此一来,追求仕进的官场生涯就变得势所难免而不可或缺,导致与全诗力图展示的精神洁癖，产生了不甚协调的矛盾；换句话说，将"欲回天地"解释为一种必须透过官场才能成就的扭转世局、斡回天地之大事业，与全诗之宗旨或基调是有所扞格的。

除此之外，还有其他的诗评家对"欲回天地入扁舟"一句提出不同的解释，而引起较多之争议。如纪昀以佛道之宗教观念比附之，于《瀛奎律髓刊误》中曰："言归老扁舟，舟中自为世界，如缩天地于一舟然。即仙人敛日月于壶中，佛家缩山川于粟颖之意，注家谓欲待挽回世运，然后退休，非是。"如此一来，在语法上便是将"回入"看作是同一个不可分割之动作连词，"入扁舟"乃是"回天地"这个动作的补语；而非如前述之大多数评家一般，将"回"与"入"拆解为两个各自独立的动词，并且具有时间上先后不同的发生顺序。就内容上来看，这种解释乃是借助佛家宏观世界的角度，视之为"缩天地于一舟，如纳须弥于芥子"之义，所强调的便是舟中自有天地，意谓江湖归隐的消闲岁月，其实是与建功立业的俗世生活同样充盈饱满，则其所突显的乃是此心另有所属的高情远志。比较而言，纪昀的解释虽然属于力排众议的极少数，却反而较贴近全诗之意旨。

不过，虽然以上这两种说法都不乏可取之处，也都更加丰富了诗意的含量，但却同样忽略了一个纯粹属于格律形式的问题，亦即律诗的中间两联乃是讲究骈偶工稳的对仗句，所谓"对仗工稳"，指的不仅是平仄相对，还更包括词性相同、词类相近、语法一致、结构平行的要求，因此诗人一旦采取"倒装"语法，往往都会在上下两句中同步进行。举唐诗中之荦荦大者，如王维《山居秋暝》中的"竹喧归浣女,莲动下渔舟",是为"浣女归竹喧,渔舟下莲动"之倒装,在因果关系倒置之后,更突显"竹喧""莲动"这感官知觉优于理性判断的先在性,创造出临场般的生动效果;而钱起《谷口书斋寄杨补阙》里的"竹怜新雨后,山爱夕阳时",则是"怜新雨后竹,爱夕阳时山"之倒装,截断语序而错置意脉之后,更收到曲折摇曳之新鲜感;至于刘长卿《长沙过贾谊宅》的"秋草独寻人去后,寒林空见日斜时"一联,实为"人去后独寻秋草,日斜时空见寒林"颠倒成说的结果,特以"秋草""寒林"为先发之意象,以烘托荒芜凄清的废墟景致以及吊古伤今的怆然心绪。同样地,杜甫在《秋兴八首》之八所写的名句"香稻啄余鹦鹉粒,碧梧栖老凤凰枝",也是将"鹦鹉啄余香稻粒,凤凰栖老碧梧枝"之常言颠倒成说之后的结果,以突显长安物产之丰饶精美,以及回忆时错综缤纷的思绪现象。而无论上述的任何一个例子,同一联中诗句之倒装都是呈现出彼此一致的平行结构,在上下句之间建立出一以贯之的语脉法则,符合对仗骈偶的严格要求。

由此移诸李商隐的《安定城楼》以观之,既然原意为"永忆白发归江湖"的上句在诗中被倒装为"永忆江湖归白发",则依照语序结构互相平行对应的骈偶法则,下句的"欲回天地入扁舟"也应是"欲回扁舟入天地"的倒装;换言之,两句都是将处于相对位置上的"白发"与"江湖"、"扁舟"与"天地"各自在一句之中加以调转,将"永忆白发归江湖,欲回扁舟入天地"写成了"永忆江湖归白发,欲回天地入扁舟",而在结构意脉上两句彼此相对应。这么做的好处是,一方面可以谐韵并合乎平仄格律的要求,同时相互对偶的语词更可以上下相称，以严守律诗的法度；另一方面则可以透过倒装而创造出更丰富的诠释空间，无形中也促进了诗歌的艺术价值与内容意蕴。从上文之分证中所见的诸种诠释，即可知此一倒装的确收到了多义性之效。

如此一来，这两句顺读起来是"永忆白发归江湖，欲回扁舟入天地"的诗句，其实都仅仅只有出世归隐之意，恰恰从上句之"归江湖"一脉直下，而与抽身退隐之前是否功成业就完全无关，更谈不上宗教意识中"壶中天地""须弥芥子"的寓意；因此，王安石晚年之所以酷爱此一联诗，心有戚戚地视之为自我心声的代言，而时时诵之以示己志，便可以说是一个美丽的误解。实际上，"永忆白发归江湖，欲回扁舟入天地"这两句唯一所要表达的，仅仅只有一个意思，那便是李商隐自己向来就无欲于混迹红尘而超然脱俗之心志，清屈复《玉豀生诗意》也如此认定："五、六欲泛扁舟归隐江湖，己之本怀如此。"换句话说，诗人在登临眺望之际，有感于贾谊垂泪忧国之徒劳、王粲浪游异乡之失所，而深深体认到世俗之不足待的虚幻无益，无论是政治社会之昌治或是个人身家之幸福，都不免种种无常之因缘而一笔勾销，遂尔产生飘然远去之胸怀。因此两句都意味着胸怀磊落、人品高洁的诗人并不是追求功名利禄、恋栈富贵权势的世俗之辈，即使在这青春年少、扬帆待飞的时候，也总是向往那晚年即飘然引退江湖的范蠡，放弃唾手可得之荣华富贵，而想要过着一叶扁舟逍遥于天地之间的自由生活，其中的"永忆"与"欲"字，都表现出一种心念在此、志向所托的向往之情。这就是李商隐面对众多发出质疑的庸鄙之辈所作的剖白与宣示，其中既带有向世人剖白的急切之情,却又同时表现了一种"非尔族类"的傲岸之气。

而这种"非尔族类"的傲岸之气,又向下直贯到最后末联的"不知腐鼠成滋味,猜意鹓雏竟未休"两句,意谓:我竟不知腐烂的死老鼠居然成为一种值得大家竞争抢夺的美味,以致让你们这些跳踉于树林中的鸱枭之辈,对高空中翱翔飞过的凤凰一直猜忌不已。鹓雏,即凤凰鸟,用的是《庄子·秋水篇》之典故:"惠子相梁,庄子往见之。或谓惠子曰:'庄子来,欲代子相。'于是惠子恐,搜于国中三日三夜。庄子往见之,曰:'南方有鸟,其名为鹓雏,子知之乎?夫鹓雏发于南海,而飞于北海,非梧桐不止,非练实(案:即竹子的果实)不食,非醴泉不饮。于是鸱得腐鼠,鹓雏过之,仰而视之曰:"吓!"今子欲以子之梁国吓我邪?'"在这一则预言中,庄子将高贵不凡的凤凰(即鹓雏)与逐鼠嗜腐的猫头鹰(即鸱枭)并列,透过鲜明的对比而彰显出个人兀傲不屈的理想性格,至于李商隐使用这个典故,显然是以鹓雏自比,以鸱枭喻世俗小人,以腐鼠指博学宏词科及其所带来的官位。面对世人的质疑乃至于恫吓,李商隐终于忍不住在诗末发出情溢乎词的讥讽,以"不知腐鼠成滋味"的否定语词反面强化了"两个世界"之间的鸿沟,彻底将出自独钟"腐鼠"者流的猜忌和排挤赤裸裸地加以点明,终于扯断撕裂了自我与世俗之间勉强维系着的连线,使之成为彼此悬绝的平行线。

至此,我们完全了解李商隐在登高之际,乃是以一种近乎君临天下的气概向世人昭告此心之坦荡超俗,当他极目望向地平线上"绿杨枝外尽汀洲"的极处时,独立高楼的诗人几乎便要化为凤凰而凌空飞去,以"非梧桐不止,非练实不食,非醴泉不饮"的坚持,彻底摆落庸腐鄙吝的尘俗世界,这也正是诗中之所以不断出现"汀洲""江湖""扁舟""天地"等自由意象与开阔景致的真正原因。

由此言之,整首诗便依稀带有屈原的影子,鹓雏之自喻虽然出自《庄子》,而实乃《离骚》中宣称"鸷鸟之不群兮,自前世而固然"的血裔;至于将独沽竹实醴泉之鹓雏与嗜吃腐肉之鸱枭对立成说,又有"民生各有所乐兮,余独好修以为常"的意味。只是,此刻的李商隐固然是不可一世的、精神国度里的贵族,但严格说来,他的骄傲自信却还是不够彻底,因此尚未达到"永不抱怨,永不解释"(本杰明·迪斯雷利语)这真正属于贵族的境界,而不免落入极力向世人辩解的斧凿形迹,以及稍带尖酸刻薄的冷嘲热讽。从那"永忆白发归江湖,欲回扁舟入天地"的自清之辞,以及"不知腐鼠成滋味,猜意鹓雏竟未休"的嘲讽之喻,都可以看出年轻的李商隐其实还是沉不住气的,一旦受到世人的误解或诬陷,就一跃而出,极力辩驳而慷慨陈辞,同时还不假辞色地加以反击,不免显出急躁浮动的心性。

这就清楚说明了,"老成的智慧"的确是李商隐一生中最为欠缺的性格特质。他拥有"深知身在情长在"的唯情性格、"夕阳无限好,只是近黄昏"的感伤性格、"春蚕到死丝方尽,蜡炬成灰泪始干"的悲剧性格,唯独那无入而不自得的圆融自在,却总是与他绝缘。虽然他曾经在宗教之神圣空间的洗礼下,顷刻之间得到过"世界微尘里,吾宁爱与憎"(《北青萝》)的超然体悟,但那只是智慧之光偶然照耀在意识表层时所激起的泡沫而已,为期短暂而不持久。作为一个执着而率真的纯情诗人，李商隐既然不曾也不愿追求人格的厚度与广度，在这年轻飞扬的时期表现出极力辩驳之急切与冷嘲热讽之尖刻，毋宁是十分合理而无可厚非的。而这就是李商隐之人格构成中的一个面向。

北齐二首

一

一笑相倾国便亡，　　何劳荆棘始堪伤。
小怜玉体横陈夜，　　已报周师入晋阳。

二

巧笑知堪敌万机，　　倾城最在着戎衣。
晋阳已陷休回顾，　　更请君王猎一围。

这是一组在题材分类上属于"咏史"的典型作品，作于唐武宗会昌五年(八四五)，李商隐三十四岁。

所谓咏史，与一般历史典故的运用本质上有所不同，乃是以特定的历史故实或历史人物为主要歌咏对象，并直接或间接地透过其是非功过之评定，来传达自己的史识和价值观。清袁枚《随园诗话》卷一四曾经分析这类作品的写作形态，谓："咏史有三体：一借古人佳事，抒自己之怀抱，左太冲之《咏史》是也。一为隐括其事，而以咏叹出之，张景阳之《咏二疏》，卢子谅之《咏蔺生》是也。一取对仗之巧，义山之'牵牛'对'驻马'，韦庄之'无忌'对'莫愁'是也。"衡诸这组《北齐二首》的创作手法，显系以北齐后主及其宠妃冯小怜为叙写主体,并"隐括其事,而以咏叹出之"的类型,只是在单纯的咏叹之外,诗人不落言诠的批判也见于弦外之音。

北齐,始于高洋篡东魏而称帝(五五〇)之际,国号齐,建都于邺,史称北齐;至幼主承光元年(五七七)为北周所灭,国祚仅二十七年。而北齐之所以为北周所灭,肇因于齐后主高纬(号称"无愁天子")之昏暴淫乱,终日沉湎于酒色之中,一味与宠妃冯小怜纵情逸乐,至国之将灭的存亡危急之秋却依然酣迷不悟,足为历史上昏君的典范之一。而李商隐就其人其事所隐括咏叹者,从表面上来看乃是传统"红颜祸水"之论调,透过此组诗刻画其情其景,扣住"倾国倾城"之双关意涵,将绝色红颜与亡国祸水绾合为言,一方面采取自北齐亡国前后的关键时刻切入,捕捉历史中最戏剧性、最具有包孕性的一刻;一方面则透过牵合史事与想象的虚拟手法,集中描写宫内逸荡而同时边警紧急的历史片段,对比张力十足,香艳中却又讽刺入骨。然而,更深一层地探索,这两首诗在互相勾连回环,以获得论点的强化之外,却又同中有异地翻出更高的表现范畴,尤其是在第二首诗中,诗人的笔触探索到人性心理与权力运作之层次,因此扩大了议题的深度而超越了一般的女祸论述,故为一组风味独特、发人深省的咏史诗。

先从第一首诗论起。

首篇起句即以"一笑相倾国便亡"破题,清楚点出全诗红颜祸国之主旨,极言女子美貌之强大魅惑力与致命吸引力,典故出自《汉书·外戚传》载:武帝宠妃李夫人容颜绝丽,未入宫前,其兄李延年侍上起舞,歌曰:"北方有佳人,绝世而独立。一顾倾人城,再顾倾人国。宁不知倾城与倾国,佳人难再得!"遂令帝王倾心神往,纳入宫中备加爱宠;此处改"一顾"为"一笑",更显美人之婉媚动人。"一笑相倾国便亡"一开始便以怵目惊心的耸动论点来破题,既是下一首诗"巧笑知堪敌万机"的先道,塑造出前呼后应的连贯性,更直接点出红颜祸国之议论核心,而与下一句"何劳荆棘始堪伤"连结起来时,甚至带有一种先知先觉的预言口气,以一叶知秋、履霜坚冰至的逻辑,指出绝色美人的"一笑"便是亡国的征兆,不必等到家国覆灭之后、荆棘满布之际才来悔不当初。

荆棘,本为废址荒芜之景,往往用以喻指国家沦亡后宫城颓圮之状,如《吴越春秋》卷五云:夫差听谗,"子胥据地垂涕曰:'邪说伪辞,以曲作直;含谗攻忠,将灭吴国;宗庙既夷,社稷不食;城郭丘墟,殿生荆棘。'吴王大怒。"又《史记·淮南衡山列传》亦载:"(淮南)王坐东宫,召伍被与谋,曰:'将军上。'被怅然曰:'上宽赦大王,王复安得此亡国之语乎?臣闻子胥谏吴王,吴王不用,乃曰:"臣今见麋鹿游姑苏之台也。"今臣亦见宫中生荆棘,露沾衣也。'王怒。"荆棘遍布之景观直接令人产生举步维艰的困顿之感,历来都被用以象征都城陷落之后,如废墟般荒芜残败之惨况,而诗中以"何劳荆棘始堪伤"为说,颇有见微知著、明察秋毫的意味。原来在中国传统奠基于人治思想的"内圣外王"的政治理论中,一切的德善与人伦秩序都是以帝王为中心点,再透过同心圆结构层层外推及于社会群众,终究造就"致君尧舜上,再使风俗淳"(杜甫《奉赠韦左丞丈二十二韵》)的大同世界;一旦这个中心点动摇或腐化之后,整个政治运作与国家存在便会立即失去了支撑的根基,导致倾灭覆亡之危险。因而一个具备足够的政治判断力与危机意识的君王，总是懂得权衡轻重、严分主从，虽不无后房之乐，却又不沦为纵情声色，不至于出现嬖女一人专宠、甚至动摇朝纲的地步，衡诸汉武帝、唐太宗、清康熙之类的霸主或圣君，都莫非如此。然而帝王身边若开始伴随美人之影踪，无时无地绽现那足以勾魂摄魄之"相倾一笑"，令君王迷恋不可自拔，这就已经证明帝王已经丧失"皇恩断若神"（杜甫《能画》）的智慧与决断，推而扩之，其他有关一个合格君王的原则与要求也势必收拾不住。色令智昏的结果，便是以整个国家作为陪葬，而"一笑相倾"便堪称亡国已然肇端启动之预告。

既然一笑便足以相倾亡国，则情色的耽溺更是一个永远无法填满的欲望深渊，有如无底洞般吸尽帝王的脑髓。一般的庸脂俗粉并无法担当这样重大的任务，因此为了呈现色欲的莫大吸引力与破坏性，以呈现"致命女性"（Femme Fatale）之形象，李商隐接着便极力刻画女体的诱惑力，所谓"小怜玉体横陈夜"者，一方面乃点明这为将北齐导向毁灭之倾国美人的真名实姓，即齐后主之宠妃冯小怜，在史传上亦有作"小莲"者，《北史·后妃传》载："冯淑妃名小怜，大穆后从婢也。穆后爱衰，以五月五日进之，号曰'续命'。慧黠能弹琵琶，工歌舞。后主惑之，坐则同席，出则并马，愿得生死一处。"又《隋书·五行志》云："后主惑之，拜为淑妃。选彩女数千，为之羽从，一女之饰，动费千金。"另一方面则是极尽感官表现之能事，致力于突显宠妃惑主之武器所在。"玉体"者，极言小怜体肤美如莹洁之白玉；"横陈"者，即横放、横躺之意，六朝诗屡用之,出自宋玉《讽赋》:"主人之女为臣歌曰:'内怵惕兮徂玉床,横目陈兮君之旁。'"如此之玉体横陈的描述,将青春女子娇慵无力的性魅力生动地展现,比诸白居易《长恨歌》中"春寒赐浴华清池,温泉水滑洗凝脂。侍儿扶起娇无力,始是新承恩泽时"的描写,不但不显逊色,而且更为简括有力,富涵直接可感的官能之美;尤其整句诗特别点出冯淑妃的"小怜"之名,更是充分运用了其字义及其所生发的语感,以收到互相映衬之效。因为从文字联想与语言感受上来看,"小怜"一词字字带有清新稚嫩、弱不禁风的柔弱意涵,本就有我见犹怜、楚楚动人的美感,令人观之即油然心生呵护疼惜之情;再结合其"玉体横陈"的艳媚之姿,则更显出其柔若无骨、莹洁无瑕而娇慵无力的形象,由此即加倍扩大其官能表现的感染力与诱惑性,遂令人心荡神驰而不禁亟欲一亲芳泽。

这样香艳入骨的形容,可以说是李商隐从南朝宫体诗中撷取得来的叙写方式,观其《齐梁晴云》《又效江南曲》和《效徐陵体赠更衣》诸作之诗题,便明白透露出,由梁徐陵所开创并为其中代表人物的宫体诗,即所谓的"徐陵体",也在李商隐的作品中注入不少旖旎浪漫的遐思曼想。这些充满香倩气息的艳体风格,无疑是玉谿生诗集中最引人注目、也引发最多争议的地方,而具有严肃意涵的作品经过艳体之包装,也容易引发卫道人士的误解与攻击。然而,张采田曾指出:"借香倩语点化,是玉谿惯法,不得以纤佻目之。"(《李义山诗辨正》)所谓"借香倩语点化",就是说情色艳体只是表现的手法,并不是创作的目的,如果香倩语能够加强诗歌的艺术效果,使对比之张力或讽刺之笔触更形尖锐而怵目惊心,那就应该穿透表面的彩雾以探骊得珠,取得诗人蕴含其中的严肃批判与艺术匠心。

因此,正如朱彝尊对"小怜玉体横陈夜"此句所评的:"故用极亵昵字,末句接下方有力。"亦即以对比之效果与戏剧之张力而言,小怜作为女宠之感官表现愈是"亵昵",则其对家国所招致之灾难祸患就愈是惨烈,这就是"有力"的意义。而事实上,也就是因为美丽与危险并置于一线之间,才能在令人惊艳的同时,更感到惊心。果然,紧接着玉体横陈之旖旎酣快而来的,并不是"从此君王不早朝"的温柔岁月,而竟是最为血腥残酷的无情杀戮与无力回天的朝代沦亡,所谓"已报周师入晋阳"者,乃是北齐亡国历史剧的第一部曲,是正式宣告这个王朝已经骨蚀根烂的军事证明。周师,即北周武帝所指挥之中央军队;晋阳,在今山西太原市,为北齐之军事中心。"周师入晋阳"之史事见诸《北齐书·后主纪》所载:武平七年十二月,"周武帝来救晋州。庚戌,战于城南,我军大败。帝弃军先还。癸丑,入晋阳,忧惧不知所之。……乃留安德王延宗、广宁王孝珩等守晋阳。……帝入邺。辛酉,延宗与周师战于晋阳,大败,为周师所虏。"次年,周师攻陷齐都邺城(今河北临漳西南),朝官纷纷请降,而后主出逃被俘,齐遂亡。

从这段史传叙述之内容,可以清楚看到这一幕环环相扣的帝国沦亡记是以无比紧凑的速度演出,北齐部署的战线节节败退,于仅仅数月的时间兵败如山倒,终至于狼狈不堪地草草谢幕;而引导这场荒腔走板之历史剧的灵魂人物,正是这位当时号称"无愁天子"的齐后主。他先是从战况失利之前线"弃军先还",只求自保;

接着躲在晋阳城中惶惶然"忧惧不知所之",一筹莫展;然后便是龟缩到首都里坐困愁城,来个自欺欺人的眼不见为净;直到敌人破门而入时便一走了之,以致束手就缚,终而完成了亡国的临终仪式。从中我们看不到一国之君勇于任事的担当与勇气、临危不乱的冷静与胆识,更看不到君臣共休戚的胸襟与器度,以及谋略擘画的才智与能力,只看到胆小怕事、无德无能的纸老虎,在帝王的光环之下虚张声势,其实却完全不堪一击地轻易断送江山。然而,李商隐在取材时显然将这一切都剪除不顾,只取昏君嬖女之一面来进行批判,深究其故,其理由乃如前述所言,"嬖女"乃是昏君误国之政治结构中常见的一环,对女色之耽迷可以突显帝王轻重不分的人格特点,与丧失政治判断力的能力偏差,在亡国事业中往往具备了相当的代表性与典型意义;而且从艺术所需之表现性而言,女宠的题材更可以提供较大的官能描写,有助于提高诗歌之感染力,因此就成为诗人进行历史批判时最容易取资的素材。

于是乎,《北齐》的第一首就以"一笑相倾国便亡""小怜玉体横陈夜,已报周师入晋阳"的女祸论述,将绝色美人与国朝覆灭之间建构出一脉相承的因果关系,作为整首诗铺陈的主要结构。在这样的基础上,第二首诗持续将此一论点加以重复、发展和强化,同时更进一步进行移位、翻转和突破。只就表层来看,本组诗的第一首已经确定了色荒误国、红颜祸水的论调,第二首依然采取类似的叙写方式,似乎只是对第一首内容的再加强而已,如两首诗重复叠用了"一笑倾国"的绝色描述,所谓"一笑相倾国便亡""巧笑知堪敌万机"者是;又一再重现"晋阳陷落"的亡国惨况,所谓"已报周师入晋阳""晋阳已陷休回顾"者是,从表面上来看,其用意乃是不断强化色荒误国的内在逻辑,反复勾连两者之间的因果关系,使主旨清晰而明确,因此容易得出"首章最警策"(何焯《义门读书记》卷五七)的看法。然而细加比较探究,两篇之间其实不但存在着诸多差异,而某些差异也使得第二首诗更具备关键性的深度意义:

首先,前一首偏重女体之性魅力与闺房中之云雨色欲,后一首则在美色之外主写户外之田猎逸乐,由不同的两个侧面投射探照灯,更清楚而完整地呈现一代末主耽于感官逸乐的荒庸形象,使之具备更高的典型性。此外,清何焯《义门读书记》卷五七则云:"上言其一为所惑,祸败即来;下言转入转迷,必将祸至不觉,用意可谓反覆深至矣。……上篇叹其不知不见是图,下篇笑其至死不悟。"这也指出两篇的差别所在,乃是第一首偏重于君王在事发之前的昧于先知先觉,后一首则着重于事发之后的不知不觉,集中呈现齐后主无可救药的痴顽愚劣。而更进一步以论之,除了这些偏向表面的差异之外,第二首更深入而细腻地触及蕴含于色荒误国的简单逻辑中的心理问题、审美范畴、人物性格等等层次,这些都让一般容易流于简化的女祸论述立体得多,也深刻得多。在《北齐》第二首的探索之下,女祸论得到兼具深度与广度的延伸与扩大,可以说是这组诗真正的灵魂所在。

就心理层次而言,第二首一开始所说的"巧笑知堪敌万机",乍看之下会误以为是第一首起句"一笑相倾国便亡"的翻版,似乎是并不经济的多余重复而已,然而实际上却并非如此。如夏敬观便认为:"此篇起句亦笔力苍健,警策异常。"(《唐诗说》)若进一步推究其笔力苍健、警策异常之处,便在于第一首的"一笑相倾国便亡"只是指出红颜导致祸国的一般逻辑或现象,停留在"知其然"的层次;而第二首的"巧笑知堪敌万机"却更深入地挖掘到"知其所以然"的层次,从心理感受上指出红颜之所以祸国的深刻原因,是对何以能够"一笑相倾"的进一步说明。

"巧笑"也者,即美好的笑,出于《诗经·卫风·硕人篇》所云:"巧笑倩兮,美目盼兮。"笑,可以说是容颜中最能够呈现动态美,也最具感染力的一种表情,所谓"每蒙天一笑,复似物皆春"(杜甫《能画》),天子一笑可以带来使万物复苏的生气,而大地瞬间回春,沐浴在欣欣向荣的气息里;同样地,当美人之樱唇轻绽,不但引发了明眸皓齿之活色生香,也启动了吹气如兰之阵阵涟漪,可以说是沉闷枯燥又繁缛琐碎之宫廷中亭亭舒展的一朵莲花,对于想要破笼逸出、追求遂性自由之帝王而言,更是莫大的鼓动与激励。因为"巧笑"不只是美貌呈现的一种形态而已,它还是一种精神的舒放与解脱,是身心处于喜乐状态的外显,连带也使观笑之人的紧绷情绪为之松缓纾解,如李白《清平调词三首》之三所言:"名花倾国两相欢,长得君王带笑看。解释春风无限恨,沉香亭北倚阑杆。"美人之欢颜在前,本就会令人心神为之一开,万般烦忧皆为之荡然化除,颇有"换得千颦为一笑"(王安石《雪干》)之意味。何况那情之所钟的君王,更会因为所爱者之满足喜乐回向到自己身上,获得比自己独乐乐时更多的欣悦畅快,无形中也就是在所爱者身心完满之际所开展的"巧笑"上获得一种另类的自我实践,因此也会带笑赏看之,以回应那身心完满之所爱者的满足喜乐;从而"肯爱千金轻一笑"(宋祁《玉楼春·春景》)的豪奢大手笔,便成为最自然不过的结果。

若将"肯爱千金轻一笑"的心理法则加以扩大使用,则富有天下之帝王所不会吝惜者,当不仅仅只是千金而已,所谓"溥天之下,莫非王土;率土之滨,莫非王臣"(《诗经·小雅·北山篇》),则帝王以整个国家作为示爱的礼物,也就堪称顺理成章。果不其然,"巧笑知堪敌万机"就从帝王之心理感受的层次来点明此义。所谓"堪敌",意谓地位或重要性彼此相当而可以互相匹敌;至于"万机",本指繁杂的日常事务,出自《尚书·皋陶谟》:"兢兢业业,一日二日万几。"孔安国传曰:"几,微也。言当戒惧万事之微。"后来则常用指天子所处理的众多国家大事,如《汉书·百官公卿表》载:"相国、丞相,皆秦官,金印紫绶,掌丞天子,助理万机。"而美人一笑的价值居然足以与国家大事等同,这已是红颜祸水论的基本论调,诸如周幽王为了博得褒姒的倩兮巧笑,不惜将军事规约视同儿戏,屡次举燃烽火引发诸侯勤王来救,大队人马之奔波狼狈与遭到戏弄之错愕不置,都成为美人笑乐的对象,由此沦为"放羊的小孩",终使自身之安危葬送在轻重不分的信用破产上。其他如杜甫《哀江头》所言之"翻身向天仰射云,一笑正坠双飞翼。明眸皓齿今何在,血污游魂归不得",呈现出杨贵妃的嫣然一笑乃是点燃了盛世光华的高峰,然而高峰之后即是重力加速度的失速下坠,导致爱侣折翼死别、国家根基动摇的不幸下场;而杜牧所说的"一骑红尘妃子笑,无人知是荔枝来"(《过华清宫绝句三首》之一),更清楚是以"笑"来呈现帝王宠溺惑乱的契机,透过滥用驿使、虚耗物力的不当作为来一叶知秋,终究导向"舞破中原始下来"(《过华清宫绝句三首》之二)的结论。由此可知,"巧笑知堪敌万机"一句既说明美人一笑足以荡惑帝心的莫大分量,同时又点出其足以倾国的强大破坏性。

当然,若是单单只以"巧笑"来呈现美人之魅力,显然会成为流于陈腐的庸词套语,因此一旦泛泛观之,就会像纪昀一样发出"欠浑""滞相"的批评。但正如夏敬观《唐诗说》所反驳的:"此篇起句亦笔力苍健,警策异常。纪氏谓其欠浑,谓其滞相,盖未统会全篇气息观之耳。"如果就全篇整体之结构意脉统合观之,李商隐是先以"巧笑"来呈现活色生香之容颜,为美人之存在样貌初步奠基,而仅此一笑便足以与家国万机相匹敌,已充分突显冯小怜之绝色与魅力,堪称"笔力苍健,警策异常";何况接下来次句之"倾城最在着戎衣",又从面部容颜扩大到整体造型,使美人除了一颦一笑之外,还从举手投足之间焕发出无限魅力,其美遂无所不在,令人无时不迷。而更重要的是,"倾城最在着戎衣"之叙写还在审美范畴上提高了欣赏观照的层次,有别于一般从纤柔靡丽之脂光粉气、绮罗香泽来描写女性美的手法,李商隐大胆采取"雄性化"的角度,去捕捉罕见却突出的另类女性美感。

"着戎衣"一语,字面上是指穿上军装,但由下文的"更请君王猎一围"一句,可知"戎衣"其实并非杀敌卫国时所穿的军装,而是在田猎纵乐之场合所着的猎装。而且"倾城最在着戎衣"这一句发挥了既是承先,复又启后的作用,所谓的承先,是指它具体点出冯小怜展现其倾国倾城之美的形貌装扮,并非传统习见的满头珠翠、罗裙縠衣的柔媚华丽，而流于庸脂俗粉；反倒是男性化的扮装以后，巧妙融合了双性的独特气质，透过外在衣着上男性阳刚劲健的军装，不但更有一种俊秀帅气之美，而且在这阳刚与阴柔的矛盾统一之中，足以加倍烘托出裹覆在戎衣猎装之下女性的楚楚娇艳，而那顾盼之间的巧笑倩兮，在戎装的对比之下更显得鲜明夺目，堪称历史上难得一见而换人眼目，而如此非比寻常、洗脱凡近的超俗之美，才足以担当得起倾国倾城的致命吸引力。

至于所谓的启后，乃是说这身戎装不只是衬托冯小怜的非常之美，所谓"倾城"也不仅仅是一般泛言美人的浮夸虚词，它的另一个作用，是由虚而实地直接引出下一联的"晋阳已陷休回顾，更请君王猎一围"，前后形成一脉相承却微妙置换的纽带关系，暗示冯小怜那一身的戎装竟只是耽溺于田猎逸乐的象征，它不是带领大家步入战场保土卫民，让红颜报国血祭的武装战斗谱出可歌可泣的悲壮史诗，却是将战场转移到猎场，以无情的杀戮满足个人残酷嗜血的感官享乐，弃真正的战场于不顾，最终徒留红颜祸水的历史笑柄；而在猎场优先于战场的排序之下，战场势必反过来终结猎场，于是从"杀戮"之乐变成了"被杀戮"之苦，所谓"倾城"者，果然照字面落实为家国覆灭的历史事实。篇终所谓"晋阳已陷休回顾，更请君王猎一围"，真是说得令人背脊发凉，惊出一身冷汗，人性中的愚昧无知、耽溺失智、荒谬悖逆竟能一至于此，其扭曲失常的心智状态已经到了匪夷所思的地步，远远超出历史理性的范畴，诗人笔力果然是不同凡响。俞陛云《诗境浅说·丙编》曾说："凡作咏古诗，专咏一事，通篇固宜用本事，而须活泼出之，结句更须有意,乃为佳构。玉谿之《马嵬》《隋宫》二诗,皆运古入化,最宜取法。"而本篇亦足以当之。

值得进一步指出的是,这种女性雄装的特殊吸引力,并非完全是李商隐凭空想象得来的,唐代女性衣着时尚的风气中就已经发展出这样的美感造型。《旧唐书·舆服志》记载:"开元初,从驾宫人骑马者,皆着胡帽,靓妆露面,无复障蔽。士庶之家,又相仿效,帷帽之制,绝不行用。俄又露髻驰骋,或有着丈夫衣服靴衫,而尊卑内外,斯一贯矣。"这种女性雄装打扮的情况,《新唐书·车服志》亦有类似的纪录:"武后时,帷冒益盛,中宗后乃无复羃䍦矣。宫人从驾,皆胡冒乘马,海内效之,至露髻驰骋,而帷冒亦废,有衣男子衣而鞾,如奚、契丹之服。"一直到李商隐的时代,服装仪制都还普遍存在着逾分躐等的状态,如同书又云:"文宗即位,以四方车服僭奢,下诏准仪制令。"而在这些以抑奢尊礼为原则的准仪制令中,有关妇女的装束打扮也赫然在列,包括"妇人裙不过五幅,曳地不过三寸,襦袖不过一尺五寸"以及"禁高髻、险妆、去眉、开额及吴越高头草履"的规定,显示唐代女性服装时尚勇于尝试创新,甚至不惜流于险怪突异的多变性。

李商隐应该被这样"着丈夫衣服靴衫""衣男子衣而鞾"的特殊女性造型所撼动过,因此"女性而雄装"这种双性混同之奇特魅力便成为他审美经验中女性美感的一部分;同时又因为"士女衣胡服"这样兼具性别越界与国族越界的服装穿着,曾因为安史之乱招致历史性的空前灾难而被赋予"服妖"的价值论断,因此诗人在咏史以寓托讽谕之情时,取材之际便以慧心只眼撷取此一场景,将人情、物事中呼应了这种女性审美经验的素材加以突显,使原本呆板纪实的片段史事,转化为情致妩媚、魅惑动人的写真图,其传神写照的效果,已堪称是如见其形、如闻其声。但美丽与毁灭之间仅仅一线之隔,而且彼此之间具有紧密的因果关系,所谓"北方有佳人,绝世而独立。一顾倾人城,再顾倾人国"(汉李延年《李夫人歌》),对美丽的耽恋原本就容易引发致命的危险,尤其在帝王昏庸、玩物丧志的宫殿朝廷中,"色不迷人人自迷"的美丽女性更往往被冠以"尤物"这样高度物化的标签,以"致命女性"(Femme Fatale)的身份为帝王承担了祸国殃民的罪愆,以致"倾城倾国"不只是夸言美丽之强大效果的文学修饰,其中更隐含了危及家国之致命灾难的政治预言。

果然,于北齐覆灭的亡国记之中,这一首长久以来即回荡在历史成败道德评价中的安魂曲,又同样奏起它千年不变的主旋律,紧接着冯小怜巧笑倾城的绝世之美的,便是"晋阳已陷休回顾,更请君王猎一围"的残酷终结。晋阳一地,依史实应是晋州平阳郡之误,平阳在今山西临汾境内;"猎一围"者,谓再围猎一次。两句所根据之史实见诸《北史·后妃传》:"周师之取平阳,帝猎于三堆,晋州亟告急,帝将还,淑妃请更杀一围,帝从其言。……及帝至晋州,城已欲没矣。"另《资治通鉴·陈纪六》亦载:"齐主方与冯淑妃猎于天池(案:即三堆附近),晋州告急者,自旦至午,驿马三至。丞相高阿那肱曰:'大家正为乐,边鄙小小交兵,乃是常事,何急奏闻!'至暮,使更至,云平阳已陷,乃奏之。齐主将还,淑妃请更杀一围,齐主从之。"在兴亡的天平上,因为宠妃的无知逸乐加重了亡之一端的重量,而兴之一端则被逐渐架空,于是杠杆失衡并彻底倾斜,朝政国事遂至于一败涂地。

所谓"观其所使,其君可知",依照同类相求、物以类聚的道理,以及"上之所好,下必有甚焉"的人性法则,可以推知有嬖女必有昏主,有其臣也必有其君,共同形成沆瀣一气的一丘之貉。果然,在这个共犯结构中,除了作为宠妃以引诱帝王犯罪的冯小怜之外,从历史载记可以看到其间还有一位轻重不分的丞相,轻视敌军压境的边境战事为家常便饭,因此玩忽怠慢,对再三告急之军情隐匿不报,直到作为国家门户之要塞重镇真正沦陷,才奏报皇帝知晓,以致错失指挥调度、反败为胜之良机。而"齐主将还"之描述,至少说明了齐后主其实还保有一点身为帝王的义务感与责任意识,是故采取銮驾回宫以因应危机的决定;只是这点义务感与责任意识是何其微弱而不堪一折,适其初初萌生之际,身旁宠妃"请更杀一围"的无理要求就足以将它熄灭,"齐主从之"的结果是昏君、佞臣、嬖女联手狂欢,继续一场奠基于废墟之上的豪华庆典,而彻底完成了"倾城最在着戎衣"在政治意涵上的危险预言。

一般而言,论者皆将此组诗之主旨归为"红颜祸水论",乃李商隐借北齐后主的色荒误国以昭迥戒。从前文论述以观之,此说固然言之成理,试看若无淑妃"更请君王杀一围"的无理要求,齐后主将命驾回朝进行补救,虽不能力挽狂澜,也不至于让事情发展到如此匪夷所思的地步。然而另一方面,"红颜祸水论"的不合理也同样成立,从"有权有责"的现代角度来看,固然"更请杀一围"者乃冯淑妃,不免有献策失当之讥,然而有权决定采纳与否的却是齐后主,当他随即对此建请依言"从之"的时候,就必须因为意志不坚、轻重不分的决策失当而完全负起判断错误、耽于逸乐的亡国责任。但无论如何,以上这两种看法虽然都言之成理,却同样都纠缠在厘清责任归属的问题上,对于"红颜祸水论"无论是赞成还是反对,对那直接或间接引发祸水的女性本身都欠缺深刻的阐释与剖析,也很少触及当事之女性的心理状态与人格属性。若将《北齐二首》这两篇诗作细加爬梳,我们发现李商隐的笔触其实还要深刻得多,在厘清亡国责任的表层问题之外,似乎还可以有其他解读的可能角度。那些在历史上足以掀起波澜、加速国家毁灭的女性,除了必须具备非凡的美貌与魅惑力,导致帝王"物不迷人人自迷"之耽溺而荒废朝政之外,是否还包括其他属于人格方面的条件?容貌是外在的,而人毕竟还有性格的内在层次,这才是决定一个人言行取舍的根本所在。

从另一个与"讽谕"不同的、纯就"人性"的角度观之,这样一个不识大体、耽溺逸乐的任性宠妃,岂非也是对传统中背负祸国罪责的女性形象的深刻化?一般在诗歌中被赋予亡国罪愆的女宠,大多只是单单以外表之美色来概括一切,对于她们自身的人格、性情、才华等用以标志独特个性的部分,以及她们身上所蕴含的一般人性的部分,乃至这些个性与人性的成分如何在人际互动中呈现,又如何在政治的权力结构中发挥影响,在在都是极少被着墨的。因此一般诗歌中的女宠形象总不免流于抽象平面,与其说是一位活生生而具体的"人物",不如说是一个固定而简化的"标签",负担的是只论成败的政治论述中的单一符码,而不是人性幽微解析中的血肉生命。

以唐代最为切身关己而可以就近取材的杨贵妃为例，李白写于安史乱生之前的《清平调词三首》姑且不论，于安史乱生之后得到大肆发展的女祸论述中，杜甫对杨贵妃姐妹的描写是："中堂舞神仙，烟雾蒙玉质。"（《自京赴奉先县咏怀五百字》）她们不但被隔离在烟雾弥漫之中，而杨贵妃本身更只是"昭阳殿里第一人，同辇随君侍君侧"（《哀江头》）这般依附于帝王身畔的附属品。另外，杜牧于追究安史之乱的罪魁祸首时，说的是"一骑红尘妃子笑，无人知是荔枝来"以及"霓裳一曲千峰上，舞破中原始下来"（《过华清宫绝句三首》），除了过于泛泛的歌舞享乐之外，贵妃的容颜总是隐藏在朦胧的烟雾之中，只留下一个模糊不清的面孔和恍惚不定的微笑；至多也只是杜甫在感慨红颜薄命时，于《哀江头》中所描写的"明眸皓齿今何在"，其所谓"明眸皓齿"者，乃是一种优美动人的述词，令人遐思其"美目盼兮，巧笑倩兮"的活色生香，却依然属于缺乏个性而流于皮相的笼统描绘，可以适用于所有的美人造型，但无法传神写照，表现出美人们赖以彼此区隔的自我特性。

由此可见，诗人们或许基于心系家国成败的历史责任感，因此对女祸多所着墨，但其实并未直指靶心，穿透"昏君嬖女"的表层联结，将女宠们责无旁贷的真正罪愆从"美色惑主"中解脱出来。换言之，女宠的罪过并不是她们的绝色美貌，而应该在于她们身上所禀赋的包括无知、贪婪、盲目、虚荣、耽于逸乐种种缺点在内的一般人性弱点；而在绝色容颜的包装之下，这些人性弱点受到过度的放纵与包容，以致加深了祸害的严重程度，这才是问题的关键所在。

李商隐这两首诗与其他女祸论述的不同之处就在于这里，因为他使传统诗歌女祸论述中的绝色红颜立体化了起来，让我们清楚看到在导向历史成败的罪与罚之前，作为一个人有血有肉的存在风貌与活动轨迹；换句话说，冯小怜已经不再只是一个美丽的女体，发挥"物"的消极意义，只提供诱惑君王抛却政事的间接作用，而更是历史成败的直接参与者，对国家的走向不但发挥了直接的影响力，而且以"人"的身分去担负真正的责任。事实上，在北齐亡国的过程中，冯小怜之荒谬言行还不只是表现在"晋阳已陷休回顾，更请君王猎一围"而已，《北史·后妃传》亦载：当晋州告急，淑妃不但请更杀一围，事后"帝至晋州，城以欲没矣。作地道攻之，城陷十余步，将士乘势欲入。帝敕且止，召淑妃共观之。淑妃妆点，不获时至，周人以木拒塞，城遂不下。旧俗相传，晋州城西石上有圣人迹，淑妃欲往观之。帝恐弩矢及桥，故抽攻城木造远桥。监作舍人以不速成受罚。帝与淑妃度桥，桥坏，至夜乃还。……仍与之并骑观战，东偏少却，淑妃怖曰：'军败矣！'帝遂与淑妃奔还。至洪洞戍，淑妃方以粉镜自玩，后声乱唱贼至，于是复走。"如此种种，清楚呈现一个骄纵任性、唯我独尊的女性形象，且不独如此，她对军事危机的发生与变化，以及家国存亡绝续的严重性竟然盲昧无知一至于斯，直将家国视为无物而等同儿戏，仿佛掌舵巨轮的人竟是一个幼儿稚子，嬉笑之间一转手顷刻就将全船覆没，令观者为之惊惧震骇不已。

同时，"晋阳已陷休回顾，更请君王猎一围"这两句也将整个事件的主导权交给了冯淑妃，让她以"晋阳已陷休回顾"之理由而提出"更请君王猎一围"之主张，取决了进退可否的权力，相形之下，齐后主的自主权反倒显得可有可无。而堂堂君王沦为对宠妃唯唯诺诺的囚徒，对之百依百顺、唯命是从，因此毫无自性可言，其间主从之别的重新设定，岂非十分令人玩味？齐后主的失职失策固不待言，其必须肩负亡国之历史责任也当然无从推卸，然而，冯小怜隐藏在绝色美貌之下的荒悖不德却也受到突显，再也不能以性别标签加以开脱。而这种性格中轻浮骄横、唯我独尊的特质，就是冯小怜在亡国之历史责任上亦责无旁贷之缘故所在，也是她身为权力核心之共犯结构之一员的有力证明。

因此，"晋阳已陷休回顾，更请君王猎一围"这两句表面上是依照史实记载所作的客观描述，但所呈现出的一个不识大体、耽溺逸乐的任性宠妃，其性格之缺陷，对北齐的亡国也确实是难辞其咎。如果说《北齐二首》第一首的"小怜玉体横陈夜，已报周师入晋阳"还只是停留在帝王之贪恋女色，冯小怜也仅仅以物化之姿被动地承担祸水之责，则《北齐二首》第二首的"晋阳已陷休回顾，更请君王猎一围"便是将冯小怜的被动意义化为主动意义，让她从一个"物"变成一个"人"，在"玉体横陈""巧笑相倾"的美丽形骸之外，更添加了人格属性、价值判断与情感取舍等思想层次，因此对这份亡国事业的参与度也就随之大幅提升，无法以置身事外之无辜者的身份来卸责脱罪。换句话说，当"已报周师入晋阳"之际，冯小怜还只是一个横陈玉床之上的女体，然而，到了晋阳沦陷之后，在其主张"晋阳已陷休回顾，更请君王猎一围"的时刻，她就已经上升为权力核心之共犯结构体中的一分子了。

如果进一步追究的话，这样无知骄纵而唯逸乐是尚的妃子又是如何形成的呢？从"人性"的角度来看，人类的自我发展若非受到道德的提升与护持,就会一直停留在由生存本能所控制的原始状态之中,所谓"不拿学问提着,便都流入市俗去了"(《红楼梦》第五十六回薛宝钗语),则流入市俗去了的心性,便终将以"趋利避害""好逸恶劳"为意识行动的最高指导原则,在"顺则任性纵溺,逆则委屈求活"的自然原则之下,逐渐受到环境因素在层次或范围上程度不等的扭曲乃至摧毁。白居易《琵琶行》所写的琵琶女,即是在青春年少一帆风顺时流于得意忘形,一味过着"五陵年少争缠头,一曲红绡不知数。钿头云篦击节碎,血色罗裙翻酒污。今年欢笑复明年,秋月春风等闲度"这种纸醉金迷的遂性生活,并深深乐在其中,以至于对浮华生活的空虚本质浑然不觉而无所反思,更未曾企图加以改变或超脱,直到年华老去、门前冷落的时候,才恍然惊觉时不我予。至于李商隐,其实也曾透过《梦泽》一诗描写出女性不能免除普遍之人性弱点的一种类型,所谓"未知歌舞能多少,虚减宫厨为细腰",那种逢迎取媚、以求飞上枝头做凤凰的虚荣心理,以及不肯累积真才实学、妄想一步登天的投机心态,都被李商隐尖刻地揭露出来,嘲讽之意真可砭人肌骨。

这样一种盲目无知、虚荣浮华的女性形象,固然有其社会的、文化的种种客观因素而难以苛责,但是,就其所体现的不分性别而人人皆具的普遍人性而言,所谓"上之所好,下必有甚者"(虞世南对唐太宗语),屈居下位而力求上游者不分青红皂白地逢迎取媚,暴露了人性中浅薄穷滥的阴微禀赋,这依然是女性形象的一部分,因为这是属于人性皆然的共同弱点,生而为人的女性自也无法例外。同样地,当上下位之间原本属于分立、争取的二元关系,变成了有福同享的一体范畴时,上升到权力顶峰的下位者也就会展现出截然不同的风貌。既然无知虚荣之人性本质不变,则"鸡犬升天"的得意忘形也就在所难免,试看历代宠妃的表现,如褒姒将军国危机之处理制度视同儿戏,而以无故举烽为乐,乃至这里冯小怜的荒嬉逸乐,多是予取予求、公私不分的骄蛮任性,由于包装在美丽的外貌之下,而备受惑爱美色的帝王毫无限制地放纵宠溺,这无疑是让其人性弱点得以夸大呈现的最大原因。因为帝王以其手中握有的极权,去腐化那些原本在弱势的环境中成长,因而智识发展一直停留在原始本能状态的无知女性。毕竟,历史上要找出像樊姬一样,因楚王喜好田猎,而不食禽兽之肉以为劝谏;或如班婕妤那般,知所进退、出处守节,不惜与荣华富贵擦身而过的女性,实在是凤毛麟角。《汉书·外戚传》记载:

> 孝成班倢伃(案:即婕妤),帝初即位选入后宫。始为少使,蛾而大幸,为倢伃,居增成舍,再就馆,有男,数月失之。成帝游于后庭,尝欲与倢伃同辇载,倢伃辞曰:"观古图画,贤圣之君皆有名臣在侧,三代末主乃有嬖女,今欲同辇,得无近似之乎?"上善其言而止。太后闻之,喜曰:"古有樊姬,今有班倢伃。"倢伃诵《诗》及《窈窕》《德象》《女师》之篇。每进见上疏,依则古礼。

这样在大幸之际却将荣宠与权势推出门外、拱手让人的女性,严格说来是违反一般人性取向,乃至违反历史现实的特殊孤例,应该是结合了天时(亦即无以名状也无从究诘的天赋性格)、地利(意指其自幼成长的家庭背景与教育环境)、人和(包括亲族友朋的劝勉砥砺)的难得产物,如此才能使她摆脱了一般人性的弱点,而发展出连深受儒家教化的冠带男子都难以企及的德性操守,表现那"富贵不能淫,贫贱不能移,威武不能屈"的圣洁风范。

然而,这样的女性毕竟是可遇而不可求的稀有产物,是历史发展中偶然错页迸现的一抹稍纵即逝的辉光,属于偶然的奇迹,而不是一般的常态。作为德性的人身具形,樊姬和班婕妤与其说是女性的典范,不如说是超越性别的理型,宜于置诸庙堂之上接受供奉膜拜,却无法强求凡夫俗子见贤思齐,以向往之情诚心仿效。毕竟"由俭入奢易,由奢入俭难",既然固穷之君子稀少如凤毛麟角,穷斯滥矣的小人却比比皆是,又如何能够责求普天之下的女性皆为"女君子"?名利享乐之心盛于固穷守节之志,既属一般人性上普遍根植的弱点,连饱读诗书、深受圣训熏陶的衣冠之士尚且都不易拔除,而难免种种不堪的阴暗与丑陋,则"白沙在泥,与之俱黑"岂非更是人性之常?在宫廷中享尽繁华,在权势中呼风唤雨,习惯成自然之际,不知不觉就会产生"何不食肉糜"的晋惠帝,则号称"无愁天子"的齐后主高纬身边,存在着一位"更请君王猎一围"的冯淑妃,也就理有必然而不令人诧异了。

至此,昏君、嬖女、幸臣三者之间环环相扣,那"权力腐化人心"之后的政治共犯结构于焉彻底完成,而亡国事业之最终结局也就水到渠成了。

论析至此,对这首诗的创作特点还可以透过综述的角度,提出几个值得注意的地方。首先,清袁枚于《随园诗话》卷二中曾指出,是否具备"新义"与"隽永之味"为咏史诗的两个评价标准,所谓:"读史诗无新义,便成'廿一史弹词'。虽着议论,无隽永之味,又似史赞一派,俱非诗也。"从前述之分析可见,李商隐《北齐二首》提出了与传统女祸论本质迥异的"新义",触及女性的人格养成、女性在权力结构中如何参与亡国作用等课题,远较为深刻而令人耳目一新;而其隽永之味则寄托在它意在言外的表现方式上。由于咏史诗贵在皮里阳秋、不落言诠,对人物评价和历史论断都不宜直露明切、倾泻无余,才能耐人寻味,而在《北齐二首》中,李商隐就做到了这种"有案无断,其旨更深"(《李义山诗集辑评》引朱彝尊语)、"不说他甚底,罪案已定,此咏史体"(张谦宜《絸斋诗谈》卷五)的最高境界。的确,这两首诗表面上都只进行客观史实的叙写与呈现,却不提出个人主观的议论与评断,有如摄影机一般,让连续呈现之画面自动说话;唯其经过题材的选择取舍与重新加以浓缩拼贴之后,无形中也潜在表达了作者的批判,不落言诠地让读者在字里行间心领神会,因此特别耐人寻味。

其次,李商隐的咏史之作还具有一项优秀的表现特征,亦即其取材角度往往别出心裁,不蹈袭前人之陈腐窠臼,因此往往令人耳目一新,此一手法在这组诗中也清晰可见。宋张戒曾在评《南朝》一诗时指出:其诗"非夸徐妃,乃讥湘中也。义山诗佳者,大抵类此。咏物(案:此处应指咏史)似琐屑,用事似僻,而意则甚远。世但见其诗喜说妇人,而不知为世鉴戒。"(《岁寒堂诗话》)所谓的"似琐屑""似僻",都是指其取材的细腻抉幽,能见人所未见;再透过连类映衬、对比烘托和集中概括的高妙手法,便产生"意则甚远"的艺术效果。从《北齐二首》中正可以看到,李商隐的取材确实是见人之所未见,诸如"小怜玉体横陈夜""倾城最在着戎衣""更请君王猎一围"等等,都展现出前人所未见的创意,以及不流于陈腔滥调的别具慧眼;而其极亵昵之处令人想入非非,极俊美之处令人心荡神驰,极荒悖之处又令人匪夷所思,的确创造出悠远深厚的想象空间,耐人寻味。

最后,从体裁上也可以看出李商隐非凡的艺术技巧,因为他在咏史而"隐括其事"之际,极其精准地采取了与内容表现最为胥合的七绝体式,一如清代诗论家施补华《岘佣说诗》所指出:"义山七绝以议论驱驾书卷,而神韵不乏,卓然有以自立,此体于咏史最宜。"而七言绝句之所以最宜于咏史,原因在于诗人为了取材上能够区分主从、剪除杂蔓,而集中于最有力的一点进行最有效的发挥,下笔时本就应该一眼觑定其人其事可供扩大表现之一端,以便对准一刀切入进行议论,绝不旁牵枝蔓以免误失主旨或模糊焦点,因此通常是见好就收、点到即止,从而在诗歌表现形式上也趋向于精约简练的绝句短章。如此一来,七绝的简短体式非但不会造成铺叙的局限,反而有助于剪除歧杂多余的赘词虚笔,目标明确、精准有力地直指议论的靶心而一语中的,让诗人与众不同的论点得以鲜明地集中展现。于《北齐二首》中,李商隐的确是将笔刀对准历史中最戏剧性、最具有包孕性的一刻,集中剖现情色逸荡而同时边警紧急的历史片段,以创造出十足的对比张力,这就足以看出形式与内容完美结合的高度功力。

马嵬二首之二

海外徒闻更九州，　他生未卜此生休。
空闻虎旅鸣宵柝，　无复鸡人报晓筹。
此日六军同驻马，　当时七夕笑牵牛。
如何四纪为天子，　不及卢家有莫愁。

　　唐玄宗与杨贵妃的爱情故事以及其所牵动的家国巨变,乃是唐代诗人热衷歌咏的题材;而以此一题材进行创作之诗篇,都属于传统分类上的咏史诗。所谓"咏史",与一般历史典故的运用本质上有所不同,乃是以特定的历史故实或历史人物为主要歌咏对象,并直接、间接地通过其是非功过之评定,来传达自己的史识和价值观;而由于咏史之动机,往往是来自于览古吊往之触发,却又因为"从来览古凭吊之什,无不与时会相感发"(陆昆曾《李义山诗解》),因此咏史可以进一步与讽谕和咏怀相通。于是诗人或者有意于托讽当世以代直谏,或者就只是单纯地抒发沧桑代谢的无常之慨,乃至于借以寄托个人遭遇的身世之感,都属于咏史诗创作的目的。

　　而这首《马嵬》诗正是李商隐在"览古凭吊"之际,触动了自身最为熟悉的弱者处境之感,遂有感而作。其中并没有托讽直谏的政治寓意,也不曾抒发沧桑代谢的无常之慨,更未借以寄托个人遭遇的身世之感，而是纯粹出于为弱者伸张正义的立场，对玄宗之是非功过提出别具只眼之评定。对整个安史之乱的动荡变局，本篇采取与众不同的角度重新审度其中是非功过，不以传统观点归于女祸，如杜牧所说的"霓裳一曲千峰上，舞破中原始下来"（《过华清宫绝句三首》之二）；也不责备玄宗的色荒误国，如杜甫所谓的"不闻夏殷衰，中自诛褒妲"（《北征》），而特意从政治成败的角度跳开，转向纯粹属于两性爱情的角度，以死葬于马嵬的贵妃本身立场，来申抒悲剧的凄惋情境并指认真正的罪责所在，故成为一首立论新颖的咏史佳构。《马嵬二首》约作于文宗开成三年（八三八），时李商隐二十七岁，在泾原节度使王茂元幕中，此处所论析者，乃其中的第二首。

马嵬，即马嵬驿、马嵬坡，本为人名，晋时筑城于此以避兵，后遂以名地，清《一统志》载：陕西西安府："马嵬城在兴平县西二十五里，一名马嵬山，唐杨贵妃葬此。"作为一代红颜被迫划下人生句点的所在，马嵬已成为杨贵妃的另一个代名词，杜甫《哀江头》曾以"明眸皓齿今何在，血污游魂归不得"来形容贵妃惨死之情状，白居易《长恨歌》更将当时场面铺叙得淋漓尽致，所谓："六军不发无奈何，宛转蛾眉马前死。花钿委地无人收，翠翘金雀玉搔头。君王掩面救不得，回看血泪相和流。……天旋地转回龙驭，到此踌躇不能去。马嵬坡下泥土中，不见玉颜空死处。"实则贵妃乃缢死于梨树之下，不可能有"血污"之景况，然而文人骚客点染诗境，多不避夸饰之笔，至于钗环零落、玉颜委弃之情景，更是习焉常见，因此唐高彦休《唐阙史》即称："马嵬佛寺，杨妃缢所，迩后才士文人经过，赋咏以导幽怨者,不可胜纪,莫不以翠翘香钿委于尘土,红凄碧怨,令人伤悲。虽调古词高,而无逃此意。"就在这样千篇一律的叙写程式中,李商隐别开生面地拓展出崭新的诠释观点与评价角度,不蹈袭前人之陈腐窠臼,因此令人耳目一新。

首联的"海外徒闻更九州,他生未卜此生休"两句,从一开始就分别从空间与时间着墨,由时间与空间这两个存在的先验范畴,完全将杨贵妃死后可能的其他存在形态一笔抹倒,目的是让苟活之人充分承担今生今世的悲剧与罪愆,而不能在他界与来生的假设遁词中自欺欺人。第一句的"海外徒闻更九州",句下李商隐原注:"邹衍云:九州之外,复有九州。"邹衍者,战国时代的阴阳家,原注云云,即其所创的"大九州"之说,《史记·荀卿列传》载:邹衍"以为儒者所谓中国者,于天下乃八十一分居其一分耳。中国名曰赤县神州,赤县神州内自有九州……中国外如赤县神州者九,乃所谓九州也。……乃有大瀛海环其外,天地之际焉。"此处用以解释超越现实之外的他界,即传说中海外仙山之所在。由于唐玄宗与杨贵妃彼此恩爱情笃,于贵妃死后,退位为太上皇的玄宗便不断追寻芳魂所在,既是因为深情眷恋之不容已,亦复是对"因我而死"之爱侣的赎罪忏悔。终于在方士法力无边的道术之下心愿得偿,所谓:"临邛道士鸿都客,能以精诚致魂魄。为感君王辗转思,遂教方士殷勤觅。排空驭气奔如电,升天入地求之遍。上穷碧落下黄泉,两处茫茫皆不见。忽闻海外有仙山,山在虚无缥缈间。楼阁玲珑五云起,其中绰约多仙子。中有一人字太真,雪肤花貌参差是。"(白居易《长恨歌》)如此一来,贵妃不但未曾死去,还更升格为仙界女神,以无比完美的形态存在于同一个空间中,则俗界的苦难获得了仙界的升华,玄宗便可以因此减轻那椎心蚀骨之愧疚。

然而追根究底,神话仙闻毕竟只是虚荒诞幻的想象之词,是邪非邪,都因为无从证实而在未定之数,但现实人间的冤恨枉死却是如此之真切、如此之痛楚,在未能承担罪愆、尽力赎罪之前,便借由化仙成神的幻想来让痛苦不堪的心灵获得解脱,这毋宁是十分投机取巧甚至懦弱逃避的做法。因此李商隐在"海外更九州"的古老传说上加以"徒闻"一词,意谓只是听说而已,表示对此一说法并不能确定,则此句乃是以质疑代替否定,将并存于世的他界仙境加以抹除。如此一来,贵妃之死便成为无可逃避的钢铁事实,玄宗也就无法透过他界的寄托而卸下罪疚的痛苦重担。

基于同样的道理,这样毫不容情的逼迫就一直贯穿到下一句,让他界的寄托丧失之后,连来生的寄托也接着荡然无存,所谓"他生未卜此生休",乃是从生前死后的时间范畴,来对另一种相当于再世轮回之存在形态进行否定。原本在李杨的爱情故事中,对于来世的想象也是极为美丽的一笔,中唐陈鸿《长恨歌传》中记载:方士东极天海,跨蓬壶,终于找到贵妃死后化身而成的太真仙子,玉妃见之,取金钗钿合,折半为信,方士复前跪致词,请当时一事,不为他人闻者,以验明于太上皇;玉妃茫然退立,若有所思,徐而言之曰:"昔天宝十载,侍辇避暑骊山宫。秋七月,牵牛织女相见之夕,……夜殆半,休侍卫于东西厢,独侍上。上凭肩而立,因仰天感牛女事,密相誓心,愿世世为夫妇。言毕,执手各呜咽。此独君王知之耳。"如果神仙之说可以成立,则来生再世重逢的愿望亦同样可期,一旦生命可以重新开始,前缘可以接连再续,则今生的终结自然就会变得轻如鸿毛,今世的罪孽也就因而微不足道,如此一来,让自己最挚爱的女子以替罪羊之姿走上"断头台"的残酷无情,势必成为永恒岁月中无关紧要的一笔,玄宗岂非又可以因为来生"世世为夫妇"的寄托,而减轻现在的错误与痛苦?于是李商隐在"他生"与"此生"两个语词之后,分别接以"未卜"与"休"的否定词,意谓来生本是未能预料,而唯一的此生却已然完结;换句话说,一旦贵妃惨死,留下的便是永远无从弥补的悔恨疚责与无从填平的痛苦深渊,玄宗必须用整个残生来面对这血淋淋的伤口。

冯浩曾指出:"起句破空而来,最是妙境。"(《玉谿生诗集笺注》卷三)而宋胡仔也说道:"义山云:'海外徒闻更九州,他生未卜此生休。'语既亲切高雅,故不用愁怨、堕泪等字,而闻者为之深悲。"(《苕溪渔隐丛话·前集》卷二二)都能点出首联两句之妙处。但事实上,起句破空所带来的,并不是出于生离死别的深悲凄惋而替玄宗抒发哀苦之痛,而是一种咄咄逼人、不容逃遁的兴师问罪,全诗伊始就否决了他界与来世的可能性,在第一联中,李商隐就连续使用"徒闻""未卜"与"休"等三个强烈的否定辞,传达的乃是层层否决的三重幻灭,其内在意涵与结构安排可以归纳如下:

> 海外徒闻更九州——就空间范畴,打破对共时性的、与此界并存的另一个生存空间的臆想,否定道教思想中成仙永生的许诺。

他生未卜此生休——就时间范畴,打破对历时性的、接续而来的另一个生命时间的期盼,否定佛家思想中轮回与永生的信念。

而透过"徒闻""未卜"与"休"这层层否决的三重幻灭,便逼使玄宗无法遁入虚幻的迷思之中,以获得"痛苦"的麻醉和对"失落"的逃避,而退无可退地面对赤裸裸的现实:就在这"此生"中,爱情与生命都已然无法挽救地划下永恒的句点,没有他界的寄托,也没有来生的许诺,双重地进行时间上再续前缘之否定,与空间上另类存在之架空;换言之,贵妃不存在于美好的乐园仙界,也不存在于来世他生的等待,她已经因为玄宗的懦弱无能而惨死殒命,彻底消失于"宇宙黑洞"之中。如此之决绝而不留余地,其实就是要逼迫唐玄宗无法自欺透过,让他直接面对亲手铸成大错的悲剧,却不能借由虚幻的想象来自我安慰。因为人是软弱无能的,为了免除或减轻自责与罪恶感,往往不是推卸责任、怨天尤人,就是以莫须有的虚幻假想来洗涤心灵的罪愆或填补灵魂的空洞,如空间上的天堂和时间上的来生,无非都是这种补偿心理的产物。因此,第一联中真正的用意,是不让玄宗这位"吾虽不杀伯仁,伯仁由我而死"的刽子手一味地自欺欺人,躲在幻想的世界里逃避责任与罪孽。

而诗人的义愤尚且不只是如此而已。李商隐在为弱者伸张正义时,总是严酷苛刻而猛烈不留情的,因此他逼迫玄宗正眼直视那永恒而无法弥补的悲剧,在巨大的痛苦深渊之前,玄宗不能掉头斜看天堂的美丽与来生的延续,以免在假想的救赎感中洗去手上的血腥与心头的罪恶；接着更不断揭开疮疤，血淋淋地展现其中的懦弱伪善，如清姚培谦《李义山诗集笺注》指出："首联皆用《长恨传》中事，海外九州，即临邛道士之说；他生夫妇，即长生殿中语，二语已极痛针热喝。下二联，却将'此生休'三字荡漾一番。"因此接下来的两联诗句便不断通过今昔的对比，反反复复地扩大生与死、美丽与丑陋、幸福与悲剧的落差，以申足"此生休"的末路绝境；终而厉言斥责玄宗的软弱与无能，以"如何四纪为天子，不及卢家有莫愁"的对比收结全篇，其亢言疾色足以贯透纸背，强而有力地完成了杨贵妃身为牺牲者的历史形象。

其第三句首先点染的"空闻虎旅鸣宵柝"，乃是形容安史之乱发生后，于长安陷落时玄宗仓皇逃往蜀地之过程。依据《资治通鉴·唐纪三十四》的统合记载：天宝十四年十一月安禄山起兵于范阳，势如破竹地囊括大唐之半壁江山，次年六月辛卯贼将崔乾祐克潼关，长安之门户失守；壬辰，朝廷首唱幸蜀之策；癸巳，士民惊扰奔走，市里萧条；甲午，百官朝者什无一二，既夕整比六军，以御驾亲征之名进行逃难的准备；乙未，黎明时玄宗独与亲近者出延秋门，皇室子孙不及跟随者甚多；丙申，在禁卫军的兵变之下，杨国忠与贵妃皆死，由天堂到地狱之间的沧桑变化，整个过程不过短短五六日而已。在凄苦狼狈的逃难路途上，护卫玄宗的共有左右龙武与左右羽林等四军，由大将军陈玄礼指挥，形成一支由宫中禁军所组成之虎旅。数千人经过连日的赶路跋涉，夜深之际都已疲惫地暂栖于荒郊野地，唯有过度忧伤的灵魂无法入眠，所谓"夕殿萤飞思悄然，孤灯挑尽未成眠。迟迟钟鼓初长夜，耿耿星河欲曙天"

（白居易《长恨歌》），流落至此的玄宗既已听不得皇宫内苑里的钟鼓之声，倾耳所闻，只有"宵柝"的鸣响，亦即守夜之卫士在军伍中巡逻时，敲击报时兼示警用的梆子声。那刚硬冰冷的金属声无情地穿透夜晚冷凝的空气，鞭打着紧绷的神经，在周遭一片草木皆兵的肃杀气息中，有如一声声紧催不舍的追魂令，令人惶惶不安而几欲心碎魂裂。在寂静的荒野里，身处偏离朝廷中心的边陲位置，昔日之霓裳羽衣曲早已渺不可闻，佳人之呢喃细语更是声断音绝，无边的荒凉凄楚与逃难时的惊心动魄交织杂糅，沉重得令人难以负荷，因此那足以震碎寂静的宵柝声，便潜入灵魂深处，成为心口上一股冰冻固结的积郁隐痛。

而太深的痛苦是令人想要逃避的，尤其想要遁入昔日美好的岁月中以获得抚慰，杜甫《哀江头》诗便是在"江头宫殿锁千门，细柳新蒲为谁绿"的情感绝境里，转而向过去的"开元全盛日"乞灵，因此随即跌入"忆昔霓旌下南苑，苑中万物生颜色。昭阳殿里第一人，同辇随君侍君侧。辇前才人带弓箭，白马嚼啮黄金勒。翻身向天仰射云，一笑正坠双飞翼"的灿烂回忆中；杜甫身为盛世之局外人、旁观者，已然如此情不自禁，至于身为盛世之引领者与局中人的唐玄宗，当更是对过去眷恋不已。所谓"无复鸡人报晓筹"，是为了与前一句"虎旅宵柝"的冰冷金属声响作对比，而特别选择的相反意象，同样是夜晚时分，同样是听觉意象，但昔日皇城中"鸡人报晓"的声音就温暖绮丽得多。宫中圣地，连清晨报时都别具巧思而另有文章，所谓"鸡人"，乃皇宫中代替真鸡报时之人，《周礼·春官》载其职掌供鸡牲，辨其物，大祭祀夜呼旦，以嘂起百官。鸡人是以头戴绛帻(红色冠帽)之卫士扮装而成的,他们依照"晓筹",亦即代表天亮之更筹所指示之刻度按时啼呼,启动整个皇宫的运转,成为黎明的先知先觉者。如此以人代鸡,纯粹是为了环境清洁的考虑,不致破坏"宫中不得蓄鸡"的规定,而以鸡鸣代钟声,则是以有情生命的自然呼唤取代金属器械的单调冰冷。

因而,"鸡人报晓筹"代表了宫中太平欢愉的岁月,在洁净宏丽的宫殿外传来人声浑厚温暖如歌唱一般的呼唤,柔媚有情地飘送过春宵苦短的温柔乡,一声声都是不疾不徐的旖旎风光。然而此情此景已然不再,随着安史乱军之铁蹄残暴地践踏,长安以及皇城都已经是残破的废墟,王维的《凝碧池》诗就曾描写道:"万户伤心生野烟,百官何日更朝天。秋槐叶落空宫里,凝碧池头奏管弦。"在这荒烟弥漫、秋叶黄落的劫后岁月中,失落的岂止是鸡人报晓而已!朝廷中央崩落了,那"西望瑶池降王母,东来紫气满函关。云移雉尾开宫扇,日绕龙鳞识圣颜"(杜甫《秋兴八首》之五)的盛世排场,那"香稻啄余鹦鹉粒,碧梧栖老凤凰枝。佳人拾翠春相问,仙侣同舟晚更移"(杜甫《秋兴八首》之八)的丰饶精美,都成为一去不复返的明日黄花,劫后残存的人们只能在回忆中捕捉昔日炫灿斑斓的幸福光辉,而回忆本身也成为一种哀悼。故而李商隐在"鸡人报晓筹"之前冠以"无复"这个否定词,就以决绝的口吻阻断了玄宗乞灵于回忆的追溯之路,再度迫使他面对眼前粗糙残酷的现实,而接下来的"此日六军同驻马"一句便是由此顺势而生。

第五句的"此日六军同驻马"乃是从已经消失不存的美好过去,再度回到现在令人不忍卒睹的惨败时刻,同时隔句呼应第三句的"空闻虎旅鸣宵柝",交叉呈现悲剧现场的紧急恐慌。所谓"此日",明指马嵬兵变、贵妃惨死的历史时刻,时当天宝十五年六月十四日。六军,指天子统帅之军队,《周礼·夏官·司马》载:"凡制军,万有二千五百人为军,王六军,大国三军,次国二军,小国一军。"其实当时扈从明皇去蜀者,仅左右龙武及左右羽林等四军,诗中称"六军",主要是基于艺术的需要,既用以明示帝王之身份,而夸大其随扈之壮盛,由此更扩大兵变时攸关存亡危急之紧迫感的情境张力。所谓"驻马",意谓军队脱序违抗行进之军令而停驻不进,乃兵变之前兆,《旧唐书·后妃传》载:"禄山叛,露檄数国忠之罪。……及潼关失守,从幸至马嵬,禁军大将陈玄礼密启太子,诛国忠父子。既而四军不散,玄宗遣力士宣问,对曰:'贼本尚在。'盖指贵妃也。力士复奏,帝不获已,与妃诀,遂缢死于佛室。时年三十八,瘗于驿西道侧。"杨贵妃的死,为安史之乱掀起了最高潮,红颜血祭的悲惨画面令人无比悲诧震骇,从此成为大唐盛世步入终局时最鲜明的历史烙印;而李杨之旷世爱情也由此发生了本质性的变化,一改盛世之爱容易流于昏庸荒淫的僵局,在足以产生洗涤效果的死亡因素注入之后,政治的昏庸误国获得清偿,爱情的悲壮内涵反而得以突显,因此转为哀感顽艳的凄美悲剧。但无论如何,一对只羡鸳鸯不羡仙的爱侣毕竟是折翼陨落了,极权于一身的帝王终究还是迫于现实压力,而亲手签下了对爱妻的死刑执行书,这对誓言"生生世世为夫妇"的坚贞情感而言,是多么辛辣的嘲讽!就托付终身幸福的柔弱女子而言,在临死之际又是多么地情何以堪?

既有今日,何必当初,当初有多大的幸福圆满,今日就有多深的丑陋惨伤。因此在第五句"此日六军同驻马"这令人不忍卒睹的悲剧现场之后,接下来第六句的"当时七夕笑牵牛"再度将笔端掉转回到已经消失不存的美好过去上,一方面是隔句呼应第四句的"鸡人报晓筹",以交叉呈现失乐园中的黄金岁月,另一方面则是扩大今昔之间的差距,以强化其间尖锐对比的戏剧张力。所谓"当时",指天宝十年七月七日,由陈鸿《长恨歌传》可知,贵妃死后化身为太真仙子,对寻访而来的方士提及生前不为他人所知的七夕盟誓之事。李商隐将原来执手呜咽的盟誓场景改为"笑牵牛"的信心十足,乃是为了与"此日六军同驻马"的凄厉惨绝呈现极度反差的强烈张力,谓牵牛织女一年仅一会,虽为神仙却不免缺憾;而身为俗界凡人的玄宗贵妃却得日夜厮守,过着只羡鸳鸯不羡仙的恩爱生活,故笑之也。然而时空移转,一旦落入血祭收场的结果,当时之笑便显得加倍的虚妄难堪,而今日之血在当时之笑的反衬之下,也显得更为怵目惊心,无论是笑还是血,都成为对爱情最大的讽刺!因为爱情,所以贵妃最后才必须惨死,则当初步入爱情之际便是对死亡的预约,许下爱情的玄宗竟早已不知不觉地埋伏了杀机;而这样一种必须付出生命作为回报的天子之爱,未免太危险,也太荒唐!

于是那从前文一路累积而来的悲愤之气,到了末联终于冲破了理性压抑的临界点,爆发出一股沛然无可遏抑之义愤,李商隐终于忍不住奋身而起,振笔替杨贵妃提出强烈的质疑和尖锐的控诉:"如何四纪为天子,不及卢家有莫愁。"凌厉地指责为何唐玄宗做了长达四纪之久的皇帝,在巍峨耸立的权力金字塔尖呼风唤雨、睥睨一切,但他所深爱的杨贵妃却反而比不上民间嫁入卢家的莫愁!于此,"皇室天子——平民女子"的对比终于以压轴之势,将玄宗仅存的自我辩护与抗拒之力彻底击碎,而在爱情关系的责任归属上溃不成军。

帝王集权力于一身,玄宗更是一生大权在握,稳居将近四纪的皇帝宝座,益发应该无所不能,以其垂天之翼遮护身边情之所钟的爱侣,使之终身无忧无虑;然而却又事与愿违,当政治风暴席卷而来,国难巨变兜头罩下之时,竟不得不将爱侣作为献祭的牺牲品,杨贵妃反不如一个平凡女子能够安度一生。古时以木星运行周天之十二年为一纪,四纪即四十八年,而事实上玄宗在位的总时间大约是四十四年,包括开元的二十九年与天宝的十五年,再截头(开元元年七月登基)去尾(天宝十五年七月逊让),严格说来应是四十三年。不过诗歌创作毕竟不是算术演练,约估的笼统之词即足以充分担负达意的功能,何况"四纪"一语也显得十分简赅典雅,更能发挥诗歌的艺术性,诗人取而用之,作为玄宗在位时间的概称,实亦属有当。至于作为对照组的"莫愁",乃是民间传说中的洛阳少女,嫁入卢家为贵妇,南朝乐府古歌《河中之水歌》(《乐府诗集》卷八五作梁武帝诗)云:"河中之水向东流,洛阳女儿名莫愁。莫愁十三能织绮,十四采桑南陌头。十五嫁为卢家妇,十六生儿字阿侯。卢家兰室桂为梁,中有郁金苏合香。"作为才貌双全、色艺兼备的洛阳少女,莫愁一生顺遂,事事如意,终身享有富贵尊荣的生活,堪称传统女性的完美典范;而由于身为平民,远离中央的政治风暴,即使在国难当前的情况下,也不会首当其冲地面临生死交关的巨变,因此"莫愁"之名真称得上是人如其名、名副其实。如此托庇于民间而无忧无虑之莫愁,竟足以笑傲惨死异域的皇室贵妃;则贵妃之所托非人、乃至遇人不淑,实在是不言可喻。

全篇至此,又在第一联的基础上继续累积了大量的对比组合,后面三联六句的结构与用意,可以综合表列如下:

空闻虎旅鸣宵柝——边陲、现在、悲剧——听觉意象
无复鸡人报晓筹——中心、过去、幸福——听觉意象
此日六军同驻马——边陲、现在、悲剧——视觉意象
当时七夕笑牵牛——中心、过去、幸福——视觉意象
如何四纪为天子——中心、过去、幸福——身份阶级
不及卢家有莫愁——边陲、现在、悲剧——身份阶级

在今昔之间的反复拉锯中,诗人迸射着凌厉的眼光,不断以严峻批判的立场反复突显今昔之间的种种落差,已足以让玄宗招架不住;再加上末联以身份阶级为范畴,提出"皇室天子——平民女子"之对比,当真问得玄宗哑口无言。严格说来,"皇室天子——平民女子"之对比中包含了两层意义,一个是"皇室/民间"的阶级位差,一个是"男性/女性"的性别位差,而玄宗一身集合了皇室与男性的高阶尊位,拥有的是社会传统赋予的双重特权,皇室身份使他可以主宰民间,男性身份使他可以主宰女性,然而在施行特权之余,却未能承担相对的责任与义务,以致遭受其宰制也同时应该承蒙其庇护的杨贵妃,反倒终

究不如一个平民女性，这种社会阶级的倒错与违逆，其残局却完全推给一个不得不进入侯门帝家中的弱女子来概括承受，这无疑是一切弱势者最悲哀的地方。

因此，从末联明白揭示的话语，可知传统对此诗施以政治成败观的解释，就李商隐真正的寓意而言乃是有所偏离的。如清程梦星《李义山诗集笺注》所言："明皇以天子之尊而并不能庇一女子，则其故可知。观'如何'二句，唐史赞所谓'方其励精政事，开元之际，几致太平；及侈心一动，穷天下之欲不足为其乐，溺其所爱，忘其所可戒，至于窜身失国而不悔'，皆檃括于二句之中，而又不露其意，深得风人之旨。"如此夹缠了"侈心一动""窜身失国"之类属于政治范畴的评论，不但将这首诗推入到传统讽谕诗类之中，其中所谓"溺其所爱，忘其所可戒"之说，更使全诗主旨流于"红颜祸水"的陈腔滥调，也就同时漏失了李商隐别具只眼的特殊视角。

事实上，通过全诗一以贯之的陈述角度，我们可以发现李商隐完全是以替弱者申冤为出发点，更何况，就李商隐向来的创作心理而言，在李、杨的旷世恋情中，他最关心也体认得最深的，其实是这段三角关系中处于阴影之下的弱者。一如《龙池》的"夜半宴归宫漏永，薛王沉醉寿王醒"以及《骊山有感》的"平明每幸长生殿，不从金舆惟寿王"，李商隐体察的是那饱受屈辱与苦楚，却无从宣诉的寿王，他是真正的被侮辱与被损害者，却只能躲在历史的暗角里吞声无言；而除了寿王之外，杨贵妃虽然享有帝王至尊的宠爱与不可一世的富贵，然而，历数她最初由民间女子杨玉环，许嫁为王妃后,又被帝王取中,再丐籍为女道士,随即摇身一变荣登皇后之尊,最后惨死马嵬驿道旁的整个过程,充满了一层又一层戏剧性的剧烈变化,但其中岂有任何一个生涯的转变是真正出于她本身的自我抉择?又有哪一条人生之路完成了她个人的生命实践?身为传统女子,不但许嫁与改嫁都出于他人之手,被横刀予夺的贵妃也只能逆来顺受、随波逐流,自始至终做个没有声音的沉默女性。她不但辗转于两位男性之手而无法自主,在未曾干预政事的情况之下,却为帝王耽于逸乐的昏聩付出生命的代价,当马嵬兵变的灾难来临时,终究担任了代罪羔羊而被送上断头台,用血祭的方式牺牲自己,以化解迫在眉睫的危机,并换得大局的假性稳定和国运的苟延残喘。

然而,连最后的血祭都无法焕发出壮烈绚丽的光芒,因为贵妃的惨死并没有英雄自决的慷慨,如虞姬的一刎殉情、秋瑾的从容赴义,而是迫于无奈之下求生不得的仓皇舍命,因此整个过程不免显得拖泥带水;其中固然有爱侣面临生死时的缠绵凄怆,但同时却不免于苟且拖延的平凡人性。当然,面对身为弱势者的杨贵妃,李商隐毋宁是同情而宽容的,于是所有的箭靶都集中于唐玄宗身上,让他以一国之君、父权之尊的身份,彻底肩负起一切的责任,这就是"如何四纪为天子,不及卢家有莫愁"的真正用意。也正因为如此,李商隐在《马嵬二首》的第一首中就清楚指出:"冀马燕犀动地来,自埋红粉自成灰。"诗中叠用两个"自"字,正是清楚将整个责任归诸唐玄宗,意谓不但国破家亡乃是其咎由自取,连贵妃之死,也等于是他自己亲手葬送在马嵬坡下泥土中的,因而那红粉成灰的惨剧完全是自己必须一肩承担的罪责,一如冯浩注解所言:"两'自'字凄然,宠之适以害之,语似直而曲。"这正可以说明这组《马嵬二首》的宗旨所在。

就此,清何焯《义门读书记》卷五七也认为:"落句专责明皇,识见最高,此推本言之也。"陆昆曾《李义山诗解》之说与此类同,谓:"结言身为天子,不能庇一妇人,专责明皇,极有识见。"而冯浩《玉谿生诗集笺注》卷三亦指出:"结句人多讥其浅近轻薄,不知却极沉痛,唐人习气不嫌纤艳也。"明唐汝询对这整首诗亦有简赅的解说:"海外九州,事属虚诞,帝乃求妃之神于方外乎?他生未必可期,此生已不可作,帝复废寝思之耶?虎旅鸡人,几于虚设矣。吾想六军皆驻,徒然七夕私盟,五十年天子求保一妇人而不可得,堪为色荒之戒矣。"(《唐诗解》)唯其最后所说的"堪为色荒之戒矣",却又不免堕入了传统讽谕的窠臼,以为全诗的创作宗旨是在规诫君王不可耽于女色。但实际上,李商隐在这篇作品中,乃是超越了一般相关诗作中颂扬或批判的角度,不像白居易《长恨歌》以颂扬的笔调表达对此一旷世希代之爱情的倾心,所谓"天长地久有时尽,此恨绵绵无绝期"即是;同时,李商隐在《马嵬二首》之二中也摒弃了一般人采取讽谕的角度,以"祸水论"归咎杨贵妃的写法,而纯粹以"爱情"的范畴就事论事,严厉谴责玄宗之失职。虽因"国家不可一日无君"的政治大前提之下,为了避免群龙无首的混乱造成国家存亡上更严重的危机,唐玄宗不得不在面临马嵬兵变时以贵妃殉葬来平息众怒,于千钧一发之际换取政局的平稳;然而,纯粹就爱情的角度而言,玄宗毕竟背叛了两人生生世世为夫妻之鸳盟,亲手将贵妃送上"血污游魂归不得"(杜甫《哀江头》)、"宛转蛾眉马前死"(白居易《长恨歌》)的死亡地狱。因此,在爱情的国度里,玄宗只是一个失败的情人,一个失职的丈夫,必须责无旁贷地一肩承担这个缠满了荆棘的十字架,不容以他生来世的安慰或海外仙山的寄托来卸除心灵的谴责。

对诗人李商隐而言,玄宗必须承担的历史责任,除了政治失败和道德越轨之外,还包括"爱情无能"的罪孽;而相较起来,爱情无能的这一条罪责还更甚于政治失败与道德越轨,因为唐玄宗之所以不惜作出父夺子媳之道德越轨,以及耽于私情密爱导致政治失败,其根源都是为了成就那超越一切的爱情追求。而爱情之崇高无价一至于斯,乃令不可一世之帝王以道德和政治作为代价,则理应奋其所有地倾力加以护守,而不惜牺牲一切;然而诗人所见,却是在情人生死交关之际,"政治"又反过来凌驾于爱情之上,迫使爱情之盟誓喑哑沉沦,双双折翼失声。则李杨帝妃长达十六年之恩爱相随,其终究所成就的,竟只是一场懦夫龟缩退避的噤若寒蝉而已;包装在大义灭亲之壮烈中的,只是迫于现实的无可奈何。

因此,李商隐在创作上刻意采取了两个明显的特殊手法,其一是连续使用否定性语词,自第一联起,就一个接一个毫无间断地推出"徒闻""未卜""休""空闻""无复""如何""不及"等强烈的否定辞与疑问词,传达的乃是层层否决的多重批判,欲逼使玄宗无法遁入虚幻的迷思之中而自我麻醉,只能眼睁睁面对自己的软弱无能与满手血腥。其次,全篇又大量运用对比反衬的手法,所谓:"纵横宽展,亦复讽叹有味。对仗变化生动,起联才如江海,老杜云:'前辈飞腾入,余波绮丽为。'义山足窥此秘。"(清何焯《义门读书记》卷五七)其结果便营造出一种咄咄逼人的凌厉笔调,透过"此岸——他界""他生——此生""长安——马嵬""此日——当时""天子——平民""男性——女性"六重的强烈对比,从空间上之神俗异位、中心与边陲之陵夷互换、时间上之今昔对立、身份上之贵贱迥别、性别上之尊卑强弱的悬殊差异,尖锐而直接地提出控诉,终究逼问得曾经不可一世的人间帝王无言以对,也传达出一位诗人最严峻的批判。

由此可以进一步比较相关诗篇的一贯手法与创作视角,并揣摩创作者本身之生命经验与人格趋向。我们可以发现,同样是以李杨爱情为歌咏对象,此诗与《龙池》皆偏重对比手法之运用,而取得顿挫跌宕的效果,并加强其间的悲剧性,差别只在于《龙池》诗中,运用的是音乐、人物等媒介,包括"羯鼓/众乐""薛王/寿王"等对照组;而《马嵬二首》之二则是在篇幅加倍的七律形式中,透过时间、空间、阶级等范畴,以"海外/中土""他生/此生""此日/当时""皇家/民间""男性/女性"等多重的对比来呈现,双双达到了对比衬托的写作效果。同时,这两首诗也都采取"同情弱者"的立场,突破这场震烁古今的旷世爱情所带来的魅惑,而潜入其中不为人所知的阴暗面,为其伟大绚烂的表面之下隐匿吞声的两位牺牲者申诉不幸,让他们现形,替他们发声,使他们身为弱者的不幸与痛苦得到昭雪。

这也证明了李商隐对弱势者具有特殊的敏感与强烈的同情,才能将他们从历史的忽略与漠视中发掘出来,使其不足为外人道也的沉重冤屈重见天日,并体察得如此入木三分、丝丝入扣。则诗人本身的经验与处境,恐怕亦往往有类乎此,一如《野菊》《蝉》诸诗所透显出来的弱者形象,因此才能表现出这般细腻入微的感同身受,那"同是天涯沦落人"的感怀也似乎隐隐然浮动于笔端。这种个人感怀虽然不是这两首诗真正的创作动机,但作为诗人的人格特质与人生基调,却依然主道了取材、评价、观察视角的方向,而诗人之性格与经验便自在其中。

龙　池

龙池赐酒敞云屏，　　羯鼓声高众乐停。
夜半宴归宫漏永，　　薛王沉醉寿王醒。

这是一首以唐玄宗与杨贵妃不伦之恋为主题的咏史诗，未详作于何年。

唐玄宗与杨贵妃的爱情故事历来脍炙人口，白居易的《长恨歌》写其缠绵悱恻之爱恋尤其令人低回不已，以至于后世的戏曲杂剧皆热衷于此一题材而更加推波助澜。然而推本溯源，这段爱情的起点其实是违反道德伦理的丑事，父夺子爱、翁媳成奸，其败德之处虽然可以隐讳忽略却不能荡然抹煞，于是李商隐想象约一百年前的中篝之丑，匠心点染人物、构设情节，集中描写当时宫中某一欢宴场景，语不涉讥刺，而讽意自在其中。

较特别的是，与其说李商隐是以道德审查家自任，以谴责帝王之败德为要务，毋宁说，其视角是放在这场三角关系中，深深被侮辱与被损害却最无辜无助的寿王身上。寿王，为玄宗之第十八子李瑁，生母为玄宗十分宠爱的武惠妃，因此浸浸然有僭居太子之势；其人死于代宗大历十年，生命长过于整个安史祸乱以及唐玄宗的薨逝之日，因此终其一生都笼罩在李杨爱情的阴影之下，扮演了最痛苦却也最卑微的角色。《新唐书·后妃传》载：杨贵妃"始为寿王妃。开元二十四年,武惠妃薨,后廷无当帝意者。或言妃姿质天挺,宜充掖廷,遂召内禁中,异之,即为自出妃意者,丐籍女官,号'太真',更为寿王聘韦诏训女,而太真得幸。……天宝初,进册贵妃"。在这哀感顽艳的故事中,藏身于背后无言以对的寿王,才是最堪玩味,却也最不受注意的人物。当诗人与世人将视线聚焦在李、杨二人身上,或歌颂甚生死不渝之情,或讽谕其淫逸误国之过失时,这出旷世爱情剧热闹缤纷的舞台上一个布满阴影的角落里,却始终存在着一个从头到尾没有一句台词的寿王,扮演着打落牙齿和血吞的沉默角色。他不曾在历史中发言,也从无观众关心他的想法与心情感受,但这次终于遇到了李商隐,这位纤敏卓绝的诗人以锐利的目光透视了舞台上的阴影,让我们从他的诗歌里看到寿王的表情。

《龙池》诗的前两句是从幕前着墨的,写玄宗某一场热闹的家宴,饮酒奏乐,彻夜为欢,四周张设着贵重的云母屏风,烛光人影,光影交映,似乎与其他描写宫廷宴饮之剧码没有两样。但事实上却大大不然,首句的"龙池"一词,首先便微妙地传达了玄宗的帝王之尊,因为它是玄宗登基前尚为藩王时的旧宅,位于皇城东南角之隆庆坊,其名称来自于一个充满神话色彩的现象,据《唐六典》卷七所载:"兴庆宫,在皇城之东南[即今上(案:指玄宗)龙潜旧宅也。……初上居此第,其里名协圣讳,所居宅之东有旧井,忽涌为小池,周袤才数尺,常有云气,或见黄龙出其中,至景龙中,潜复出水,其沼浸广时,即连合为一。未半岁,而里中人悉移居,遂洪洞为龙池焉。]"龙为天子之征象,龙池即为天子所居之处,显然这样一个神奇的传说是在玄宗登基之后才开始酝酿与流传的,其名其事目的都是为了将玄宗的出身加以神格化,以巩固其帝王无上之尊贵。于是在开元二年七月时,诏令以宅为宫,是为兴庆宫,成为玄宗听政、起居的权力中心。

因此"龙池赐酒"之场合便不只是君臣之间单纯的公事酬酢,而更是一场父子兄弟欢聚的家庭宴会。也就是因为这是一场玄宗在其原来之藩宅所举办的家宴,寿王才不得不以人子的身份参加,而被迫面对过去之爱妻却为今日之继母的尴尬,以及前妻与父亲之间恩爱款曲之情景的难堪。

"赐酒"是开启末句情景的契机,而次句的"羯鼓声高众乐停"则隐然展现出玄宗至高无上之权威,同时也是李商隐用来捕捉或呈现玄宗强势霸气之作为的焦点。之所以摒弃其他的表现素材,而单单选择音乐范畴来切入,主要就是因为唐玄宗这位皇帝本身即是音乐造诣深厚的艺术家,《旧唐书·音乐志》记载:"玄宗在位多年,善音乐。……又于听政之暇,教太常乐工子弟三百人为丝竹之戏,音响齐发,有一声误,玄宗必觉而止之。……玄宗又制新曲四十余,又新制乐谱。"在众多的创作中,《霓裳羽衣曲》便是他撷取仙想灵思所得来的著名杰作,甚至成为与杨贵妃的爱情主题曲,因此以音乐为入手的选材焦点,与宴会本身即需歌舞助兴的基本条件,以及宴会主角玄宗本人不同凡响的艺术才华各方面都最为契合。

其次,在音乐的范畴中,羯鼓又最具有透显玄宗之性格特质的条件。"羯"为边疆部族名,源于小月氏,后散居上党郡(今山西潞城一带),《旧唐书·音乐志》云:"羯鼓,正如漆桶,两手具击,以其出羯中,故号羯鼓,亦谓之两杖鼓。"其乐素为玄宗所好,如南卓《羯鼓录》曰:"羯鼓出外夷,以戎羯之鼓,故曰羯鼓。其声促急,破空透远,特异众乐。明皇极爱之,尝听琴未终,遽止之曰:'速令花奴将羯鼓来,为我解秽!'"花奴者,玄宗兄子汝阳王李琏之小名,而在听琴一曲未终之际即令皇子击羯鼓以取代之,又出以"为我解秽"的理由,可见对玄宗而言,琴音之清雅实在是远逊于羯鼓之激亢,只流于蒙蔽心神的秽腻垢染,不除不快。另外,《新唐书·礼乐志》亦载:"帝又好羯鼓,……常称:'羯鼓,八音之领袖,诸乐不可方也。'盖本戎羯之乐,其音太蔟一均,龟兹、高昌、疏勒、天竺部皆用之,其声焦杀,特异众乐。"由此可知,玄宗的生命气质是十分雄伟亢盛的,因应如此阳刚强烈之性格而来的音乐偏好,便是羯鼓那"破空透远"使精神奋发的高亢之音,其促急焦杀之音质足以压倒其他乐声;而帝王所好一出,其他乐器自然停奏,使之一枝独秀,无乃更是讲究伦理的宫中常情。则此句既是描写宫中之欢宴情形,同时却也微妙地显出玄宗之无上权威与众星拱月之独霸地位。于是由乐及人,由羯鼓而至杨玉环,其唯帝王之权威意志是从的结果,岂非是一以贯之的表现?

于是在夜半宴归之后,被横刀夺爱的寿王也只有独自清醒地面对"宫漏永"的漫漫长夜,乃至于终身难以解脱的无言苦楚。

在诗的后半,李商隐直接就从幕前透视到幕后,所谓"夜半宴归宫漏永,薛王沉醉寿王醒",显然李商隐在前述"云屏赐酒"的场面交代与"羯鼓声高众乐停"的音乐演奏之外,完全略过了其他宫宴上应有的欢乐景象与人物间的互动细节,除了用来曲喻玄宗之帝王身份与性格特质的羯鼓乐声之外,在艺术的利剑之下,其他的旁枝杂蔓都被剪除尽净,为的就是要单刀切入宴会结束后的余波,让我们一眼看到欢乐背后的辛酸。宫漏,为宫中用以计时的铜壶滴漏,《旧唐书·职官志》云秘书省司天台:"漏刻之法,孔壶为漏,浮箭为刻,其箭四十有八,昼夜共百刻。"而所谓"宫漏永",即时间漫长之意。诗人想象寿王于夜深之际依然鳏鳏不寐,清醒地独对一室沉寂,唯闻宫中滴漏规律而稳定的节奏声声入耳,更衬托出四周的孤绝静默。此情此景,与宋词人蒋捷《虞美人》所说的"悲欢离合总无情,一任阶前点滴到天明"所蕴含的情思韵致实在是极其近似,两诗都传达出个体在历尽沧桑之后一种特有的心灵状态。

  当遍尝动荡幻灭的辛酸悲苦之后,人们不再是仗恃着青春躁动、锐气狂飙的年轻人,出于"不信春风唤不回"的乐观信心,只知一味地对命运发动抗争或哓哓雄辩;而是终于能够懂得(或是被迫了解)对命运保持顺服的沉默,在无常的人生之前学会谦卑自苦。因为唯有经历过深刻苦难的人,才会了解命运之沉重与世事之残酷是如此之无法抗拒,其荒谬诡谲又是如此之复杂难解,大声申诉只是流于激情炫露,不仅对已成之定局于事无补,也无法道尽所有的辛酸苦楚,而语言本身的轻薄局限和听众的漫不经心,更可以说是对血泪交织之痛苦心灵的侮辱,于是不免产生"而今识尽愁滋味,欲说还休,欲说还休"(辛弃疾《丑奴儿》)的无言沉默。而在此同时,那满含悲凄的心灵也借由高度痛苦的淬炼,获得洗涤净化后的澄澈空明,产生一般人所欠缺的高度的敏感性,使之在万籁俱寂的无声之夜里,察觉到室内屋外若有若无的点滴之声,与心跳、脉搏的节奏相应和。那规律而清晰的点滴之声，正是这饱尝苦难的人被剥夺一切的幸福之后，在劫余幸存之际对存在的唯一感受。生命，筛落了由种种不和谐音所构成的繁华喧嚣与多彩多姿之后，只剩下自己的心跳声与周遭的空寂相依存，从此伴随着余生，一点一滴地默默流逝。

因此，在薛王沉醉酣睡的对比之下，寿王在理性意识上的清醒明觉，所产生的简直就是备受凌迟之后的创痛难言。薛王，本为玄宗之弟李业，常与岐王李范侍宴帝侧，深受玄宗宠幸；只是早在开元二十二年即薨逝，由其子李珣册为嗣薛王，则于杨贵妃受宠得幸的天宝年间，实际存在的乃是嗣薛王李珣。然而文学创作的需要尽可以改造历史的真实，以重组出更具艺术张力的表现内容，就玄宗的欢宴活动而言，薛王李业当然才是最适合的配角，《旧唐书·睿宗诸子传》即记载：玄宗与其他四位兄弟友于情笃，五人分院同居，号"五王宅"，待玄宗登基为帝之后，宁王李宪、申王李㧑、岐王李范、薛王李业皆被赐宅于兴庆宫（即龙池所在）旁侧，邸第相望，"玄宗于兴庆宫西南置楼，西面题曰花萼相辉之楼，南面题曰勤政务本之楼。玄宗时登楼，闻诸王音乐之声，咸召登楼同榻宴谑，或便幸其第，赐金分帛，厚其欢赏。诸王每日于侧门朝见，归宅之后，即奏乐纵饮，击毬斗鸡，……天子友悌，近古无比"。由此可见，薛王李业以帝王手足的亲尊之姿作为繁华盛世的核心分子，其出席龙池家宴最是理所当然且顺理成章，足以烘托亲族团聚时欢宴享乐的典型场面，因而此处乃笼统概言之，不必过于拘实。

于是通过集中对比的艺术技巧，诗人将年龄辈分、生平活动彼此皆不相及的薛王和寿王并现于同一场景,以薛王了无心机挂碍而畅饮沉醉的无忧,衬托出寿王因为心事重重以致酒杯难以为继的悲苦。屈原曾感叹:"众人皆醉我独醒。"(《渔父》)沉酣的人浑然忘我,在醉乡之中无忧无虑,因此得到了一种来自弃知忘智的单纯幸福;而清醒的人却因为必须面对现实,为了每一根荆棘与每一滴血泪而深感痛苦,或是忧心忡忡、恶邪蔽明,如屈原;或是幽怨积郁、难以排解,如这里的寿王。而屈原尚且可以声泪俱下地大声呼号,企图敲响警钟,唤醒世人,最后甚至不惜以身殉道,对浊世庸俗投以永恒的控诉;但寿王面对身兼帝王与父亲双重权威的玄宗,却只能独自沉默,无言地咀嚼心中的无限酸苦。

由此可知,当"龙池赐酒"之时,寿王是如何强颜欢笑而难以下咽,导致无法一醉解千愁,只得以清醒挨过漫漫长夜的结果?而一醉一醒之间,其伤痛又如何可以言喻?《长恨歌》中所描写的"夕殿萤飞思悄然,孤灯挑尽未成眠。迟迟钟鼓初长夜,耿耿星河欲曙天。鸳鸯瓦冷霜华重,翡翠衾寒谁与共"的场景似乎与此颇为相类,可以补充"宫漏永""寿王醒"的具体样态。然而,"孤寂"只是表面近似的形貌,相较之下,玄宗之思念亡妃只是来自单纯死别的凄凉心境,至于长夜漫漫中无法成眠的寿王,其实更蕴藏了包含屈辱、损害、剥夺、罪孽等等复杂的痛苦感受,因为他不只是要承担"死别"所产生的单飞折翼的孤寂,而且还要面对造成"生离"的理由中最不堪的情境,父夺爱妻的伦常悖乱,为其不堪之一;咫尺天涯却妻母不分,为其不堪之二。种种不堪综合于无法遁逃的家宴场合中,便交织成一道凌迟心魂的残虐酷刑。

而顺情顺理以推之,既然这样的难堪在家宴中如此,则在团体游幸时显然也不能例外。李商隐于另一首《骊山有感》诗中,也以同样的创作视角想象道:

> 骊岫飞泉泛暖香,九龙呵护玉莲房。平明每幸长生殿,不从金舆惟寿王。

当每年初冬十月,玄宗之銮驾临幸骊山温泉宫以避寒时,整个浩浩荡荡的队伍中唯一缺席的,应该就是寿王罢!因为当年杨玉环的初幸,亦即与玄宗的首次邂逅,就是被安排在骊山的温泉宫中,如陈鸿《长恨歌传》所记载:"别疏汤泉,诏赐澡莹。既出水,体弱力微,若不任罗绮;光彩焕发,转动照人,上甚悦。进见之日,奏《霓裳羽衣曲》以导之。"从此遂展开"云鬓花颜金步摇,芙蓉帐暖度春宵。春宵苦短日高起,从此君王不早朝"(《长恨歌》)的旖旎岁月。则旧地重游,触景伤情,已不免向心灵的伤口上撒盐;更何况,在那烟雾氤氲、暖融如春,男女势必袒露相见而宜于情色的温泉池中,玄宗与贵妃两人无论是"春寒赐浴华清池,温泉水滑洗凝脂"以及"骊岫飞泉泛暖香,九龙呵护玉莲房"的享乐欢愉,还是"七月七日长生殿,夜半无人私语时"以及"在天愿为比翼鸟,在地愿为连理枝"的恩爱缱绻,其中无一个隐藏着寿王被侮辱与被损害的痛苦。因此只有婉拒参与盛会,自绝于欢乐之外,才能免除这些永无止境的残酷凌迟。而这消极退避的做法,其实也是寿王保全自尊的唯一选择。

然而，一个人越是退缩，就越是作茧自缚，将心灵关锁于阴沉的阒黑之中，伤口便会更加溃烂而无法痊愈；而且越是退缩，就越是后退无路，一旦被逼到退无可退的时候，那道保卫脆弱心灵的最后防线又如何坚守？于是乎，这场举行于龙池的帝王家宴，就在无从退缩逃避的情况下悍然突破了寿王心中那道最后防线，彻底击溃了自我防卫的功能，遂至于肝肠寸断而心胆俱裂。

细细比较起来，"不从金舆惟寿王"的消极做法确实终究好过于《龙池》诗中故作视而不见的尴尬，毕竟掩藏伤口的麻木隐痛，远胜于撕裂伤口的血肉淋漓。但如果真的可以任性自主的话，寿王大可以仿效"不从金舆惟寿王"之模式，而采取"不从家宴唯寿王"的做法，又何须遭受"夜半宴归"之前，那心如刀割却又必须强颜欢笑的怆痛？无奈的是，身为帝王之子的寿王，其真正的现实处境理应是李商隐透过《龙池》一诗，特别以诗笔为聚光灯来加以特写的身不由己——那同时兼具的"人臣""人子"之身份和立场，有如挣脱不开的紧箍咒般，让寿王对身为"人君""人父"的玄宗皆无从申辩，也无力对抗，因为在"孝"与"忠"的钳制之下，屈居下位者可以说是完全没有抗议的权力和争取的余地；"不从金舆"之类不合作的做法，固然是寿王保护自己的唯一方式，却恐怕也会是自取其祸的大胆叛逆而万不可行，毕竟君心难测，是否以抗旨之罪论处乃系于帝王的一念之间，因此虽可偶一为之，却无法年年如法炮制，则"薛王沉醉寿王醒"的情境又是势所难免。讽刺的是，就在此"君臣""父子"的伦理大义之下，宫廷内外只能默许"乱伦"之丑的发生；那伦常德纲之大蠹在政治权力的暗地支持之下赫赫张扬,其庇荫滋养出来的,却是天理难容的背德乱伦的恶之花。

如此一来,李商隐便在李、杨的爱情故事中打开了另一扇视窗,清楚展现其中不足为外人道的难言之隐。高明的是《龙池》此诗融情于景,只有情节之铺陈,而没有咄咄之议论;虽然寄意尖刻冷峻,外表却不露痕迹,因此不落言诠地突显了主旨,达到咏史诗"不说他甚底,而罪案已定"(张谦宜《絸斋诗谈》卷五)的最高境界;而既然采取"不说他甚底"的做法,整首诗所呈现的笔调便不是暴筋露骨的口诛笔伐,也不是声嘶力竭的兴师问罪,反而以不落言诠的弦外之音,产生出耐人寻味的深厚韵致。是故清吴乔《围炉诗话》卷一认为:"诗贵有含蓄不尽之意,尤以不着意见声色、故事、议论者为上,义山刺杨妃事之'夜半宴归宫漏永,薛王沉醉寿王醒'是也。"而其他的诗评家亦多许之为"词微而显,得风人之旨"(宋罗大经《鹤林玉露》)、"有含蓄不尽之意"(吴乔《围炉诗话》),或"讽而不露,所谓蕴藉也"(清张谦宜《絸斋诗谈》)。

就上述所言,朱光潜对《龙池》一诗提出过迥异的诠释与评价,可以附此以为参酌。朱光潜在《诗论》一书中,为了说明"诗与谐隐"的关系,以分辨"滑稽"与"豁达"这两种同样是以"一笑置之"的态度来面对人生的缺陷时,曾举李商隐此首《龙池》为例,以证明什么是"滑稽者喜剧的诙谐"。他说:"这首诗的诙谐可谓委婉俏皮,极滑稽之能事。但是如果我们稍加玩味,就可以看出它的出发点是理智,没有深情在里面。我们觉得它是聪明人的聪明话,受它感动也是在理智方面。如果情感发生,我们反觉得把悲剧看成喜剧,未免有些轻薄。"而他把李商隐写《龙池》诗的笔触视为轻薄,理由便在于:"豁达者在人生悲剧中参透人生世相,他的诙谐出自于至性深情,所以表现滑稽而骨子里沉痛;滑稽者则在喜剧中见出人世的乖讹,同时仿佛觉得这种发现是他的聪明,他的优胜,于是嘲笑以取乐,这种诙谐有时不免流于轻薄。豁达者虽超世而不忘怀于淑世,他对于人世,悲悯多于愤嫉。滑稽者则只知玩世,他对于人世,理智的了解多于情感的激动。豁达者的诙谐可以称为'悲剧的诙谐',出发点是情感而听者受感动也以情感。滑稽者的诙谐可以称为'喜剧的诙谐',出发点是理智而听者受感动也以理智。中国诗人陶潜和杜甫是于悲剧中见诙谐者,刘伶和金圣叹是从喜剧中见诙谐者,嵇康、李白则介乎二者之间。"

然而从前文的分析,我们应该可以确定李商隐的笔触并不在于表现"滑稽者喜剧的诙谐",整首诗的情调也不是出于理智而卖弄聪明的"委婉俏皮",以致在"玩世"的心态下缺乏深情;事实上恰恰相反,李商隐之所以能够见人所未曾见、言人所未曾言,乃是出自其本身所遍尝深历的"弱势者悲观的痛苦",透过一种对同类特有的敏感与切身的体认,才能将那屈居弱势的椎心之痛揣摩得力透纸背,有如身历其境,因而呈现出同情的理解与悯恤,以及感同身受的血肉淋漓。中晚唐歌咏李杨爱情关系的诗歌中虽不乏对寿王的注意与描写,然而从质与量两方面来看,都不属于文学的上乘之作,就量而言,较诸玄宗、贵妃的题材,明显是以及其悬殊之差距瞠乎其后;就质而言,其内容所呈现的,乃是一种隔靴搔痒乃至不痛不痒的浮面浅狭。然而，李商隐对此一旷世爱情的审视角度，在在都透显出他独有的人格特质，因此才能见微知著，将哀哀无告的弱势者受难的处境与心情探测得如此细腻而深刻，从而使有关李杨爱情的题材与论点获得深化与扩大，这实在是诗史上一个值得注目的贡献。

进一步来看，同样是以李杨爱情为歌咏对象，此诗与《马嵬二首》之二皆偏重对比手法之运用，而取得顿挫跌宕的效果，并加强其间的悲剧性，差别只在于《龙池》诗中，运用的是音乐、人物等媒介，包括"羯鼓/众乐""薛王/寿王"等对照组；而《马嵬二首》之二则是在篇幅加倍的七律形式中，透过时间、空间、阶级等范畴，以"海外/中土""他生/此生""此日/当时""皇家/民间""男性/女性"等多重的对比来呈现，双双达到了对比衬托的写作效果。同时，这两首诗也都采取"同情弱者"的立场，突破这场震烁古今的旷世爱情所带来的魅惑，而潜入其中不为人所知的阴暗面，为其伟大的表面之下隐匿吞声的两位牺牲者申诉不幸，让他们现形，替他们发声，使他们身为弱者的不幸与痛苦得到昭雪。则《龙池》一诗的审美价值与人格深度，确然是值得肯定的。

落 花

> 高阁客竟去，　　小园花乱飞。
> 参差连曲陌，　　迢递送斜晖。
> 肠断未忍扫，　　眼穿仍欲稀。
> 芳心向春尽，　　所得是沾衣。

这首作品是一首纯粹白描的咏物诗，未曾驱遣典故，也不加任何藻饰，却堪称是千古诗篇中，对落花最为深情难舍也最为沉痛哀悼的一首挽歌。

全篇借落花以寄寓诗人一生沉沦落空而无可奈何的身世哀感，从花落之景象与落花之分布状态，映托出观花之诗人心中无限依依的深情与无力回天的痛惜。一如清姚培谦《李义山诗集笺注》所云："此因落花而发身世之感也。天下无不散之客，又岂有不落之花？至客散时，乃得谛视此落花情状。三、四，花落之在客者。五句，花落之在地者。六句，花落之犹在树者。此正波斯匿王所谓沉思谛观刹那，刹那不得留住者也。人生世间，心为形役，流浪生死，何以异此！只落得有情人一点眼泪耳。"因此这是一首不任典故藻饰，而纯以清新晓畅之白描手法展现情深入骨、哀惋动人的咏物佳篇。

事实上，以"落花"绾结人生之零落无成，在诗史上李商隐并非首创。初唐诗人陈子昂即曾经歌叹道:"兰若生春夏,芊蔚何青青。幽独空林色,朱蕤冒紫茎。迟迟白日晚,袅袅秋风生。岁华尽摇落,芳意竟何成!"(《感遇三十八首》之二)诗之最终同样是以花朵凋零、芳意无成为收结,然而,陈子昂的诗句主要是在表现志士仁人毕生追求之美好理想的无情摧毁,是"才"与"命"、"德"与"运"的矛盾错迕,如此"幽独空林色,朱蕤冒紫茎"的非凡资质,却因为外在环境"迟迟白日晚,袅袅秋风生"那必然的命定因素,从而只能飞花成灰、摇落无成,由末联中毫无余地之"尽"字与错愕意外之"竟"字,在愤激的感叹中呈现的是英雄豪杰的怆然涕下,充满阳刚壮烈的喷薄英气,因此与其说是无奈的悲哀,不如说是凛然的抗议,跃动于其中的乃是生机洋溢的青春气息。

然而相较之下,李商隐却是一位纯情而多愁的诗人,有别于陈子昂着力于花朵由盛而衰的巨大落差,自始至终他的笔触都集中在已然处于凋零状态的落花上,细腻地刻画花朵辞枝之后种种精微的存在形态,有温柔感伤的依依不舍,却无声嘶力竭的浩歌呼求,因此是臣服于命运之下作茧自缚的缠绵悱恻,而不是冲撞命运却面临失败的英雄挽歌。这里的"芳心向春尽,所得是沾衣"既不同于陈子昂的"独怆然而涕下"(《登幽州台歌》),也不同于杜甫的"感时花溅泪"(《春望》),而只是一片如水晶般透明脆弱的心灵,承载着绝望成灰的一往情深。而这就构成了此篇《落花》诗乃至李商隐大多数诗歌的主要特质。

从整首诗来看,首句所说在小园"高阁"中寓居的"客",应该就是一个备受呵护的娇客,既然深居于园中遗世独立的"高阁",可想而知,其中必然蕴含了一张令诗人仰望的容颜,和一种只可远观而不敢亵玩的崇慕之情,因此诗人总是远远地翘首以待、温柔守候。然而,一个"竟"字忽然破空而来,如晴天霹雳般掀起多少错愕震惊,"伊人离去"这完全意出望外的噩耗,令诗人毫无防备地被重重击入胸膛而心胆俱裂!然而,这里令读者感到奇诧的是,诗人既然以"客"称之,其自然本非久居长住之人,短暂的停留与必然的离去都应该早在意料之中;诗中却一反常理地接一"竟"字,表现出大大出乎意料而深感无限错愕的意味,显然诗人明知其人是"过客",潜意识里却又渴望她是"归人",可以在此定居常住,与诗人长相伴随,以致耽溺于一厢情愿的冀望中而始终没有丝毫的心理准备。一旦私心所愿与外在事实忽忽背离时,诗人便完全措手不及,因此对她的离去产生如此出乎意料的强烈失落之感,次句所谓的"花乱飞"者,除了点出此一伤别乃发生于暮春时节之外,亦用以象喻心绪之迷惘与纷乱,正勾勒出其心中无限错愕扰动的具体形象。

就章法来看,首联的写法也是十分细腻曲折,以至于历来备受称道,所谓:"起超忽,连落花亦看作有情矣。"(冯浩注引田兰芳语)又清屈复《唐诗成法》亦曰:"首句如彩云从空而坠,令人茫然不知所为。"其中的"起超忽"与"如彩云从空而坠"之说,说的都是诗人一入手便以充满无限错愕之情的"客竟去"破题,泯除了一般依"起承转合"循序渐进的理路,让未知底里的读者也乍然被卷进意外的恐慌感之中,却又完全不明所以;只能随着诗人的叙述笔调,被迫迎接"小园花乱飞"的纷扰心绪,陷入那剪不断、理还乱的情思纠葛,故而超忽突兀,令人茫然不知所为何来。

除此之外，首联两句这样的安排事实上还酝酿了一种特殊的意境，屈复《唐诗成法》曾说明首联这两句的结构道："一伤情，二落花，……一、二乃倒叙法，故警策，若顺之，则平庸矣。"的确，由于先叙"客竟去"之情而后描述"花乱飞"之景，两者紧接着相承为言，无形中便产生了一种彼此相承的因果关系，仿佛"客竟去"是驱使"花乱飞"的原因，而"花乱飞"是"客竟去"所造成的结果；换句话说，客之离去不但带走了春天，以暮春之景为美丽时光奏起终曲，同时也激荡出强烈的不舍与眷恋，让花朵都纷纷为之辞枝以追随伊人脚步，徒留心绪的纷乱与迷惘，因此才造成了"连落花亦看作有情"的感受。如此一来，展现的已是一种天地为之同悲的宇宙共感，个人的哀痛被扩大为万物皆然的凄怆，故而显得特别警策有力。

在首句"伤情"次句"落花"而创造出情景交融的拟人化感受后，中间两联乃进一步加以发挥，颔联的"参差连曲陌，迢递送斜晖"即是承次句的"小园花乱飞"而工笔细摹得来。我们在花飞心乱的错愕迷惘之中，看到那凋零纷飞的花瓣不但在空中飘转，更在落地后依依相连，沿着伊人远去的曲折小径绵缀成剪不断、理还乱的牵引。在"参差连曲陌，迢递送斜晖"一联中，表面上是说那落花前后不齐地散置在地面上，于曲折的小路上显得连绵不断，一直牵延到遥远的地方，仿佛在为即将殒逝的夕阳送别。然而，所谓的"参差"者，与前一句的"花乱飞"构成一幅凌乱失序的图景，具体呈现诗人动荡无着的纷扰思绪；而所谓"连曲陌"者，不只是参差的花朵，还更是诗人深情婉转的心灵，几乎就要随着芳踪渐渺的小路一心一意地紧跟着伊人而去;而连绵迢递的花朵一路所送的,不只是远空的斜晖夕光,还更是渐行渐远的娇客,其中蕴蓄着一股缠绵不舍的依依之情。至此,那花朵的凋散就并非一园一地而已,竟是广延直达天边的无所不在,触目所及皆是点点衰红残蕊;而满地的缤纷落花又与满天的夕阳斜晖交织在一起,汇集成弥天盖地的哀哀离愁。

于是李商隐那"夕阳无限好,只是近黄昏"的著名旋律再度在此奏起,原来天地间一切美好的人事物都无法挽留,都要被迫离散消亡,无论多深的情感、多大的不舍,那夕阳的消翳、花朵的飘零与春天的终结,都必然引领诗人的心灵一直往无尽的黑暗虚无中坠落。"肠断未忍扫,眼穿仍欲稀"一语承首句的"高阁客竟去"而来,蕴含了多少无力回天的痛惜,诗人宁愿咬紧牙根拼尽所有的苦楚,即使伤痛到了肠断的程度也不忍将地上的落花扫除,让一蕊一瓣继续残存于眼前,不断地怵目惊心,在那已嫌太过脆弱的心灵上刺出点点血痕,为的就是那些落花乃是诗人一无所有中的唯一所有;然而即使如此,落花似乎完全不明白诗人无限痛惜的心情,在诗人望眼欲穿的凝视之下,依然凋零至稀疏殆尽的地步,一如杜甫所悲歌的:"一片花飞减却春,风飘万点正愁人。且看欲尽花经眼,莫厌伤多酒入唇。"(《曲江二首》之一)风吹花飞,已是片片伤心,更哪堪万点飘零,直是怵目穿心!然而一如王国维所怆然叹惋的:"最是人间留不住,朱颜辞镜花辞树。"(《蝶恋花》)既然"花辞树"乃是人间万事中最为挽留不住的无奈,则诗人终究所能收获的,依然只是飞花辞树而越来越见稀疏的枝丫,于是蕴藏在"参差连曲陌,迢递送斜晖。肠断未忍扫,眼穿仍欲稀"之中的,那一息尚存便九死不悔的追寻与执着,最终只是证明一切都只是徒劳与幻灭,迫使诗人认清"芳心向春尽"的惨痛事实。

于是到最后,爱与美、情与悲,在无奈无情的世界中都只能凝结出沾衣的眼泪,而惟有泪水的晶莹可为此心不渝之证明,惟有泪水的洁净足以滋润破碎的心灵。因而,这最后的"芳心向春尽,所得是沾衣"一联将人与花相结合为言,仿佛即是诗人那么清醒地意识到一切终究成空之后的绝望告白:那如花朵开放般美好之心意,一如诗人芳洁深挚的心灵,终将随着春天走到尽头而完结不复存在,最后只有那沾衣之"泪"是一生苦苦怀抱悲情的李商隐最终的依靠,与他那九死不悔的"芳心"相始终。

"芳心"者,或曰"春心""香心",于李商隐诗中乃是彼此互通的同义词,如《燕台四首·春》的"蜜房羽客类芳心"、《燕台四首·冬》的"芳根中断香心死"、《无题四首》之二的"春心莫共花争发",以及《锦瑟》的"望帝春心托杜鹃"等等,皆是用来指一种如春天般追求美好与希望的芳美之心意;而由于这句诗中的"向春尽"已明点"春"字,因此便采用"芳心"一词以避免复沓。唯其可哀可叹的是,那份纤柔深挚、无限美好的"芳心"或"春心"贯穿在李商隐的作品中,不断为他吐露呕心沥血的深情的悲歌;但直到春已尽、花已残之际,却依然只能换得一襟沾衣的眼泪,聊胜于无地滋润自己空洞而怆痛的伤口。泪水来自于残破的心灵,却又反过来成为抚慰那残破心灵的唯一所得,于是更多的泪水意味着更深的残破与伤痛,而更深的残破与伤痛又会滋生出更多的泪水,如此重复不断地循环再生的悲剧,便是李商隐真正彻底无望而凄怆入骨的人生终局,因此清屈复的《唐诗成法》才会说:"结句如腊月二十三日夜听唱,你若无心我便休,令人心死。"

整首诗自首至尾都以"落花"意象一脉贯串,借由春花之随风飘飞、零落沉坠以及散布遍地的诸般状态,反复皴染出离客之不可挽留、别情之不可遏止的创痛哀愫,从而让"乱飞""参差""曲陌""迢递"等语词,连续构组成一幅百转九回、缠绵不已的情思图像;而"客去""花飞""斜晖""春尽"这些展现了剥夺、离逝、消殒之本质的描述,则又在诗脉中与之交错递现,潜在地重重深化那即使"肠断""眼穿"都依然一往不返、无力回天的伤痛。最后,"芳心向春尽,所得是沾衣"一联在肠断、眼穿之后出而收结全诗,透过"反言见意"的笔法,以"所得"彰显"不得",那自胸臆中所逼出的椎心泣血的泪水,即为诗人全然一无所有的悲剧的见证。冯浩注引杨守智云:"一结无限深情,'得'字意外巧妙。"正是看到了"得"字的反衬作用,在人去、花落、春尽的情况下,将李商隐的一无所得衬托得更为深婉,也无意中指出李商隐那无可救赎的一往情深的性格,让他在"芳心向春尽"而一无所得的惨痛之后,竟还因为珍爱对方至深至极,以至于也连带地珍爱那为对方流下的悲伤眼泪,并视之为唯一的所"得"。

这就足以将"至爱无悔,至情无怨"的无限深情刻画得更加动人心弦,从而再度印证了李商隐是一个彻底以情为骨、以泪为心的诗人,他具备的是女性化的、纤细脆弱的心灵特质,却只能在没有任何玻璃罩保护的情况下,赤裸裸地暴露在粗糙的现实之前任由命运风吹雨打,而从那不断受创而未曾愈合的伤口中唱出椎心泣血的哀歌。

野　菊

苦竹园南椒坞边，　　微香冉冉泪涓涓。
已悲节物同寒雁，　　忍委芳心与暮蝉！
细路独来当此夕，　　清樽相伴省他年。
紫云新苑移花处，　　不取霜栽近御筵。

　　本篇乃感物抒怀之作，成于宣宗大中三年(八四九)在徐州卢弘止幕中任判官之时，年三十八岁。全诗皆自伤之词，人与物合一，情与景交融，为一首"将自身放顿在里面"(清李重华《贞一斋诗说》)的咏物佳构。前人有谓此乃为令狐楚、令狐绹父子而作，内容为"追思其父，深怨其子"，然而此说过于拘狭，势必损害作品中所呈现的属于一般性与本质性的人格特质与生命情调，因此不宜落实为本诗主旨，以免限制了诗境之开展。

　　清陆昆曾《李义山诗解》指出："义山才而不遇，集中多叹老嗟卑之作。《野菊》一篇，最为沉痛。"此诗的确是以"沉痛"为结穴，字字句句都刻画出一株奋力在艰困处境中挣扎求生的野菊形象，充满如泣如诉的哀惋血泪。从诗题《野菊》中的"野"字来分析，作为对此菊花设定存在状态的形容词，"野"之一字其实包含着两层涵义：首先，它是就地理空间的范畴，说明了菊花所在之处乃偏离中心的荒野之地；其次，它是从心理感受的层次上，指涉一种遭受离弃而丧失呵护赏爱的旷废处境,而在大多数的情况下,这两种现象往往具备了连带相关的因果关系,也就是那种遭受离弃的放逐流离之感,乃是因为身处偏离中心的荒野地区所产生的结果。就此诗而言,由首句的"苦竹园南椒坞边"与末联的"紫云新苑移花处,不取霜栽近御筵"这两处前后呼应的说法,即可充分证知,此一"野"字的确是同时涵摄了地理空间与心理感受的双重意义,而菊之所以为"野",呈现的并不是脱略世俗尘网之后的野逸状态,而是一种来自所托非人、错置失所而丧失呵护的郊野之地;也就因为如此,这丛野菊生命中并不是充溢着逍遥自适、任真自得的自由洒脱,而是背负着自生自灭、无人闻问的痛苦,全诗之叙写,也奠基于"野"字及其意味而逐步展开。

  自首句伊始,一股难以承担的沉痛之情便源源不断地压迫而来,试看这株野菊的植根立足之处,乃是酸风苦雨弥漫的"苦竹园南椒坞边",与末联的"紫云新苑移花处,不取霜栽近御筵"恰恰互相补充,可见落脚于此的,乃是一个正统主流社会的边缘人,被排挤到人人避之唯恐不及的荒寒之地,忍受着难堪的艰辛苦楚。苦竹,为形形色色的竹子中最不讨喜的一种,谢灵运《山居赋》谓:"竹则四苦齐味。"《齐民要术》进一步区分四苦云:"竹之丑者有四,曰青苦、白苦、紫苦、黄苦。"无论何者,其结果都如杜甫《苦竹》诗所说:"味苦夏虫避,丛卑春鸟疑。"不但令春鸟疑恶而高飞不至,连夏虫亦舍而避之,则显然可知,与一般的竹子比较起来,它既无李白形容为"绿云"(《远别离》)的纤形美姿,亦缺乏李商隐曾经赞美的"嫩箨香苞"(《初食笋呈座中》)的芳质美味,连在天运相生的大自然界中都不免得到"虫避鸟疑"的下场,其不为人所喜便更是理所当然。但迥然不同的是,杜甫是以苦竹作为因遭受世俗排挤而成为社会边缘人的自我写照,其中虽充满无奈辛酸,同时却还带着幽默的自我解嘲,也寓含一种不改其志的傲岸坚持,此外,正如康正果《试论杜甫的咏物诗》一文所指出的,杜甫"他总是从趋于极端的差异性感受中反顾人及其世界的永恒统一。因此,他即使写很伤惨的感情,也不至于堕入绝望,而始终缠绵不已。"反观李商隐,其作品总是陷入那种"趋于极端的差异性感受"里,将自己逼入一种哀哀无告的极度惨伤之中,让世界之巨大和自我之渺小呈现巨幅的反差,而使自己被架空为一个绝望无助的弱者,只剩下不断受伤、不断流血、不断哀泣的悲惨命运而已。

  正是基于如此之观物应世的模式,这首《野菊》诗一开始就把苦竹化为迫害自己的强大势力,是来自粗粝残酷之现实世界的无情力量;而由"苦竹园"一词可知,苦竹乃是丛生成园、连成一片,这便形成了从四面八方围困野菊的天罗地网。同时,由于"苦竹园"之景致于历史上的确有迹可寻,如《永嘉郡记》载:"乐成县民张荐,隐居颐志,不应辟命。家有苦竹数十顷,在竹中为屋,恒居其中,一郡号为高士。"则在此一典故的规范意义之下,无形中同样孤居于苦竹园中的野菊也是如张荐般的高士者流,在困境中坚守节操而不改其志,以超越流俗之姿护持其特定的人格风范。只是,从次句的"微香冉冉泪涓涓"可知,李商隐赋予野菊的,并非傲岸不谐、睥睨出群之高士形象,一如苏轼《赠刘景文》诗所歌咏之"菊残犹有傲霜枝",而毋宁更接近一种为了固守清操而苦苦挣扎的悲剧人物，近似于《蝉》诗中，一方面煎熬于"本以高难饱，徒劳恨费声。五更疏欲断，一树碧无情"如此惨绝之处境，一方面又坚持"我亦举家清"如此不懈之自许的类型，因此紧接着"苦竹园南"之后便是"椒坞边"，从苦涩难咽到辛辣呛鼻，周遭的压迫力一层层地强化而越发浓烈，更令野菊无所逃于天地之间。椒坞，是指种植辣椒而四面高、中央低之谷地，显然与苦竹一样，辣椒也是满布山谷的强势族群。如此一来，左有竹之苦涩，右有椒之辛辣，左右包夹煎逼，孤弱之野菊遂尔进退失据，几无容身之处，则作为野菊的邻居，苦竹园与椒坞乃是用以比喻环境的艰苦困厄，同时也寄寓了孤军奋斗者内心中无比的辛酸愁恨。

　　果然，在周遭强势力量的压迫之下，野菊只有不断退缩自怜，以眼中的泪水抚慰自身的伤口。接下来的"微香冉冉泪涓涓"一句，其中的"微香冉冉"本是形容微弱之香气淡淡飘散的样子，而菊花之芳香本就属于清新雅致的类型，宜于一枝独秀，在幽静无人之际细细吐露，而不适合众芳齐放，争夺花气袭人的国色天香；因此旁边若有一两株苦竹、辣椒这些具有强势气味之植物，已然不免相形见绌，被强行夺占一大半的嗅觉版图，而何其不幸的是，围绕在这棵野菊身畔的苦竹乃遍生成园，邻近于周遭的辣椒也是满布山谷，在苦涩辛辣之气息弥天盖地、随风席卷的处境中，孤零零的野菊势必会被它们浓烈呛鼻的苦辣味道所压倒，成为"五更疏欲断，一树碧无情"（《蝉》）之形象在植物界的翻版。其香气之微弱似乎已依稀缥缈不可复寻，只有透过"冉冉"一词，始为如此不可捉摸的淡淡微香赋予柔弱纤细的形象感，更加具体呈现那若有似无的芬芳,在那哀哀欲绝的孤弱状态中,似乎还存在着"其志不死,一息尚存"的坚持。

只是进一步精确地说,其中哀哀欲绝的孤弱意味实远胜于一息尚存的坚持,何况即使是一息尚存,其结果也并不足以成就一个抗拒命运的悲剧英雄。因为构成悲剧英雄的条件与定义,除了一味的忍耐与坚持之外,更包括了一个人必须对自我的处境具有充分的存在自觉,却又在环境的横逆与阻碍中抱持"知其不可而为之"的伦理抉择,因而奋力与命运冲撞,与环境抗衡,其境弥苦,其心弥坚,其志也愈不可挫,而其浩然之气更是喷薄强悍,终究在面临必然的失败之际,绽现出人性中壮烈的耀眼光辉,证诸历史上之相关人物,可见屈原如是,陈子昂亦如是。但对李商隐而言,那拼命在恶劣环境中活下去的,总是一个哀哀无告、苦苦挣扎的弱者,伴随着涌自伤口的泪水,徒有揪心蚀骨的幽怨自怜,却欠缺对外奋战的力量与勇气,这里的野菊也没有例外。试看野菊花瓣上的露水本是点滴成形的,属于大自然界客观的物理现象,如杜甫所观察到的"重露成涓滴"(《倦夜》)以及孟浩然所形容的"竹露滴清响"(《夏日南亭怀辛大》),两者都触及了露水凝聚成形、点滴坠落的过程与形态;而此处的李商隐却以"泪涓涓"来加以形容,使得孤立成点状的露珠化为细流不止的泪水,这样拟人化的描写,显然暗示出其悲之深、其苦之切,乃是几滴泪珠所不足以表现的。如此一来,我们所看到的野菊,便是在苦竹的压迫抑制之下仅存"微香冉冉",在辣椒的呛鼻刺激之下不禁"泪涓涓"的弱者,在诗人如泣如诉的笔调之下,哀哀地向世人乞怜求告。

接下来的"已悲节物同寒雁"一句,则是在首联的景物渲染之后,更进一步将野菊的悲剧加以强化,点出秋寒年尽所带来的摇落颓亡的悲剧命运,乃是在首联有"苦"有"泪"的处境之后,将使野菊彻底摧毁的不幸宿命。"节物"者,即节候风物,指随着季节气候而呈现的景物样态。在菊花绽放的秋天中,放眼所见的乃是草黄叶落、风凉露重、候鸟纷飞等景观,一如汉武帝《秋风辞》所言:"秋风起兮白云飞,草木黄落兮雁南归。"而初唐王勃《滕王阁序》亦曾进一步描绘雁鸟南归时之情景:"雁阵惊寒,声断衡阳之浦。"故此处所云之"同寒雁"者,乃是将野菊"微香冉冉泪涓涓"的衰弱哀泣,等同于寒雁之辞根离乡、漂泊跋涉以及声断云空,一体呈现了在面临凋零的惨况之下感伤落拓的负面情绪。而之所以会为此景象作悲,乃是因为"悲秋"早已是中国文人在感秋之时的基本反应模式,一如最早发出悲秋之哀吟的宋玉,于《九辩》开宗明义所说的:"悲哉!秋之为气也,萧瑟兮草木摇落而变衰。"从物候的衰落凋零关涉到人事的离散沦灭,从而引发出萧瑟悲哀的感受,由此遂一脉直贯而下,深刻地影响了后世文人的悲秋情怀,除了汉武帝的《秋风辞》之外,魏文帝曹丕《燕歌行》的"秋风萧瑟天气凉,草木摇落露为霜"也是此一精神血脉的嫡传,长久以来便形塑出中国文人感时感物之特定形态。这都为李商隐感秋悲菊之心理铺垫了深远的历史背景。

前述"微香冉冉泪涓涓"的衰弱哀泣,已为野菊带来"节物同寒雁"之悲,然而那还只不过是外在形貌的不堪摧折而已;唯有在"以心为形役",而心与俱碎的时候,才是由外部之形体摧残彻底化为内部的精神摧毁,野菊乃至世间一切有情生命的最大悲剧也于焉完成。因此在"已悲节物同寒雁"一句之后,李商隐不禁发出"忍委芳心与暮蝉"的质疑或求告,所谓"忍委"者,意谓怎么忍心委弃,乃是一种否定性的疑问用法;而"芳心"者,乃用以极力形容那一份芳香美好的心灵,指花朵之绽放所蕴藏的所有的努力与期待,此词与其他同义词如"春心""香心"等,乃李商隐诗中往往得见的惯用语,如《落花》诗的"芳心向春尽"、《锦瑟》的"望帝春心托杜鹃"、《燕台诗四首》之一的"蜜房羽客类芳心"和之四的"芳根中断香心死"等皆是,透显出李商隐对这一类代表无比美好之心灵的语词的特殊偏爱。而所谓"与暮蝉"者,意谓和黄昏啼鸣的蝉一样,也就是和垂垂待毙之蝉同一命运。此刻秋天掩至,失时的蝉早已是强弩之末而无力为继,呈现"五更疏欲断"(《蝉》)的喑哑欲绝、气息奄奄,则和暮蝉一样的菊花岂非也将面临有愿难诉、委弃以终的命运?多情易感的诗人眼看菊花凋落,不免触动自己一片芳心破灭、零落无成的悲怀,而有情何以堪之感慨,故此言"不忍"也。就此而言,胡以梅《唐诗贯珠》对次联之评说,便称得上是十分详尽入味:"三虽云此花与寒雁同其节物,而寒雁多凄凉矣。四则芳心尚在,又安许与暮蝉并其雕歇?此不甘迟暮也。"

走笔至此,诗中一路蓄积之哀情已到了极致而无以为继的地步,如果放任心绪继续陷溺下去的话,诗人这个抒情主体将会被过度满涨之哀痛所淹没,而丧失创作时赖以书写的立足点。因此下半段的诗歌内容就从野菊身上宕开,将笔墨转向与菊相对的诗人自己,从前半首混融一体的"物我双写"到后半首二元相对的"物我分立",野菊也由叙写之焦点暂时退位,改以触发诗人之回忆与省思的媒介,展开另一层次的表达。故接下来颈联的"细路独来当此夕,清樽相伴省他年"两句,就是诗人将自己从野菊身上抽离出来之后,回到自身作为抒情主体的身份所抒发的内容,其中既有"细路独来当此夕"一句呈现出空间上由远而近的移动,又有"清樽相伴省他年"一句呈现出时间上从现在到过去的回溯,而无论是空间上的移动或时间上的回溯,都交织汇集出一个孤独无依的形象,在荒凉的世界里独自品尝寂寞的况味。

"细路",即小路。"当此夕",意谓就在今天的黄昏时刻。李商隐在血泪将尽、芳心将萎的悲剧情怀的临界点上抽离出来,恢复了观照者的主体身份,反过来倒叙自己行动思想的整个过程:他在落日时分独自沿着小路缓步行来,走到苦竹园南椒坞边之交界处,触目见到孤生于此的一树野菊花丛,遂停下脚步驻留在旁,以一杯清酒为伴,并开始省思遐想;除了一开始就移情入物地深陷于野菊的存在悲剧之中感同身受,此外也在自拔回神之后,于啜饮酒香的酣醉中跌入自己过去的回忆里。"省他年",即回忆、省思昔年的往事,而往事者何?或如《回中牡丹为雨所败二首》之一所言:"下苑他年未可追,西州今日忽相期。水亭暮雨寒犹在,罗荐春香暖不知。舞蝶殷勤收落蕊,有人惆怅卧遥帷。章台街里芳菲伴,且问宫腰损几枝。"两诗都采取了"下苑/西州""紫苑/苦竹园南椒坞边"这种"中心/边陲"之空间对比,以及"他年/今日""此夕/他年"这种"过去/现在"之时间对比,来呈现贬逐的沦落之感。因此"省他年"可以解释为怀念过去曾有的、对某种生命理想充满憧憬与追求的阶段,虽然彼时也未曾碰触到理想本身,同样是徘徊在下苑(或紫云新苑)之外的门外汉,却洋溢着追求的信念与成功的期待,与如今身为只剩下悲观绝望的边缘人,意义是迥不相侔的,因此不免遥想当年、感叹此夕。

若牵合诗人本身之身世故事而落实为说,则"清樽相伴省他年"乃是指过去与令狐楚共赏菊花之美好时光。其《上楚启》有云:"菊亭雪夜,杯觞曲赐其欢。"(见《樊南文集补编》)令狐楚乃是李商隐一生中最早遇到的贵人,是将他视如己出而提拔不遗余力的如父恩师,文宗大和三年,时年十八岁的李商隐受到担任天平军节度使的令狐楚的赏识而受聘入幕,于任职巡官的同时,与其子令狐绹等同门一起学习今体文(即骈文、四六文),并由令狐楚亲自指点,因此两人共处的往事,应即是十岁丧父的李商隐心中最温暖的回忆之一。在"菊亭雪夜,杯觞曲赐其欢"的回忆里,有相知相得之温情,有秉烛共饮之欢笑,更复有前途无量之希望,就在两人举杯对酌的同时,一旁的菊花傲雪盛开,以美好的丰姿来映衬这充满生机的流金岁月。

事实上,以上两种说法在本质上还是相通的,因为与令狐楚"菊亭雪夜,杯觞曲赐其欢"之美好时光,恰恰也是其年轻时期怀抱雄心而充满希望的阶段,对人生既存在着"蓝田日暖玉生烟"的温馨之情,又包含有"庄生晓梦迷蝴蝶"的无限憧憬。然而毕竟昔日已远,往事难追,抚今忆昔,更添感慨,眼前的野菊历历在目,将诗人从往日的忆想中召唤回来,再度面对"苦竹园南椒坞边"这粗粝而严酷的现实。于是诗人由物观己,物我合一,在野菊与自我彼此差相仿佛的共同处境中,流宕着一股惺惺相惜的哀惋之情,因此在对野菊的不平之鸣中,寄托了诗人自己的失志之怨。末联所谓"紫云新苑移花处,不取霜栽近御筵",即当权者不肯眷顾、提拔沦落者之意,至此,终于露骨地点明造成野菊沉沦哀苦的真正原因,乃是仕进无路、入朝无望。

"紫云"者,历来有数种解释,一说为宫苑之名,一说即神仙所居之紫府,一说应作"紫薇"较明切,而紫薇乃唐朝中书省之别名,《旧唐书·职官志》云:中书省:"开元元年改为紫微省,五年复旧。"作为皇帝身边大权在握的尊贵机构,因其中多植紫薇花而得名,白居易即有"独坐黄昏谁是伴,紫薇花对紫薇郎"(《直中书省》)之诗句。而无论上述之何种说法,都指显达者所在的中心地,当"紫云新苑"初初落成的时刻,也只有这些飞黄腾达的贵宦之辈,才具备有"近御筵"的资格与条件。至于"霜栽"之辈,也就是栽种于秋霜凛冽之恶劣环境中的野菊,包括沦落草莽的李商隐自己,却是引颈翘首而问津无路,无从参与皇帝于宫中设宴款待之坐席,与张九龄所说:"江南有丹橘,经冬犹绿林。岂伊地气暖,自有岁寒心。可以荐嘉客,奈何阻重深。"(《感遇十二首》之七)用意略同,都包含一种"总为浮云能蔽日,长安不见使人愁"(李白《登金陵凤凰台》)的怨叹之情。则已然"微香冉冉泪涓涓"且"忍委芳心与暮蝉"的野菊,便命定要终身困居于苦竹园南椒坞边,与苦涩辛辣之气味同朽,诗人自己亦惟槁项黄馘,老死牖下而已矣。

至此,诗中之首尾两句不但前后呼应,形成圆形接轨的完整态势,且彼此还具备了更紧密的因果关系,亦即末句的"不取霜栽近御筵"是造成野菊困居于"苦竹园南椒坞边"的原因,而首句"苦竹园南椒坞边"的遭难受害乃是"不取霜栽近御筵"的结果;"苦竹园南椒坞边"说明其悲,属个人之境况,故而接下来所写的都是自我之悲情,而"不取霜栽近御筵"乃展现其怨,涉及对他者之指责,故而不敢过度铺陈,以免构成讪谤,故此怨意乍出即收,全篇便收结于此。由此可见李商隐匠心熨帖之隐衷。

此外,从结构和叙写模式来看,全篇诗作均分为前后两段,前一段两联着墨于野菊,就其存在之处境进行细腻的刻画,而将自我隐身于其中,呈现物我双写、主客交融的合一状态,因而诗句中只弥漫一片感伤之凄情;后一段则将自我从野菊的形影中抽身而出,以物我分立的方式突显出诗人作为观物的主体意识,因此诗句中除了感伤之凄情之外,还增加了"可怜身是眼中人"(王国维《浣溪沙》)式的观照之距离,对野菊之存在处境加以观照与省思。由此说来,此篇作品的前半段乃是"感受",而后半段则是"感慨";抒发"感受"时只需由衷地歌吟情思,而表达"感慨"时,则还必须结合来自回忆、比较、省察之思维运作,才能呈现对存在处境之认知或辨识,乃至由之所生一股不平之气。这种结构与叙事模式在《蝉》一诗中也可以找到十分类似的做法。

若从语句内容与笔法情调上来看,这首《野菊》中的若干写法也出现与其他诗作类似的地方,呈现出李商隐所偏爱的特定意象与意境,除了前文所提及的《回中牡丹为雨所败二首》之一,同样采取了"中心/边陲"之空间对比,以及"过去/现在"之时间对比手法,此外,与《临发崇让宅紫薇》一诗相较,《临发崇让宅紫薇》不但也是一首借植物花朵以自伤身世的咏物诗,其中的"一树浓姿独看来"即如《野菊》中"细路独来当此夕"的翻版,都营造出诗人离开人群,独步趋向于植物世界中的某一种类对象,而与一丛花树孤自相对的背景;同时,其收尾的"天涯地角同荣谢,岂要移根上苑栽"一联,又恰恰与《野菊》末两句的"紫云新苑移花处,不取霜栽近御筵"在造语取意上都颇为近似,差别仅在于一以质疑语气反诘之,一以否定用词断言之,而其怨痛之情实则为一。而诸诗皆结穴于"仕进无路"之课题上,显然李商隐在政治事业上的落拓无成,乃其一生中最为痛切的伤心之处,足证他在《泪》一诗中所说的"未抵青袍送玉珂",乃非夸大其词而言不虚设。

蝉

本以高难饱，　　徒劳恨费声。
五更疏欲断，　　一树碧无情。
薄宦梗犹泛，　　故园芜已平。
烦君最相警，　　我亦举家清。

　　本篇以"蝉"为题，明显是属于传统分类中的咏物诗。自咏物诗兴起于魏晋，而大兴于南朝的齐梁时代以来，将人以外的自然物或人工物聚焦放大，成为歌咏之主要对象的创作方式，便一直是诗人青睐有加而往往采用的，因而形成诗史发展中的一种新类型。然而，受到当时主客观条件的影响，咏物诗在创作伊始流于皮毛体肤的刻画，但求形貌巧似，却缺乏精神内里，因此有如工笔细摹，丝丝入扣，却不能意在笔先，传神写照。依清人李重华的分析："咏物诗有两法，一是将自身放顿在里面，一是将自身站立在旁边。"(《贞一斋诗说》) 显然地，这种"将自身站立在旁边"的写法，从齐梁一直延续到盛唐前夕；期间初唐骆宾王用以突破此一主流，而达到"将自身放顿在里面"之境界的作品，恰恰正是以"蝉"为歌咏对象的《在狱咏蝉》诗。

　　诗人之所以借蝉自喻，是因为蝉之居高食洁向来被视为清廉高洁的象征，如《吴越春秋》载："秋蝉登高树，饮清露，随风扰挠，长吟悲鸣。"其中对蝉所具体描写的"居高食洁""长吟悲鸣"的特点，很容易引起那些急欲剖白心声之文人的共鸣，而成为后世相关作品之所本。如南朝梁代褚沄说："饮露非表清，轻身易知足。"（《赋得蝉诗》）北周卢思道谓："轻身蔽数叶，哀鸣抱一枝。"（《听鸣蝉篇》）而初唐卢照邻亦曰："独有危冠意，还怜衰鬓同。"（《赋得含风蝉》）由此一系流传下来，便形成一脉咏蝉诗的写作传统。尤其是早在汉代，便将蝉视为一种象征政治德操的官方图腾，政府规定侍中以上之高官必须在冠上附蝉，随时随地提醒自己居官必须不忘清廉，其功能一如桌案上"尔俸尔禄，民脂民膏"的座右铭一般。因此，初唐四杰之一的骆宾王因赃罪入狱时，所写《在狱咏蝉》一诗也借蝉感叹道："无人信高洁，谁为表余心？"都是借蝉之高洁以为自我投射、为自己辩护的例证，而其《在狱咏蝉》即是一首"随风长吟悲鸣"的哀歌。

　　李商隐的这首《蝉》诗，也承袭了这样的象征传统，全篇环绕着"清"字，就其相关词意——如清贫、清高、清洁、清廉、清真——而写物寓情。当然，李商隐的咏物诗通常是单一地指向其个人生命情调的流露，主要是借所咏之物传达一种零落摧残、迟暮无成的身世哀感，这首《蝉》诗也没有例外，一如清施补华《岘佣说诗》曾比较唐人同一题材之作品，指出其间的差异："三百篇比兴为多，唐人获得此意。同一咏蝉，虞世南'居高声自远，端下借秋风'，是清华人语；骆宾王'露重飞难进，风多响易沉'，是患难人语；李商隐'本以高难饱，徒劳恨费声'，是牢骚人语。比兴不同如此。"所谓的"牢骚人语"，正捕捉了李商隐作品的风格特点。《蝉》作为一首凄极奇至的咏物诗,通篇皆借蝉以形我、寓我于蝉中,以"双抱"之写法兼绾彼我两方的不幸境遇;而写蝉之难饱、费声竟可以凄痛哀绝一至于此,亦前人咏蝉之作所未曾有,尤其"五更疏欲断,一树碧无情"更是极其悲切动人而普获好评,如宋宗元《网师园唐诗笺》云:"咏物而揭其神。"李因培《唐诗观澜集》亦称:"追魂之笔,对句更可思而不可言",使这篇作品获得了千秋不朽的魅力。《蝉》约作于宣宗大中四年(八五〇)在徐州卢弘止幕中任判官时,李商隐年三十九岁。

开篇的前半首,可以说是物我双写的咏物最高境界,在蝉的身影之中,潜藏的却是诗人的灵魂,那透过"本以高难饱,徒劳恨费声。五更疏欲断,一树碧无情"所着力写出的凄绝处境,其实正是充满徒劳之恨,却又在无情冷漠的环境中声嘶力竭、几乎无以为继的诗人自己的写照。

"本以"有"本来就是"的意思,用来表示对某一种道理或现象的充分认知,且视之为内蕴之"本质"而感到理所当然;但在此诗中,则是出于一种对人生之剥夺与匮乏已完全习以为常的悲哀的认命感。至于此种已被诗人认定为其生命本质的命运,使他不再产生质疑、也不再努力反抗的,竟是"高难饱"的处境——"高"字兼写蝉之位置与诗人高洁之品格,"难饱"双喻蝉之饮露不食和诗人之穷愁潦倒,"高难饱"三字简直逼出了历代所有失意君子的血泪。虽然诗评家称"起句五字名士赞"(明周敬、周珽《唐诗选脉笺释会通评林》引钟惺语),似乎将之视为对高洁名士的赞颂,然而实际上其重点却应该是在由心性之高洁所导致的剥夺与匮乏,以及对此无以抗拒的悲愤之情上。有如屈原于《卜居》中所感慨的"黄钟毁弃，瓦釜雷鸣"，为了坚持灵魂的洁净不染与自由飞翔的高度，不让俗世的成功而迫使自己降格以求，诗人们总是不惜以社会之失败者的形象出现，以"贫贱不能移"的固穷之姿，来持续敲响警钟，提醒世界众人皆醉的沉沦。而其所付出的代价则是行吟泽畔的形容枯槁，乃至玉石俱焚的生命牺牲。

较不同的是，面对庸俗世界中的颠倒悖逆，屈原是愤怒的、激切的，他不惜自我放逐，与整个社会决裂；最后更怀沙自沉，以全幅生命作为理想与原则的殉葬，所展现的就是一种对庸鄙世间最强烈的抗议。然而，李商隐却是悲哀的、无奈的，他彷徨在这样无所依托的人间，只能选择瑟缩于社会的边缘，发出微弱的呼喊与呻吟，与其说是批判或抗议，不如说是哀求与哭泣，而其费劲用力地高声长吟，结果竟只是徒劳无益而已，故产生"恨"意。"恨"字根源于"徒劳费声"，又同时开启下联之"五更疏欲断，一树碧无情"，承先启后之余，又为全诗结穴；而除了作为全诗之核心意识之外，"恨"更是李商隐一生的终极感受，往往于诗篇中泄漏出来，如："埋骨成灰恨未休"（《和韩录事送宫人入道》）、"夫君自有恨，聊借此中传"（《谢先辈防记念拙诗甚多异日偶有此寄》），乃至"荷叶生时春恨生，荷叶枯时秋恨成"（《暮秋独游曲江》）等，"恨"不但已是诗人心中的痛苦蓄积到极端时的生命感受，甚且投射到世间包括荷叶在内的一切存在物上，成为整个世界运转时所奠基的核心意义，则在蝉身上感受到一种徒劳费声之恨，自是在情理之中。

所谓"以我观物，则物皆着我之色彩"（王国维《人间词话》），相较于韦应物所描写的初夏蝉鸣，所谓："一听知何处，高树但侵云。"(《始闻夏蝉》)李商隐感受到的蝉声显然与此高亢激昂的侵云之声迥然不同,而比诸骆宾王在落难困限于狱中时所写的"露重飞难进,风多响易沉"(《在狱咏蝉》),李商隐身上的蝉影也显得更为凄楚。次联中的"五更疏欲断"一句,乃是紧接着"徒劳恨费声"而将其徒劳之恨具体化,其悲鸣益发令人不忍卒听:"五更"点出其时乃天明前夕,可见蝉乃是终夜费声悲鸣;而"疏欲断"者,显然经过终宵彻夜之费力嘶吟,声音已稀疏喑哑、若存若断,可见蝉已声嘶力竭,无力为继。至此,有情天地岂非应该与之同悲,共掬同情之眼泪?可是事实却又不然,从弱者的眼光中看来,周遭一切都是冷漠无情的,否则他又怎会成为在一无所有中苦苦挣扎的弱者!因此他奋力指责出"一树碧无情"的愤激之语,乃是出人意表的奇思异想而令人耳目一新,句谓面对蝉之悲剧困境,整棵树却绿意盎然,生机蓬勃,犹如置身局外而无动于衷的旁观者,与上句"五更疏欲断"之哀吟欲绝呈现出强烈的对比,故言其"无情";而宋姜夔《长亭怨慢》云:"树若有情时,不会得青青如此。"即是仿此而作。

事实上,向来在诗人"以我观物"的移情共感之中,总是表现出天地同哀式的"草木含悲",虽亦有曰草木无情者,其无情却不是从"碧"字所呈现的欣欣向荣上着眼,因此其中之"碧无情"三字实在是下得"冷极、幻极"(明周敬、周珽《唐诗选脉笺释会通评林》引钟惺语),出人意表。自然界原本有其自在自行的运作规律而独立于人事的变化之外,因此自然界的四时循环与景物风貌,自和人事界的变动不居与沧桑代换形成彼此平行无涉的双轨,双方各行其是而互不牵连关涉。然而大自然何辜,却必须承担诗人"无情"的指控?只因树木在自然界阳光雨露的濡润滋养之下,以无上的生命力绽放青翠碧绿之形姿,未能与化身为蝉而悲痛欲绝、声嘶力尽的诗人同其憔悴,这就变成了它无可推卸的罪过。也许对"深知身在情长在"而申言"春蚕到死丝方尽,蜡炬成灰泪始干"的多情诗人而言,只有李贺所谓的"天若有情天亦老"(《金铜仙人辞汉歌》)才是有情的极致,也只有柳永的"衣带渐宽终不悔,为伊消得人憔悴"(《蝶恋花》)才是唯一一种真实的情感的表示,一旦在"情"的浸染之中,便足以消融自身对幸福的需要,甚至解消客观世界永恒的存在属性。

于是,不仅李商隐对大自然孤立于人事界之外而自碧自荣的现象提出"无情"的控诉,与李商隐齐名的杜牧,亦曾写出"繁华事散逐香尘,流水无情草自春"(《金谷园》)的对比,让昼夜不息之流水与生机盎然之春草都化为万古长新的永恒坐标;还有,同属晚唐诗人的韦庄也以"无情最是台城柳,依旧烟笼十里堤"(《台城》)发出类似的不平与批判,那如烟之绿柳青翠如昔,竟是面对六朝兴亡却无动于衷的冷眼旁观者!而且不仅如此也,更早的杜甫在其《新安吏》一诗中,就已经出现"莫自使眼枯,收汝泪纵横。眼枯即见骨,天地终无情"的哀痛欲绝,并在安史乱发后国破家亡的浩劫中,置身于残破的长安城里感慨"国破山河在,城春草木深"(《春望》),而向生机蓬勃的自然万物殷殷致问道:"江头宫殿锁千门,细柳新蒲为谁绿?"(《哀江头》)影响所及,宋代词人姜夔也如此凄惋地歌咏道:"念桥边红药,年年知为谁生?"(《扬州慢》)乃至范仲淹也直称："芳草无情，更在斜阳外。"(《苏幕遮》)如是种种，都是出于人事离乱之滔天剧变竟然无能动摇自然大化之生机，而产生孤凄感伤的无奈与质疑，虽未明言其"无情"，一股自绝于兴茂之外的畸零孤寂之感却在其中。

人事沧桑消亡的衰灭惨败，在大自然清新永恒的面貌对比之下显得更加怵目惊心，这是杜甫、杜牧、韦庄、范仲淹、姜夔等众家诗人共同感受到的，因而在这巨大的落差中，诗人或者是更加专注于失去的美好时光，如"忆昔霓旌下南苑，苑中万物生颜色。昭阳殿里第一人，同辇随君侍君侧"(《哀江头》)，展现的是杜甫对充满光辉之开元盛世的眷恋；或者是将思绪集中于历史递嬗或人生无常这类属于哲学观照式的感怀，如"感时花溅泪，恨别鸟惊心"(《春望》)流露的是杜甫对人事翻覆的感慨，而"繁华事散逐香尘，……落花犹似坠楼人"(《金谷园》)则蕴含了杜牧遥想繁华如梦、美人黄土的叹息，至于"江雨霏霏江草齐，六朝如梦鸟空啼"(《台城》)则表达出韦庄对历史兴亡所产生的虚幻感，此类诗句都是在自然的对比之下，以无常之心对人事加以观照省思的结果。

但李商隐并不只是停留在这对比所产生的感叹上，他其实是更进一步将周遭蓬勃旺盛的生机激化成为一种强者的压迫，让自己在这压迫之下沦为一个无力挣扎而哀哀无告的弱者。以蝉的形象而言，当它倾其肺腑，呕心沥血地发出那样激昂热切的宣诉、那样刻骨铭心的渴望之际，却得不到一丝一毫的回应，不但在它嘶哑呼告的时候，周遭回报以"一树碧无情"的旁观漠视，一种对痛苦、挣扎、求救、哀乞都无动于衷的冷漠；那森森青碧的枝繁叶茂中，扩展的是一片广漠荒凉的无情天地,像黑洞般吸干了呐喊而一无返响,任那即将灭顶之人自生自灭。这种牢不可破的冷漠是对一腔热情与满心苦楚的悍然拒绝,足以将跃然搏动的心为之冷却冻结,但多情的诗人面对这令人极度难堪的冷酷拒绝时,却依然鼓动所有的勇气一再奋力扣问,试图打破周遭作壁上观的麻木不仁,因此通宵达旦地费声嘶鸣,直到五更天明无以为继之时犹然不歇。

只是,"爱的相反不是恨,而是漠不关心",麻木的无动于衷乃是最难以融化的冰山,在蝉终于放弃气若游丝般的呐喊之后,整个世界依然是毫无悲悯地落井下石。李商隐在另一首诗中曾明白地指出:"蝉休露满枝"(《凉思》),对那吹弹可破的薄翼而言,露重、露满都是最为巨大沉重而难以抗拒的环境压迫,因此骆宾王才会以"露重飞难进"(《在狱咏蝉》)申诉自己挣扎奋斗时的困顿无依。而相较起来,李商隐则是更进一步以"蝉休露满枝"来激化自身的悲剧——当蝉已然无力呼告而终于噤声气绝之际,身边竟依然充盈着饱和欲滴的冰冷露水,有如将蝉活埋的刑具,则世界不仅未曾施予同情与宽待,甚且更是逼死蝉的冷酷杀手,致死之后依然未休。一如《野菊》中所刻画的,也是"苦竹园南椒坞边,微香冉冉泪涓涓。已悲节物同寒雁,忍委芳心与暮蝉",这样的诗句所反映的,乃是一种前述所谓"弱者"的心态,也就是把自己置身于无依无靠的弱势处境,并相对地扩大周遭环境的压迫与残害,以至于特别彰显出一种受虐与自怜的意味。由于性格形态与处世模式的不同,因此在同样控诉世界无情的状况之下,杜甫的"细柳新蒲为谁绿"乃是一种将注意力导向回忆太平盛世的外在指引,韦庄的"无情最是台城柳"是衬托六朝兴亡的参考坐标,都带有一种向历史抗告的高亢力度;但李商隐的"一树碧无情"与其说是一项控诉,不如说是一种呻吟;"控诉"蕴含的是一种奋力求生时强烈的挑战,但"呻吟"却只是垂死前微弱的颤音。

或许是这垂死的颤音已然微弱到难以为继的地步,李商隐也意识到那寄寓于蝉之中的悲剧即将超过负荷的极限,接下来便会淹没"自我"这个抒情主体的存在根基,而导致诗歌中断的危机,于是到了诗的下半部,"蝉"与"我"的交融开始有了裂隙,由物我合一分化为物我对立,生命共同体的孪生子变成彼此对话的主客双方,各自从相乘相加的惨痛命运中脱身而出,彼此都减轻了悲剧的重量;而叙写的主体明显地大幅偏向于诗人本身,蝉则从幕前担纲的要角退居为幕后映衬的配角,让诗人取而代之,将此曲哀怨凄绝之主调换成另一个旋律来演唱。既然相对于"高难饱"的蝉而言,诗人的处境也是不遑多让的,因此接下来的"薄宦梗犹泛,故园芜已平"一联就是对"难饱"情状的进一步延续,而由蝉及人,转向诗人本身的处境来申足补强。

其中的"薄宦梗犹泛"乃是从蝉所依附之树枝而产生的联想,并进一步结合了《战国策·齐策》的典故:孟尝君欲至齐,苏代(案:本作"苏秦",依《史记·苏秦传》而改)以寓言劝阻之,云:"今者臣来过于淄上,有土偶人与桃梗相与语……'今子东国之桃梗也,刻削子以为人。降雨下,淄水至,流子而去,则子漂漂者将何如耳!'"由此而比喻那随波逐流、不得自主的生存形态。则诗句意谓:蝉背负着徒劳费声之恨而气若游丝,而其唯一赖以依靠的树枝也有断折之虞,而诗人自己早已因为职卑俸薄的仕宦生涯,一直以来都犹如断梗残枝在水上漂流一般奔波不定,然后再将自己奔波庸碌却一事无成的失败,转向于远别故乡使之荒芜空荡的失职,同时兼缩身为人臣与人子的双重失败。

这样从政治事业到故乡家园的转向,最早是陶渊明《归去来兮辞》所展现的,所谓:"归去来兮,田园将芜胡不归?既自以心为形役,奚惆怅而独悲!"其所发抒的正是失意于宦途之后,回归故乡的伦理抉择。然而,将这样从政治事业到故乡家园的转向透过"蝉"来引发的用法,最早的源头却是隋朝诗人卢思道的《听鸣蝉篇》,从诗题所点出的"听鸣蝉"以及诗中所说的"故乡已超忽,空庭正芜没",显然已经确立了透过蝉来表现忆念故乡的书写模式,因此接下来的"故园芜已平"一句,便继承了历代读书人因宦游在外而疏忽故乡所产生的失职感,对故园的荒芜寥落致以深深抱愧之情。较特别的是,在这种与卢思道、陶渊明相近的抱愧意识产生之后,李商隐这首《蝉》诗之末联却推出一种截然不同的翻转。陶渊明在《归去来兮辞》一文中,提出的是"田园将芜胡不归"的自我究诘,与最后毅然挂冠归乡的终极选择;而李商隐却是从失职的抱愧意识而激发一种无怍于人的自豪心理,反过来让清贫成为自己清节高标的证明,因此最后故设问答之句,向那象征高洁的蝉剖示心迹,所谓:"我今实无异于蝉,听此声声相唤,岂欲以警我耶?不知我举家清况已惯,毫无怨尤,不劳警得也。"(清姚培谦《李义山诗集笺注》)李商隐一方面对蝉说"烦君最相警",意谓有劳您给予警示,提醒我"君子固穷"、不可"穷斯滥矣"的道理;一方面则自答道

"我亦举家清",向蝉保证自己也是全家都清贫如洗,不负嘱托。如此则将彼此双双提升,成为无愧天地的君子,而一种"耐得贫贱"以及"贫贱不能移"的傲岸之气也自在其中。

从章法上来看,清纪昀《玉谿生诗说》云:"起二句斗入有力,所谓意在笔先。前半写蝉,即自喻;后半自写,仍归到蝉。隐显分合,章法可玩。"的确,全诗的表层脉络是"前半写蝉,后半自写",分别由"蝉"与"我"入手,转折鲜明;然而细细究之,本质上却可以说是句句物我双写。全诗环绕着首句为宗旨而展开,以"高难饱"为辐辏,又以"恨"字为结穴,故谓"起二句斗入有力,所谓意在笔先",让蝉与我的共同处境全幅彰显;从次联开始,表面上是蝉的"五更疏欲断,一树碧无情"与诗人的"薄宦梗犹泛,故园芜已平"如二水分流般各自表述,其实却是月印万川地彼此映带,因为在蝉的处境中有我的感受,而在我的遭遇里则有蝉的身影。只有在最后一联,蝉与我终于在表层上分立为二,透过当面对话的形式确定了各自独立的存在个体,将前面兼综融摄的重叠笔法一笔勾销;虽然如此,其间声口可闻的对话形式,仍然足以让蝉与我于末联贴合成为彼此相求的同类,让两个独立的个体依然都因为"清"的特质,而归属于同一范畴成为志同道合的同志,无碍于全诗的内在统一。

此外,整首诗自始至终都在进行峰断云连式的反复皴染,从首句之"高难饱"开始,便启发一连串与清贫廉洁有关的意象群,展开下文中"薄宦""芜已平"与"举家清"的叙写,因而意脉直贯、连环为一;而由次句的"恨费声"为基础,也奠定了全诗一系列申诉恨怨的情感氛围,包括"疏欲断""碧无情""梗犹泛"等描述在内,都是对那徒劳费声之恨做层层推进的衍申，为整首诗涂抹了无从拨却的浓厚阴霾，厄运的沉重几乎将生命压得喘不过气来，表现出李商隐偏好一种趋于极端的差异性感受，而叙写极伤惨之感情并堕入绝望的人格特质。特别的是，作为末尾最终收结全诗的"清"字，固然一方面继承了"高难饱""薄宦""芜已平"的清贫意涵，成为导致徒劳费声之恨的原因，然而同时却又隐微地绽现出一种以清洁自许的不同流俗的傲然气度，有如"举世皆浊我独清"的高风亮节般，无形中使得令诗人"高难饱"的道德坚持获得了肯定，因此即使终究不能免于"徒劳恨费声"的困顿，却也无碍于继续坚持下去的勇气。这就使得全诗层层涂抹的悲剧色彩得以转化，让我们看到李商隐从弱者的哀吟中吐露出强者的坚持，有如穿透浓厚阴霾的清朗阳光般，全诗前半段如垂死般的呻吟颤音，到了诗篇末尾却逼出了与世俗抗衡的宣告。其语气虽不顽强刚烈，却极其坚定不移，这折尾一掉的凭空翻转，乃将整个诗篇推向高华的意境，也一洗前半首蚀骨侵髓、令人不忍卒睹的凄怆绝望，于稍稍平复之后取得坦然以对的明朗色泽，可以说是李商隐作品中较为少见的。

就此而言，与贾岛的《病蝉》诗试加比较，更可以见出李商隐此篇虽是"牢骚人语"，却不失高华动人的心灵素质。贾岛写道：

病蝉飞不得，向我掌中行。折翼犹能薄，酸吟尚极清。露华凝在腹，尘点误侵睛。黄雀并鸢鸟，俱怀害尔情。

两篇采取的虽然是同一题材，抒发的也是类似的酸辛困顿之情,而且中间两联皆用物我双抱兼绾的笔调,而篇终也都重归于人蝉对立、彼此对答的分写手法,然而相较之下,明显可见贾岛之诗失于平直浅露,情思蕴蓄不足,李商隐诗则沉郁深婉,字字怆楚入骨;而比较李商隐透过秋蝉所绽现的人格坚持,在面临生存的底线之际,依旧保有不为困境所摧折的自爱自持,贾岛的病蝉则未免过于平凡庸弱,在世俗的重重压迫之下,一心只忧虑着外物的戕害而汲汲于寻求庇护。如此看来,李商隐在诗中呈现的虽大多是弱者的形象,然而,严格来说却是一位不流于庸俗的、高贵的弱者,虽然总是作茧自缚而缠绵悱恻,将自己设定在卑微的角落里流泪自怜,却不失一颗清新优美、纯洁多情的心灵,因此才能写出深深触动人心的诗篇。这乃是分析李商隐作品时,必须申明的一点。

昨　日

昨日紫姑神去也，　　今朝青鸟使来赊。
未容言语还分散，　　少得团圆足怨嗟。
二八月轮蟾影破，　　十三弦柱雁行斜。
平明钟后更何事，　　笑倚墙边梅树花。

此诗取全篇之首二字"昨日"为题，其实就相当于一首无题诗，写作年代已无法确认。内容则是环绕元宵节后情人分隔两地的孤寂处境，以白描手法叙写昨日离别之苦与今日相思之情，笔调清新优美。张采田则以为"此篇寄意令狐屡启陈情不省，故托艳体以寓慨"（《李义山诗辨正》），并因此系于宣宗大中三年元夕后一日所作，此说似乎不免太过拘狭泥实，不如直以情诗视之，更能撷取其中缠绵悱恻而婉媚动人之韵致，获得审美上更高的感发性。

从首句"昨日紫姑神去也"的描述可以推知，本篇中的"昨日"即为元宵节，《荆楚岁时记》云："正月十五日……其夕，迎紫姑以卜将来蚕桑，并占众事。"刘敬叔《异苑》则载："世有紫姑神，古来相传，云是人家妾，为大妇所妒，每以秽事相次役。正月十五日感激而死，故世人以其日作其形，夜于厕间或猪栏边迎之，祝曰子胥不在，是其婿名也，曹姑亦归，曹即其大妇也，小姑可出戏。投者觉重，便是神来，奠设酒果，亦觉貌辉辉有色，即跳躞不住，能占众事,卜未来蚕桑;又善射钩,好则大儛,恶便仰眠。平昌孟氏恒不信,躬试往投,便自跃茅屋而去,永失所在也。"从李商隐的用法,可知这个典故提供的是日期(正月十五日)与女神名(紫姑),而不是小妾为大妇凌虐之悲惨,以极为浓缩而经济的方式,充分施展诗歌语言所特有的艺术权柄,仅仅以一个典故,既点出元宵节后的时间与场景,也就是邂逅女神的环境条件;又以典故中的紫姑神代称所恋慕之情人,充分将其心向往之的圣洁爱情加以神格化,从字面上就可以望文生义地产生美丽的意象感受;同时,由于原典故中紫姑女神的来去是有时间限定的,超现实世界的律令带有凡间无以违抗的命定性,因此,当夜短暂的相会又势必带有一种华光乍逝的怅惘之情,在在可见诗人用典的精切细腻。除此之外,下文之"青鸟使"与"蟾影破",也都在首句的铺垫之下获得对应的基础,使全诗奠立了一以贯之的主要脉络,这便充分显示诗人善于破题的高度功力。

随着所恋慕之女子如女神般飘然离去之后,焦灼等待的诗人却迟迟未能收到对方之音讯,接下来的"今朝青鸟使来赊"一句,便是从分别后的当前情景来延续未了的情丝。"青鸟使"乃比喻能够带来佳音的信使,是将天上幸福携入人间的前导,《山海经·大荒西经》云:"有三青鸟,赤首黑目。"郭璞注曰:"皆西王母所使也。"如此一来,紫姑神又潜在地被类比于西王母,因而也足以将那有如紫姑神一般的女子衬托得更加尊贵不凡,其沾染芳泽之书信更是如同青鸟般珍贵。只可惜,诗人苦苦等待、望穿秋水,远方却久久没有传来任何由青鸟拍翅所引起的震动与声响。"来赊"一词,张相《诗词曲语辞汇释》卷五谓:"此'赊'字骤难索解,细案之,此为七律,对仗工整,'赊'字对'也'字,系以助辞对助辞,可无疑义。意言紫姑昨去,青鸟今来,均之忽促离散,未得团圆而已。来赊,犹云'来思'或'来兮'。"然玩索全篇诗意,似有"来迟"或"未至"之感。从昨日到今朝,时光流逝仅仅只是瞬息而已,若加上一夜酣足的好眠,那简直就是弹指之间;何况昨日那一场乍然交会的晤面尚且记忆犹新,伊人之音容笑貌历历如在目前,诗人却认为"青鸟使来赊",正说明离别后时时翘首盼望、刻刻企足等待的焦灼难耐。

然而无论如何,首联的"昨日紫姑神去也,今朝青鸟使来赊"都还只是点出离别之后音信全无的大略梗概而已,究竟昨日双方如何离别?离别之后直至今朝之间的整个夜晚,诗人又是如何独自缅怀?这些更具体的内容,都有待中间两联的倒叙,通过"未容言语还分散,少得团圆足怨嗟。二八月轮蟾影破,十三弦柱雁行斜"的描写,才得到进一步之呈现。从中间两联的叙写来看,首先,其功能是更加申明时间乃在次日"二八"(十六日)的凌晨时分,也就是由元宵夜延伸而来的高潮阶段,而其内容则是以唐代观灯闹夜的风俗为背景。如崔液《上元六首》之一云:"玉漏铜壶且莫催,铁关金锁彻明开。谁家见月能闲坐?何处闻灯不看来?"又苏味道《正月十五夜》一诗曾谓:"火树银花合,星桥铁锁开。暗尘随马去,明月逐人来。游妓皆秾李,行歌尽落梅。金吾不禁夜,玉漏莫相催。"而沈佺期《十五夜游》也说:"今夕重门启,游春得夜芳。月华连昼色,灯影杂星光。南陌青丝骑,东邻红粉妆。管弦遥辨曲,罗绮暗闻香。"在难得一日解除宵禁的时候,平常封闭的重重门关彻夜洞开,解除的不只是代表律法规约的锁链,还更释放出人心压抑经年的自由遂性的渴望,士女们得以恣情夜游,观灯亦赏人,花面相映、灯月交辉,空气中流动着浮潜的光影与激荡的情绪,就在这逐渐夜深的灯火灿烂中众里寻他千百度,红男绿女于匆匆照面之际,有四目相接的电光石火,也有失之交臂的惆怅难舍;若是一见钟情,更可以缔结一场终身难忘的露水因缘,所谓"聊看侍中千宝骑,强识小妇七香车。香车宝马共喧阗,个里多情狭少年"(王维《同比部杨员外十五夜游有怀静者季》)、"公子王孙意气骄,不论相识也相邀。最怜长袖风前弱,更赏新弦暗里调"(崔液《上元六首》之五)这种"强识小妇七香车""不论相识也相邀"的情景,也只有在元宵夜纵情狂欢的庆典仪式中,才能得到艳笔浓彩极力渲染的背景。而欧阳修所说的"月上柳梢头,人约黄昏后"(《生查子》),就更是一场旖旎浪漫的青春纪事,令人产生无限遐想。

不过,整个诗歌背景虽然与欧阳修《生查子》所写的"花市灯如昼"类似,其重点却与其"月上柳梢头,人约黄昏后"的温馨旖旎恰恰相反,抒发的是"未容言语还分散"而失之交臂的怅恨之情。"未容言语还分散"一句,意思是说双方匆匆照面而来不及交谈,便渐行渐远,与《无题》诗中的"车走雷声语未通"之情境差相仿佛。而既然连当面交谈都不可得,则"人约黄昏后"更是遥不可及的奢求,这就呼应了第一联的"昨日紫姑神去也,今朝青鸟使来赊",真有"一日不见,如隔三秋"的煎熬难忍。同时,"未容言语还分散"的匆促状况,造成了情绪转折上的巨幅跌宕,于乍见的狂喜都尚未能够开怀之际,便忽然被突如其来的失落而瞬间冻结,以致满腹的爱慕之情与相思之意都来不及倾吐,蓄积在心中反而更发酵出饱涨难遣之酸苦。那由昨日到今日之间的分离状态以及"少得团圆"的遗憾,便使得沉浸在热恋中亟望"朝朝暮暮"的情人们备感相思之苦。"少得",即稍稍能够之意。"足怨嗟",意谓值得怨叹。则本联颇有宋词所言"见了又还休,争如不相见"之意味。

诗笔发展到第三联,我们已经可以看到整首诗层层扣连的内在脉络,首句"昨日紫姑神去也"的具体场景,是借由第二联的"未容言语还分散,少得团圆足怨嗟"来表现;而展露次句"今朝青鸟使来赊"之焦虑者,则是第三联"二八月轮蟾影破,十三弦柱雁行斜"这两句,上下交错呼应,却一丝不乱。既然错失了一场元宵庆典所提供的欢聚的机会,徒留怅惘的诗人也只有对月长叹,空自抚琴抒恨。"二八",指的是农历正月十六日。"月轮",即满月、圆月。"蟾影",本意是月中之蟾蜍,《淮南子·说林训》高诱注云:"詹诸(案:即蟾蜍),月中虾蟆,食月,故曰食于詹诸。"此处用以代指月亮,因此所谓"蟾影破"即是意谓月之形状已有所残缺,既是正月十六日天文现象的现实写照,又呼应了上文"少得团圆"的寓意,同时,又可以如清陆昆曾所联想的:"'蟾影破',忧容辉之渐减也。"(《李义山诗解》)则与张九龄《赋得自君之出矣》所说的"思君如满月,夜夜减清辉"一般,都是摹写那因相思煎熬而形容憔悴的样子,不但具体呈现了前一句"少得团圆足怨嗟"的结果,一股衣带渐宽终不悔的涵义也似乎见于言外。

这种以景物象喻人事处境,以收婉转之效的写法,一直通贯到接下来的"十三弦柱雁行斜"一句。十三弦柱,指的是筝上所见之弦柱数，《旧唐书·音乐志》载："筝，本秦声也，……制与瑟同而弦少。案京房造五音准，如瑟，十三弦，此乃筝也。"因此宋代欧阳修《生查子》有"雁柱十三弦，一一春莺语"之句，晏几道《菩萨蛮》亦云："纤指十三弦，细将幽恨传。当筵秋水慢，玉柱斜飞雁。"可见诗人往往将无限之思怀与幽恨寄托于琴弦之中，让缥缈无形的一腔情志都具体化形于弹指拨弄之间，真复有"低眉信手续续弹，说尽心中无限事"（白居易《琵琶行》）的况味。而"雁行斜"一词，一方面固然是形容筝上丝弦斜列，如雁阵之行列一般，乃是实景喻说；但一方面则又隐隐点出秋天离乡远去之雁阵，足以令人"悲踪迹之不齐也"（陆昆曾《李义山诗解》）。此句以"十三"之单数不成双和"雁行斜"所象征的离别，表达别后的相思之情，恰恰与上一句"蟾影破"的不成圆互相映衬，并呼应"还分散""少得团圆"的景况，共同构成残缺、破损、畸零、幽暗、远别的处境，而将离人的心象具体化，可以说是黎明前最深的黑暗。

微妙的是，在前文一路蓄积了重重的失落之后，末联却凭空翻转，以"平明钟后更何事，笑倚墙边梅树花"作为全篇的收结，仿佛是重重云霾之中忽然乍现的一抹曙光，为全诗添注了明朗晴悠的气息。句中的"笑倚"二字，呈现的是破颜之喜与闲逸之姿，显然并非凄苦作悲之词，与前文之调性明显不合。细细究之，末联之寓意有两种可能，第一种可能的解释以及其做法用意如下：

"平明钟"，指天刚亮的时候击钟报时之声，《旧唐书·职官志》载：秘书省司天台："候夜以为更点之节。每夜分为五更，每更分为五点。更以击鼓为节，点以击钟为节也。"此句乃想象所爱之女子一夜未眠地等待至天明，并设问"更何事"，而由下句答之。如此之设想，乃是因为诗人捕捉到的只有那惊鸿一瞥的面容，在那车水马龙、人声鼎沸的元宵庆典里，仿佛是唯一在浮动的光影中凝固冻结的不朽印记，因此不断被诗人所追踪、所惦念，遂不禁展开伊人何在的遥想；同时，这也呈现出情人之间念兹在兹的眷恋，就如初唐张九龄所说："海上生明月，天涯共此时。情人怨遥夜，竟夕起相思。"(《望月怀远》)说的就是"天涯共此时"的恋侣们满心饱涨的爱情不能独自排遣宣泄，于是在那整夜的相思之后，在"今朝青鸟使来赊"的焦灼等待之中，不免神驰到彼地揣想伊人之一颦一笑、一言一行，所谓"更何事"之致问，即是此一心理的反映。

有趣的是，李商隐在其《无题》中所说的"晓镜但愁云鬓改，夜吟应觉夜光寒"，以及《月夕》中所谓的"兔寒蟾冷桂花白，此夜姮娥应断肠"，都是设想伊人在寂寞的寒夜中害怕自己终将孤独地老去，以致含愁哀吟、相思断肠，笔调悲凉凄清，充满心疼的怜惜；而这里则揣思伊人"笑倚墙边梅树花"，当度尽辗转无眠的漫漫黑夜之后，将会以梅花盛开之姿含笑迎接重聚的黎明，笔触温馨明媚，洋溢着仰慕与憧憬。张采田《李义山诗辨正》谓："宛转情深，字字血泪，真玉谿生平极用意之作。措辞凄痛入神，绝无一点尘俗气。"就末联而言，所谓"字字血泪""凄痛入神"或有可商之处，而"绝无一点尘俗气"之说却是十分切当。

试从整首诗的结构上来看，最后的"笑倚墙边梅树花"一句采取的乃是以景作收的笔法，摹写女子凝神痴立之态，恰恰与杜甫《佳人》诗末联之"天寒翠袖薄，日暮倚修竹"出于同一机杼，堪称是受到杜甫启迪的神来之笔,从而将女性最纤丽之身姿与最优美之灵魂双双表出。比较来看,两诗描写的对象皆为冠绝一时的绝代佳人,然而诗中对其形躯外貌的描绘都不曾落于痕迹,其超俗不凡的美丽,都在修竹、梅树花的形影中脱胎而出,因而不垢不腻、无血无肉,具备一种不食人间烟火的清新风格;此外,两诗都更透过"倚"字将修竹梅花与斜倚其旁之女子双绾为一体,一方面是传达其轻盈曼妙之姿态,使之柔弱无骨的丰姿如在目前;一方面则是透过画面影像的交叠与互相渗透,无形中让修竹之纤细与梅花之缤纷都化身为美人的具形。唯其不同的是,杜甫诗所传达的乃是一种柔韧不屈、洁净贞正的纤美风姿,在"天寒日暮"的背景中悄然挺立,抗衡滔滔浊俗中"世情恶衰歇,万事随转烛"的世态炎凉,而呼应"摘花不插鬓,采柏动盈掬"的自我坚持;而李商隐此处则是呈现一种巧笑嫣然、春花烂漫的明丽风韵,在平明钟后的晨光中含笑以待,充满爱情滋润之下的娇媚动人。彼此之情致容或有异,构图之美则一,因此清陆昆曾《李义山诗解》推赞义山此句道:"篇中无限颠倒思量,结处一齐扫却,有如天空云灭,此最得立言之体者。"

另外,对末联的解释还有其他的可能性。如有一种说法是认为:如果那"平明钟后更何事,笑倚墙边梅树花"的人物不是诗人所思念之女性,而是指诗人自己,则全诗的意旨便另有玄奥。持此说者清陆昆曾,在其《李义山诗解》中指出,末联是继前文百般书写相思之苦后,蓦然感到那些其实都是无谓的自寻烦恼,因而油然兴起的自我解嘲,所谓:"一夜之间,百端交集,及至平明,自觉无谓。'笑倚墙边梅树花',淡语意味却自深长,与老杜'鸡虫得失无了时,注目寒江倚山阁'同一杯轴。"叙文中所引的"鸡虫得失无了时,注目寒江倚山阁"乃出自杜甫的《缚鸡行》,其创作意图是因为看到"小奴缚鸡向市卖,鸡被缚急相喧争。家中厌鸡食虫蚁,不知鸡卖还遭烹"的情况,接着出于"鸡虫于人何厚薄"的平等心理,而决定插手其事,所谓"吾叱奴人解其缚",却在出面干预解救了被缚之鸡后,由此深感万事万物之间,其因果是非总是牵连纷纶而纠缠不定,事实上并不存在判然绝对的善恶与客观唯一的真理,因此从鸡虫之间没完没了的复杂纠葛中宕开笔墨、调转视野,以"注目寒江倚山阁"的姿态留下大片空白,将孰是孰非之论断付诸无解。一方面这意味着诗人超越了这个钻牛角般的琐碎层次,转而放眼另一边寒江流淌的广阔天地,所谓"有举头天外之致"(杨伦《杜诗镜铨》评);但另一方面也意味着其事理之复杂性与相对性,令人无法轻易论断而只得抽身退出,让一切顺其自然,即所谓"不如两忘而寓于道"(陈后山语)。此种在篇终"宕出远神"的笔法,本就近似于王维《酬张少府》的收结方式,其末联曰:"君问穷通理,渔歌入浦深。"乃是将张少府对于"穷通理"——人生选择中有关出处进退的道理——这一大哉问,化入于"渔歌入浦深"的悠远景致之中,颇有"如人饮水,冷暖自知"之类不落言诠的禅趣。

  如果照陆昆曾所言,末句便是李商隐在抒发离愁别苦之余,却又反思一切都是自寻烦恼的强说闲愁,由此自我开解而破涕为笑,将一整夜之百端悲怀都托诸"笑倚墙边梅树花"的粲然笑靥之中。但即使是如此,在经过中宵辗转难眠的相思悲叹之后,最终还能自我解嘲地化悲为喜,却也同样呈现了这首诗的喜剧成分,在凄风苦雨不断、悲凉之雾遍布的李商隐作品中，都是十分难能可贵的。

因而分析至此，我们其实还可以进一步注意到：全作虽以离别相思为宗旨，然而比起李商隐其他同类的诗篇，这首作品所呈现的特质却显然有所不同：离别可以是椎心泣血的，也可以是酸甜交织；相思可以是凄厉蚀骨的，也可以是充满温情的。前者大多属于前途茫茫的生离死别，其惶惶不安自然会尖锐到摧折人心，而因为本诗所捕捉的乃是乍分之后、后会有期的小别状态，"插曲"的性质反而使离别相思产生一种调味似的回甘的甜蜜，因此是属于后一种。从而在诗中弥漫的气息，并不是"春蚕到死丝方尽，蜡炬成灰泪始干""春心莫共花争发，一寸相思一寸灰"之类哀伤蚀骨的泣血哀音，反而带着一种"所谓伊人，在水一方"（《诗经·秦风·蒹葭》）而足以探看眺望、痴痴守候的幸福感，因此虽有"未容言语还分散"之遗憾，但惊鸿一瞥的短暂照面却足以点燃诗人心中温馨的光亮，以至于接下来所谓的"少得团圆足怨嗟"，其实只是情人之间期望朝朝暮暮的贪求而已，是一种"其辞若有憾焉，而心实喜之"的表现。

再则，就因为这一场离别是可以期待重聚的小别插曲，故而其中的相思往往洋溢着期望即将得到满足的喜悦，试看篇末的两句，显然就是来自一种近距离的具体怀想，最末的"笑倚墙边梅树花"一句更绘出一幕情人相会而饱含幸福的美丽图景。由此言之，这首诗乃是李商隐凄苦的笔调中少数带着温暖的作品，他终于不再彻底沦陷于悲伤和眼泪之中，而能察觉并捕捉那笑靥春花的美丽与温馨，可以说是李商隐倾其一生所作的《悲怆交响曲》中，一个悦耳动听的小小变奏。

板桥晓别

回望高城落晓河， 长亭窗户压微波。
水仙欲上鲤鱼去， 一夜芙蓉红泪多。

本篇诗题中的"板桥"乃一地名，为唐代著名的行旅冶游之地，冯浩云："板桥虽非一处，而唐人记板桥三娘子者，首云汴州西有板桥店，行旅多归之，即梁苑城西也。义山往来东甸，其必此板桥矣。"其址在今河南中牟县东，桥下即有名的通济渠。由此推算，此诗约作于宣宗大中四年（八五〇）春夏间，在徐州卢弘止幕奉使回长安之际，时李商隐三十九岁。

由于发生在板桥的风流佳事，于唐诗中往往可见，如刘禹锡就曾写道："清江一曲柳千条，二十年前旧板桥。曾与美人桥上别，恨无消息到今朝。"（《柳枝词》）又白居易也有一首极其类似的作品："梁苑城西二十里，一渠春水柳千条。若为此路今重过，十五年前旧板桥。曾共玉颜桥上别，恨无消息到今朝。"（《板桥路》）因此与其地有关的离别情事，往往会有几个表现上共同的惯用手法，或者会点染"杨柳""长亭"之类与离别密切相关的语词，如刘禹锡、白居易的"柳千条"和李商隐这首诗中的"长亭"；或者会涉及水路的交通方式，如白居易的"一渠春水"、刘禹锡的"清江一曲"和李商隐的"水仙欲上鲤鱼去"；而白居易、刘禹锡所写"与美人别"的情景，也正是这首《板桥晓别》的主题。那些与诗人共赋"板桥晓别"之哀歌的女子,也当是诗人冶游时萍逢偶聚的红粉佳人,其故事则不免带有隐讳而绮艳的色彩。然而,李商隐在这首作品中,仅仅捕捉"晓别"之际情感盈溢满涨的临界点来进行描绘,祛除道德范畴而略去隐讳之情事,将焦点集中在哀艳凄美的离别场景,因此更能具有普遍意义而令人心魂俱醉。

首句的"回望高城落晓河",即以"高城"与"落晓河"这两项景物点出离别前数日相聚的时间和地点,而以"回望"委婉呈现一种眷恋不舍的依依之情。其所殷殷回顾望眼者,为一在银河低沉的天空背景中显得更加耸拔的高城。"高城"或"高阁"乃是李商隐诗中经常出现的意象之一,如《安定城楼》的"迢递高城百尺楼"、《晚晴》的"并添高阁迥"、《落花》的"高阁客竟去"等等皆是。分析其用法与意涵,可知此等高处建筑物往往是李商隐在心灵、情感或理想上的依归之处,如在《安定城楼》一诗中,"迢递高城百尺楼"的"高城"展现了李商隐在流徙偏远之地时,却居高临下向庸鄙之世人宣示志节的桀骜不驯之姿;在《晚晴》一诗中,"并添高阁迥"的"高阁"则是早早带来晨曦微光的所在,让归乡的期盼获得更多的希望;而在《落花》一诗中,"高阁客竟去"的"高阁"更是诗人倾心恋慕者之短暂居处,既有高不可攀的圣洁之情,亦复有伊人离去所带来的撕裂痛楚。至于此诗"回望高城落晓河"中的"高城",也是诗人与所爱女子相聚欢游、共度良辰的地方,具体所在之地乃是汴城,板桥即其西方门户,因此在时过境迁、面临离别的时刻,便令人眷恋不已地殷殷回首。

只是，如许充满眷恋与憧憬之"高城"，此际却已沐浴在"落晓河"的微曦之中，那在清晨破晓时分逐渐消翳淡去的银河，借着斗转星移消蚀了极其有限的时光，谕示着良夜已逝、相聚无多的残酷事实，"离别"已然迫在眉睫，伸手便可以触及。如同"高城"一般，"落晓河"也是李商隐诗中的惯用意象之一，与《嫦娥》诗的"长河渐落晓星沉"一样，都是夜尽天明之际银河逐渐沉落的天象，用一"落"字，其中可见通宵不寐之诗人凝视黑暗深处之眼眸，将时间递嬗时几乎不着痕迹的过程历历镂刻；而日夜交替之际，天空本同时可见启明星起、霞光东现的景象，诗人所见者却唯有河落星沉，则诗人胸臆之幽寂寥落亦可想而知。李商隐曾于《锦瑟》诗中说道，令他缱绻缅怀的种种华年之思，其一就是"庄生晓梦迷蝴蝶"，清晨时那令人迷醉的美梦是何其清晰，又何其短暂！李商隐便借由这样的晓梦传达了无限美好、无比眷恋却又无力挽留的无奈怆痛；相对而言，与"落晓河"之景象俱来的，显然就是"迷蝴蝶"之"晓梦"的破灭，没有银河的支撑，那相执紧握的双手也随即失去了交叠的支点，最终的相依相伴势必走向尽头，而让彼此渐行渐远，终至芳踪渺然。

于是乎，在"回望高城落晓河"之后，紧接的乃是"长亭窗户压微波"一句，而由句中所点出的"长亭"一词，便清楚呼应了诗题的"晓别"而点出离别的背景或主题。刘学锴、余恕诚认为："次句板桥即景。此窗临微波之长亭，即昨夜双方聚会之所，亦晓来分别之所。'压'字写出窗户贴近微波情景。"（《李商隐诗歌集解》）显然这是将"微波"实看实说的解释，"压微波"意谓此一长亭乃居高临下地依傍河水而筑，合乎板桥桥下即通济渠，而诗中也接着以"水仙欲上鲤鱼去"点出水路交通的地理条件。这样的解释有其合理的地方，一方面"微波"在字义上本来指的就是水波涟纹，用于本诗之意脉中也十分一贯；另一方面，李商隐在其他作品中所用的"微波"意象，如"还自托微波"（《离思》）、"冷欲彻微波"（《肠》），基本上也都是这样的用法，因此称得上是毫无疑义。

只是，细玩李商隐塑造意象的手法，可以看出他极为偏好一种绵细延展而起伏如波的物象感受，诸如："卧后幕生波"（《镜槛》）、"京华他夜梦，好好寄云波"（《西溪》）、"展帐动烟波"（《春深脱衣》）、"长亭岁尽雪如波"（《过招国李家南园二首》之二）、"轻帷翠幕波洄旋"（《燕台四首·夏》）等等诗句，其中无论是布幕、云层、帷帐或冬雪，都直接以"波"字为喻，不但捕捉其随风起浪般的动态意象，也呈现出连绵飘动的视觉景致；若再加上"帷飘白玉堂"（《细雨》）、"前阁雨帘愁不卷"（《燕台四首·夏》）、"红楼隔雨相望冷，珠箔飘灯独自归"（《春雨》）之类的用语，以雨之轻柔绵密与帘帷之细薄飘飞互相拟喻的写法，则又间接强化了李商隐对这种特质的偏好程度。既然由"实象"推及于"虚象"，在联想的范畴中往往只有一步之隔，擅于出入虚实、假拟托喻的诗人，切就其绵细延展而起伏如波的物象性质，本就极易从实象之雪云帷幕越界至虚象之光影变化，而通贯为一；何况以波喻光的写法，在李商隐其他作品中也曾出现过，于《晚晴》诗中的"并添高阁迥，微注小窗明"两句，即在刻画时间与地点时采取了与此处近似的手法，不但以"高阁"之所在背景与此诗之"高城"相类，其捕捉小窗上明光"微注"

的写法更与本篇之"压微波"如出一辙。除此之外,它们都在一联之中,分别以上句点出地点,以下句谕示时间,同时两者之所在地点都具备高迥之特征,而时间点则都落在清晨破晓之际,同时也都由"窗户"作为临界的呈现所在,这样完全平行一致的写法,或许并不是偶然的巧合,而是李商隐惯用或偏好的感觉模式,适足以作为诠释上的参考基准。

在这样的参考基准上,如果把"微波"视为对清晨微曦的比喻之词,则全诗之意蕴将更为丰富,因为这样不但承接了上一句的"落晓河",而顺势推出夜尽天明的时间递嬗之脉络,还更有一种"以实写虚"的特殊美感,与李商隐惯用水波比喻光波的手法相合;而且不仅此也,当我们改变角度,对"微波"的解释从实看的渠水转为虚拟的晨光,则"长亭窗户压微波"此句便不仅只是地点的即景描写而已,而是进一步兼取时间、地点这两个范畴的综合呈现,和上一句以"高城""落晓河"双绾地点、时间的手法一脉相承,上下呼应的结果,便更加充分表现出离别前夕心理上的高度压迫感。

以地点而言,"长亭"乃是送别之所的代称,《白氏六帖·馆驿》云:"十里一长亭,五里一短亭。"由十里为长、五里为短的区分,显然可见诗人已经是尽其可能地延长相聚的时光,在离开充满美好回忆的"高城"之后,两人努力把握分手前短暂的时刻,从近处的短亭以至较远的长亭,让分手一程一程地延搁到最远的尽头;就时间而言,则是清楚地以窗户上逐渐明晰的晨光(所谓"窗户压微波")取代了黑夜退位的"落晓河",紧密地逐步完成时间的推移,也使"离别"的课题逼近得迫在眉睫,令人退无可退。奇特的是,黎明前的黑暗通常是最为深沉、也最为冷肃的,往往为绝望的人们覆盖了厚重的悲哀,生命只剩下坚忍的等待,因此黑暗后的破晓也将带来多么令人企盼的光明;然而,在李商隐的这首诗中却恰恰相反,对面临分别的情人而言,由于黑暗的长夜足以确保相聚的温存,因此取得了越长越好的心理条件,而破晓的晨光宣告了希望的破灭,使得分离变得势在必行,与之俱来的便只有无情离散的悲啼。如此一来,与清晨之光明俱来的乃是心理之黑暗,以致"黎明"反倒是情人之间的压力所在。

因此,惯于以水波比喻晨曦的李商隐,同样是以"微波"形容破晓的微光,"长亭窗户压微波"这一句与《晚晴》诗的"并添高阁迥,微注小窗明"在意境上显然颇为近似,都是形容夜窗上晨曦渐露、光波透入的动态景象。然而若加细分的话,所谓"压微波"者,乃夸言微弱的曙光已沉沉笼罩下来,用一"压"字让原本微弱而抽象的光波产生了反常的重量感,仿佛从无形无质的虚无幻象变成了有形有质的具体实物,其不合常理之处,便是为了极力传达出情人于离别前夕惧见天明的时间压力与沉重心情,以顺势带出下面"水仙欲上鲤鱼去,一夜芙蓉红泪多"的哀艳情境;而《晚晴》诗所谓"微注小窗明"者,重点则是在表现光明初现、希望已至的喜悦,晨光虽然微弱却不绝如缕,且必然由淡淡微波激荡为大放光明,因而那已然延续太久的黑暗终将由外而内地被驱赶殆尽,从而引起下文"越鸟巢干后,归飞体更轻"的信心与期待,正点出诗题之"晴"字所蕴含的清朗意境。同一通宵未眠的窗里人,却因一别一归、一悲一喜的情境差异,让窗外同样是清晨破晓时光波的流动,被赋予或"压"或"注"而截然不同的感受。

至此所见者为诗的前半段,其内容着墨于外界景物的描写,而且此一描写层次分明、理路井然,由远处天际的"高城落晓河"向近处身畔的"窗户压微波"逐步收拢、聚焦,接下来即可自然而然地顺势由窗外到窗内,让作为核心的"人物"随即呼之欲出,"离别"的主戏乃取代了前景的铺垫,由景而人地跃然登场。下一联的"水仙欲上鲤鱼去,一夜芙蓉红泪多",即是在前述离情压境、前去无路的状况下,进一步点染离别的双方以及各自的情态,由于妙用神话传说之典故,使得笔调优美绮丽而十分生动有致,特别展现了李商隐高度的取材眼光与艺术天分。事实上,早在《楚辞·九歌·河伯》中就已经描写过情人于水路分袂的情景,所谓:"子交手兮东行,送美人兮南浦。波滔滔兮来迎,鱼鳞鳞兮媵予。"其中的"波滔滔"与"鱼鳞鳞"在点出水路交通特点的写实笔调之余,已透过"来迎"和"媵予"的拟人化动词而稍稍带有非写实的想象意味。在这样的基础上,李商隐更进一步以浓厚的神话色彩点染虚幻如梦的意境,所谓"水仙欲上鲤鱼去",是着眼于男主角方面所作的描述,水仙者,本指人水为仙;鲤鱼者,代指座船,用的都是《列仙传》所载琴高之故事:"琴高者,赵人也,以鼓琴为宋康王舍人,行涓、彭之术,浮游冀州、涿郡之间二百余年。后辞入涿水中取龙子,与诸弟子期曰:'明日皆洁斋待于水旁,设祠。'果乘赤鲤来,出坐祠中,……留一月余,复入水去。"在这段平铺直叙的神仙纪事之中,李商隐撷取"人水为仙""乘赤鲤"与"来而复去"这三个相关要素并加以转化,巧妙地比喻即将在短暂相聚之后由水路离去的自己,让原本只是平凡无奇的乘船离开，一变而为纵身于水中的仙人，骑上拍波顺游的鲤鱼扬长而去。

而李商隐善于用典的高度取材眼光与艺术天分，便在这个琴高故事中充分显现出来，"水仙"一词在语感上的清丽优美，"上鲤鱼去"在想象上的超凡不俗，以及停留一段时间便复离去的过客行径，一旦糅合了"爱别离"的感伤主题之后，便创造了比原神话更有过之的特殊美感，而获得了青出于蓝的艺术效果。无形中，李商隐微妙地暗示了他与女子的关系乃是萍水相逢式的短暂期会，琴高"留一月余，复入水去"的昙花一现，正是这场露水因缘的真正形态，因此才会发生"板桥晓别"的旖旎情事。同时，由于同一典故又巧妙点染了水仙、鲤鱼之幻思丽想，因而使这场现实人间的露水因缘仿佛化为仙界神域的圣洁期会，而无形中由凡入圣地得到了净化与升华；既是仙界之神仙爱侣，则其情感自然远远超越了世俗道德范畴的检验，遂尔必然不带人间烟火气而不垢不染，让离人与离情在艺术表现上呈现毫无杂质之纯净度，足以折射出结晶般的透明光亮。

这样的效果一直贯透到下一句，由"一夜芙蓉红泪多"来展现女主角那无比凄美动人的形象。芙蓉者，喻女子美貌如芙蓉花；红泪者，则是用以传达女子如杜鹃鸟肠断啼血的凄楚。所谓"红泪"，一方面是形容女子泪湿胭脂、相和而流之状，类似《燕台四首·冬》所说的"蜡烛啼红怨天曙"以及白居易《琵琶行》中所谓的"梦啼妆泪红阑干"，此外，此处最主要的是用以展示其椎心泣血之悲，典出《拾遗记》卷七云："魏文帝所爱美人姓薛名灵芸，常山人也，……聘之既得，乃以献文帝。灵芸闻别父母，歔欷累日，泪下沾衣。至升车就路之时，以玉唾壶承泪，壶即红色。既发常山，及至京师，壶中泪凝如血矣。"如此一来，清泪已枯，继之以血，血泪交织，斑斑难灭，在这情人离别前夕执手相看、泪眼凝噎的时刻，血的殷红远胜于胭脂的姹艳，妆点在芙蓉般的面庞上，正是美丽与哀愁的结晶，因此显得特别凄婉动人，比诸"一枝梨花春带雨"（白居易《长恨歌》）的风华妩媚，其偏向于凄美哀艳的笔触中实更有怆痛入骨的无限惨伤；而比诸杜牧同样描写情人离情的"蜡烛有心还惜别，替人垂泪到天明"（《赠别二首》之二），却又增添了斑斓绮丽的视觉美感，借以呈现所别之女子悲伤欲绝的情态，真是语丽情悲的极致。

以比较的观点来看，宋代词人秦观于《鹊桥仙》中的描写，似乎与此诗有着异曲同工之处，所谓："纤云弄巧，飞星传恨，银汉迢迢暗度。金风玉露一相逢，便胜却人间无数。柔情似水，佳期如梦，忍顾鹊桥归路。两情若是久长时，又岂在朝朝暮暮。"其中那"纤云弄巧，飞星传恨，银汉迢迢暗度"之物色背景与光阴偷换，岂非即是此处"落晓河"之天象变化与时间流逝的清晰重现？而"柔情似水，佳期如梦，忍顾鹊桥归路"的依依不舍，岂非又正是此处"长亭窗户压微波。水仙欲上鲤鱼去，一夜芙蓉红泪多"的沉重离情？虽然书写的主角不同，秦观描写的是宿命之下不得比翼成双的神仙眷属，李商隐却是以萍蓬偶聚的露水情侣为对象，但离愁别恨都同样是动人心弦。而且虽然以李商隐的执着性格，无法让他写出"两情若是久长时，又岂在朝朝暮暮"的知足与豁达，然而在他的精心刻画之下,这场世间平凡男女的板桥之别,却足以比拟天上神仙离多聚少的鹊桥之会,获得了"金风玉露一相逢,便胜却人间无数"的珍贵价值。就最后一点而言,李商隐运用琴高故事所展现的高度取材能力,实在是功不可没。

另外,再从整体内在构思的观照来看,这首诗自首至尾在意象安排上乃是紧密相承而一脉贯通的,其整体性与一致性在在彰示了作者意匠经营的惊人功力:从首句的"晓河"开始,与水流相关的景物便环环相扣,次句的"微波"、第三句的"水仙"与"鲤鱼",以及第四句的"红泪",都是顺着这样的核心意象自然开展;其次,由于离别情境本就具备了高度的时间焦虑感,恰恰与水流意象所蕴含的时间流逝感相合,彼此足以收取相乘相加之效,使得"逝者如斯夫,不舍昼夜"(《论语·子罕篇》)的时间意识也自始至终地潜蕴其中。如此一来,从诗前半之天河到诗后半之地水的意象转移,便可以自然而然地不露痕迹,而借琴高典故所呈现的离别哀感也更显得天衣无缝。尤其值得说明的是,从诗篇整体布局的安排经营来看,全诗收结于"一夜芙蓉红泪多"此一定格的画面之中,更展现出环环相扣、层层进展之匠心,由"落晓河"开始到"压微波"这短暂时间中逐步累增的离情,终于在"水仙欲上鲤鱼去"之际,从微波汇集荡漾为波澜盛大的哀歌,"红泪多"便是饱蘸离情的终极画面;又因为诗人在"红泪多"的特写之后即戛然而止,删除了离别后无关紧要的枝蔓牵扯,而避免了多余的画蛇添足,只将无尽的离情哀思冻结于佳人盈溢眉睫的红泪中,捕捉的是将离未离的关键时刻,以及前此以来蓄积已久而即将冲破临界点的饱满离情,可以说是整段恋情中最为纯净、也最为充盈的吉光片羽,尤其产生了含蓄不尽之韵味。

因此,本篇虽然在形式上仅仅是一首篇幅短窄的七言绝句,内容所写也是一般情人离别之常见题材,但一方面李商隐达到了绝句诗最高的创作境界,所谓:"七言绝句以语近情遥、含吐不露为主,只眼前景、口头语,而有弦外音、味外味,使人神远。"(沈德潜《说诗晬语》卷上)即使最后两句运用了神话传说之典故,但因为用得简洁而巧妙,即使是纯就字面都足以令人望文生义而有所想象感悟,因此无碍于这个标准;另一方面则是由于整首诗之意象塑造呈现了李商隐特有的典型性,其情境之构设也展示了李商隐高度的艺术匠心,再加上善用小说故事、点染神话传说,营造出极其浪漫绮艳、凄丽动人的意境,波澜起伏、意象斑斓,因此成为一耐人吟咏之佳构。

房中曲

蔷薇泣幽素， 翠带花钱小。
娇郎痴若云， 抱日西帘晓。
枕是龙宫石， 割得秋波色。
玉簟失柔肤， 但见蒙罗碧。
忆得前年春， 未语含悲辛。
归来已不见， 锦瑟长于人。
今日涧底松， 明日山头蘖。
愁到天地翻， 相看不相识。

诗题之所谓"房中曲"，本为周代曲名，《汉书·礼乐志》云："周有《房中乐》，至秦名曰《寿人》。凡乐，乐其所生，礼不忘本。高祖乐楚声，故《房中乐》楚声也。孝惠二年，使乐府令夏侯宽备其箫管，更名曰《安世乐》。……《安世房中歌》十七章。"又《旧唐书·音乐志》曰："《平调》《清调》《瑟调》，皆周房中曲之遗声也。"李商隐采之以为本篇之诗题，则与其周乐楚声之渊源完全无关，而纯粹只是取其望文生义的字面，谓于闺房中悼念亡妻而哀凄作歌。

宣宗大中五年（八五一），虚岁四十的李商隐连番遭遇了生命中的重大打击，事业支柱与情感支柱接连受到命运无情的剥夺，在政治和爱情双方面都陡然幻灭成空：征辟他至徐州幕府任职的卢弘止一病而终,李商隐在丧失事业远景的情况下,只得罢职落寞还京;不意回家后却得悉爱妻已先一步于春夏间病逝,年仅三十余,以致"前年春"的暂别竟成为永诀!时间的阴错阳差造成了永生无法弥补的缺憾,多情的李商隐独对人去楼空之孤室而悲痛不已,于房中庭外徘徊缅思、惆怅留连之际,遂为未及诀别之妻写下这首深情苦忆的悼亡诗。

全诗开篇即以"蔷薇泣幽素,翠带花钱小"这凄冷怨旷的情景,扑面袭来一股阴森艳异的气息,妙的是两句既是写景,又是写人,人与景叠映为一体,都在诗人"睹物思人"的心理联想而产生的蒙太奇笔法中呈现。尤其首句的"蔷薇泣幽素"乃是直承李贺"长吉体"的嫡派写法,其句型形似李贺《李凭箜篌引》之"芙蓉泣露香兰笑"而稍加变化,而其神髓则取自李贺《苏小小墓》的"幽兰露,如啼眼",两者都以"幽"字为亡灵铺垫其特有之存在氛围,也都以哭泣的眼眸为这些过早殒逝的女性传神写照,让我们触目即见那泪水盈睫的灵魂之窗,以婉转透显她们饱含凄苦的人生。差别只在李贺是以"幽兰"为衬托,点染的是苏小小身为一代名妓而足以媲美王者之香的雍容华贵、高雅脱俗之丰姿,而李商隐则改用"蔷薇"为比喻,突显的是王氏小家碧玉般绮丽妩媚、婉约秀艳之情态。至于"幽素"之语,既是形容其地幽暗荒凉、秋气衰飒之景致,也可以用以代指透明而凉冷之露水。若是从诗思构句之渊源来看,无论"蔷薇泣幽素"是撷取"芙蓉泣露"还是"幽兰露,如啼眼"的作意,"幽素"似乎都应该是露水的同一表述;而此一词语因为在字面上还更兼及了幽寂、寒素的语感,比诸"露水"只是单纯表物,在艺术效果上显然是要来得丰富许多。

同样地,次句的"翠带花钱小"也以奇突不合常理的写法,造成诠释上的多义内涵。翠带,一说是指蔷薇之枝条柔长如带,而绿叶如翠,装饰其上;一说则是妇女所系之翠色衣带,如"翠袖"之类。至于"花钱小"者,则是形容柔枝上绽放的蔷薇花小如铜钱,也可以说是翠色衣带上点缀的碎花图样。因此这一句具备了"即景即人"的复调手法,一方面形容园庭中蔷薇含悲、衰颓柔弱之荒凉景致,在丧失了女主人的呵护之后,徒令枝叶蔓长而花朵消残,其中自有一股"绿肥红瘦"之伤情;而这一句同时又可以作为其妻生前衣裙装束的写照,翠带一系,纤腰似乎不盈一握,翠带上所缀饰的碎花点点,则显得清新不染俗艳之气,既表现出王氏所偏爱的日常装扮与审美意趣,亦复有"天寒翠袖薄"(杜甫《佳人》诗)所带有的凄楚之感。

如此一来,"蔷薇泣幽素,翠带花钱小"乃是诗人丧妻后漫步于庭园中的所见所思,睹物思人的同时也即景寓人,将亡魂之形貌暗寓其中;换言之,虚幻无形的魂灵托体于大自然具体可感的景物之中,而间接获取塑形具现的实质媒介。此一手法直承李贺《苏小小墓》所谓的"草如茵,松如盖,风为裳,水为佩",借由亡灵所在之景物勾勒出鬼魂缥缈难稽而无所不在的特殊存在样态,而这样的写法又始于《楚辞·九歌·山鬼》:"若有人兮山之阿,披薜荔兮带女萝。"借由景物的掩映配置与动态声响,捕捉那活动于景物之间若有似无的虚幻异类,以致她们都因此而无体却有貌、无质却有形,获得了另一种展现存在的美丽方式。但对李商隐而言,眼前如幻似真的所见所感，毋宁更是积想过深、渴望太切所幻设出来的结果，聚少离多的生涯以及临终未及执手诀别的无限憾恨，怎能令逝者甘心离去？回顾十三年的婚姻生活中，妻子于幽闭空闺里过着倚门等待多过于相依相伴的日子，甚至于临终死别也都是在孤独中片面完成，连"执手相看泪眼，竟无语凝噎"（柳永《雨霖铃》）或"相顾无言，唯有泪千行"（苏轼《江城子》）的机会都付之渺然。魂兮归来，留连于生前殷勤呵护却逐渐荒废的庭园中，怎能不产生无限的悲叹？而负疚自责、怨旷不已的李商隐，又怎能不从妻子生前所挚爱的花园里听到哀哀的哭泣？

何况婚后成为贤妻良母的王氏，除了夫妻二人情深缘浅的憾恨之外，作为年轻的母亲竟又必须提早撒手人寰，更有着一份对年幼儿女的牵挂不舍，因此她的一缕芳魂徘徊不去，其理由还包括了对孩子的眷念顾惜。只是造化弄人，这深沉的哀痛却因为幼儿的小不解事而无人分享，无论"蔷薇泣幽素，翠带花钱小"反映的是亡灵的活动形迹，还是李商隐自己的感伤溅泪，都因为接下来的"娇郎痴若云，抱日西帘晓"而悲怆更甚，因为他们的慈爱与悲伤找不到人间的出口，只得独力承荷而备感支撑不住。所谓"娇郎痴若云，抱日西帘晓"，"娇郎"即娇儿（一说乃指李商隐自己，如此则与全诗之意脉不谐，应误），用来形容自己娇憨可爱的宝贝儿子，如杜甫的《北征》诗中有"平生所骄儿，颜色白胜雪"之句，《茅屋为秋风所破歌》又有"布衾多年冷似铁，骄儿恶卧踏里裂"之句，无论是爱赏宝贝儿子粉妆玉琢的可爱，或是形容孩子半夜一翻身即踢腿将里被踹裂的不良睡态，笔调中都充满了怜惜之情。李商隐亦仿之而作《骄儿》诗,诗中对其小儿子衮师精心刻画了活泼淘气、或庄或谐的种种憨态,无论是天真任性,还是顽皮可爱,都更加丝丝入扣、入木三分。

有时候是"归来学客面,闒败秉爷笏。或谑张飞胡,或笑邓艾吃",当客人离开后便装模作样地拿着父亲的笏板,恣意嘲笑客人的口吃或络腮胡;有时候是"截得青筼筜,骑走恣唐突",截取一段竹子当马一般跨骑着横冲直撞。但一下子又"忽复学参军,按声唤苍鹘",在看了参军戏之后,开始学起戏中人老气横秋、颐指气使的样子;一会儿却是"又复纱灯旁,稽首礼夜佛",模仿母亲虔诚地在夜间叩首拜佛,纯真而安静;不久又去"仰鞭罥蛛网,俯首饮花蜜",四处探险自得其乐,玩得不亦乐乎;后来就乐极生悲,因为算术输了姊姊而撒泼耍赖,"凝走弄香奁,拔脱金屈戌",硬是抢夺母亲或姐姐的妆盒子,还气得将把手给拔坏脱落了;当父亲介入排解这场闹得不可开交的姐弟纠纷时,便表现出"抱持多反倒,威怒不可律"的顽劣,被父亲强行抱开的衮师激烈抗拒到身子挣扎翻倒,连父亲动怒加以威吓都无法挟制的地步。不过这样顽皮的小男孩也有严肃认真的时刻,"有时看临书,挺立不动膝",父亲写书法时他看得那么专注入神,枯站了许久都纹风不动;因此才会"古锦请裁衣,玉轴亦欲乞",十分爱惜书籍,细心呵护。这样令人啼笑皆非,却又教人爱怜不已的小孩子,正是夫妻二人爱情的结晶与共同生命的延续,也是与丈夫聚少离多的王氏生前最亲近的家人,死后最深切的牵挂。

然而,即使再怎么聪明机灵,一心一意沉浸在童骏世界里的衮师毕竟是太幼小了,面对大人世界中的一切,他是好奇与模仿,而不是理解与承担,对属于心灵层次的悲苦不幸更是似懂非懂、漫无心思,傻乎乎地过着自然而然的生活。所谓"娇郎痴若云",一如另一首《杨本胜说于长安见小男阿衮》所说的"失母凤雏痴","痴"字都是形容幼儿不解世事的天真烂漫;然而所谓"痴若云"者,则是更进一步加以象喻化,以语新意奇、令人一新眼目的物象比喻,来形容儿子年幼憨傻不解世事之状,有如白云一样无知无觉地四处漫游,完全不懂得母亲已经去世而自己也失恃沦为孤儿之悲伤,一切行为反应都还是"于我何有哉"的依然故我。因此下一句的"抱日西帘晓",就是从具体的生活情态着墨,描述小儿子照旧夜夜酣然入眠,抱着温暖的枕头直睡到破晓天明、日射西帘之时,真是让抚迹酸辛的父亲不知当喜当悲!喜的是如此年幼稚弱的孩子可以免除悲伤的侵蚀,悲的是孩子尚且如此年幼稚弱即失恃乏人照料,百感交集的李商隐日后还写道:"嵇氏幼男犹可悯,左家娇女岂能忘。"(《王十二兄与畏之员外相访见招小饮时予以悼亡日近不去因寄》)失去母亲的幼子,本身却是那样云淡风轻地浑然不觉,更让为父的李商隐既是痛惜又是悲悯。此联以孩子的小不解悟,反衬自己的哀痛逾恒,笔法承袭自杜甫《月夜》诗所云:"遥怜小儿女,未解忆长安。"都是借血缘最亲、情牵最密的孩子却依然天真无知的表现,来加深诗人悲伤受苦时的怜惜不舍与孤独寂寞。

从幼子的酣睡,让诗人之思致又从室外的庭园顺势转向室内的眠床,由此便将注意的焦点引带到床上的石枕、玉席、罗被、锦瑟上,而逐步展开语丽情悲的崭新描写。龙宫石,乃借海中龙宫宝石之晶莹珍异形容其枕之华美质地；而下面所谓的"割得秋波色"者，一说"秋波色"乃比喻其枕之澄澈剔透，明净如秋水；一说乃指其妻美丽如秋水般的眼睛，而从上句之枕跳跃联想至此句之眼，为李贺式的诗法表现，无论何者，以"割"字表现撷取之意，用在对象为难以具体把捉之"秋波色"上，笔调都显得十分尖新诞幻、出人意表。若进一步追本溯源的话，全句可谓仿自杜甫《戏题王宰画山水图歌》的"焉得并州快剪刀，剪取吴淞半江水"，与李贺《罗浮山人与葛篇》的"欲剪湘中一尺天，吴娥莫道吴刀涩"；而实际上，李贺《唐儿歌》所言之"一双瞳人剪秋水"，进一步将"剪水"之说聚焦到直接与眼睛有关的"瞳人剪秋水"，则与此处的"割得秋波色"又更为近似。水之为物，乃随物赋形、一无定性，可曰掬、曰汲、曰取，一般却不可说"剪"，因为习惯上剪字只能用在固体物上；但杜甫、李贺以诗人之特殊权柄赋予语言崭新的力量，丰富了文字本身的表现性，也激活了人对事物的不同体验，为开拓诗歌艺术推进了一步。而李商隐更在前人的开拓上青出于蓝，以"割"代"剪"，尤其令人一新耳目。毕竟"水"虽然流动不居，却还是有形有质，属于具象可触的实体之物；"秋波色"却是无形无质的光色，虚无抽象而变幻缥缈，属于可以视见而不可触及的物理现象，用一"割"字便使原本清楚划分的世界变得虚实难辨，其实是更加出人意表。因此相对说来，李商隐此篇中的"割得秋波色"实际上是表现得更为奇幻炫目。

对于王氏之美，千载之下已难以描画，然而从李商隐的诗作中，我们约略可以揣摩出眼睛应为其美之最，《诗经·卫风·硕人篇》所谓的"美目盼兮"都尚且不足以形容。如同李商隐在另一首也是悼亡诗的《李夫人三首》之三中说:"柔肠早被秋眸割。"秋眸竟能"割"其柔肠,简直是无其事却有其理的非常理想象,仿佛那流盼的眼眸中,撷取了明洁透亮之秋色波光,一如冷洌澄净的刀辉剑芒,因而足以令人一望断肠,两说都将王氏清澈多情如一泓秋水的眼眸刻画得十分动人。晋朝人物画家顾恺之曾以专业的洞见,指出攸关人物之美的关键,乃在于"眼睛";而之所以是在眼睛的原因,除了它拥有活化人物形体的功能之外,还在于它是内在灵魂赖以外显的唯一媒介,所谓:"四体妍蚩,本无关于妙处;传神写照,正在阿堵中。"(《世说新语·巧艺篇》)就此而言,王氏的眼眸之美,不只确认了倾城倾国的外貌,更传达了她内在优美清新的灵魂,有如纳兰性德所谓的"非是人间富贵花,别有根芽"(《采桑子·塞上咏雪花》),出身豪门的王氏才貌双全,既美而贤,从来不曾对丈夫的落拓潦倒发出怨言,总是从旁默默支持、深情陪伴,成为李商隐心灵深处最幽微而强韧的支柱,因此让李商隐终身挚爱不已。那"割得秋波色"的描写,可以说是对王氏的心灵之美与品格之芬芳的最高赞颂。

由"割得秋波色"的石枕而旁及于玉簟,再由这珍美如玉的竹席联想到日日寝卧其上的妻子,构成了一条顺着空间结构而推展的感知逻辑,因此下面接着写出"玉簟失柔肤,但见蒙罗碧"一联,用以诉说那柔嫩的体肤曾经与玉簟如此地肌肤相亲,如今却也永远失去了暖香的体温,只见簟席上依然蒙覆、披盖着翠色的罗被,然而其中包藏的却是空空荡荡的一片虚无;那罗被中所裹覆的伊人芳踪已渺,如今只能在回忆中追寻,因此下面又接着说"忆得前年春"一句，从时间之流回溯到最后相聚的一幕。从整首诗的间架结构来看，也就是从此句开始，诗境的铺展由空间转入时间的范畴，首先向过去展开追忆，接着在回到眼前死别的时刻之后，又继而向未来展开设想，终于将一片深情推到了天翻地灭的世界尽头。所谓"忆得前年春"者，乃李商隐沿着回忆的通路溯溪而上，捕捉到夫妻最后一次分别的时间。宣宗大中三年（八四九）十月，前朝老臣武宁节度使卢弘止出镇徐州，辟李商隐为判官，遂于年末抵徐州；大中四年春夏间，李商隐还曾奉使回长安，与妻子的最后相会即是发生于此时。固然当时并没有人会知道命运的恶意早已布下残酷的诡计，李商隐奉使回京之际的短暂聚首将是两人爱情的终点，然而自文宗开成三年（八三八）两人成婚以后，十多年以来李商隐都是在转徙不定的仕宦生涯中四处漂泊，曾先后至弘农（在今河南灵宝，八三九年）、华州（在今陕西华，八四一年）、陈许（在今河南开封一带，八四二年）、桂州（今广西桂林，八四七年）、昭平（今广西乐平，八四八年）、徐州（今江苏铜山，八四九年）等地任职，寄望谋得一枝之栖却一再事与愿违，身不由己的李商隐只好风尘仆仆地浪迹各处。

因此可想而知，李商隐每一次的离家与归乡都是悲欣交集的，归乡之际，夹杂的是李商隐的潦倒失意之苦与夫妻团聚的意外之喜；而离家之时，则是李商隐在仕途上的新希望中织染了夫妻离散的无奈与悲凄。李商隐自己就曾说："相见时难别亦难。"（《无题》）分离之际的难舍难分，已是摧心裂骨，别后的魂牵梦系更复有"梦为远别啼难唤"（《无题四首》之一）的哀苦，以及"一寸相思一寸灰"(《无题四首》之二)的绝望,因此李商隐明白断言道:"人生死前唯有别。"(《离亭赋得折杨柳二首》之一)在种种的人生磨难中,离别是紧追于死亡之后的第二痛苦指数,尤其是不知归期之"生离",可以说是仅次于永远"死别"的人生至苦,因此在离别前夕,泪眼凝眸、无言相对的双方心中饱涨着离愁别恨,所谓"未语含悲辛",亦即李清照所说"欲语泪先流"(《武陵春》)和"生怕离怀别苦,多少事欲说还休"(《凤凰台上忆吹箫》)的伤愁情境,既然其悲辛苦楚之情压倒一切的心绪,便不免气噎喉堵而丧失了言语的力量。

然而,比起死别而言,那不知归期之生离在"未语含悲辛"的苦涩之余,彼此毕竟还能够拥有"天涯共此时"(张九龄《望月怀远》)与"千里共婵娟"(苏轼《水调歌头》)的期待,甚至还可以在寂寞的处境中想象着未来"何当共剪西窗烛,却话巴山夜雨时"(《夜雨寄北》)的温馨;但命运对李商隐的打击却是毫不留余地的,它步步进逼、层层剥夺,先给了李商隐一个"君问归期未有期"而"未语含悲辛"的生离,紧接着便直接施加彻底绝望的致命一击:"归来已不见",一种永久的离别与错失最后一面的无限遗憾,让死亡为一切情缘彻底画上了休止符,让所有的可能性都幻化成空,无从补偿,更无从救赎。自前年春起,这段受卢弘止辟任远赴徐州的幕府岁月,虽然宾主之间充满知己相得之情,然而却又不幸十分短暂,大中五年(八五一)卢弘止病卒,顿失所依的李商隐只得又收拾行囊离开徐州,踏上归途另谋他计。孰知当他一无所有地回到长安时,竟获知挚爱的妻子王氏已先一步在春夏间病逝,根本来不及与奔赴回乡的丈夫诀别!

交通往来之不便、音书讯息之延搁与萍逢不定之行踪,竟作弄了这位脆弱深情而亟待慰藉的寂寞诗人,让他千里迢迢还京回家后,扑面迎来的仅仅只有永世无法填补的残破深渊,独对人去楼空之孤室而悲恸难抑,几乎不能承受这致命的打击。那撕裂直入心脏的创痛,甚至使他必须遁入佛教的空境才能稍稍减轻苦楚于一二,因此他说:"丧失家道,平居忽忽不乐,始克意事佛,方愿打钟扫地,为清凉山行者。"(《樊南乙集序》)作为一位歌咏着"深知身在情长在"之诗句,而对自己一往情深之性格具有高度自觉的诗人(详参本书对《暮秋独游曲江》一诗之分析),虽然偶尔也曾写出"世界微尘里,吾宁爱与憎"(《北青萝》)、"嵩阳松雪有心期"(《七月二十九日崇让宅宴作》)之类的超脱之词,然而毕竟不敌"以情为骨"的天性,终身与佛法缘薄而过其门不入;这时竟然会一反天性地跨入佛门寻求解脱,则其悲之侵髓蚀骨、其苦之不可排遣,也就不言可喻。

因此风尘仆仆地进入家门的李商隐,触目所及已全无爱妻之身影,独有王氏生前喜爱的锦瑟依然横置在床,与玉簟、石枕同席并陈,静态地呈现女主人生前的生活样貌。锦瑟喑哑,簟枕无声,在流逝的时光中逐渐蒙尘,此情此景在后来的其他作品中也反复不断地出现,所谓:"但惜流尘暗烛房"(《昨夜》)、"更无人处帘垂地,欲拂尘时簟竟床"(《王十二兄与畏之员外相访见招小饮时予以悼亡日近不去因寄》),诸般诗句都是环绕着闺房的类似描述以伤悼亡妻。然而,李商隐在这里并不用一般妇女生活中日常相关的钗环针线作为睹物思人的媒介,如元稹《遣悲怀三首》之二的"针线犹存未忍开"与"尚想旧情怜婢仆"之类,反而选择了日常生活中远较为少见的锦瑟来表情达意,这是因为锦瑟为一种结合着美丽与哀愁的乐器,其美如锦,其悲如泣,如《史记·封禅书》云:"太帝使素女鼓五十弦瑟,悲,帝禁不止,故破其瑟为二十五弦。"而李商隐诗中此物此词亦往往得见,如《回中牡丹为雨所败二首》之二的"锦瑟惊弦破梦频"、《寓目》的"锦瑟傍朱栊"、《锦瑟》的"锦瑟无端五十弦"等,皆代表一种柔美深情的心灵,而寓有无限的沉痛与悲感,为李商隐所偏爱的一个特殊象征。而所谓"长于人"者,可解作其琴身长如人身,如妻子躺卧在床一样地横陈着;亦可解作妻亡琴在,锦瑟的生命还比人长久,因此在这句"锦瑟长于人"中既有爱妻犹存的错觉,亦复有物在人亡的悲凄,于怆楚哀艳的情境中又有些微悚异的气息。

如此以"锦瑟长于人"为说,其用意是十分丰富曲折的,它一方面暗示了王氏生前偏好弹奏锦瑟的才艺,故而长伴左右、生死不离,与日常所用的簟席、睡枕同时成为遗物,足以彰显其品貌格调之脱俗不凡;另一方面则是传达了夫妻二人都钟情于瑟乐的共通喜好,而由此衬托出两人琴瑟和谐的爱情关系,是超出于柴米油盐之外的性情相通的灵魂知己(soulmate);同时,在"其美如锦"的层次之外,锦瑟更通过"其悲如泣"的范畴,微妙地泄漏出蕴藏在两人情深义重之关系中的无奈与凄楚。在两人十多年的婚姻关系中,总是因为李商隐的宦游不定而聚少离多,"爱别离"之凄楚自是随时可能加身的凌迟;而王氏夹杂在父亲王茂元与丈夫李商隐的翁婿不和之间,于双方份属至亲却"怨相会"的紧张关系中,当更是左右为难而备感心痛无奈。据徐复观的考证,李商隐婚后实为岳家所不喜而受到冷遇乃至打压,因此在他的作品中数度流露出冤屈不平的心声,如于《祭外舅司徒公文》中,李商隐便以"诚非国宝之倾险"来为自己辩白,以"终无卫玠之风姿"来为自己感叹,原来莫须有的人格误解以及乏善可陈的外在容貌,是岳父王茂元嫌恨疏远他的两个原因,遂乃泄漏出隐讳难言的身世之痛。因此李商隐虽然在爱情方面获得了成功,但在出路方面却完全失败,而在当时的环境中,一个人若得不到有势力的岳丈的谅解,便不可能得到他人的谅解,这便是何以在李党得势时李商隐却更为落魄的真正原因之所在(详参《环绕李义山锦瑟诗的诸问题》一文,收入《中国文学论集》)。

也正因为如此,婚姻所带给李商隐的,乃是一方面与妻子"爱别离",一方面又与岳家"怨相会"的双重苦痛,欲舍而不能,欲就而不得,左右失据的矛盾挣扎加倍倾注于"锦瑟"所隐含的"其悲如泣"之寓意中,才使得下面的"今日涧底松,明日山头蘖"一联接得顺理成章,不会显得那么突兀而产生断裂之感。既然早在就婚于王氏之初,李商隐便得罪了恩人令狐绹而失去了牛党的恩荫,仕途的发展便只有托诸王茂元的力量;然而何其不幸的是,婚后却又失去岳父的宠幸而得不到李党的提拔,则两头落空的李商隐,一生便真的只有沉沦于彻底的无望之中了。"涧底松"一词,出自晋左思《咏史八首》之二:"郁郁涧底松,离离山上苗。以彼径寸茎,荫此百尺条。"原来长得青葱茁壮的大松树,只因生非其地,落脚于低深的山涧谷底,于是被迫屈居于山上的幼苗之下备受压抑;那立足于山上的幼苗虽然只有稀疏寸茎,却因为高高在上而夺占了全部的阳光雨露,只留给涧底的松树一片阴影。因此后世多以"涧底松"比喻才高志大却身份低微、地位沉沦的才士,反被才疏学浅之辈横加践踏,李商隐则将之作为自己当前怀才不遇、一无所有的写照。

可叹的是,今日身为"涧底松"而沉沦谷底,其抑郁牢落之怀已然莫可排遣,更有甚者,唯一可以寄望的明日竟依然无望,其原因却不是外在持续的压迫与沉沦,而是自己将从此陷落在无以救赎的内在深渊,再也无法展眉舒颜。因此他接下来又以"山头糵"自喻,意谓即使明日得以飞黄腾达,从"涧底"升至"山头",但随着妻子逝世所留下来的心灵黑洞,却依然无法填补而令悲苦日甚一日,如古乐府所云:"黄糵向春生,苦心随日长。"黄糵,又称黄柏,其味至苦,此句即用"苦心随日长"之义,暗示其将日日苦痛不已。

然而,那如同山头糵一般随日延长的悲苦,究竟会持续到什么时候呢?从下一联的"愁到天地翻,相看不相识"看来,李商隐不只是意欲终其一生为这段苦恋殉葬,更打算哀绝痛悼直到天荒地老的世界末日,而与天地一同走向尽头。"愁"也者,忧虑、担心之意;而其所愁的内容,则是愁字以下的九个字,即"到天地翻,相看不相识"这样一个对未来的假设性幻想。其中所谓的"天地翻",乃极言天地皆翻转倾覆的剧烈变动,为世界末日的同义语,因此两句的意思是:即使自己相思不止、执念不懈,还是担心到了世界尽头而可以再度相见之时,夫妻两人竟已是无法认出对方的形貌,则此深情执着亦终归惘然;而苏轼《江城子》中"纵使相逢应不识,尘满面,鬓如霜"的悲哀设想,或即由此获得启发。从这一点看来,李商隐对自己的爱情执着是充满信心的,因为他具备了坚定不渝的信念,并不担心人类遗忘的本性与岁月的销蚀;唯一忧虑的反而是来自外在客观世界的无常力量,当此一力量作用于情人的外形上而造成改变时,情人之间又将如何从无数的陌生人中辨认出彼此?在历经重重的轮回与劫难之后,那曾经令人刻骨铭心的面庞是否还能保留着明确而熟悉的印记,足以在久别重逢的关键时刻指引双方互相趋近?一旦两颗心足以透过不渝的执念,而在流离仓皇的漫长岁月中再度相遇,却只因为丧失了彼此赖以辨认的外在形貌而失之交臂,则那费尽千辛万苦、奋力抗拒外在无情之岁月与内在遗忘之本性,而终究获取的象征矢志不渝的爱情勋章,岂非显得倍加惨烈,而更加深那永恒的失落?

一般而言,夫妻爱侣期待来生再会而"愿生生世世为夫妇",已经是对此生爱情不渝的最高盟约,如唐人记载杨贵妃与唐玄宗曾于七夕之夜执手共誓,所谓"凭肩而立,因仰天感牛女事,密相誓心,愿世世为夫妇"(陈鸿《长恨歌传》),即是如此;若将"生生世世"之时间跨度再进一步扩延到极限,其结果便呼应了汉乐府《上邪》诗所说的:"上邪!我欲与君相知,长命无绝衰。山无棱,江水为竭,冬雷震震,夏雨雪。天地合,乃敢与君绝!"原来恋侣们最大的心愿,便是相知相守直到世界的终点,而其中所谓的"天地合"也者,言外之意其实还是永恒不朽的另类表达。然而即使至此,我们认为都还不离人情之常与传统之写法,因为相依相守的情人总是极度贪心而不满足的,两情越是缱绻难舍,就越是渴望朝朝暮暮,因此在想象中将一生的相依相守推展到了天长地久,乃是在情理之中的人性欲求。至于李商隐与众不同的情感深度,则是在生离死别的孤绝处境中依然不放弃对这份情感的执着,而且将此独守一生的苦恋进一步延伸为来世的守候,甚至还推及于渺不可测的"天地翻"之时,丝毫不顾这份执着越是长久,那椎心之痛也就越是无法解脱,以致不惜背负此一椎心悲恸直至天地终了之际!

这不但是一种海枯石烂的金石盟誓,同时还充分表现出李商隐至真至纯,却又绝望入骨的悲剧心灵。之所以至真至纯,是因为他竟然相信:生死之悬绝并不会冲断或撕裂夫妻情感的联系,而且凭着苦苦的坚持等待,还能够在莫名无凭的时间终点争取到一丝一毫相见的机会;尤其那"到天地翻"的永世坚持,乃是一种出于主观意志的超越力量,而"相看"则是来自客观世界的无名运气,根据或然律实际上等于零。主观意志之不被时间销蚀已属千般不易,而期待在茫茫人海中对面相逢的运气更是难上加难,何况又必须仰赖主客观条件的圆满配合,才能产生"到天地翻之际相逢相看"这亿万分之一的稀有机会,则作如此之奇幻推想的李商隐,其执着不懈之痴情已然更进一层。

只是令人匪夷所思的是,这位执着到了无中生有之程度的痴情人,同时却又担心届时获得的乃是令人扼腕的擦身而过的落空,在世界末日之际"相看不相识"的遗憾中,彼此只得终抱永恒失落的徒劳之恨,以致真正成为永世无以救赎的伤情人,则更令人情何以堪!这种透过反反复复之推想假设而无中生有的愁虑,显示的并不是无聊多余的杞人忧天,而是一种深情善感却又悲观绝望的缠绵悱恻,才会如此反复推求、多方假想,丝毫不肯遗漏任何一种正面、负面的可能性,从而"痴情"总与"伤情"相结合,"希望"总是受到"绝望"的否定。既然命运的恶意捉弄,已经使恩爱夫妻生前缘悭一面,令诗人抱憾终身,焉知其残酷不会继续从中作梗,让亘古的等待与永恒的寻觅再度失之交臂?那借由深情在黑暗中奋力点燃起来的一丝光亮,又会受到无情的扑灭而真正落入到彻底无望的深渊?

比起潘岳在《悼亡诗三首》之一所写的结尾,所谓"庶几有时衰,庄缶犹可击",显然潘岳是以庄子鼓盆而歌的典故来期许自己得以超脱悼念之情,终有一天可以不再沦陷于生死异途所造成的无望与痛苦之中,李商隐则是一往情深地以彻底而纯粹的悲剧性格,宁愿把怆痛的悲剧持续到天终地了之时,并且将那无限凄苦中所点燃的一丝希望,再度亲手加以熄灭,仿佛在泥土里种植了由钢铁所锻造的承诺与盟约,却接着用铁锈加以摧毁,则其哀恸无望之情便达到了极致,其绝望入骨的悲剧性格真是莫此为甚。因此清钱良择《唐音审体》便指出:"天地俱翻,或有相见之日;又恐相见之时,已不相识。设必无之想,作必无之虑,哀悼之情,于此为极。"而朱彝尊也评曰:"言情至此,奇辟千古所无。"

由此以观之,宋人所写的悼亡诗虽然也将对妻子之思念推及于身后虚拟之相逢重遇,而且也设想到彼时将无以相认的可能性,但相较于李商隐无以复加的情深苦极,却显得远远无法企及。如王安石于《一日归行》诗后半写道:"空房萧瑟施穗帷,青灯半夜哭声稀。音容想象今何处,地下相逢果是非?"末句用汉武帝对李夫人思念甚剧,于方士致其神魄而仿佛睹其身影之际,隔帘所感叹的:"是邪?非邪?立而望之,偏何姗姗其来迟!"又用《庄子·齐物论》所言:"若果是也,我果非也邪?"意思都是在表达一种于冥世重见之时,不知是否能够认出对方模样的疑问,因此导致无法断定究竟是或不是的困惑与忧虑;则所谓的"地下相逢"仅仅只是一个对立于"生前相处"的泛泛套语,缺乏明确的时间跨度,以及随着时间跨度而来的情感延展度,因此无法掌握其思念妻子的期限与强度。

至于苏轼则显然更进一步,直接化用了李商隐"愁到天地翻,相看不相识"之构思,在《江城子》中写出"纵使相逢应不识,尘满面,鬓如霜"的类似设想,然而,两者之间却存在着本质上的差异。一方面,苏轼所设想的"纵使相逢应不识"的时刻,由首句之"十年生死两茫茫"可知,仅是直到目前为止所经历的十年的短程距离;而李商隐所设想的"相看不相识"的时间跨度,则是展延到无限之未来的世界末日,岁月的绵延几达永恒的极致,则其悲苦也将随之落入永劫难消的境地。另一方面,苏轼《江城子》这几句之主旨,乃是在突显这段生死异途的十年之间人生世事的沧桑无常,使自己被迫迅速老去,以致在外貌上产生"尘满面,鬓如霜"的剧烈变化;而李商隐《房中曲》末联之重点,则是聚焦在那一往不返的深情苦恋,自己不但准备生生世世为此情此恨投身相殉,还为了天地崩毁时唯一可能重逢的渺茫机会而殷殷期待,并唯恐错失这一线希望而担忧不已。其用情之深挚与设念之痴傻,在在都更加令人动容。

回到《房中曲》本身来看，值得进一步说明的是，"天地翻"这样形容天地翻覆、世界末日的语词，还可以在李商隐的《曲江》诗中看到，所谓"天荒地变心虽折，若比伤春意未多"即是。而这些"天地翻""天荒地变"的用语或概念之所以出现在李商隐诗中，并不只是李商隐个人特殊的癖好而已，其实还更反映出具有普遍性的时代意义。遍观整个唐代诗歌，我们发现处于安史乱后的中晚诗坛才开始出现这类天地穷绝的末世想象，反映出巨变之后动荡不安的时代心灵，如白居易《长恨歌》中的"天长地久有时尽，此恨绵绵无绝期"、李贺《致酒行》的"天荒地老无人识"以及《金铜仙人辞汉歌》的"天若有情天亦老"，都是这类性质的同义表达（详参笔者在《唐诗的乐园意识》第七章的论述）。而最重要的是，正是在这样充满末世情怀的悲观绝望之中，"情"作为抗衡无常或超越永恒的无上价值，便被清楚地突显出来并获得肯定，原来，"情"是比永恒更持久、也比永恒更珍贵的人性内涵，"有情"虽然会使生命同时伴随了苦恨与泪水，却足以让短暂有限的人生发光发热；"无情"虽能令人离苦除悲而逍遥忘忧，却不免流于苍白无味的槁木死灰。因此白居易会肯定地说"天长地久有时尽，此恨绵绵无绝期"，李贺会假设"天若有情天亦老"，而李商隐也才会怀抱着一腔苦楚，宁愿一直守到"天地翻"的世界尽头。这真是中晚唐时代诗人们所特有的心声，是"唯情主义"所发出的最嘹亮高亢的宣言！

至此，我们回顾前述所言而综观整篇诗作的创作手法，还可以注意到李商隐承继了潘岳《悼亡诗》三首的基本格局，其中主要的陈述架构以及相关意象都显得一脉相承,如那由室外转向室内的空间转移,由遗物唤起对亡妻的回忆思路,以及对妻子慧黠不凡之性灵才情的潜在暗示,于潘岳所写的"望庐思其人,入室想所历。帏屏无仿佛,翰墨有余迹。流芳未及歇,遗挂犹在壁"(《悼亡诗》三首之一),就已然大致奠定;而所谓"展转眄枕席,长簟竟床空。床空委清尘,室虚来悲风。独无李氏灵,仿佛睹尔容。……寝兴目存形,遗音犹在耳"(《悼亡诗三首》之二),与前首合而观之,诸句所涉及的帏屏、遗挂、空床、长簟、尔容、目形等意象,显然也是李商隐此诗中"枕是龙宫石,割得秋波色""玉簟失柔肤,但见蒙罗碧""归来已不见,锦瑟长于人"等语之先导,只是李商隐在类似的意象基础上,表现得更为哀艳凄美,更为鲜明可感。

而除了与潘岳《悼亡诗》之题材内容、大体格局、景物意象有着直系承继的谱系关系之外,我们又可以发现这首《房中曲》的表现手法与风格气韵明显是继承李贺之精神血脉而来的,它直接吸收李贺奇诡秾丽的意境,镕铸了冷涩险怪又唯美浪漫的创作手法,都表现出"长吉体"的特殊风格。如其中"蔷薇泣幽素"的描写,明显是李贺诗"喜用鬼字、泣字、死字、血字如此之类"(王思任《昌谷诗解·序》)的惯用语汇;"割得秋波色"的用字遣词,也清晰反映了李贺的特殊印记;而除了字面的形似之外,在意象感受和整体造境上也与李贺诗十分神似,如"枕是龙宫石"和"娇郎痴若云,抱日西帝晓"的矫奇比喻,以及"锦瑟长于人"的特异景观,都合乎杜牧评析李贺诗时所谓的:"云烟绵联,不足为其态也;水之迢迢,不足为其情也;春之盎盎,不足为其和也;秋之明洁,不足为其格也;风樯阵马,不足为其勇也;瓦棺篆鼎,不足为其古也;时花美女,不足为其色也;荒国陊殿,梗莽丘垄,不足为其恨怨悲愁也;鲸呿鳌掷,牛鬼蛇神,不足为其虚荒诞幻也。"(《李贺诗集序》)因此这首《房中曲》颇可以与李贺之作品暗合相通,置诸《李长吉诗集》中,恐亦将混沦难辨。

然而,这首诗虽然可以划归为长吉体,其实没有李贺诗中阴森惨魅、奇诡险怪的面向,而比较偏向于峭涩哀艳的这一特点,因此明代钟惺称之"苦情幽艳",谭元春谓其"情寓纤冷"(《唐诗归》),这或许是妻子纤丽婉约之女性美以及夫妻鹣鲽依依之深情所带来的影响,故冲淡了死亡阴森惨魅的气息,将其悼念亡妻的一片情衷表现得十分深婉致密而又脱俗感人。张采田指出:"其诗体则全宗长吉,专以峭涩哀艳见长,读之光怪陆离,使人钦其宝而莫名其器。……玉谿古诗除《韩碑》《偶成转韵》外,宗长吉体者为多,而寓意深隐,较昌谷(案:指李贺)尤过之,真深得比兴之妙者也。晚唐昌谷之峭艳,飞卿之哀丽,皆诗家正宗;玉谿则合温、李而一之,尤擅胜境。"正是因为撷取了李贺"光怪陆离"之奇思幻想,以及温庭筠"哀丽"旖旎之风格,镕铸于李商隐个人"寓意深隐"之比兴手法中,才使得这首悼亡诗超出了一般相关作品的常套窠臼。

此外,这首诗因为是长吉体的嫡派,所以其内在结构似乎也带有李贺诗所特有的非常理的跳跃感,但实际上却大大不然,一如黎简曾说:"昌谷于章法每不大理会,然亦有井然者,须细心寻绎始见。"(《李长吉集评》)同样地,这首诗其实也是属于"章法井然"者。然而,一方面是由于表面上意象的跳动不定、用语的新异奇突,一方面是因为节奏的变换险仄、韵脚的拗涩沉顿,因此其中潜在之诗序虽具备了井然的章法,却必须"细心寻绎"而始能得见。的确,我们可以抉发其间一脉相贯的发展理路,让整首诗呈现意脉严谨、环环相扣的内在张力:从首联的哀泣引出伤悼的主题,接着从夫妻双方共同的生命结晶与心灵牵挂下笔,由幼子无知的酣睡,让诗人之思致顺势从室外的庭园转向室内的眠床,再引带到列置床上的遗物,将石枕、玉簟、罗被一一依序推出,而后遂及于日日寝卧其上的妻子;其中又以"秋波色"呼应首句的"泣幽素",由此而回忆妻子生前两人最后分手之情景,以加重眼前错失最后一面之悲恸,从而带出"锦瑟"之意象,补强妻子的生活主调与人格特质;最后再推想未来独自一人的孤凄余生,并进而忧心自己即使坚守到世界尽头,却很可能依然再度错过对方的失落;其"愁到天地翻,相看不相识"的未来之虑,正是对前面"归来已不见"的已然之悲的加深与扩大。

由此可见,整首诗意脉的建立与推衍,呈现出"空间"与"时间"前后各半的均衡结构,就前半的空间内涵而言,从"蔷薇泣幽素"到"但见蒙罗碧"这八句诗,是通过人、物穿插的方式,借由相关事物的连带性而进行联想,先由物而人,由亡者到生者,再由庭外到室内,并由人及物;接着通过物与物之间在空间上旁牵侧及的置列关系,又由物回到人身上,于此乃从空间范畴转向到时间范畴。就诗篇后半的时间内涵而言,从"忆得前年春"到"相看不相识"这一段落,则是沿着时间轴纵向地来回穿梭的模式而展开,随着对过去的回忆与对未来的设想,诗人由现在的伤悼为定点,先是追怀"前年"

之分别,接着回到"现在"之错失,然后就向"未来"直奔而去,由设想"明日"之悲苦扩延到"天地翻"之哀凄,终究将一往深情投入于万劫不复之境地。

而这就是李商隐对妻子终身以殉的永恒盟誓,也是他自身之悲剧性格的淋漓展现。

七月二十九日崇让宅宴作

露如微霰下前池， 风过回塘万竹悲。
浮世本来多聚散， 红蕖何事亦离披。
悠扬归梦惟灯见， 濩落生涯独酒知。
岂到白头长只尔， 嵩阳松雪有心期。

在群众中感到孤独，在欢会中深觉寂寞，本就是一切灵心锐感的艺术家特有的禀赋，因为他们以穿透时空的永恒之眼，于生命存在的基础上透视了人生的短暂与虚无，故不免总是在人睡中独醒，在众乐中自悲。何况除了这份艺术家的天赋之外，李商隐命运困蹇的不幸生涯，也是塑造其浓郁深沉之悲剧感的后天重要因素。这首在家宅宴饮中所写的诗，便明显呈现这些特点。

宣宗大中五年（八五一），四十岁的李商隐自徐州卢弘止幕归返长安，抵家后始知妻子王氏未及诀别即天人永隔。在丧妻之痛中，于当年七月二十九日仲秋之际，却因缘回到丈人之崇让宅旧居参加一场宴会。所谓崇让宅，即李商隐之岳父河阳节度使王茂元在洛阳崇让坊之居宅；"宴"指合饮也，如曹植《与吴季重书》所云："宴令弥日。"综观此诗中的"多聚散""亦离披"之语，此一家宴或为送别而设。无论如何，回到亡妻生前成长、两人爱情发展之旧地，触目所见乃是景物依旧而人事已非，物在人亡之对比本就足以引发怅触万端；而触景伤怀之余，又添眼前聚散无常之感，所谓"千里搭长棚，天下无不散的筵席"（《红楼梦》中语），种种心绪汇集而成一股悲凉无限的生涯漠落之情，在全诗流宕平淡的语调中特别显得深婉动人。

首句的"露如微霰下前池"便劈空袭来一阵冰寒的凉意，"霰"者，即雪珠、白色冰珠之类的水结晶物，因此刻时序已入仲秋，故见"露如微霰"之景。所谓"以我观物，则物皆着我之色彩"（王国维《人间词话》），在仲秋的七月二十九日，固然已是离冬天不远，但同属晚唐诗人的杜牧犹然可以在《山行》诗中吟出"停车坐爱枫林晚，霜叶红于二月花"之逸趣，撷取这季节中最缤纷烂然的景致；而李商隐却一心完全倾注在萧瑟悲凉的一面，诗曰"露如微霰"，则秋露之冷已足以侵肤生寒，何况所谓"微"者，事物之初生也，所谓"履霜坚冰至"者，将来之渐大、渐巨乃是可以预期的必然发展。既然今夜之露已如微霰之冷，此后所面临的只会是更冷、更烈、更真实的冰雪，殆不容置疑。试看如微霰之露"下前池"，岂非连一池秋水亦皆泛然如冰？因此《昨夜》一诗所谓的"昨夜西池凉露满"，便以满池之凉露指出这"微霰"不断随时间而累增、扩大的阶段性结果；同时两者之意境虽然十分近似，但"露如微霰下前池"的冷冽程度实则较"凉露"犹有过之。可见自首句伊始，李商隐所展开的已是一幕何等无望的视野。

接下来"风过回塘万竹悲"则顺势明点出"悲"字，将前一句之潜在情境显豁表出。比较而言，前一句乃是视觉兼触觉的景象，以"露下"划出空间上纵向坠落的流动线条；而从此句所见者，则是视觉兼听觉之描写，以"风过"划出空间上横扫而过的水平轨迹，使诗境显得灵活变化却不失均衡有致。此外，这句诗中所蕴蓄的情感语素也表现得更为浓厚，试看秋风掩袭而过的，乃是曲绕回折的水塘，有如"江流曲似九回肠"（柳宗元《登柳州城楼寄漳汀封连四州刺史》）一般，都以"曲""回"之特质将情思之婉转缠绵具体化，差别只在于李商隐易"肠"为"塘"，以切合崇让宅实际上之园林景致。至于其中的"风"字一作"月"，然"二十九日安得有月耶？"（何焯《义门读书记》卷五八）这是不应作"月"的一个理由；何况风过竹响，天然生成一股悲韵哀音，正与"万竹悲"之语相合，故无论是就天文现象或就诗歌意境而言，皆应作"风"为是。试观那秋风萧萧，吹过凉露将满的回塘，挟带着冰珠之冷冽又袭向池边茂密的竹林，使其千枝万叶都沙沙瑟瑟地发出悲声，而此一悲冷之情境从回塘拓延开去，真可以说是向四面八方延伸，终究欲弥天盖地矣。

一如赵臣瑗《山满楼笺注唐诗七言律》所言："露下池，是记夜之深也，观'如霰'可知。风过回塘，是说风之烈也，观'竹悲'字可知。竹有何悲？以我之悲心遇之，而如见其悲。"于是在如此包笼弥漫的悲凉之中，诗人又再度油然兴起一种人事终将归于空幻虚无的感受。所谓"浮世本来多聚散"，"浮"字说明人世的动荡不定和漂泊无根，此来彼往，他兴斯灭，偶然交会，却又随即分道扬镳，这是"多聚散"之现象的构成要因，人人可以领会；而李商隐用"本来"一词以称之，不但表示这"浮世多聚散"在他乃是习以为常之事，遂尔不足惊怪，更意味着这根本上原就是人生的本质，不容推翻，也无从改变，因而颇有甘之如饴、安之若素的认命感。这是必须历经多少生离死别之痛才能打造出来的一份"坦然"？而一生不断遭受聚散之苦的李商隐，也做好了终身势必继续忍受下去的心理准备，这又是如何之可哀？这就证明了李商隐乃是一个习惯于被剥夺、被伤害的人，才能如此不经意地以"本来多聚散"来对人生下注脚！

然而，等到诗人已顺从淹蹇之命运，预备在多聚散之浮世中坦然了此一生时，却又不意因触目见到池中红荷的凋零散落，而重受一次心灵的撞击；原来由人事界到自然界，竟无一种美好的生命可以免除这无常力量的摧毁！荷之红艳与芬芳，禁不住侵根浸叶的满地凉露和动摇万竹的烈烈悲风，也纷纷残败飘逝，再不留一点残红余香。"离披"者，乃是形容花叶凋零散落的样子，《楚辞·九辩》云："白露既下百草兮，奄离披此梧楸。"虽然秋草萎落本是年年必然得见之景，如宋玉《九辩》所云："悲哉！秋之为气也，萧瑟兮草木摇落而变衰。"然则红艳芬芳之荷花遽尔在眼前殒坠，生死一瞬的过程原来就已是令人怵目惊心的景象，一如《赠荷花》所言之"翠减红衰愁杀人"，何况又在诗人已勉强担荷起人事界的一切聚散之苦时，猝然攻其不备地跃入眼帘，于是毫无设防的诗人便没有招架之力地瓦解那一份淬泪沥血而得来的安然和坦然，不禁凄然追问"红蕖何事亦离披"？"何事"一词真下得万般沉痛而悲哀，因为这席卷着人事界与自然界的悲剧力量，根本就是无从穷究，也无从解答的，如此而复问"何事"，实在是问得痴傻，也问得辛酸。

至此，一如清姚培谦《李义山诗集笺注》所言："露下月明，正人世悲秋之际，独怪浮世有情，所以常悲聚散。红蕖何事，亦从此日离披?总之有情无情都在造化炉冶中耳。"又清赵臣瑗《山满楼笺注唐诗七言律》亦云:"华筵既收,嘉宾尽去,触景伤情,不胜惆怅。浮世之聚散,红蕖之离披,其理一也。今乃故作低昂之笔,以聚散为固然,离披为意外,何为者乎?此盖先生托喻以悼王夫人耳。"就在这样人情物理通贯为一,无论"有情无情都在造化炉冶中"备受煎熬,而不能免于离散消殒之命定世界里,面对此一多聚散、常离披的浮世,若得知己以相偶为侣,亦可暂慰平生、聊堪为欢,散时虽悲,而聚时却满怀喜乐,自能为多愁的人生带来一种温暖和期待。但命运对李商隐却是特别苛刻残酷的,接下来"悠扬归梦惟灯见,濩落生涯独酒知"这一联,颇有"念天地之悠悠"的孤绝之感,呈现出李商隐踽踽独行的无边寂寞,乃是在前面"以上四句写一夕之事,下再总写平日"(赵臣瑗《山满楼笺注唐诗七言律》),从一时一地的景物感受推扩为整个人生的总体情境,而其悲剧遂尔终身无以豁免。

所谓"悠扬归梦惟灯见",其中的"悠扬"乃形容飘忽不定之状,"归梦"则是回溯先前犹托身远寄于外地幕府之时,那梦返故乡的归思,兼寓对妻子的怀念。归梦中所蕴含的乃是浓烈的思妻怀乡之情,却加以"悠扬"二字,则归梦亦属恍恍忽忽、了无住着,真有"梦中不识路,何以慰相思"(南朝梁沈约《别范安成》诗)之感,因此亦仅落得"独酒知"之境地。而接下来的"濩落生涯独酒知"一句,所谓"濩落"者,同"瓠落",出自《庄子·逍遥游》:"惠子谓庄子曰:'魏王贻我大瓠之种,我树之成而实五石,以盛水浆,其坚不能自举也。剖之以为瓢,则瓠落无所容。非不呺然大也,吾为其无用而掊之。'"通常都用来比喻大而无用,如杜甫《自京赴奉先县咏怀五百字》即以"许身一何愚?窃比稷与契!居然成濩落,白首甘契阔"来自我解嘲,表示一种至大至高却不容于世的理想抱负,则李商隐亦用以感慨自己有志难申、怀才不遇的落魄生涯,乃至平生栖栖皇皇,一无成就。而无论是"悠扬归梦"这个人情感慰藉的虚无缥缈,还是"濩落生涯"这政治事业努力的徒劳无功,李商隐再分别下以"惟灯见""独酒知"二语,都是透过反言见意的写法而表现出更加深重的悲哀,意谓虽有灯见,实无人见;独有酒知,即无人知,一切在妻子过世之后都只有自见自知而已,这才是彻底无边的旷世寂寞。唯一的爱妻已生死悬绝,周遭又不存一知交,所谓"前此归梦,爱妻或能见之;濩落生涯,彼我亦抱同悲。然今而后则所见者唯灯,所知者惟酒,言外见浮沉于此人世中仅我一人矣"(刘学锴、余恕诚《李商隐诗歌集解》评)。至此,其人生之哀绝悲甚已至无以复加的地步。

于此无以复加的哀绝悲甚中,已不能再下酸涩之语,于是李商隐便作宕开之笔,在顿挫之际发抒故作通达之心怀,似有自我宽解而意图超脱之意。他一方面宣称"岂到白头长只尔",说明他不会只是一直如此终老一生的,在他的心目中还有一个"嵩阳松雪"之素志,一个长在心中追求超脱之期望,而这个超尘出俗的夙愿将会成长、明朗并被加以实践,那么就可以潇洒地逍遥于浮世之外,从牢落悲苦和孤独不幸中获得解脱。"嵩阳松雪"原本是高人逸士隐居之处的代称,"嵩阳"意即嵩山之南,山在今河南登封北,古称中岳,在河南府登封县北八里,《元和郡县志》载:"亦名方外山。……

东曰太室,西曰少室,嵩高总名,即中岳也。山高二十里,周围一百三十里。"其山历来多隐者高士,而"松雪"一词则是以青松白雪之不尘不染比喻高洁之情操。但在此诗中,"嵩阳松雪"正确的指涉并非象征隐逸者高标之风操,否则与上文之情感脉络不谐;较恰当地说,"嵩阳松雪"乃是一种离垢出尘、不为世情俗事所羁之境界的代称,不爱、不憎、不怨、不苦,将世界视若微尘,而将一切悲伤怆痛化除殆尽。

或许在李商隐心里,的确一直存在着一个超越自我之悲剧性格的愿望,如在《北青萝》一诗写其访孤僧不遇后,独自面对初夜磬、一枝藤的山中幽景时,所兴起的便是"世界微尘里,吾宁爱与憎"这类超旷之道心,即可与此互证。然则,"春蚕到死丝方尽,蜡炬成灰泪始干"其实更是诗人剖心透骨之自白,"深知身在情长在"(《暮秋独游曲江》)也才是他真正的存在自觉与伦理抉择,于是明知不可能而故作超拔之语,其尝试之失败与努力之徒劳,实更令人感到更深沉的悲哀,如同潘岳《悼亡诗》的"庶几有时衰,庄缶犹可击"一样,都是寄望将来有悲情消减的一天,得以效法庄子于妻子死时击缶鼓盆而歌的超旷。然而事实上却是:其情之不可衰,其悲之不可绝,于《房中曲》一诗中甚至以"愁到天地翻,相看不相识"这虚拟的忧虑,来呈现其"天地合,乃敢与君绝"(汉乐府《上邪》诗)的亘古执着,则如此深情陷溺的李商隐,又何有击庄缶、沐松雪的一天!

西南行却寄相送者

百里阴云覆雪泥，　　行人只在雪云西。
明朝惊破还乡梦，　　定是陈仓碧野鸡。

宣宗大中五年(八五一)，丧妻之后的李商隐应东川节度使柳仲郢之辟任，而远赴梓州，于辞别友人之际作成此篇。从诗题《西南行却寄相送者》来分析，所谓"西南行"，指的是大中五年入蜀之事；冯浩以此诗为开成二年冬赴兴元(今陕西汉中)令狐楚幕时所作，然彼时乃飞赴急召所作之短期征行，与此诗之情调不甚相合。而"相送者"，即送行的人，应是李商隐在长安之亲友，或即曾送行至咸阳(渭城)的韩瞻。至于"却寄"一词，意谓反过来写诗回赠的意思；这是一个较为少见的现象，因为通常都是送行者题诗以赠远行之人，表达殷勤思念或劝勉平安之意，而此处以"却寄"为名，则是被送之远行者反客为主，执掌赋别之发言权。这样的情况在诗坛上也出现过，如李白便曾写《金陵酒肆留别》一诗，对前来送行之人慷慨陈情道："风吹柳花满店香，吴姬压酒唤客尝。金陵子弟来相送，欲行不行各尽觞。请君试问东流水，别意与之谁短长！"又有《梦游天姥吟留别》一篇，放怀歌咏道："别君去兮何时还，且放白鹿青崖间，须行即骑访名山。安能摧眉折腰事权贵，使我不得开心颜！"其中挥洒之姿、豪迈之情溢于言表，谪仙人特有的旷达冲淡了离愁,成为一场罕见的爽豁别宴。

但性格深情缠绵的李商隐却并非如此,也无法如此。他之所以回赠诗篇与送行者,显然是出于凄苦不能自抑的情感负担,于将行未行的临界点满溢出来而倾泻无遗,让他写下送行者所不能劝勉的相思之情。诗中设想即将踏上的遥远旅程,以及旅途上将会遭遇到的情景,那是行者最确切的切肤之痛,由敏锐细致的李商隐揣摩道来,更充满"行迈靡靡,中心摇摇"(《诗经·王风·黍离》)的凄怆,而饶富风致。固然本诗之内容是以"离别"一脉贯串,主旨十分明确,但极其特殊的是,诗篇内容之构设却完全是建立在"想象"之上,其中竟无一语及于眼前当下的种种实况实境,既不描写双方惜别的依依不舍之情,也未尝涉及长亭杨柳、劝酒致意之类的具体事物,而是全然就别后征途上各种遭遇的可能性凭空构思,在幻设虚拟的迷离氛围中,又具有一种洞观全局的清晰自觉与深刻了解,因此特别具有一种"可怜身是眼中人"(王国维《浣溪沙》)的缠绵哀感,也达到刘熙载所谓"本面不写,写对面、旁面,须如睹影知竿乃妙"(《艺概·诗概》)这种灵妙深婉的境界。

首句之"百里阴云覆雪泥",乃是以"百里"写路途之远,以"阴云"写心境之晦涩,以"雪泥"言旅途之颠踬难行,这既是诗人对分手之际眼前冬景实境的现况描写,又是对未来百里之征途的负面想象。那"百里阴云"的晦暗低沉,一如《回中牡丹为雨所败二首》之二的"万里重阴",以及陶渊明《停云》诗的"八表同昏"、谢惠连《咏冬》诗的"积寒风愈切,繁云起重阴",遮天蔽日的重重阴霾,阻绝了光明与希望,制造了黑暗与寒冷,已足以让生命萎缩与窒息;

而脚下的土地竟又雪泥混融,必须跋涉始能前进,这百里之路途便真是遥遥无期。同样的雪泥满布,苏轼在《和子由渑池怀旧》诗中说的是:"人生到处知何似?应似飞鸿踏雪泥。泥上偶然留指爪,鸿飞那复计东西!"雪泥固然还是艰难世途之比喻,然而超脱如苏轼者,只将自己轻轻碰触便飘然远去,不为尘网所缨;但是对李商隐而言,那人生路途之艰难困顿却是如此具体而坚实,劳顿其中无能超脱之余,遂只有泥足深陷而任其围困。如此一来,上有阴云遮蔽光明、下有雪泥跋涉难行,这迢迢百里的路程当真只有"路长人困蹇驴嘶"而已,遂令行者旅人不禁四顾茫然矣。

然而,接下来的"行人只在雪云西"一句却是出人意表,因为行人竟然不在寸步难行的雪泥中辛苦跋涉,却悠忽瞬间飞抵百里雪泥的另一端,将"路长人困蹇驴嘶"的过程跳接掠过。这样跳跃式的飞想,言外乃暗示着既然艰辛之路程已不可免,无论如何都必须步步走完,在此离别之际又并非叙写的焦点,因此便略过不谈;最重要的功用则是烘托出自己的漂泊行踪乃是穷极天涯,非仅百里即止,而是在更长更远的"百里阴云雪泥"之外。既然路途比"百里"更长,则其跋涉于雪泥中的困顿也就随之延续下去,其结果便是成就一种远比"百里阴云覆雪泥"更为不幸的困蹇人生。果然,在李商隐后来作于蜀地的诗作中,便以"万里忆归"(《二月二日》)来表现空间的远隔与离别双方彼此难以企及的悬绝状态,而于回顾这段遥远的旅途时,还依然感慨道:"人间路有潼江险,天外山惟玉垒深。"(《写意》,作于入蜀三年后)则"雪泥"一词虽未明言,道路行旅之深险却自在其中。

若换一个诠释角度来看,"行人"一词通常是就送行者之立场所言的,则"百里阴云覆雪泥,行人只在雪云西"便不仅是诗人自己的遥想而已,还可以理解为送行者出于依依不舍之情,以"西出阳关无故人"(王维《送元二使安西》)的同理共感,对故友踏上征途之后种种情状的缅怀与揣想。如此一来,诗中的观照视角就经过一再转换而成交错互涉之势,一方面诗人本身作为抒情主体,乃是以"我"为视听感怀之中心点,却从"被送者"的心情越界进入送行者的角度,反过来省视自己之处境,并拟代送行者的眼光对自己展开设想,这就有如"换我心,为你心,始知相忆深"般,表现出更细腻入微的体贴与更委婉缠绵的离情。如果说,"百里阴云覆雪泥,行人只在雪云西"的构想,或许启发了欧阳修《踏莎行》中"平芜尽处是春山,行人更在春山外"之文思,则白居易《邯郸冬至夜思家》诗的"想得家中深夜坐,还应说着远行人",以及《同李十一醉忆元九》诗的"忽忆故人天际去,计程今日到梁州",则可能是李商隐取资之源头,成为此处"百里阴云覆雪泥,行人只在雪云西"的张本所在。

无论如何,在到达"雪云西"的旅途终站之前,毕竟不能真正豁免"路长人困蹇驴嘶"的行程,于是,下一联的"明朝惊破还乡梦,定是陈仓碧野鸡"就将渺不可及的未来缩短到近在眼前的"明朝",从百里之远距缩短到长安附近的"陈仓",设想离乡之后的第一站所可能发生的情景。陈仓,在今陕西省宝鸡市东,为李商隐出发后次日应到之地,其地有宝鸡神祠,《史记·封禅书》云:"作鄘時后九年,(秦)文公获若石云,于陈仓北阪城祠之。其神或岁不至,或岁数来,来也常以夜,光辉若流星,从东南来集于祠城,则若雄鸡,其声殷云,野鸡夜雊。以一牢祠,命曰陈宝。"另《汉书·郊祀志》载:"宣帝即位,……或言益州有金马碧鸡之神,可醮祭而致,于是遣谏大夫王褒持使节而求之。"如淳注曰:"金形似马,碧形似鸡。"诗中合两事为一,而预言自己明日行至陈仓之后,处于"独在异乡为异客"(王维《九月九日忆山东兄弟》)的孤子处境中,应该绝无"春眠不觉晓,处处闻啼鸟"(孟浩然《春晓》)的酣然沉醉,相反地,所做的还乡梦定会被当地传说中之碧野鸡的啼鸣声惊醒,则即使是梦中还乡之希望亦破灭不可复得。

纪昀曾说:"着眼在'还乡梦'三字,却借陈仓鸡反点之,用笔最妙。"(《李义山诗集辑评》引)而陈贻焮先生更进一步指出:"纪昀……还只说到一方面。这诗头两句就很好,'百里''覆雪泥',见阴云的广漠低迷。'雪云西',见行人和相送者相隔的遥远,都写得很形象而富于遐想。初离亲友,梦中恍在故乡,那知为鸡声惊醒,顿悟远在陈仓,身居逆旅。这不仅'反点出'离情别绪,还由于将当地的传说和现实中的鸡声糅合在一起,就更能意味深长地烘托出他梦魂恍惚的神情和对陈仓的新奇印象。"(见刘学锴、余恕诚《李商隐诗歌集解》引)如此一来,"庄生晓梦迷蝴蝶"般的执着耽恋,就在异地奇禽的特殊经验中被迫中断,并在陌生景物中确切认知到自己辞乡不返的事实。

所谓"明朝",只不过是离别之后漫长岁月的第一天而已;在"百里"的终点之前,"陈仓"也仅仅是"阴云覆雪泥"之旅程中的第一个中途站,然而分手后不过一日,彼此间距不过一程,诗人就已开始做起了"还乡梦",不但未来绵绵不尽的"还乡梦"由此开启,接下来可以预见的渐行渐远与道路艰难,更将使诗人投身于一个渺不可知的陌生世界,而其势必罹患严重不愈的思乡病。如此一来,这样的一个还乡梦将不断地在日后的异乡生涯中重现,而此刻离别前夕的情景也势必成为诗人不断重温的永恒时刻,果不其然,后来作于东蜀时期的《夜雨寄北》一诗,便以"君问归期未有期"的回忆与"何当共剪西窗烛"的期待,而洋溢着充满绝望的自我安慰,令人读后为之无限心折;同样地,至蜀后三年所作的《二月二日》诗,也以"万里忆归元亮井"来明示游子之情怀,却又受限于关山阻隔而不知何日是归程。则此时"惊破还乡梦"之揣想,便成为一语成谶的不幸预言。

试将诗篇中人物、时空之构成要素,以及彼此间之对比关系,以简表列述如下:

　　人物:行者(诗人自己)——送行者(长安诸亲友)
　　时间:今日眼前　——明朝(更远则推及于茫然不确定的未来)
　　空间:长安现场　——陈仓(更远则推及于百里之外的东蜀梓州)

清纪昀认为:此诗"以风致胜。诗固有无所取义而自佳者"(《玉谿生诗说》)。诗中的确没有多么隐微深奥的寄托,也没有多么不足为外人道也的难言之隐,因此明朗如话,未曾含糊闪烁、费人疑猜。但其殊胜动人之风致,却依然具备了艺术所特有的精谨与致密。从前述所言视角的交涉互换、情境的虚拟假想,创造出回环缠绵的效果这一点,已呈现其匠心独运之处;其次,全诗在表现的结构上分为前后两半,分别从时、空不同的范畴各自进行对比,前两句的"百里阴云覆雪泥,行人只在雪云西"是以"送行者"的立场来设想行者的旅程,以"空间"的对比来延展;后一联则转向"行者"自身来着墨,推测明日的思乡情怀,而透过"时间"的对比来呈现。更精细地说,"明朝惊破还乡梦,定是陈仓碧野鸡"这两句其实在时间的推移中还兼融了空间的要素,是时空交错并存的手法,因为随着时间的迁流,同时也驱使空间的逐步疏离,因此惊破"明朝还乡梦"者,乃是位于"陈仓"处之碧野鸡,而"陈仓"处之碧野鸡,也只有到了"明朝"才得以闻见。一至"明朝",便架空了友朋的相聚,一到"陈仓",便失落了依恋的故乡,诗人自己在人我互涉、时空拉锯的张力中,遂不免心碎肠断了。

饶富深意的是,其中固然诗人自己及送行之亲友是确切具在的,明朝与陈仓也都是不容置疑的真实存有,然而,"人物"在视角的转换拟代之际,便已经实中有虚;其余百里之阴云雪泥、明朝之未来时刻以及惊梦之陈仓碧鸡,虽是想象之词却又都实有其物,可谓虚中有实。如此一来,全诗四句全是建立在真实基础上的虚拟假设之词,透过"虚实相生"之手法营造出迷离虚幻之感。然而最奇特的是,李商隐作此诗之际明明尚且身在长安,身边尚有惜别之亲友,于此难舍难分的留别之际,却并非全心珍惜眼前即将失落之时刻,把握仅存的相聚相守之时光,如曹植所说的"今日同堂,出门异乡。别易会难,各尽杯觞"(《当来日大难》),王维所说的"劝君更进一杯酒,西出阳关无故人"(《送元二使安西》),以及李白所说的"欲行不行各尽觞"(《金陵酒肆留别》),让饱涨之离情成为冻结的永恒;反而摆开现境,神驰到彼,透过虚拟假想的方式,而早一步品尝梦破异乡之苦涩滋味,此一心态岂非十分耐人寻思?

就李商隐的性格来看,这种心态与其说是勇敢面对离别,不如说是害怕离别,因此反而强迫自己提前预设苦难的到来,以至于还在故乡之际便做起了还乡梦,并进一步预告了还乡梦碎的结果。如此还未出发,就预言回不了家;还未分手,就担心永别而无以重相聚首,其背后之思维方式,颇近于"前溪舞罢今回顾,并觉今朝粉态新"(《回中牡丹为雨所败二首》之二)的逻辑,意谓今朝分别之后,日后必将面对每况愈下的困境,甚至连做梦还乡之权利都彻底丧失,比诸"梦中不识路,何以慰相思"(沈约《别范安成》)之犹能有梦,实更为惨绝。至此,诗人之孑然飘零、相思欲断,便无以复加矣!

悼伤后赴东蜀辟至散关遇雪

剑外从军远，　　无家与寄衣。
散关三尺雪，　　回梦旧鸳机。

在《西南行却寄相送者》诗写成之后，李商隐终于踏上迢迢征途，远赴东川梓州柳仲郢之幕府应辟。一路上，正如其出发时所预期的，"还乡梦"时时在客途上为孤独的旅人点燃短暂的温暖，尤其因为妻子亡故不久，心中伤痛仍然刻骨铭心，再加上此番辞乡投荒，历经深险之关隘与冰封雪埋之坎坷，于欲诉无人的心情之下，遂发而为此孤凄沉郁之诗章。作于大中五年（八五一）冬。

观此诗题，有如短句般综合点明诗人当时之心境、原因、地点、状况，"悼伤"即因悼亡而伤痛之意，而在中国传统诗类中，"悼亡"必然是追悼亡故之妻子而作，其中潘岳《悼亡诗三首》与元稹《遣悲怀三首》都为其中名篇。李商隐在错过与妻子永诀的最后一面之后，终身无法弥补的遗憾与痛失灵魂知己的怆楚，使他备受煎熬、几乎不能自持，甚至必须托庇于佛门中，借其空无寂灭之思想来寻求解脱，所谓："丧失家道，平居忽忽不乐，始克意事佛，方愿打钟扫地，为清凉山行者。"（《樊南乙集序》）因此在其流离岁月中所作的还乡梦里，必然存在着一个恍兮惚兮、双瞳剪水的美丽身影，好让情深缘薄之夫妻再续前缘。在这样的背景下，李商隐就如无根之飘萍般,随稻粱所在而不拘东南西北,遂接受东川节度使柳仲郢之辟任,前往其职任所在之东蜀担任节度书记,亦即掌管文书簿籍之幕僚。而途中孕育成形之还乡梦,并非作于《西南行却寄相送者》诗中所预告的陈仓,而是更远一点的散关。散关即大散关,在今陕西宝鸡西南大散岭上,又称崤谷,为秦、蜀之间的交通孔道,与和尚原唇齿相依,其地险要而宜守宜攻,因此历史上之曹操讨张鲁、诸葛亮围陈仓,皆由此出,《通志》云:关"在凤翔府宝鸡县城南,通褒斜大路,属汉中府"。如此之险阻已足以令人"侧身西望长咨嗟"(李白《蜀道难》),而望之兴叹,再加上诗中所言"三尺雪"的困陷堵滞,旅途受阻的李商隐在进退维谷的状况下,只得停下匆促赶路的脚步。但也就是在这稍事喘息的空间中,心绪反而得以细细梳理,让心中对妻子的悼念浮现出来,因此诗题中的"伤悼"既是前因,也是后果,构成全篇之主旨。

全诗的第一句"剑外从军远",先就自己的入幕逐荒写起,"剑"也者,指剑阁,为横亘在川、陕之间的山名,向来为长安通蜀地之要冲,《元和郡县志》载,剑南道剑州普安县:"其山峭壁千丈,下瞰绝涧。……后诸葛亮相蜀,又凿石架空为飞梁阁道,以通行路。"清《一统志》亦曰,四川保宁府:"大剑山在剑州北二十五里,蜀所恃为外户。其山削壁中断,两崖相嵌,如门之辟,如剑之植,又名剑门山。"而"剑外"指的是剑阁以南的四川之地,如杜甫《闻官军收河南河北》诗亦曰"剑外忽传收蓟北",本用以统称东、西川,此处专门代指东川。至于所谓"从军",意谓赴节度使之军幕,虽为文官而非武职,但军幕中的生活戒律森严,充满难以舒展之束缚,而刀笔之事琐碎繁杂,日久亦将虚耗精神,因此,曾经担任剑南节度使严武之幕府僚属的杜甫,在面对"永夜角声悲自语,中天月色好谁看"(《宿府》)这百无聊赖的生活时,就曾屡屡感慨道:"胡为来幕下?只合在舟中。……束缚酬知己,蹉跎效小忠。"(《遣闷奉呈严公二十韵》)以及:"暂酬知己分,还入故林栖。"(《到村》),意谓若非因为故友知己之盛情难却,并欲对其接济提携之恩义加以回报,以其适合舟船漂泊、山林栖隐之自由个性,实在无法忍受这种束缚性灵、蹉跎岁月的日子。而李商隐终究为生事所迫,踏上一条杜甫所谓"已忍伶俜十年事,强移栖息一枝安"(《宿府》)的覆辙,必须强忍着辛酸逼迫自己投身天涯海角,以满足谋食糊口的基本需要。这就是第一句"剑外从军远"言外之涵义。

　　如此"为五斗米折腰"之屈从现实,已令人自伤,更悲哀伤心的是,投身天涯的李商隐一旦踏上征途,势必将如断线的风筝般,反认他乡作故乡,因为一个没有家的人,连心中的思念都找不到出路。次句"无家与寄衣"中的家,即家室之意,此处指妻子;与,音玉,乃给予、为做的意思,整句话意谓自从丧妻之后,便再也没有人替他裁制出门远行时所穿的衣服了。古时良人虽然远征在外,不得不与妻子悬绝两地,但在饱尝相思之苦的同时,起码还能获得妻子捣衣或缝制冬装以千里寄情的温暖,故传统闺怨诗中颇多"九月寒砧催木叶,十年征戍忆辽阳"(沈佺期《古意》)、"玉户帘中卷不去,捣衣砧上拂还来"(张若虚《春江花月夜》)、"长安一片月,万户捣衣声。秋风吹不尽,总是玉关情"(李白《子夜吴歌·秋歌》)之类的描写。相较之下,在世态炎凉中翻滚的李商隐,竟连这一丝聊胜于无的精神慰藉都丧失殆尽,以致彻彻底底成为一个无人闻问的真正浪子;既然情感失去了校正的坐标,思乡之心也失落了归返的所在,生命的航向便茫然不知所终,如断蓬浮萍般落得"处处无家处处家"的处境。则"剑外从军远"的漂泊艰困,既是一种心灰意冷之后随波逐流的结果,同时也会因为失去心灵支柱而变得更加难以忍受。

因此,当旅程中遇到"散关三尺雪"的景象,就更令人顿生"行路难"而前途茫茫之感,对是否要继续勇往直前,便不禁踌躇起来。一如韩愈也曾在贬谪途中遭遇类似之场景,当时即油然感喟道:"云横秦岭家何在,雪拥蓝关马不前。"(《左迁至蓝关示侄孙湘》)面对险峻之关塞,本就有"西出阳关无故人"(王维《送元二使安西》)的辞乡天涯之悲,步履已不免迟滞踌躇,若当关者又是严冬酷寒的冰封雪埋,更让人深恐行旅出关之后将一去难回,此时要克服的不只是地势上关塞深峻的艰险,还有心理上流落异乡的障碍。因此韩愈所谓"马不前"者,其实是"人不前",之所以"马不前"的原因,岂非正是马上行人之心境所致?心念一生,手控缰绳,座下马匹遂止蹄停步,人马便在关隘深雪之前,陷入不知何去何从的彷徨。

于是乎,诗人既不愿向前,又后退无路,便只有停下来遁入梦境的温柔圆满之中寻求短暂的抚慰,接下来的"回梦旧鸳机"一句,正说明"回乡"只是梦中的虚构,是暂时的遁避之处;而"旧鸳机"便象征了对旧日夫妻团聚的怀念,是让人马驻足不前的牵绊所在。"回梦",意谓梦回故居。鸳机即织锦机,典出《晋书·列女传》:"窦滔妻苏氏,始平人也,名蕙,字若兰。善属文。滔,苻坚时为秦州刺史,被徙流沙,苏氏思之,织锦为回文旋图诗以赠滔。宛转循环以读之,词甚凄惋,凡八百四十字。"此句谓自己在梦中看到现实上已亡故的妻子,犹在旧织布机前想念着自己,为自己裁制御寒之冬衣。则此句乃如清纪昀所言:"'回梦旧鸳机',犹作有家想也。缩退一步,正是加一倍法。"(《玉谿生诗说》)无家偏作有家,妻亡偏想妻在,一厢情愿的执念正显露出诗人缠绵不断的情深忆重,与王维《九月九日忆山东兄弟》中的"遥知兄弟登高处,遍插茱萸少一人"有着异曲同工之妙,都表现出"换我心,为你心,始知相忆深"的悱恻深情。然而,王维毕竟写的是"生离",其情境是从实有处设想,而李商隐面对的则是"死别",其梦境乃是无中生有的虚拟自慰,有如西方安徒生童话中"卖火柴的小女孩"般,在一无所有的绝境中燃烧手边仅存的一切,透过虚幻的火光影像来填补空洞枯竭的灵魂,然后在短暂的满足之后坠入更深沉、更黑暗的世界。因而那蕴含在"回梦旧鸳机"中的凄惋欲绝之情,实在更是伤心蚀骨。

尤其值得细细寻味的是,此诗写得平直浅白,只有一片素心,毫无雕饰,诗人以娓娓道来的口吻,仿佛家常诉说的语气,与撕心裂肺的大悲大恸迥不相侔。然而只要经过反复浸润、品尝再三,便知此篇乃是"深水静流"式的含蓄蕴藉,其淡而有味的诗意,乃是自无比的心灵创痛中淬炼而来;唯有诗人将炽热的痛苦沉淀再沉淀,化入了日常血肉之中,我们才能看到如此寓血泪于平淡的诗篇。清人纪昀虽然别具慧眼地看出这首诗与陈陶《陇西行》的类似性,所谓:"陈陶《陇西行》曰:'可怜无定河边骨,犹是深闺梦里人。'是此诗对面。"(《李义山诗集辑评》引)两首诗具备了同一个"梦思亡侣"的结构,只是将夫妻双方角色对调而已;但他却忽略了两首诗在基本情调上的差异,层次也因此深浅有别。其间差别在于,一方面陈陶《陇西行》的叙写笔调凄厉而直露,对比尖锐而毫无保留,令人一眼即怵目刺心,而李商隐这首诗则如前面所言,平直浅白而含蓄蕴藉,是将苦痛沉淀之后寓血泪于平淡中的作品,必须深玩细尝才能品得回甘之味。

另一方面,《陇西行》写的是对夫君之死尚且蒙在鼓里的思妇,因此犹然一厢情愿地做着团圆之美梦,诗曰:"誓扫匈奴不顾身,五千貂锦丧胡尘。可怜无定河边骨,犹是深闺梦里人。"其悲剧建立在"无知"之上,因此悲剧是来自外界对现实真相的认知,并不是发生于个人对生存实况的自觉,而"无知"虽苦,却仍有尚未破灭的一线希望,可以继续提供等待的能量,因此那"深闺梦里人"本身依然是幸福的;至于《悼伤后赴东蜀辟至散关遇雪》所描写的主角,却是清清楚楚面对自己折翅单飞之处境,题中的"悼伤后"与诗中的"无家与寄衣",在在都是其证。则如此一来,李商隐的"回梦旧鸳机"更是情深不移的执着,因为他的悲剧建立在"知其不可而为之"的高度自觉,是在虚无中坚持不懈的深沉爱恋,因此呈现出更大的心灵负荷量。

则李商隐之悲恸怆楚,当真是难以言喻而令人不忍追问,因此整首诗便在"回梦旧鸳机"的美好梦境中戛然而止,让诗人留在火柴所划出的光亮中,尽情以幻影填补空洞枯竭的灵魂,只求当下短暂的满足,而不顾短暂的满足之后将会坠入更深沉、更黑暗的世界。既然美梦过后的现实都会显得加倍残酷,因此面对那深沉黑暗的世界时,恐怕是教人"惆怅难再述"(杜甫《自京赴奉先县咏怀五百字》),那么,李商隐在梦境消失之后便只能拼命承担深沉黑暗之巨大重量,再也无力出声宣诉,而不得不将诗篇冻结在美好的梦境中,然后独自一人吞饮接下来的无尽血泪,哽咽难言地继续踏上风雪险阻的漂泊行程。

夜雨寄北

君问归期未有期，　　巴山夜雨涨秋池。
何当共剪西窗烛，　　却话巴山夜雨时。

　　此诗乃因长久羁旅在外、盼望重聚而作。整首诗作篇幅短简、文字浅近，有如心头浮现便脱口而出的短语；但细细味之，却发现其中情浓意深，令人回甘不去，可谓达到了七言绝句的最高创作境界，所谓："七言绝句以语近情遥、含吐不露为主，只眼前景、口头语，而有弦外音、味外味，使人神远。"（沈德潜《说诗晬语》卷上）这首不任藻饰、纯属白描的《夜雨寄北》，真乃当之无愧，透过浅易的文字和"期""巴山夜雨"等不断重复的语词，造成回环往复、缠绵不舍的感受，为语淡情浓、意蕴悠长的抒情名篇。

　　诗题中之"寄北"，或本作"寄内"，冯浩认为："是寄内也。然集中寄内诗皆不明标题，当仍作'寄北'。"若此，则其写作时间乃为宣宗大中二年（八四八）秋，时李商隐自岭南桂幕返长安，有一巴蜀之游，历经夔州、巫峡一带，寄诗对象为妻子王氏。然有另一说法，谓其写作时间为大中五年（八五一）之后，在东川梓州柳仲郢幕中任职期间，时其妻已亡故，则在长安或故乡郑州之北方友人才是其寄诗对象（参刘学锴、余恕诚《李商隐诗歌集解》）。无论何者，作诗之地点都在四川东部地区，诗中以"巴山"为言，乃泛指东川之山,古为巴郡之地,《华阳国志·巴志》云:献帝建安六年,"改永宁为巴郡,以固陵为巴东,徙庞羲为巴西太守,是为三巴"。诗人以巴山代称当时所在之东川,主要是取其兼具了历史感与空间感的语感,一方面因为巴山是一个古老的地名,可以呈现悠久的时间感,而一方面又因为其地偏远,可以具现一种道路远隔、关山难越的距离感,因此将孑然一身羁旅他乡的自己置身其中,更能表达出天涯海角、崇山峻岭的孤绝处境。

至于诗歌内容,表面上是对一个虚拟在前的亲旧故友,采问答形式回溯过去之往事,重现分手前夕的对谈内容,所谓"君问归期未有期","未有期"即没有明确的日期,其归返之日乃在未定之天,则当时之生离或恐有永别之虞,其辛酸悲楚、低回难舍之情实不言可喻,从而也为下一句"巴山夜雨涨秋池"的怅闷难遣设定了原因;同时另一方面又殷殷期待未来重逢时的秉烛共话,以抵消或弥补今日的凄凉,所谓"何当共剪西窗烛,却话巴山夜雨时",张相《诗词曲语辞汇释》卷三谓:"何当犹云何日也。"意谓不知何时才能并肩剪烛,在昵昵共话之际一起挑去焦剩之烛芯,使烛火更明亮,并且一起回思今日的孤寂苦况,由此则呼应了第一句"归期未有期"的茫然不确定之感。

而无论是对过去之回忆或对未来之期待,都环绕着"巴山夜雨涨秋池"这秋夜霖雨涨满山中池塘之景色而展开,也为全诗奠定了一种迷茫愁闷、积郁难宣的情感氛围。当时夜雨迷蒙、淅沥成韵,秋雨飒飒之声,直扣寂寞人之空旷心扉,更是令人神魂俱碎而终宵难寐。夜晚的寂静本就会使人们的听觉更为敏锐,再加上寂寞涤清了精神之芜乱与心灵之尘垢,使听觉也随之更为清晰易感,因此,独在异乡为异客的诗人便在"风声雨声,声声入耳"的情况下,独对西窗之一焰烛火,不免想象窗外被沉沉雨幕所笼罩的世界,在似乎永无止境的夜雨中,山中池塘应该会因为承纳过多的秋雨而满涨起来。细玩诗中的言外之意,可知从夜空中沛然飘坠的不仅仅是漫天秋雨,还是那从四面八方包围过来的命运罗网;夜色中满涨的不仅是深山幽谷中的池水,更是诗人内心沉重而无以排遣之愁绪。所谓"怀君属秋夜"(韦应物《秋夜寄丘二十二员外》),困居室内的诗人似欲将思念穿透重重雨幕,向北方的故友千里传去。由此亦可以看出,在此巴山夜雨之际,除了室外"涨秋池"的想象之景以外,诗中所未曾点出的情状,其实还包括了在秋夜中点燃蜡烛,凭靠着西窗向屋外眺望的诗人形象;而末联的"何当共剪西窗烛,却话巴山夜雨时"也不仅只是对未来重逢时凭空设想的场景,其所以幻设"共剪西窗烛"之景况,一方面是对过去"君问归期未有期"之场景的再现,另一方面也正是因为当此巴山夜雨之际,诗人独对西窗之烛的具体处境所提供的现实基础,而借由"何当共剪西窗烛"的未来之思,也补足了今夜除了巴山秋雨之外,诗人"独剪西窗烛"之自身活动的整体形貌。

尤其特别的是,全诗虽然立足于"现在"而展开对过去的回忆和对未来的预想,过去分手时"君问归期未有期"的苦涩和未来重聚时"共剪西窗烛"的期待,都必须辐辏到"巴山夜雨"的此时才能成立;也就是存在着今日"巴山夜雨"的遭遇,才会有过去"君问归期未有期"的分手的苦涩,也才会产生未来"共剪西窗烛"的重聚的期待。但不仅过去的相聚已然化为梦幻泡影般的回忆,未来的重聚也依然是渺不可及的幻想,即使这"现在"的时刻都是透过想象而呈现的——所谓"巴山夜雨涨秋池"的描述,其中只有"巴山夜雨"是真实的,"涨秋池"却是纯粹想象的;"雨涨秋池"的推想无论如何合理,在沉沉如漆之黑夜中却难以目测,只能是诗人在凭窗听雨时所产生的臆想,因此是由听觉而来的幻境,而非从视觉取得的实境,从而在"涨秋池"的幻设之思中,连实有其事的"巴山夜雨"也都染上了朦胧虚幻的色彩。

李商隐的另一首《寄怀韦蟾》诗也呈现出类似之情境:"却忆短亭回首处,夜来烟雨满池塘。"诗人仿佛习惯在终宵不断的淅沥雨声中独对一室孤寂与一灯荧然,那满心盈溢的寂寞无以排遣,遂随着连绵的雨幕心驰神游,飘飘然逸出眼前实在实存却封闭狭小的空间,而赋形于"夜雨涨秋池""夜来烟雨满池塘"的想象。而其心念更随着满涨的情思,尽情于时间的纵轴中逡巡回绕,首先回到过去相聚时"君问归期"而殷殷望归的温情,聊以慰藉眼前的无比寂寞,然后在"未有期"的无奈中,神思只得回转到眼前犹然羁旅异乡的当下时刻,却又在孤室与孤灯的难堪中碰壁。于是没有出路的一颗寂寞心便往窗外更远的秋池漫去,想象池水在连绵不绝的夜雨中逐渐满涨盈溢,一如自己的心灵也在长久的离别后满涨着寂寞之情,双双面临了即将溃堤的临界线。因而在这即将被寂寞所吞没的饱和点上,心神思绪遂往尚未落实的"未来"突围,从未来所提供的可能性中寻求解脱,故满心期待终有一日离人可以重聚共话,如同"多少事,尽付笑谈中"一般,让这"巴山夜雨"的孤寂成为双方分享的谈资话柄,在事后追忆的距离中架空了这时独自承担的蚀骨之悲,化为两情款洽的欢悦抚慰。

　　就是在如此秋雨不尽的漫漫长夜中,唯有一烛微火相伴,此中寂寞难堪的苦况实在无以排遣,这便构成了诗人之所以回忆故人、期待重逢的根本原因。郝世峰曾说:"在一句中写了巴山、夜、雨、秋、池等六种物象,而用一个动词'涨'联络、贯通于其间,为它们灌注灵魂,构成一幅生动的图画;这幅图画充溢着迷蒙的愁闷气氛,于表现环境特征的同时,映现着诗人淹没于愁情的心境。……这里的'巴山夜雨涨秋池',使愁怀借景物而显现,即可视为感情的外在形态。……诗人因不耐今夜的寂寞而向往异日的快慰,而这向往中的莫大快慰就是回味今夕的寂寞。这一曲折入微的向往,感情是复杂微妙的,它虽然浸润着追求的兴奋与满足,却也融汇着对现实空虚落寞的感受;在给人以快慰的形式中,使人更深刻地感受诗人的今夕苦况,即'巴山夜雨涨秋池'的寂寞。"(《李商隐〈夜雨寄北〉赏析》)

　　就时间坐标轴上意向之转移而言,人在愁闷难当之际,本就极易向过去的回忆寻求慰藉,因为过去是具体的,是事实真存的,提供了实践的基准与幸福的保证,如李煜所执迷的"春花秋月何时了,往事知多少"(《虞美人》),正是他在国破家亡之后心中念念不忘的昔日温暖。尤其造成李商隐今日之怅闷凄凉的原因,又是"人世死前唯有别"(《离亭赋得折杨柳二首》之一)的离散,则分别前夕的那一刻,可以说是距今最切近也最清晰的回忆,因此首句写出"君问归期未有期"的凝重愁苦,尚且在一般情理之中。至于对未来能够早日重逢相聚的期待,也是往往得见的人情之常,如尚友重义的孟浩然,就屡次在诗中表达这样的愿望,所谓"何当载酒来,共醉重阳节"(《秋登万山寄张五》)、"待到重阳日,还来就菊花"(《过故人庄》)等等即是;而杜甫与好友严武分手之际,也同样殷殷致问道:"几时杯重把?昨夜月同行。"(《奉济驿重送严公四韵》)在在都表现出人心中对亲友聚首同欢的基本渴望。因此《夜雨寄北》这首诗,直到第三句的"何当共剪西窗烛"为止,呈现的是"过去——现在——未来"的顺时结构,虽然韵致意境十分深美动人,却还算是诗歌中并不特别的叙写方式;然而一旦加入了第四句的"却话巴山夜雨时",让创作思维在设想一个缥缈的未来之后,还更进一步从虚拟的未来返向回溯当前的处境,这就使得诗境为之翻转,呈现新颖突出而令人眼界一开的崭新手法。

《文镜秘府论》研究写诗之体势而论及"含思落句势"时,指出:"含思落句势者,每至落句,常须含思,不得令语尽思穷;或深意堪愁,不可具说,下句以一景物堪愁,与深意相惬便道。"本篇之末句适足以当之,而历代诗评中,对此一句所蕴含的丰富审美意趣也都给予高度的评价,如明周珽《唐诗选脉笺释会通评林》曾阐释诗中情思云:"以今夜雨中愁思,冀为他日相逢话头,意调俱新。……盖归未有期,复为夜雨所苦,则此夕之寂寞,惟自知之耳。得以共话此苦于剪烛之下,始一腔幽衷,或可相慰也。'何当''却话'四字妙,犁犁云树之思可想。"而清代的纪昀指出:"探过一步作结,不言当下如何,而当下意境可想。"徐德泓认为:"翻从他日而话今宵,则此际羁情不写而自深矣。"林昌彝也说此诗"眼前景却作后日怀想,此意更深"(《射鹰楼诗话》),都表达类似的意思。今人刘若愚则指出:李商隐这位"说诗人(speaker)的意念却移到未来,并且幻想他(在未来)怎样回顾现在。由于(说诗人)意识到将来未必真的能够如愿以偿,可以快乐地围叙,所以增加了现在的尖锐感。不过诗人假装充满信心,描绘未来的重叙,安慰自己和即将离别的朋友"。

如此一来,相较于字面上遣词用语的浅近平易,整首诗内在之结构形式乃是变化复杂、曲折灵动的,诗中包含了过去、现在与未来,甚至还有"想象的现在""未来中的现在"等多种时间形态,再加上"北方之西窗"与"南方之巴山"这两个不同地点的交织组合,这篇小诗的时空结构称得上是空前精密的,因此诗评家何焯便以"水精如意玉连环"(见《李义山诗集辑评》)来表示其激赏之意。至此,我们可以将整首诗所展现的时空形式,归纳为下面之简表来清晰呈现其微妙曲折的特殊结构:

君问归期未有期——过去,北方西窗(回忆中)
巴山夜雨涨秋池——现在,南方巴山(想象中)
何当共剪西窗烛——未来,北方西窗(想象中)
却话巴山夜雨时——未来中的现在,南方巴山(回忆中)

虽然刘若愚认为:"这首诗中的时间是固定的,至少被当作不移动。"但这只是表面上物理时间的定点坐标,事实上是:我们不但看到诗人在四度空间中来回穿梭,驰骋想象于过去、现在和未来之间,而且真正令诗人缅怀的时间焦点,则是以情感为定位的"与君相聚剪烛共话"的时刻,不管此一时刻是落在哪一个时间纵轴上的定点。因此诗人怀念"与君相聚剪烛共话"的"过去"——"君问归期未有期",也期待"与君相聚剪烛共话"的"未来"——"何当共剪西窗烛,却话巴山夜雨时"。而"与君离别远隔"的"现在",虽然充满无限之孤清寂寞,只能独自一人与孤灯相对,但这"巴山夜雨涨秋池"的萧索景致一旦成为相聚共话的话题时,却又充满缠绵有味的无限情韵,而"巴山夜雨"便具有两种截然不同的意义。这般曲折细腻的用意,正是李商隐独特之诗心的高度展露。

如此之幽微思致与语脉安排,在诗史上虽不乏一些相关的例子可加以比较,然而无论何者,李商隐这首《夜雨寄北》都是个中翘楚。如姚培谦《李义山诗集笺注》提到:"白居易'料得家中深夜坐,还应说着远行人',是魂飞到家里去;此诗则又预飞到归家后也。奇绝!"表面上白居易以及李商隐的诗作,都是从"现境"中宕开笔墨,由他处落想,因此特别创造出一种悠远而富韵致的诗味,然而比较起来,就表现情思的曲折回环的程度而言,李商隐显然要更高明复杂得多,因为白居易的"料得家中深夜坐,还应说着远行人"还只是单一地从空间上来呈现,在其摆落现境而凭空设想之时,身为离别双方的"远行人"与"家中者"固然透过诗家的推想而超越空间的距离,呈现了异地并置的现象,然而其中所蕴含的时间感并不外乎"天涯共此时"(张九龄《望月怀远》)、"千里共婵娟"(苏轼《水调歌头》)的扁平架构,仍局限于同一时间的当下时刻,因此其中所涉及的由他方回思自身的情感模式,虽然具备了"换我心,为你心,始知相忆深"的缠绵情意,却也只是离别当下的怀念不舍;而相较之下,李商隐的"何当共剪西窗烛,却话巴山夜雨时"更进一步,不但有空间上"共剪西窗"的异地移换,亦复有"却话今夜"的时间腾挪,姚培谦所谓的"此诗则又预飞到归家后也"便是意识到其中的时间性而言。他不但神驰到遥远的故乡,而且还飞想到虚幻的未来中反过来回思今夜,其设身处地、昔往今来而回环往复的复杂度与精密度,都是无与伦比的。

至于王安石仿此诗"水精如意玉连环"之形式所作的《封舒国公三首》之二,虽然也被论者连带提及,其实恐有过誉,其诗云:"桐乡山远复川长,紫翠连城碧满隍。今日桐乡谁爱我,当时我自爱桐乡。"相较之下,其情致则稍显不足,未若《夜雨寄北》之文质相合如一,在回环往复的结构形式中充分表现情感之幽微缠绵,令人低回不已。事实上除了此篇之外,王安石又有《州桥》一诗,从结构与用语来看,都更为肖似李商隐的《夜雨寄北》,诗曰:"州桥蹋月想山椒,回首哀湍未觉遥。今夜重闻旧呜咽,却看山月话州桥。"其中以"州桥月"为定点,既有"今夜"之哀湍呜咽,又有"回首"之追溯往事,亦复有"却看"之回顾今朝,在在可见模拟的痕迹,且颇得其神髓;然而美中不足者,这首《州桥》诗在音节之流畅与声韵之婉转上,比诸《夜雨寄北》却又略逊一筹,不免若有憾焉。

由此亦可发现《夜雨寄北》另一个独特的地方,亦即此诗虽然是简短之绝句体式,却打破了律体诗歌中用字不得重复,以提高精练度的规范,其诗中之"期"字于首句之中迭出两见,表现出一股念兹在兹、无时或忘的眷恋之情;而"巴山夜雨"一词则隔句重现,其效果更为出人意表,非但没有造成语言的浪费,也没有虚浮多余的冗赘感,反而在叠用复见的语言形式中,创造出回环抑扬的节奏与缠绵悱恻的情韵,让诗人心中牵连纠葛的寂寞与念兹在兹的深情都得以委婉表出。纪昀曾赞赏此诗道:"作不尽语每不免有做态,此诗含蓄不露,却只似一气说完,故为高唱。"(《李义山诗说》)而分析其所以能够表现出一气呵成的高唱之致,实有赖于平浅如话却又交织重现的语言表现方式,因此得以不落釜凿之痕与用力之迹,这正是所谓"只眼前景、口头语,而有弦外音、味外味,使人神远"(沈德潜《说诗晬语》卷上)的最佳典范。

柳

曾逐东风拂舞筵，　　乐游春苑断肠天。
如何肯到清秋日，　　已带斜阳又带蝉？

　　本篇为一首哀惋动人的咏物诗，借由柳在时序流转中的变化来呈示诗人盛衰无常、昔欢不再的身世之感，约作于宣宗大中五年（八五一）妻亡入蜀，在梓州的东川节度使柳仲郢幕中任职的五年期间。学者认为诗题中的"柳"字乃与柳仲郢相关，同时诗中涵融了一切失落无成的身世之感，如张采田所云："初承梓辟，假府主姓以寄慨，意兼悼亡失意言之。迟暮之伤，沉沦之痛，触物皆悲，故措辞沉着如许，有神无迹，任人领味，真高唱也。集中《蝉》诗、《流莺》诗，均是此格，其深处洵未易测也。"（《李义山诗辨正》）

　　首句之"东风舞筵"首先勾勒出一幅佳日良辰而歌舞游宴的青春欢娱之景，"逐"即追逐之意，此处乃形容柳条随风舞动之姿态的拟人化说法。"东风"，即春风；"舞筵"，意谓有歌舞佐欢助兴的筵席，在"暖风熏得游人醉"的春景盛宴之中，已然带来酒酣耳热之无限欢愉，而接下来的"乐游春苑"更进一步点出春风之吹拂和舞筵之陈设者，乃整个长安城中最著盛名的风景胜地，乐游苑，又作"乐游园""乐游原"，其地居长安城之最高处，自汉宣帝加以开辟整治之后，至唐代已是贵游之名胜，《汉书·宣帝纪》云："（神爵）三年春,起乐游苑。"注曰:"宣帝立庙于曲池之北,号乐游。"另《长安志》卷八亦载:"在高原上,长安太平公主于原上置亭游赏,后赐宁、中、岐、薛王。……其地居京城之最高,四望宽敞,京城之内,俯视指掌。每正月晦日、三月三日、九月九日,京城士女,咸就此登赏祓禊。"既然为繁华荟萃之风景胜地,自当游人如织、歌舞升平,再加上衣香鬓影、杯觥交错,真是良辰、美景、赏心、乐事四美皆备的盛况极致,也是千疮百孔的残缺人生中难能可贵的圆满时刻!因此不仅诗人兴高采烈、销魂欢惬,连身外之柳树也深感这一份盎然春心而舞弄不已。试看"逐"字、"拂"字是如何生动地摹拟轻柔之柳枝随风飘动的姿态,而展现出无限的跃动之心和欣奔之情;更何况所逐者为和暖的春风,而所拂者为华丽的舞筵,则这一份追寻春光、探求一切美好事物之心志该是何等强烈,因此一旦此志得遂,其满足与畅快之感将是淋漓尽致,故而使诗人以"断肠"来极言其心魂俱醉的感受。所谓"断肠",此处乃"销魂"之同义词,谓其欢极乐甚,令人心魂迷醉以至于肠断的地步。

然而,在此兴高采烈、销魂欢惬的情景中,诗人却早已埋下了不幸的暗示。首句伊始便以"曾"字开篇,显然杨柳"逐东风"的跃动之心和欣奔之情,以及追寻春光、探求一切美好事物之心志,再加上"拂舞筵"以及"乐游春苑断肠天"这些追寻所得的具体甜美的成果,种种都在起首的"曾"字中一笔勾销、化为乌有。换句话说,其实诗人一开始便站在一个幻灭的立足点上,以代表过去式的"曾"字将这一切乐游断肠的完美情景架空,遂使这一联的良辰美景心乐事反倒由负面渗透出一种特属于追忆和缅怀的唏嘘之感,意味着这一切都只不过是过去的一场春梦而已,而为下一联的凄清现状做顺势的铺垫。

"如何肯到清秋日,已带斜阳又带蝉"一联则是点出时光流转、世事无常,盛衰之间往往掩面即至,春天之欣跃盎然到了衰飒之秋天时节,便势必要面临"悲哉!秋之为气也,萧瑟兮草木摇落而变衰"(宋玉《九辩》)的宿命,柳之为植物种属,当然不能例外于自然循环的规律,在乐游苑中"逐东风拂舞筵"的欢洽岁月便随着春去秋来而失落了,成为"已带斜阳又带蝉"的无限唏嘘。"带",即映带之意,当时花面交相映的荣光胜景,如今已沦为来日无多的斜阳蝉声彼此相濡以沫的垂死残景,所谓"夕阳无限好,只是近黄昏"(《乐游原》),柳树上的斜日余晖已足以令人感伤,而除此眼之所见的凄凉景象之外,柳树中又传来秋蝉的声声哀鸣,如李商隐《蝉》诗所形容的"徒劳恨费声,五更疏欲断",则耳之所闻竟又是此一难以为继的死亡之歌,岂不令人倍感凄怆!是故俞陛云《诗境浅说续编》云:"此咏柳兼赋兴之体也。当其袅筵前之舞态、拂原上之游人,曾在春风得意而来;乃一入清秋,而枝抱残蝉,影低斜日,光景顿殊。作者其以柳自喻,发悲秋之叹耶?"

这种先荣后悴的发展固然是遵循自然而然、不可违逆的宇宙铁则而来的,然而,诗中所用的"如何肯"一词,却表现出一种面对现状而难以置信的语气,意谓过去的歌舞乐游,如何会沦落为现在的清秋寂寞,只有时辰无多的斜阳和来日无几的暮蝉点染其萧条景况?正如李商隐另一首同题为《柳》诗中所说的:"后庭玉树承恩泽,不信年华有断肠。"诗人显然心有未甘,不愿接受事实,乃至拒绝承认事实,因为柳之为柳,本身并无丝毫改变,依然"深固壹志"

而"受命不迁"(屈原《橘颂》),但前后境遇之落差巨大若此,从春光到秋日,从欢乐到孤寂,从生气盎然到生机寥落,从年少青春到衰颓迟暮,从春风得意到失志沦没,这种种盛衰荣枯之变化正是人生无常的显露。然则何以致之?孰令致之?面对"无常"的命运,人们只有默默接受,却无法得到造化所给予的令人释然的解答,因此,此诗在上、下两联对比鲜明的景况之间,以一"如何肯"为接榫、为过渡,意思乃张相《诗词曲语辞汇释》卷二所言:"肯,犹会也;亦犹云至于也。……(案:引此诗)如何肯,犹云如何会也;意言春日如许风流,奈何会到秋天,便斜阳暮蝉,如许萧条也。"其中便具有一种出乎料想的意外之感。

而整首诗也就是以"如何肯"为转捩点,将诗境陡然翻转沦降,创造出令人瞠目结舌的巨大落差;同时在转折的同时,也表现出一种出乎意料的错愕之感与不甘顺服的抗拒之心,表现出命运所施加的迎头痛击乃是不公平的,因此也是无法按照常理加以预测的,故而诗人如此之不敢置信。清纪昀谓:"蘅斋评曰:四句一气,笔意灵活。只用三、四虚字转折,冷呼热唤,悠然弦外之音,不必更着一语也。……芥舟评曰:平山赏'肯'字之妙;然此字亦险。"(《玉谿生诗说》)可见此诗在流畅的笔势中,一再借由虚字的点染,制造出顿挫抑扬的开阖之姿,并取得意在言外的韵致。如"曾"字预告了未来的失落,"已带斜阳又带蝉"的"已"字则与"如何肯"相配合,表现出一种面对既成之事实都拒绝相信的心理。

比较说来,李商隐其他咏物诗中的自我形象就顺服得多、也凄绝得多,如《野菊》一诗中,虽然面对"已悲节物同寒雁"的既定事实,诗人也有"忍委芳心与暮蝉"的痛切,以及"紫云新苑移花处,不取霜栽近御筵"的沦落之感,但毕竟已经接受"苦竹园南椒坞边,微香冉冉泪涓涓"的悲惨命运,所谓"忍委芳心与暮蝉"的说辞与其说是质疑,不如说是乞求,乞求不要让情况再悲惨下去。至于《蝉》一诗,更是在首句"本以高难饱"中通过"本以"二字,表现出李商隐早已接受厄运作为其存在本质的心理,因而接下来的"徒劳恨费声,五更疏欲断,一树碧无情"乃是进一步将厄运深化为绝境的结果。则《回中牡丹为雨所败二首》之二对牡丹花所设定"先期零落更愁人"的无可救赎,以致遭受"玉盘迸泪伤心数,锦瑟惊弦破梦频。万里重阴非旧圃,一年生意属流尘"如此残酷无情之对待,甚至竟然反过来设想"前溪舞罢今回顾,并觉今朝粉态新",庆幸当前的惨况已是人生中的最佳状态,其怆痛蚀骨之言就令人不忍卒听。

由此说来,《柳》诗中衔接先荣后悴的"如何肯"一词,就显出较为特殊的强烈性与丰润性,比诸李商隐所偏爱常用的"无端"一词更为强烈,因为它在不明所以的惊愕与究诘中,更令人感到一种不肯认命的抗拒之意。只不过,置诸整首诗境以及李商隐之整体创作情调来看,"如何肯"这个疑问词中所蕴含的,与其说是一种抗拒心理,不如说是一种逃避心理,因为春秋递嬗之规律本就无从抗拒,诗人却一味拒绝面对秋时零落、斜阳暮蝉的既成事实,而极力想要逃避又根本逃避不了。因此,"如何肯"之说充其量只是一种在安分认命之前的无限错愕的表示,有惶惶然不明所以的惊恐,却没有向命运积极抗争的勇敢企图,则终究将守着这映带着斜阳暮蝉的寂寞清秋,而抑郁以终。这才是柳和李商隐真正的悲剧所在。

天　涯

春日在天涯，　　天涯日又斜。
莺啼如有泪，　　为湿最高花。

　　本篇乃李商隐漂泊天涯、流寓异乡，日久而生悲怀之作。所谓"天涯"，或即桂州，则时为宣宗大中元年（八四七）至二年，随郑亚赴桂管幕之后；或即梓州，则时为大中五年至十年，身在东川节度使柳仲郢幕中。似以后说较为近实。就诗中之情韵而言，刘学锴、余恕诚曾扼要指出："天涯羁泊沉沦，又值春残日暮，乃觉莺啼花阑，无往非伤心之境。三、四谓啼莺之泪，请为洒向象征残春之'最高花'。此洒泪之啼莺，不妨视为刻意伤春之诗人化身或诗魂。此诗所抒写之对于美好事物凋衰之哀挽，包蕴甚广，伤时之感、迟暮之悲，沉沦漂泊之痛，及对美好情事之流连，均可于虚处领之。"（《李商隐诗歌集解》）
　　一年之最美者，在于春日；而首句中之"春日"即春天，此"日"乃季节之义，与次句中"日又斜"之"日"为太阳者不同。值此大地芳华之最盛时，处处花开莺啼，本是宜酒宜歌，宜青春宜欢乐，更宜亲友团圆、宜情人相守。然而在和煦温蔼的春日照拂之下，诗人竟是悖违本衷地流落天涯、归乡无期，不免戚戚然产生"虽信美而非吾土兮，曾何足以稍留"（王粲《登楼赋》）的遗憾，而伤此赏春之心,使良辰白白虚度。更不幸者,乃此天涯之春,却因夕日斜落而光景将尽,观玩之时无多,既无"夕阳无限好"的审美情趣,却充满"只是近黄昏"的匆迫无常,遂使已伤之春心更加残损不堪,同时又完全无能为力。由诗中可见,能够望见"天涯日斜"与"最高花"之景致,显然所处的位置乃在高楼之上,登高望远,本自宜于思乡怀人,又容易产生渺茫无托的身世之感,一如诗人在《夕阳楼》诗中所言:"花明柳暗绕天愁,上尽重城更上楼。欲问孤鸿向何处?不知身世自悠悠!"即使在花明柳暗的春景中,着染我之色彩的世界依然是满天愁云,一只孤鸿独自排空飞过,在诗人眼中充满不知投身何处的茫然,生命本质都被架空在这悠悠无尽的时空里。于是,在此一命运剥夺之下束手无可奈何的处境中,别有怀抱的伤心诗人面对眼前即将沦没于黑暗中的异乡春景,遂托泪于莺啼,为之濡湿枝头上最高的花朵——让这一季最后的晚花,这一地望得最远的高花,都载满沉重哀愁的泪水离去!

事实上,"莺啼如有泪,为湿最高花"这一联诗句乃是结合了杜甫《春望》诗所云之"感时花溅泪"与《登楼》诗所谓之"花近高楼伤客心",而镕铸出思致同工,但语言表现更为简练赅洽的新语,其中之细腻多情也更有过之,颇有青出于蓝胜于蓝之势。这样的成就,固然是李商隐撷取了"花溅泪"与"花近高楼"的意象构成,然而他还进一步进行了别出心裁的艺术加工,使诗境产生推陈出新的意涵。其艺术加工的部分,一方面是将感伤洒泪者从诗人自己置换为树上黄莺,使"莺语"或"莺啭"一变而为"莺啼""莺泣",传达一种天地为之同悲的怆楚之情。盖莺啼之音乃是如珠玉般圆润轻滑、悠扬悦耳,如白居易《琵琶行》所说的"间关莺语花底滑"是也;然而诗人情之所钟,其眼中所见不免"以我观物,则物皆着我之色彩"(王国维《人间词话》),如此珠玉般圆润轻滑、悠扬悦耳的莺啼之音,本是令人心旷神怡的动听天籁,但伤心人听来却是如泣如诉,一声声皆如浸染了眼泪般晶莹而哀愁,遂使天地万物都为之同悲,而表现出更为扩大的"宇宙的共感"。其思致颇近似于《锦瑟》诗中的"沧海月明珠有泪"之说,原来在多情伤心的诗人的一双泪眼中,所见所闻皆油然濡湿一片,万物皆负荷着泪水饱和的重量,也映射着泪水晶莹的光泽,实乃美丽超俗又凄怆入骨。

至于这两句所进行的艺术加工的另一做法,则是将杜甫为之触目伤心的高楼之花推到最大的极致——"最高花",意指开在最高枝头上的花,而实质上亦即为一季将终之前最后的残花。其发也晚,其貌也残,不但来日无多,更势必是每况愈下;惟独其位处树梢之最高处,得以望尽天涯路,因此诗人之心化为黄莺,飞上最高之花枝,唱出"胡马依北风,越鸟巢南枝"(《汉乐府》)这著名的望乡旋律。悲歌成泣,远望当归,泪洒枝头的花朵其实也就是诗人椎心刺骨的点点血泪。则带泪之莺啼,即如"沧海月明珠有泪"(《锦瑟》)之珍珠与"玉盘迸泪伤心数"(《回中牡丹为雨所败二首》之二)之牡丹,而泪湿之花亦仿佛"微香冉冉泪涓涓"(《野菊》)的野菊,因此当"最高花"都被泪水所浸湿之际,又似乎意味着天降泪雨,以致万物皆泫然欲泣,其怆楚哀绝之音便令人不忍卒听矣!

全诗一开始的"春日在天涯,天涯日又斜",十字中便叠用了"天涯"与"日"字,节奏跌宕迅快;"天涯"一词更在上下句之间顶真承续,因此构成一种如歌谣般圆转流动的融畅感,有如通行无阻而一气推行。直到下一联的"莺啼如有泪,为湿最高花"也是浅白如话,却将奇思幻想寓托其中,平淡中的不平凡便更加耐人寻味,达到绝句诗的最高创作境界,所谓:"七言绝句以语近情遥、含吐不露为主,只眼前景、口头语,而有弦外音、味外味,使人神远。"(沈德潜《说诗晬语》卷上)因此清屈复评此篇云:"不必有所指,不必无所指,言外只觉有一种深情。"(《玉谿生诗意》)就在这天涯、日斜的穷途末路之际,莺啼有泪、湿染高花,诗人的哀惋深情亦复有"蜡炬成灰泪始干"之势,而一往难收了。

南　朝

地险悠悠天险长，　　金陵王气应瑶光。
休夸此地分天下，　　只得徐妃半面妆。

　　本篇为一首咏史诗，诗旨在嘲讽南朝拥有天险地利之先天条件，却仅得偏安江左、江山半壁之局面，帝王之抱残守缺、苟且不图进取，实为其主要原因。面对如此严肃之史论，李商隐舍弃策论式的批判雄辩，而以宫闱中帝妃不合所导致的"半面妆"加以巧喻点化，遂使事体灵变，兼具了香情风格与谐谑趣味，又寓有辛辣讽意与深刻感慨，手法极为高妙。本诗约于宣宗大中十一年（八五七）随柳仲郢在长安任盐铁推官时，游江东所作，时李商隐四十六岁。

　　诗篇以"南朝"为题，显然是将观照范围设定在超越一朝一代的历史阶段，为介于东晋与隋之间宋、齐、梁、陈诸朝之合称，始自宋武帝永初元年（四二〇）终至陈后主祯明三年（五八九），为期共一百七十年，而诗中以梁元帝概括之。此一时期具备的几个特点之一，便是在客观事实与君臣心态上皆然的偏安江左，直到隋代始完成天下一统的历史大势。对于秦汉之后便逐渐形成一统价值观的文人而言，在分裂中自足于一隅的心态，简直就是懦弱无能得可耻，相对于三国时代魏、蜀、吴的三分鼎立，却各自拥有逐鹿中原的雄视之心,因此无不殚精竭虑地突破种种障碍的现象而言,南朝的乐于偏安就更加令有志之士不以为然,而此首《南朝》诗就是在这样的价值观之下展开议论。

全篇伊始的"地险悠悠天险长"一句,用意在强调南朝首都金陵的地理优势,以反衬其不知善加利用而有所作为的怠惰失志。所谓"地险",亦即其地理环境十分险要,自三国以来即有龙盘虎踞之誉,如《元和郡县志》云,江南道润州上元县:"石头城在县西四里,即楚之金陵城也,吴改为石头城。建安十六年,吴大帝修筑以贮财宝军器,有戍。……诸葛亮云:'钟山龙盘,石城虎踞。'言其形之险固也。"除了地险之外,金陵城又复有"天险"之护卫,即横亘西北的长江,使之更加牢不可破。句中于天险、地险二词之后分别加以"悠悠"与"长"的形容,语意都是长远的样子,用以极力强调其一夫当关、万夫莫敌的无懈可击,全句谓金陵自古以来即地势险要,而天堑长江亦绵延屏障,从时间上和空间上来说都屹立不摇。这样一个无与伦比的先天优势,可以使一切奠基于此的政权如虎添翼,因此作为兵家必争之地,南朝的政治版图已经取得了立于不败之基本凭借,在进可攻、退可守的情况下取得挥洒自如的广大空间。

然而除了天险、地险的屏障,使之进可攻、退可守之外,接下来诗人再加上"金陵王气应瑶光"的命定之说,就使得定都南京的南朝诸代不能仅仅自足于"退可守"的消极心态,而必须以"进可攻"的积极意志展开一统天下之霸图,才算应乎天命而无愧于此一先天优势。所谓"金陵王气",见诸《太平御览》引《金陵图》云:"昔楚威王见此有王气,因埋金以镇之,故曰金陵。秦并天下,望气者言江东有天子气,凿地断连冈,因改金陵为秣陵。"刘禹锡《西塞山怀古》诗亦有"金陆王气"一词,都是一种风水观念的表现,虽然带有迷信色彩,但在此处却被用来表现一种顺天应人的先天优势,因此下面接着"应瑶光"之说,意谓符应"瑶光"之星象。《春秋运斗枢》曰:"斗七星:第一天枢,第二璇,第三机,第四权,第五玉衡,第六开阳,第七瑶光。"而古代又以星宿之位置来区分地面之界域,谓之"分野",《周礼·春官》云:保章氏"以星土辨九州之地,所封封域皆有分星,以观妖祥。"则南朝既有首句所言的山川之险,全此又知其上应天象,具有非如此不可的命定的意味。

然而世间之荣枯成败,一如张九龄所说的"岂伊地气暖,自有岁寒心"(《感遇十二首》之七),其关键都系乎当事者之主观意志与才能努力,而非外在环境条件之优劣好坏。如此"地险悠悠天险长"的无懈可击,在有为者的眼光中乃是大展长才、实现鸿图的绝佳凭借,透过如虎添翼之势,可以事半功倍地早一步触及成功的标靶;但在无德无能者的手上,就会因为立于不败之地而视之为苟且偷安的龟壳,缩藏其中一味守成,终究无法掌握时代潮流之脉动所趋与瞬息万变之政局发展,乃至最终连消极守成的结果也都无法保有。则"金陵王气"的不彰,言外便有一种倒行逆施、悖天而行的谴责之意,因此,接下来的"休夸此地分天下"便一针见血地嘲讽南朝君臣以此自满的心态,所谓"分天下",意谓以长江为界独霸一方,分天下而治;加上"休夸"一词,便呈现出南朝君臣以无能为荣耀的丑态,对自己仅能守成的软弱无能非但不曾自责自愧或尽力弥补改善，反而以此夸耀并沾沾自喜，显然十分欠缺一种高瞻远瞩的历史责任感，以及宏观世局的政治胸襟，更缺乏才智激荡的人格光亮，作为一个时代的领航者，这恐怕就是最严酷的罪责所在。

相较而言，同样是"分天下"的历史局面，诗人笔下的三国时代总是充满可歌可泣的人物史事，环绕着众多"千古风流人物"而展开令人惊心动魄的进程。以诸葛亮而言，杜甫即有"出师未捷身先死，长使英雄泪满襟"（《蜀相》）这有运无命的悲慨，李商隐更以敬慕神往之笔墨，写出"猿鸟犹疑畏简书，风云常为护储胥。……管乐有才真不忝，关张无命欲何如"（《筹笔驿》）的感愤之情，堪称三国时代最为光芒万丈的人物。而曹操虽然评价极端，却也无人否认其"横槊赋诗"的才华洋溢，以及并吞篡夺的虎视雄略；至于周瑜在苏轼笔下，益发呈现出"遥想公瑾当年，小乔初嫁了，雄姿英发，羽扇纶巾谈笑间，强虏灰飞烟灭"（《念奴娇·赤壁怀古》）的非凡丰姿。如是峥嵘纷呈之三国人物，其壮志令人崇仰，其挫败令人叹惋，其风流才情更令人向往，读史掩卷之际，往往形成"乱石崩云，惊涛裂岸""江山如画，一时多少豪杰"的神思悠想，因此能令人同情、敬佩、感愤、惋惜甚至指责，却不会流于不屑一顾的讥讽；相对而言，南朝君臣缺乏雄才远略的毫无作为，便显得无足称道。则清程梦星评此诗时说得好："唐人咏南朝者甚众，大都慨叹其兴亡耳。李山甫'总是战争收拾得，却因歌舞破除休'二语最为有识，众论推之。而义山更出其上，以为六代君臣，偏安江左，曾无混一之志，坐视神州陆沉，其兴其亡，盖皆不足道矣。愚谓此诗真可空前绝后，今人徒赏义山艳丽，而不知其识见之高，岂可轻学步哉！"（见

《李义山诗集笺注》）

从而在诗篇终了之处，咏史之际往往辛辣毫不留情的李商隐，便一笔戳破南朝君臣"夸此地分天下"的自欺欺人，并以"只得徐妃半面妆"来揭露其中的可笑不堪。"徐妃半面妆"典出《南史·后妃传》载："元帝徐妃，讳昭佩，……无容质，不见礼，帝三二年一入房。妃以帝眇一目，每知帝将至，必为半面妆以俟。帝见则大怒而出。"这就构成了此篇最有兴味之处，一如姚培谦所言，其"以巾帼比偏安也"，超出常理的巧思已令人耳目一新；但最为妙绝的，是此一"巾帼"表面上是地位高贵不凡、名号华丽动听的妃子，而实质上却是"无容质"又性格酸刻、凶残淫荡的俗鄙之女，《南史·后妃传》除了记载徐妃故意以"半面妆"嘲讽夫婿的残障而激怒元帝，此外又描述道："妃性嗜酒，多洪醉，帝还房，必吐衣中。与荆州后堂瑶光寺智远道人私通。酷妒忌，见无宠之妾，便交杯接坐。才觉有娠者，即手加刀刃。帝左右暨季江有姿容，又与淫通。季江每叹曰：'柏直狗虽老犹能猎，萧溧阳马虽老犹骏，徐娘虽老犹尚多情。'时有贺徽者美色，妃要之于普贤尼寺，书白角枕为诗相赠答。"

这样一位身为后世"徐娘半老，风韵犹存"之典故由来的女子，为了自己的不受宠爱，便故作半面妆以嘲讽、激怒皇帝，借由踩人痛脚、讥刺他人伤残的方式以为报复，已呈现出一种冷酷卑劣的报复心态，再加上其他凶残淫荡的种种行为，其人品之酸刻鄙俗便不言可喻；至于其"无容质"的姿色，即使浓妆艳抹已未必可观可爱，何况还故作"半面妆"这种畸怪突兀的打扮，尤其更令人怵目惊心。事实上,"美丽"与"妆扮"并不必然是成正比的,过度或不当的妆扮,轻则矫揉造作,重则怪异突兀,反而令人倒足胃口,因此"半面妆"的结果也并非获得一半的美丽,正好相反,它走向了与美丽截然对立的丑陋可厌,比诸"东施效颦"更加令人厌弃,恰恰是脍炙人口之"六朝金粉"的反讽。

宋张戒《岁寒堂诗话》曾在评此诗时指出:本篇"非夸徐妃,乃讥湘中也。义山诗佳处,大抵类此。咏物(案:此处应指咏史)似琐屑,用事似僻,而意则甚远。世但见其诗喜说妇人,而不知为世鉴戒。"其中所谓的"似琐屑""似僻",都是指其取材的细腻抉幽,能见人所未见;再通过连类映衬、对比烘托和集中概括的高妙手法,便产生"意则甚远"的艺术效果。既然"徐妃半面妆"所掩盖的是"无容质"的平凡面孔,所呈现的是畸陋丑怪的突兀造型,所隐藏的是残忍无情的冷酷灵魂,而将此观之无味的"徐妃半面妆"用以巧喻南朝偏安江左后那不甚了了的半壁江山,在金粉笙歌的外表之下,其卑琐无味便不言可喻,这真是"其兴其亡,盖皆不足道矣"(程梦星《李义山诗集笺注》),南朝君臣之抱残守缺、因陋就简也就可想而知,其存在价值于无形中亦同时化为乌有。这便是李商隐深沉而辛辣的讽意所在。

隋　宫

　　紫泉宫殿锁烟霞，　　欲取芜城作帝家。
　　玉玺不缘归日角，　　锦帆应是到天涯。
　　于今腐草无萤火，　　终古垂杨有暮鸦。
　　地下若逢陈后主，　　岂宜重问后庭花？

　　作为一首讽刺隋炀帝奢靡亡国的咏史诗，李商隐另有一篇同样题为《隋宫》的作品，只是它所采取的是篇幅短小之七言绝句，所涉及的层面也较单一，相较起来，此篇以七律的形式大幅铺排，扩充观察的范围，使炀帝的荒淫得到较全面的呈现，也让全诗气势波澜迭起，步步进逼，而深具慷慨苍凉之情调，是为上乘之咏史佳构。作为李商隐的最高杰作之一，这首《隋宫》诗历来也被肯定为探入杜甫之藩篱，而深得其神髓的七律之作，格律精谨严整、铿锵有力，意境恢宏苍茫、沉郁顿挫，又能化用各种典故而驱遣自如，艺术技巧已臻化境，洵为一千锤百炼之佳什。作于宣宗大中十一年（八五七）自长安东游之时，年四十六。

　　隋宫，为隋炀帝南冶游江南时，建于江都（今江苏扬州）的行宫。炀帝对江都深具独钟之情，自大业元年八月、六年三月、十二年七月，凡三次幸临，末次更长居不返，直至十四年三月为宇文化及所弑，终于客死异乡。有关最后一次一去不复返的南巡，《隋书·炀帝纪》记载：大业十二年秋七月幸江都宫，"奉信郎崔民象以盗贼充斥，于建国门上表，谏不宜巡幸。上大怒，先解其颐，乃斩之。……车驾次汜水，奉信郎王爱仁以盗贼日盛，谏上请还西京。上怒，斩之而行"。于是臣子"各求苟免，上下相蒙"，亡国之悲剧遂不可免，而炀帝之刚愎自用亦可得见。由于隋炀帝酷好出京巡游，除江都之外，又多次冶游其他各地，在位期间总计居京都长安不满一年，帝权侈逸、帝心荒悖的失序错乱，都可以在帝京之陵夷变化中表出，故此诗以《隋宫》为题，颇有见微知著的用意。

首联以"紫泉宫殿锁烟霞，欲取芜城作帝家"起句开篇，将隋朝历史上"长安"与"江都"的二元对立，到了诗歌艺术之中，便改由"紫泉宫"与"芜城"来展现，以创造更丰富、更生动的语感与意象。紫泉原名"紫渊"，为长安北方之水名，司马相如《上林赋》即云：长安"丹水更其南，紫渊径其北"。唐代时因避高祖李渊之名讳而改称紫泉。此处李商隐选择"紫泉宫"来代喻长安，又用较为少见的"芜城"别名取代了人人耳熟能详的"扬州""广陵""江都"来立说，除了音律的限制之外，最主要的原因，应在于它们可以直接从视觉意象引发具体联想，以充分达到传神写照的效果。如"紫泉宫"一词，其"紫"字既能带来斑斓醒目的色彩感，又引发出在文化政治上独尊无匹的优越感，因为在色彩的政治学中，紫之为色已然夺占了嫡正的地位，成为权势的主要象征，如早在孔子便声称"恶紫之夺朱也"（《论语·阳货篇》），而唐代的官阶也以一品至三品官服紫、四五品官服朱的差异来区分等级，显然紫的华贵足以掩盖红的艳丽，因此陈子昂欲为充分呈现兰花的高贵不凡时，便采取红紫相间的秾艳来渲染其绝代的姿态,所谓"幽独空林色,朱蕤冒紫茎"(《感遇三十八首》之二),姹紫嫣红,遂令其他花朵相形之下黯然失色。因此,以"紫"的华贵再加上"宫"的尊崇,便直接将长安不可一世的地位具体展现,而其下再加以"锁烟霞"三字,便以跌宕之笔势造成奇突顿挫之翻转,京畿在迷蒙不清、逐渐黯淡的烟霞中迷失了,被封锁在视野模糊的荒烟蔓草里,残留的只是迟暮无望的夕阳余晖,则其地之废旷被弃,其势之陵夷沦落,在在都可想而知。而"锁烟霞"之意象一脉贯下,直接带出下一句的"芜城"一词,又产生顺势而然的一气呵成之感。

所谓"芜城",为广陵之别名,即隋之江都,今之扬州,鲍照《芜城赋》李周翰注云:"宋孝武帝时,临海王子顼镇荆州,明远为其下参军,随至广陵。子顼叛逆,照见广陵故城荒芜,乃汉吴王濞所都,濞亦叛逆,为汉所灭,照以子顼事同于濞,遂感为此赋以讽之。"内容极写广陵城中"木魅山鬼、野鼠城狐,风嗥雨啸,昏见晨趋"的荒芜景象。此处刻意择用字面意象荒凉直如废墟之芜城为言,乃欲有力地衬托出炀帝乱制失度、存心迁都之不智,所谓"国之大事,不可不察",京畿要地作为一国之心脏地区,攸关军事、经济、政治之整体布局,而如此偏处江南之地方城市竟获得超出常理的拉抬,炀帝一心一意欲以之"作帝家",即作为天子之都城以居之,言外颇有"暖风熏得游人醉,直把杭州作汴州"之讽意,因此俞陛云《诗境浅说·丙编》也说:"次句言芜城之地,何足控制宇内,而欲取作帝家,言外若讥其无识也。"此外,起笔之次句即直接点出荒芜之城,也早早埋下伏笔,与第三联"腐草无萤火"和"垂杨有暮鸦"的残败意象相互呼应,此又可见李商隐选词嵌字之奥妙。

由此可见,首联之中,借由"紫泉宫"与"芜城"来展现的长安与江都的二元对立,在诗中又进一步经过"锁烟霞"与"作帝家"这两个描述而遭到逆向的翻转与颠覆,反向进入到另一层次的二元对立——原本作为天下之核心的长安紫泉宫殿,竟然笼罩在迷蒙的烟雾和黄昏的彩霞之中,由于隋炀帝常四出游幸,登基后十四年间留居长安之时日未及一年,以致紫泉宫殿虽然宏伟壮丽却又冷清寂寞,有如独守空闺的哀怨贵妇;相对而言,原本位于边陲的芜城江都,却因为夺占了帝王的青睐而繁华鼎盛,在隋炀帝个人的主观情感作用之下隐隐然跃升为实质的京城,大大威胁名正言顺的长安。就在这违反常理的一升一降中,居于中心的长安被架空而沦为实质的芜城,位处边缘的江都则被抬升而晋阶为真正的帝家,名实的颠覆错歧,导致中心与边缘的混淆杂乱,从端严尊贵的"紫泉宫殿"到空落寒寂的"芜城"废墟,其间沦落之运势便显然可知,而帝王的昏聩荒淫也就不言可喻。

按照一般历史发展之常规,如果顺任帝王之昏聩荒淫而不加节制,则国家人民势必更是水深火热而无人幸免。李商隐接着透过第二联的"玉玺不缘归日角,锦帆应是到天涯"两句,以假设性的笔调逆转了历史发展的线性轨迹,将隋炀帝之暴虐中断于其未死之时,并重新开展一个文学虚构的想象,两句意谓如果不是唐高祖取得政权,则龙舟将驶至天下各处,而因炀帝游幸所役使的人力和虚耗的财力就不限于江都一地了。玉玺,为皇帝专用的玉印,被视为政权之象征。"不缘"者,为不因、若不是的假设语词。"归日角",意谓帝王之权柄到了唐高祖李渊手中。所谓"日角"为额骨中部隆起如日之状,古代相术以为其乃帝王之相,如《东观汉记》言光武帝"隆准日角",而唐高祖亦有此面相,《旧唐书·唐俭传》载:"高祖在太原留守,俭与太宗周密,俭从容说太宗以隋室昏乱,天下可图。太宗白高祖,乃召入,密访时事,俭曰:'明公日角龙庭,李氏又在图牒,天下属望,……则汤、武之业不远。'"果不其然,唐高祖在次子李世民的佐助之下一路过关斩将,终于问鼎天下,称帝取得霸权。而此处刻意以面相为言,又使历史之兴亡与权柄之移转带有不可抗拒的命定色彩,亦即唐高祖逐鹿中原、取而代之,乃是邪不胜正的必然结果,唯有"玉玺归日角"的师出正义,才能终结"锦帆到天涯"的无限灾难。

隋炀帝开运河、驶龙舟而恣意游幸江都的纵乐之事,乃是他一生荒淫无道的主要象征,因此也是罄竹书其悖德之事时最大的恶行之一。所谓"锦帆",乃是龙舟上最为飘扬醒目的船帆,由华美昂贵的锦缎裁制而成,其布匹乃由各地进贡供皇室专用者。炀帝临幸江都时,皆是驾龙舟、扬锦帆,沿运河浩浩荡荡而去,其船之大,如《资治通鉴·隋纪四》所描述:"龙舟四重,高四十五尺,长二百丈,上重有正殿、内殿、东、西朝堂,中二重有百二十房,皆饰以金玉,下重内侍处之。"而其船之多,《隋书·炀帝纪》有曰:大业元年三月,"往江南采木,造龙舟、凤䚀、黄龙、赤舰、楼船等数万艘。……八月壬寅,上御龙舟,幸江都。……文武官五品已上给楼船,九品已上给黄篾。舳舻相接,二百余里。"如此一来,船帆之用量几为天文数字,故李商隐另一首绝句形式的《隋宫》诗便曾夸言

"春风举国裁宫锦,半作障泥半作帆"。而龙船上炫目飞扬、赤艳如血的锦帆,即是隋炀帝狂悖贪暴之心智的意象表现,如《开河记》云:"炀帝御龙舟幸江都,舳舻相继,自大堤至淮口,联绵不绝,锦帆过处,香闻十里。"而事实则是,那锦绣风帆在华丽中交织着残虐,在随风扬送的芳香气息里隐藏着腐败刺鼻的血腥味道,随着龙舟所至,也将暴政带临其地。因此李商隐通过文学的想象而进一步推之扩之,以"应是到天涯"来推测炀帝之淫佚绝无止境,若非唐高祖李渊中途取而代之,则炀帝依然会毫不顾忌地继续任性胡为,势必由点及面,从一个江都到整个天下都成为锦帆扬飞的地方,而炀帝之昏暴残凶亦将变本加厉,全国百姓之涂炭哀苦也就每况愈下。

因此这一联的作用是承接上一联,以"锦帆"申述龙舟游幸江都之事,而将"欲取芜城作帝家"的抽象说法加以具体描述,并在合于人性之常的前提下扩大了暴政肆虐的范围。但在另一方面,此联在全诗的整体结构中又同时发挥了顿挫之效,所谓"玉玺归日角"正是中断炀帝"欲取芜城作帝家"之谬举的原因,因而让"欲取芜城"进一步扩大到"锦帆天涯"的可能性戛然而止,回归到历史的真实,一放一收,开阖有致,发挥了承先与启后兼具的微妙作用。而既然"玉玺归日角",则非但锦帆不到天涯,连隋炀帝终身意图作为帝家的江都,也因为政局的重新洗牌和政权的彻底移转,失去了隋炀帝的眷顾而沦为真正的"芜城"。

第三联的"于今腐草无萤火,终古垂杨有暮鸦"是描写经过朝代兴替之后江都的景致,巧妙化用炀帝生前逸乐之事,却极写出其死后残败之悲,笔力惊人。以"于今腐草无萤火"为例,它结合了《礼记·月令》所云:"季夏之月,……腐草为萤。"与《隋书·炀帝纪》所载:大业十二年五月,"上于景华宫征求萤火,得数斛,夜出游山,放之,光遍岩谷"。谓如今但有腐草,而萤火不再,暗示炀帝赶尽杀绝之穷凶极恶,遂使大好江山沦灭为一片废墟。而"终古垂杨有暮鸦"一句,用的则是隋炀帝另一个不遑多让的豪奢手笔,《隋书·食货志》云:炀帝"开渠,引谷、洛水,自(案:洛阳西苑)苑西入,而东注于洛。又自板渚引河,达于淮海,谓之御河。河畔筑御道,树以柳。"世称此一运河沿线所筑的御道为隋堤,长一千三百里,因沿岸皆需遍植杨柳,其数量之多乃至倾民间之力依然供不应求,成为其扰民暴政上不可或缺的一笔纪录。而如今却是"国破山河在,城春草木深"(杜甫《春望》),杨柳荫中传来的只是黄昏时节粗嘎聒噪的声声鸦啼,曾经统一南北的隋帝国以及不可一世的隋炀帝都早已灰飞烟灭。

这两句的奥妙,首先是采取了首联用过的对比手法,通过反向设定的翻转与颠覆,呈现历史的冷峻无情。如前所述,首联两句是从空间范畴着墨,来展现长安与江都的二元对立,在"紫泉宫殿"与"芜城"两个地理标记之外,又添加"锁烟霞"与"作帝家"这两个描述而遭到逆向的翻转与颠覆,反向进入到另一层次的二元对立——原本作为天下之核心的长安紫泉宫殿沦落成为实质的芜城,而原本位于边陲的芜城江都却跃升为实质的京城,名实之间颠覆错歧,导致中心与边缘的混淆杂乱。而同样的手法也在第三联中再现,只是这两句一改首联的空间表述,转而由时间范畴来呈现,将"于今"与"终古"这两个时间性的语词分别冠于"腐草无萤火"与"垂杨有暮鸦"之前,让"于今"这个蕴含今昔之间无常变化的用语,彻底带走当时放萤满山而不可一世的历史暴政;让"终古"这代表永远、恒久的语词,展现出大自然柳绿鸦啼的绵绵不绝的生命力,于是在逆向的翻转与顿挫之后,反向进入到另一层次的二元对立——人事无常,而自然长新,一如韦庄在"江雨霏霏江草齐,六朝如梦鸟空啼。无情最是台城柳,依旧烟笼十里堤"(《台城》)中所点染的意象,在在表出昔人已远,朝代已然落幕,然而垂杨暮鸦却将永远地摇曳啼噪,在时间的长河中无休无止!

除此之外,第三联还具备了另一个功能,即如《方南堂先生辍锻录》所指出:"所谓'语不惊人死不休'者,非奇险怪诞之谓也,或至理名言,或真情实景,应手称心,得未曾有,便可震惊一世。……(案:李商隐此联诗)不过写景句耳,而生前侈纵,死后荒凉,一一托出,又复光彩动人,非惊人语乎?"的确,腐草无萤,本世上平凡之景,无须多怪,但对照炀帝曾放萤满山、熠耀如星的盛况,便有无限沧桑之感;而黄昏鸦噪,亦处处可以闻见,不足为奇,然而点染于炀帝毕生心力所投注的隋堤上摇曳婉媚、朦胧似烟的杨柳之间,遂生多少沦落之情,两者共同点染出荒凉颓败之景致。萤火、暮鸦,一无一有,却相反相成地同时指向一个历史的真理,那就是繁华短暂,只有消亡后的荒凉才得以永恒长存,而这也才是宇宙内蕴的真相!

至于为何在垂杨柳荫中藏身的不是较为优美怡人的婉啭莺燕,而是叫声粗嘎聒噪的丑陋乌鸦,李商隐在选用意象时或许还有不同于一般的考虑。固然"鸦"字用在句尾之处,可以与全诗之其他韵字押韵,符合律诗严格的形式要求,但事实上就内容而言,乌鸦的黝黑粗丑不但更宜于点染颓败荒凉的心境,更重要的是,"暮鸦"乃是最能与隋炀帝之心灵相契合的一种意象。元代马致远在其《秋思·天净沙》这首名作中,以"枯藤老树昏鸦,小桥流水人家。古道西风瘦马,夕阳西下,断肠人在天涯"之诗句脍炙人口,但其相关之主要意象与整体意境,实际上早在隋炀帝本人所写一首题为《诗》的五言短句中就已具备,其诗曰:"寒鸦飞数点,流水绕孤村。斜阳欲落处,一望黯销魂。"作为马致远《秋思·天净沙》之先导,隋炀帝的诗作中层层推出荒凉、孤寂、绝望、凄楚的复合意象,我们可以清楚看到这位暴君的心灵图景乃是一个彷徨苦涩而黯淡无望的世界,寒鸦数点之迷空失据,流水孤村之前后无着,斜阳欲落之来时无多,都令这位宰制天下、不可一世的帝王为之销魂断肠,言外也正透露出隋炀帝心中莫名难解的郁结不乐。或许,隋炀帝之所以会成为暴君,正是因为精神上不能快乐满足。他心灵的不健全与不成熟,使他欠缺与他人良好互动的能力,无法透过彼此尊重、互相帮助、各自谦让以及相濡以沫的方式,来取得人与人之间真正的温暖与慰藉;先天已如此不足,再加上后天握有之极权毫无阻力的推波助澜,便只能以纵欲贪残之方式来填补心中的空洞,而在恶性循环之下,就构成他心智疯狂失衡,一味残暴淫逸以宣泄不安与填补空虚的原因。所谓"可怜之人,必有可恨之处;可恨之人,必有可怜之处",隋炀帝这位可恨之人,却在其诗中透显出一个"可怜之人"的灵魂,那帝王的盔甲之下隐藏了一个平凡人骏弱的心性,就在黄昏柳鸦的哀啼中戚惶展现。

可叹的是,这种孱弱之心性与空虚之心灵,并不会因为拥有权力而获得提升或拯救,相反地,绝对的权力却会因为缺乏健全的制衡力量与适当的宣泄方式,而不断地加深对帝王的扭曲与腐化。因此,第二联"玉玺不缘归日角,锦帆应是到天涯"的虚拟想象,也同样出现在第四联的假设情节上。末联所说的"地下若逢陈后主,岂宜重问后庭花"这两句,以"若逢""岂宜"等假设语词呼应了第二联"不缘""应是"的虚拟想象,一方面是将第三联经由废墟所隐示的死亡气息加以表面化、明朗化,明确指出隋炀帝已身死为地下之亡魂,而与同为一代末主的陈后主共聚一堂,讽意辛辣;另一方面更不留情的是李商隐居然翻出奇思,设想隋炀帝本性难移,至死未悟,生前荒淫覆国,死后于地下犹是积习不改,所好者依然是《玉树后庭花》之类的亡国之音,并与陈后主当面切磋请益!

陈后主,名叔宝,南朝陈代之末代皇帝,《南史·陈后主本纪》云:"后主愈骄,不虞外难,荒于酒色,不恤政事,左右嬖佞珥貂者五十人,妇人美貌丽服巧态以从者千余人。常使张贵妃、孔贵人等八人夹坐,江总、孔范等十人预宴,号曰'狎客'。……君臣酣饮,从夕达旦,以此为常。而盛修宫室,无时休止。"而所谓后庭花,即为陈后主所制之乐曲名,《旧唐书·音乐志》载:"《春江花月夜》《玉树后庭花》《堂堂》并陈后主所作。叔宝常与宫中女学士及朝臣相和为诗,太乐令何胥又善于文咏,采其尤艳丽者以为此曲。"其乐属《清商曲·吴声歌》,后人视之为亡国之音,如《旧唐书·音乐志》载杜淹语:"陈将亡也,为《玉树后庭花》,齐将亡也,而为《伴侣曲》,行路闻之,莫不悲泣,所谓亡国之音也。"换句话说,这首融合了美丽与死亡的乐调,已经成为陈朝之挽歌与陈后主之送葬曲,在历史上留下了不祥的印记;而句中在假设隋炀帝死后与陈后主两个昏君相聚时,又对隋炀帝反诘"岂宜重问后庭花"之疑问,意谓怎可再问一次,言外之意显然是生前已问过一次,其结果已然导致国破家灭;而依照其性格来推断,其身亡之后很可能会再问一次,这便颇有至死不寤之讥讽。

至于"地下若逢陈后主,岂宜重问后庭花"这样的想象,并不是李商隐凭空虚构的,据《隋遗录》的记载:炀帝在江都,"昏湎滋深,尝游吴公宅鸡台,恍忽与陈后主相遇,尚唤帝为殿下。后主舞女数十,中一人迥美,帝屡目之,后主曰:'即丽华也。'乃以绿文测海蠡酌红粱新酿醅劝帝,帝饮之甚欢,因请丽华舞《玉树后庭花》。丽华徐起,终一曲。后主问帝曰:'龙舟之游乐乎?始谓殿下致治在尧、舜之上,今日复此逸游,曩时何见罪之深耶?'帝忽寤,叱之,恍然不见"。李商隐据此加以点染,却将生前虚拟之梦境转化为死后可能之情节,又复以"岂宜重问"横加诘难,真能逼使隋炀帝窘迫难堪而无言以对。难怪周秉伦评道:"结语不曰难面阴灵于文帝,而曰岂宜问《溪曲》于后主,见殷鉴不远,致覆成业于前车,可笑可哭之甚!"(见《唐诗选脉笺释会通评林》)如此一来,从首联"欲取芜城作帝家"与次联"锦帆应是到天涯"的生前纵欲,到末联"地下若逢陈后主,岂宜重问后庭花"的死后逸乐,便完完全全、彻彻底底地呈现出隋炀帝生死如一的荒淫性格。如此一来,颔联所谓"玉玺不缘归日角,锦帆应是到天涯"的想象,也就更具有合理的推论基础,从而对隋炀帝的批判与嘲讽,也就到达无以复加的地步。

另外,若从诗篇整体的角度以观之,还可以分析出李商隐极为优异的创作匠心。全诗的第一个特点,是李商隐惯于"借香艳语点化"(张采田语)的手法,写的虽是国破身亡的历史惨剧,其笔致却不故作枯涩酸寒之调,而能锦丽高华,又不失苍凉悲慨之气,试看诗中的紫泉、宫殿、烟霞、帝家、玉玺、锦帆、萤火、垂杨等用语或意象,都在荒凉中点染堂皇锦绣之视觉图景,因此更为动人心眼。清胡以梅《唐诗贯珠》曾指出"诗情乃凭吊凄凉之事,而用事取物却一片华润,本来西昆出笔不宜淡薄,加以炀帝始终以风流淫荡灭亡,非关时危运尽之故,故作者犹带脂粉,即以诮之耳,最为称题"颇能抉发此一笔法之深义。

至于第二个值得抉发的地方,在于此诗之思致结构如针线缝织,缜密繁复又理路井然,回环照应之际,处处可见匠心独运。如首联之"紫泉宫殿锁烟霞,欲取芜城作帝家",初始即先探取导致炀帝侈靡亡国最根本之关键来入手,也就是弃长安于不顾而专事冶游,于是乃有开运河、筑宫苑、造龙舟等等劳民伤财之重大工程,虚耗国库也引发民怨,如《资治通鉴·隋纪四》云:大业元年"发淮南民十余万开邗沟,自山阳至杨子入江,渠广四十步,渠旁皆筑御道,树以柳;自长安至江都,置离宫四十余所",即是其事;而作为政治中心的长安京城竟备受冷落,则其朝政之荒殆、国体之不修亦必然之事,终致国朝倾覆之后果,自是顺理成章、指日可待,以下遂逐步展开国破("玉玺归日角""腐草无萤火""垂杨有暮鸦")和身死("地下逢后主")的悲剧发展,由此可见李商隐破题之精审入微。

其次,此篇结构上之缜密繁复又理路井然的匠心独运之处,亦表现在各联之间不断交错呼应、联络有致的设计上。如第一联中的空间对比与反向顿挫的写法,再现于第三联中的时间对比与反向顿挫,而第二联凭空构思的虚拟想象,也同样出现在第四联的假设情节,整首诗便呈现"空间对比——虚拟想象——时间对比——虚拟想象"之穿插安排,颇有隔空呼应之势。除此之外,第一联与第三联一方面共用了对比与反向顿挫之手法,另一方面又具有因果关系,亦即第一联"紫泉宫殿锁烟霞,欲取芜城作帝家"之轻重失当,造成了第三联"于今腐草无萤火,终古垂杨有暮鸦"的败亡结果,其间芜城之意象一以贯之;而第二联与第四联一方面共用了虚拟想象的假设性推论,另一方面也具备了因果关系,亦即因为第二联"玉玺不缘归日角,锦帆应是到天涯"的政权中断,导致了第四联"地下若逢陈后主,岂宜重问后庭花"的国破身亡,其间帝王之形象(包括隋炀帝、唐高祖、陈后主)一脉相承。这是奇数联与奇数联、偶数联与偶数联之间绾合对应的情形。

更精密的是,在奇偶联句各自隔空呼应的同时又不会流于断裂拼凑之虞,反而带有峰断云连之一体感,主要就是第一联空间对比的写法中,其"对比"与"反向顿挫"之形式虽然是隔空由第三联所承接,然而其空间意象却是直接延续到第二联,从空间的角度翻入虚拟想象的层次,顺势构成"长安——江都——天涯"的地理延展模式;而第三联中时间对比与反向顿挫的手法固然是承接第一联而来,其时间意象则直接延续到第四联,从古今生死的时间范畴翻入假设情境之中,顺势构成"今日——终古——死后"的时间推移脉络。如此一来,从第一联到第二联、从第三联到第四联都是由实入虚的线性发展,全篇四联又形成"实——虚——实——虚"的交错穿插,其中间两联更各自兼具了承先启后的双重作用,整首诗便形成了极为紧实的内在结构。以下试将前文所分析的各联之间交织错置、联络呼应之关系,综合表列如下:

（首联）紫泉宫殿锁烟霞,欲取芜城作帝家——空间对比——实——芜城意象——空间范畴

（颔联）玉玺不缘归日角,锦帆应是到天涯——虚拟想象——虚——帝王形象——空间范畴

（腹联）于今腐草无萤火,终古垂杨有暮鸦——时间对比——实——芜城意象——时间范畴

（尾联）地下若逢陈后主,岂宜重问后庭花——虚拟想象——虚——帝王形象——时间范畴

如此一来,有赖于诗中种种虚拟假设的想象之词,便创造出亚里士多德所谓"诗比历史更真实"的效果。而就"诗比历史更真实"之效果来看,则显示出此诗值得注意的第三个特点,即它是在诗歌的体裁中表现出小说特有的技巧。对于小说成立之条件,明胡应麟曾有精审之说法:"凡变异之谈,盛于六朝,然多是传录舛讹,未必尽幻设语;至唐人乃作意好奇,假小说以寄笔端。"（《少室山房笔丛》卷三六）换言之,构成小说的基本条件便是"尽幻设语",亦即一种不为事实所牵碍的想象的虚构;而另一个基本条件则是"作意

好奇",亦即具备明确之创作动机与特定之表达宗旨。而李商隐这首《隋宫》诗显然具备了小说的创作特征,如明周珽《唐诗选脉笺释会通评林》引顾璘曰:"用小说语,非古作者法律。"虽非以正面的态度肯定之,但却为我们指出此诗之创格所在,所谓"锦帆应是到天涯"和"地下若逢陈后主"等说法,无疑都是小说艺术中"故事""情节"和"虚构手法"的表现,透过对人物性格的精确掌握,而依循必然的因果关系进行推想,在历史的未然中添补出虚构的可能发展,却更令人感到具体可信而印象鲜明,充满强烈的说服力,遂造成了"诗比历史更真实"的效果。

俞陛云曾推赞此诗道:"凡作咏古诗,专咏一事,通篇固宜用本事,而须活泼出之,结句更须有意,乃为佳构。玉谿之《马嵬》《隋宫》二诗,皆运古入化,最宜取法。"(《诗境浅说·丙编》)如何在通篇古事之中"活泼出之",乃是考验诗人的关键所在。而我们看到李商隐在诗中运用了"通篇古事"却又不为古事所限,巧妙地穿梭于虚实之间,在合理的人性基础上添加纯属子虚乌有的假设性推论,便让整首诗活泼有致,不但达到"运古入化"的境界,并让隋炀帝的荒悖无道获得崭新的呈现方式,已臻"顿挫曲折,有声有色,有情有味"(何焯《义门读书记》评李商隐诗)之境界,足称咏史诗的创作典范。

无 题

白道萦回入暮霞，　　斑骓嘶断七香车。
春风自共何人笑？　　枉破阳城十万家！

一般而言，李商隐的《无题》诗总是以千丝万缕的缠绵情思与绝望伤感为内涵，因而呈现出过于陷溺的柔腻与纤靡；然而这首无题诗却有所不同，虽然同样不乏意在言外的含蓄蕴藉，但透过晓畅流衍的笔调和唱叹一气的韵致，其内容有别于哀哀欲绝的悲情，写出一位内外兼具的佳人有如"鸷鸟不群"般的人格坚持。清纪昀《玉谿生诗说》曰："怨极而以唱叹出之，不露怒张之态。《无题》作小诗极有神韵，衍为七律，便往往太纤太靡，盖小诗可以风味取妍，律篇须骨格老重，方不失大方。"这首《无题》便是一篇"以风味取妍"而"极有神韵"的佳作，全篇扣住一"枉"字为诗眼，与"暮霞""嘶断""自共何人"等字词层层开展一种馨香摇落、美质徒然落空的哀感。

全篇的首句伊始，即以"白道萦回入暮霞"展开一幕渐行渐远、消隐于回光返照的夕阳余晖中的画面，所谓"白道"，王琦注云："人行迹多，草不能生，遥望白色，故曰白道。唐诗多用之。"这样一条虽非车水马龙，却也人迹不断的白道，在无垠的草原中曲折萦绕，在黄昏的霞光里蜿蜒伸展。可想而知，白道、暮霞交织出一幕华丽鲜明而苍凉旷寂的景致,有如静态的景物展示般,铺展出那夕阳满天、一望无际的背景,既有彩霞的绚烂,亦复有"只是近黄昏"的迟暮;而暮霞将灭、白道无尽,因此那暮色中一条萦回的羊肠小径似乎就已然带有茫茫无着之况味,接下来的"斑骓嘶断七香车"也隐隐然产生一种夸父逐日式的追寻与无望。

试看"入暮霞"者,有如"夕阳无限好,只是近黄昏"般,让我们看到随着白道的延伸,那豪华之七香车与其所载之倾国美人也逐步进入黄昏暮色的尽头,在美丽绚烂的霞光辉映下,仿佛通体沐浴在辉煌之中,但实际上可以确定的是,在不久之后接踵而至的未来,却注定要一步一步"走入没有光的所在"(张爱玲《金锁记》中语)。果然,就在"白道萦回入暮霞"所展演的风景画上,紧接着乃是一笔喧闹来打破这一幕静默,于黄昏白道的华丽空寂之后,次句的"斑骓嘶断七香车"以充满视觉、听觉、嗅觉的景物复合意象,暗示出追寻无望的挫败,为下面的人物悲剧奠基。

斑骓,是一种毛色黑白相杂的马,常用以指情人之坐骑,出自乐府《神弦歌·明下童曲》:"陈孔骄赭白,陆郎乘斑骓。徘徊射堂头,望门不欲归。"而斑骓所拽引的七香车,则为由七种香木制成的珍贵座车,曹操《与杨彪书》云:"谨赠足下……四望通幰、七香车一乘。"由此车之精致华丽,可以推想车中之人乃是倾国倾城的绝代佳人,即下一联中足以"破阳城十万家"的"春风"容颜,并具备一份极其可贵的芳心美质。而突兀的是,如此满载着希望与向往,如鹊桥、如青鸟般作为爱情羽翼的斑骓,却并未引领着车中佳人奔赴幸福之所在,反而在这白道上驰走的过程中,陡然发出嘶断之声,隐隐有遭遇阻隔之感。"嘶断"者,令人联想到《蝉》诗中所说"五更疏欲断"之情境,而其实更有过之,盖蝉声虽然声嘶力竭而若断若续,尚且犹能挣扎呼喊;而"斑骓嘶断"者,却是斑骓马在长声嘶鸣之后,忽然终止而不可闻见,显然这匹拉车之斑骓若非马前失蹄,便是乍然被缰绳紧勒,则其足也颠踬欲仆,其声也喑哑难继,那奔赴情人之路乃是困难重重、惨遭挫断,亦可想而知。

由所入者为"暮霞",所乘之七香车却面对"斑骓嘶断"的景况以观之,首联两句已然在白道霞光与香车美人的华丽表层之下,蕴藏了光尽声寂的破灭因子,不免令人产生日暮途穷、徒劳无益之感;而接下来末联的"春风自共何人笑?枉破阳城十万家"便更进一步地直接点出芳心无托、身世无成的虚无幻灭,显示出一种与过度美好所伴随而来的寂寞,而以"枉"字为全诗结穴。先就两句中作为互语的"春风"与"破阳城十万家"来看,春风,指女子如春风般柔美温丽的容颜,一如杜甫《咏怀古迹五首》之三所说的"画图省识春风面",乃形容女子如春风吹拂般活色生香的美貌,而其魅力也如同春风吹拂般无远弗届地感荡世人,也就是下一句中足以"破阳城十万家"的绝色姿容。

而"破阳城十万家"的说法,其实又结合了两个古老的典故而成,一个出于宋玉《登徒子好色赋》云:"天下之佳人,莫若楚国;楚国之丽者,莫若臣里;臣里之美者,莫若臣东家之子。东家之子,增之一分则太长,减之一分则太短;著粉则太白,施朱则太赤,眉如翠羽,肌如白雪,腰如束素,齿如含贝。嫣然一笑,惑阳城,迷下蔡。"注曰:"阳城、下蔡,二县名,盖楚之贵介公子所封,故取以喻焉。"另一个典故则出自著名的《李夫人歌》:"北方有佳人,绝世而独立。一顾倾人城,再顾倾人国。宁不知倾城与倾国,佳人难再得!"两相结合之后,便将宋玉原本所谓"嫣然一笑,惑阳城,迷下蔡"的"惑"与"迷",更进一步激化为倾城倾国式的"破",呈现其强大的致命性与破坏力;并以"十万家"这具体可感的庞大数字,来夸饰其无与伦比的魅惑力,则两句意谓女子之春风美貌足以倾倒阳城中包括贵介公子在内的难以计数之男子。然而可惜可叹的是,如此倾国倾城之绝色,却面临天地悠悠、举世旷然的落空,所谓"自"也者,为"却"之意,有意外和惋惜之感,"自共何人笑"言以女子之美却无人相共欢笑,徒令玉颜萧索、芳心寂寞,终究无可托付而归于枉然。

"春风"显然也是一种"最是人间好景"的象征,可以用来代表青春美貌,亦可以是对淳美心灵的比喻,而就在这春风骀荡、良辰美景的时刻,一朵开得最美的花朵却面临了空前的寂寞,有如一个灿烂舞台上的绝代美人,非但没有众多如痴如醉的捧场观众,更欠缺一个演出对手戏的精湛高手,只能在灯火辉煌中独歌独舞,充满了华丽的苍凉之感。李商隐在诗中接连使用"共何人"与"枉破"两个疑问词与否定词,层层逼出一种幻灭无着的感叹,真是令人不胜唏嘘。这种过度美好所伴随而来的寂寞,一如沉埋于尘沙中的明珠,比起"黄钟毁弃"(屈原《卜居》)式的珠破玉碎,还呈现出更深的悲剧性。虽然鲁迅曾说:"悲剧将人生的有价值的东西毁灭给人看。"(《再论雷峰塔的倒掉》)但是,由于美好之事物在受到无情摧毁时,会产生一种英雄式的壮烈感,令人目眩神驰而心神震荡,因此足以激发出强大的精神力量;而美好事物的白白虚度却只能带来无限的寂寞,令人唏嘘不已却无能为力,因此其悲剧性其实更为深沉,一如杜甫所慨叹的"桃花一簇开无主"(《江畔独步寻花七绝句》之五),以及《牡丹亭》中所唱:"似这般姹紫嫣红开遍,都付与断井颓垣。"其中所诉说的都不是美的摧毁,而是美的虚度。而"美的虚度"其惨痛乃是甚于"美的摧毁",因为毕竟在摧毁之前、乃至在摧毁的过程中,美都还充分发光发热过,有如流星般,即使最终都不免陨落于漆黑阒寂的万古长夜,但毕竟已经尽情燃烧划亮整个宇宙,在绽放中获得生命的意义;而美的虚度却是一种自始至终完全无用武之地的孤芳自赏,是一种时空错置的徒劳无功,在被遗忘尘封的角落里,只能放任绝世之良材美质在日常庸俗中逐渐腐朽,因此只沦为存在的无谓耗损,比诸"美人白头""名将老去"都更加悲惨。

衡诸其他类似于"美的虚度"的人生现象,其背后蕴含的意义亦皆莫非如此。如缺乏伯乐慧眼青睐的千里马,只能埋没在盐车蹎踬的苦役之中,因为日复一日的耗损而形销骨毁,终究与万千驽马一起同归于尽;而失去了钟子期的伯牙,由于不肯变节以从俗,也就只能在这扰攘狂躁的世间浊流里,选择"破琴绝弦,终身不复鼓琴"的喑哑人生。正如李白在其《行路难三首》之一这首诗中,以"拔剑四顾心茫然"写出那种虽然剑锋凌厉,却无以奋力一搏的失落感,在在都莫非一种生不逢时、徒劳枉然的无限唏嘘。美丽而虚度,有才而无用,比诸无才、不美更要来得令人悲恸,因为其中有期望落空的错愕,也有不知所为何来的茫然,更有眼看着芳心美质白白凋零的急切,而这些错愕、茫然、急切交织而成的复杂心绪,都不能激荡出生命的火花,仅仅落得飘散于空中的一声叹息而已。

因此清程梦星《李义山诗集笺注》云:"此亦感怀之作。比之美女空驾七香之车,人纵冶游,皆入暮霞而去;春风倚笑,却共何人?迷惑阳城,枉生颜色。盖温飞卿'枉抛心力作词人'之义也。"

然而,就"花开无主"这种无人赏识的思维角度来谈"美的虚度",其实尚且存在另一层解析的范畴。在"春风自共何人笑?枉破阳城十万家"这两句中所蕴含的意义,还不仅仅是呈现"美的虚度"所产生的耗费而已,进一步深论,更敛藏了"宁为玉碎,不为瓦全"的高度的人格坚持,同时包涵一种特属于女性所专有的"等待发现"之心理,以及期望落空之后的寂寞与坚持。换言之,这位绝色佳人的寂寞并非来自没有众多如痴如醉的捧场观众,否则只要稍稍降格以求,轻易便可以享有琵琶女"五陵年少争缠头,一曲红绡不知数。钿头云篦击节碎,血色罗裙翻酒污"(白居易《琵琶行》)的热闹繁华。因此这位绝色佳人只能在人生舞台上独歌独舞的原因,主要是她性格上宁缺毋滥的选择,一如曹植所说:"佳人慕高义,求贤良独难。众人徒嗷嗷,安知彼所观。盛年处房室,中夜起长叹。"(《美女篇》)可见"阳城十万家"不过是以量取胜的数据,在专致于"求贤""慕高义"的佳人眼中,仅仅是一群"安知彼所观"的嗷嗷众人而已,夏虫既不可以语冰,俯身屈就的结果势必会是对美的侮辱与对人格的损害,这对如此珍爱自己之美质、如此护惜自己之价值的人而言,恐怕会造成比死更大的痛苦。因此,慕高观远之佳人情愿独守"盛年处房室,中夜起长叹"的寂寞,也不愿迎合"众人徒嗷嗷"的浅薄媚俗,这也正是李商隐诗中"春风自共何人笑?枉破阳城十万家"的意义所在。

另一方面,这种孤高自许、不肯降格以求的坚持中,还包含了一种女性"等待发现"的心理,亦即因为缺乏一个足以在同样的灵魂高度上匹配她、甚至在更高的灵魂高度上发现她的情人,以致造成那"无人共笑"之处境所带来的深沉寂寞,以及"枉破阳城十万家"的徒然虚度,这其实都是出自宁缺毋滥的"伦理抉择"的结果。

美国电影界中身为喜剧导演兼演员的卓别林(Charles Chaplin, 1889—1977),曾经有一句名言道:"每个女人,都需要一个男人来发现(discover)她。"女性之所以需要"被发现",原因之一,在于真正美质内蕴的佳人本即是暧暧内含光的,温婉内敛已成为女性独具的特质,惟其从不炫露夸耀,因此更是有待慧眼之挖掘始得绽放。而相对说来,历史中的男性虽然也往往处在"等待发现"的境况中,如姜太公之于周文王、荆轲之于燕太子丹、贾谊之于汉文帝、李白之于唐玄宗,但当其在等待发现的过程中,总是毫不保留地积极推销自己,以干谒、投赠、温卷甚至"终南捷径"等投石问路的方式赢得注目的眼光,从而打开可以施展身手的仕进之路;其次,男性所等待的对象往往是公领域中的皇帝、朝廷、社会或上司,而在被发现之后所获得的也是外界所附加的功成名就,因而男性的等待发现总是关乎社会群体之价值判断,与利害得失之算计脱不了关系,心态上便不免流于庸俗。

由此言之,女性之所以比男性更需要"被发现"的第二个原因,便在于女性的美质与理想并不是向外投射的成就功业,而是专注于生命本身的内在体验，无待于外界的认可，也超越了与社会较劲时斤斤于出处进退之机心，因此便保有一份由自我心灵深处生发出来的圆满自得的美好充盈，而她的温婉内敛也是来自于此种女性之特质。故而女性所等待的"发现"并非才华能力的肯定与实质可以计算的功成名就，而是对其内在心灵的一种共鸣、一种了解、一种开发、一种点燃，将蕴含在女性身上的美、慧、温婉与高贵呈现出来，并加以呵护、怜惜并充分展露。特别是那蕴含美质之女性，其盼望被发现的心情乃是纤细、浪漫、矜持而深沉的，尤其是盼望被特定之男人所发现的心态，更近乎一种圣洁的憧憬或崇高的理想，而当"发现"发生之际，将充满了男性一方发现的喜悦和女性一方被发现的快乐互相激荡出相处的满足、相与的乐趣，这就是女性之生命与爱情的最大意义所在。

由此也才足以说明，诗中这位绝色女子虽然已拥有"春风面"之绝世美丽，并绽放出"破阳城十万家"的倾城魅力，结果却依然为"枉"，依然沦于幻灭的深层原因——正如清林昌彝《射鹰楼诗话》所言："天下多爱才慕色之人，而真能爱才慕色者实无其人。譬之于花，爱花者多，而可称花之知己者则少矣，义山《花下醉》……此方是爱花极致，能从寂寞中识之也。"移诸此诗，此理亦通，那"破阳城十万家"之美的枉然无谓，都在"自共何人笑"一句中获得解答，其关键就在于她所追求的乃是心灵相知相惜、可以共笑与欢的灵魂伴侣，一如庄子所谓的"相视而笑，莫逆于心"（《庄子·大宗师》），在彼此的相视一笑中，让精神充分舒放与解脱，紧绷的情绪亦为之松懈舒缓，双方之身心皆臻至陶然忘机之喜乐状态，而达到彼此水乳交融的境界。所谓"士为知己者死，女为悦己者容"，慷慨一死是士人对知己最大的赞美与回馈，精心装扮是女性对悦己者最衷心的爱与回应。就男性而言，为知己而死虽然会造成自我生命的摧毁，同时却足以擦亮精神的光辉，驱散了人性的幽暗与卑微；就女性而言，与悦己者相与相守，便足以焕发出无限风采，添赋生命的意义。因为那些知己者或是悦己者都是在精神层次上位于同等高度的"灵魂伴侣"，可以探测并了解到她们最美好也最内在的存在本质，因此他们也将会以最珍贵的一部分来加以回应，从而达到彼此发现、互相提升的境界，并创造出人生的最大意义。

　　因此之故，一位倾国倾城之美人却终其一生"养在深闺人未识"，于空谷中自开自谢；或是宁缺毋滥地自绝于俗世之外，独沽阳春白雪而寡合以终，都会令人产生无从控诉、也无从改变的寂寞之感，即令上诉于天，也都只能默默叹息。就如同"入暮霞""斑骓嘶断"的无可如何一般，逐渐沉沦的落日无从挽回，而漫漫道路上的马蹄只能向前奔驰，孤独的佳人一路向天际埋伏的暮色趋近，迎接生命的沉寂，无论那"自共何人笑"的落空是因为错过相遇相得之时机，还是根本就查无此人，总而言之，身边缺席的伴侣乃是一道无解的难题，因为那空缺来自于对爱情素质与灵魂高度的坚持，完全无法通过人为之努力来弥补。四顾无人的霞光暮色，逐渐黯淡下来吞噬一切，而那依然在七香车上不畏黑暗、无惧途远的佳人，也将继续策马追寻一个能够并肩共笑的人，以近乎"亦余心之所善兮，虽九死其犹未悔""路漫漫其修远兮，吾将上下而求索"（屈原《离骚》）的精神，在寂寞中坚持着等待，直到幕落花谢。

无题四首之二

飒飒东风细雨来，　　芙蓉塘外有轻雷。
金蟾啮锁烧香入，　　玉虎牵丝汲井回。
贾氏窥帘韩掾少，　　宓妃留枕魏王才。
春心莫共花争发，　　一寸相思一寸灰。

作为一首无题诗，本篇依然呈现出李商隐特有的典型风格，既曰典型，则其中郁结之深沉曲折、情思之幽微婉转，以及怆楚之蚀骨无望，在在都没有欠缺。如清纪昀所指出："四首皆寓言也，此作较有蕴味，气体亦不堕卑琐。《无题》诸作，大抵感怀托讽，祖述乎美人香草之遗，以曲传其郁结，故情深调苦，往往感人。特其格不高，时有太纤太靡之病，且数见不鲜，转成窠臼耳。"（《玉谿生诗意》）诗中除了以爱情为题材并展现出缠绵悱恻乃至过于纤靡的婉转情思之外，整个作品运用大量的比喻和双关手法，写情人之间相思怨慕的一份幽细深腻之春心，以及此一相思怨慕之春心必然寸寸成灰的凄伤，结构上具有回环呼应之繁复，意象上也呈现细致优雅之精美，而整体诗境最终又归结于对此一春心不可泯灭的执着，将其郁结之苦恋丝缕传出，可谓语丽意浓而情深调苦的言情佳作。

首联一开始，诗人就从眼前所见所闻之实景下笔，以"东风"暗示等待之时节,以"芙蓉塘"点明守候之地点,但"飒飒东风细雨来,芙蓉塘外有轻雷"两句表面上是描写气候转变之初,四方微阴的春季天象,实则皆为一种如真似幻的虚拟想象,用来呈现等待时专注焦虑的心情。首句之中,"飒飒"乃是形容风雨之声,如《楚辞·九歌》云:"风飒飒兮木萧萧。"而东风,一作"东南",为春风之同义词。如此风兼细雨的景象,初非陶渊明"微雨从东来,好风与之俱"(《读山海经十三首》之一)的悠然自得,更不是"沾衣欲湿杏花雨,吹面不寒杨柳风"(僧志安《绝句》)的怡然骀荡,而是一种晴天已尽、唯恐雨势渐大的急切心情,尤其在细雨蒙蒙的迷离世界里,周遭景物变得更加朦胧模糊起来,伫立其中的人被无边的雨雾所包围、所笼罩,前方视线因此被缩短乃至被阻断,听觉也被风雨的飒飒之声所干扰,则来人之身影呼唤更是无从捉摸也更无从预测,独自一人的等待也变得更艰辛、更无助。

而在这种无助的等待中,时间总是显得特别漫长又特别沉重,分分秒秒都是在盼望与失望交替的起伏中煎熬着,因此对任何能够传达来人影踪的讯息就加倍敏感,整个绷紧的神经随时准备好要接受这些讯息的颤动,因此本就十分容易发生误认错辨的现象;尤其在盈耳皆是风雨飒飒的情况下,等待之人更会极力集中听觉的感官能力,以突破风雨之干扰而及时捕捉到期盼的声音,因此,随着"飒飒东风细雨来"而来的,便是"芙蓉塘外有轻雷"这一句声音上的错觉。所谓芙蓉塘即荷塘,民间歌谣中常以之为情人相会之所;而"轻雷"乃拟喻车轮滚动行进时所发出的声音,如《无题二首》之一的"车走雷声语未通"亦是,皆出自司马相如《长门赋》

所云:"雷殷殷而响起兮,声象君之车音。"雨幕中微微震动的轻雷声响,仿佛情人来到时从远方传来的车声辚辚,而此一错觉正表示等待者殷切期盼之焦虑心情,因此清纪昀曰:"起二句妙有远神,不可理解而可以意喻。"(《玉谿生诗意》)对此所谓"不可理解而可以意喻"之处,清姚培谦有极为切当之解说:"极言相思之苦。首句暗用巫云事,思之专而恍若有见也。次句暗用古诗'雷隐隐,动妾心'语,思之专而恍若有闻也。"(《李义山诗集笺注》)换言之,所谓"细雨""轻雷"之错觉,都出于一种"思之专"而恍惚幻生的结果。则诗中所呈现的,乃是"实中有虚"的眼前景。

　　一旦发现错认之际,那因为如愿以偿而瞬间产生的无限欣喜之情,乍然间便立刻熄灭而粉碎殆尽,跌入到更深的失意落寞之中,而接下来必须面对的,乃是更无望更迫切的枯等痴候,于是乎,反反复复地想象往事与考虑未来,便成为唯一可以做的工作。诗人从实中有虚的"眼前景"转到虚中有实的"心中事",唤起了"意中人"的音容形貌,以及双方恋情的甜美与苦涩,而在怨望与甜蜜交织的心绪中无限思量,这就成为下面两联借物托喻的主要内容。

　　从表面上来看,次联"金蟾啮锁烧香入,玉虎牵丝汲井回"所呈现的,乃是贵家女子细腻琐碎的闺中生活,上句谓燃香薰香的闲情逸致,下句言汲井打水的女红实务,一在室内,一在室外,构成女子狭小幽闭的活动场域与无关大雅的活动方式,乃诗人想象中所爱女子的生活形态。就"金蟾啮锁烧香入"而言,所谓"金蟾",指蟾形的铜制香炉,取蟾善闭气之特性;啮为口齿上下咬合之状;"锁",音义皆同"锁"字,此处则为香炉之鼻钮,乃填充香料之开关处。整句意谓即使有"金蟾啮锁"之紧闭密封,香炉依然有开启以"烧香入"的时候,就在填充香料与香气飘送之际,这封闭的小小空间便与外界有路可通。而与"金蟾啮锁烧香入"上下成对的"玉虎牵丝汲井回"一句,"玉虎"是一种井栏或辘轳上用以装饰的虎形玉器,如杜甫《铜瓶》诗所云"蛟龙半缺落,犹得折黄金"的"金龙"之类;"牵",即拉动、汲引之意;至于"丝"者,指汲水桶所系之井绳,句谓井底虽深、幽暗不见天日,但装饰着玉虎的辘轳犹能牵引细绳自井底汲水而回,拥有突破重围的机会,所谓:"颔联以用物为譬,意谓金蟾虽坚,香烧犹可啮入;井虽深,丝索亦可汲引,我何以无隙可乘。"(喻守真《唐诗三百首详析》)因此,这两句其实都是用来反衬女子处境之幽隔不通,只能在闺阁庭院之间往返而已,而与广大自由的外界绝缘,以致相会是如此之艰难,等待是如此之漫长,徒令有情人空自翘首引颈,在此芙蓉塘边遥遥守候。

  在对女子不得接通的处境百般怨望之后,独自相思的诗人于莫可如何的百无聊赖中,便陡然触动了过去两人触发恋情、点燃爱苗的甜蜜过程,因而接下来的"贾氏窥帘韩掾少,宓妃留枕魏王才"这一联,乃是在追忆两人相识相许的往事。第五句的"贾氏窥帘韩掾少",贾氏即西晋权臣贾充之次女,韩掾则指贾充府中自行辟用的家臣韩寿,典出《世说新语·惑溺篇》:"充每聚会,贾女于青琐中看,见寿,说之,恒怀存想,发于吟咏。后婢往寿家,具述如此,并言女光丽。寿闻之心动,遂请婢潜修音问,及期往宿。……后会诸吏,闻寿有奇香之气,是外国所贡,一着人则历月不歇。充计武帝唯赐己及陈骞,余家无此香,疑寿与女通。……充乃取女左右婢考问,即以状对。充秘之,以女妻寿。"此处则以"少"字强调令女子倾心的年轻俊美与青春华茂,正是春情洋溢的人生时节。事实上,一个幽居深闺之女子用以开启爱情自决之路的方式,只有"偷窥"一法而已,且早在汉代就发生过类似的故事,卓文君藏身帘后的偷听偷窥,即足以引起"夜奔相如"的浪漫情事,所谓:"卓王孙有女文君新寡,好音,故相如缪与令相重而以琴心挑之。相如时从车骑,雍容闲雅,甚都。及饮卓氏弄琴,文君窃从户窥,心说而好之,恐不得当也。既罢,相如乃令侍人重赐文君侍者通殷勤。文君夜亡奔相如,相如与驰归成都。"(《汉书·司马相如传》)两相比观,都可以看出构成这种爱情模式的主要因素,除了男方必须具备令人一见倾心的俊美外表之外,女方在门边帘后的暗中窥视也是不可或缺的秘密引线,于擦撞出彼此心知互许的爱情火花之后,再加上贴身婢女居间穿梭的传递联络,遂尔发展出两情相悦、肌肤相亲的爱情。

因此值得注意的是,在这类故事中,"青琐"都构成了幽居女子通视外界的唯一孔道,在那深闭于重重门帏中狭小而单调的世界里,一个漫不经心的惊鸿一瞥就可以激发满腔涌动的情感,而一个小小的情感波涛便足以掀起冲撞礼教的惊涛骇浪,前有卓文君之夜奔相如,后有贾氏之私通韩寿,其作为都非社会礼教所允许。因此,"贾氏窥帘韩掾少"又与第三句的"金蟾啮锁烧香入"上下对应,都以"香"字为枢纽,而一脉相承、互为线索;"金蟾啮锁烧香入"句言蟾炉虽闭锁,犹能填入香料以烧之,一方面是借以反衬女子之孤绝深闭,一方面也暗示人性情欲之自有出路,恰恰为"窥帘"典故预先作了贴切的铺垫。因此,贾氏透过青琐的偷窥凝望,竟勾连起深闺女子澎湃无尽的爱意,那幽闭于闺阁中无从宣泄之春情,便一股脑儿灌注在初闻乍见而风流倜傥的陌生男子身上,一见韩寿,即芳心暗许;一丝情念既生,便执念不移,不但昼思眠想,更于日常吟咏流露无遗,然后透过才子佳人故事中不可或缺的红娘女婢从中穿针引线、搭起鹊桥,一桩违反礼教的浪漫情事便在深闺中悄然滋生。饶富意味的是,"香"字作为全篇主脉之一,不但以"金蟾烧香"点染出女子在幽独闭居之生活中的百无聊赖,同时也在这个因香成缘的爱情故事中担任了泄密的角色,既然在"金蟾啮镮"的紧闭状态下,都还可以从外而内地"烧香入",则深闺虽然是封戒森严的禁地,自然也是可以由内而外地"透香出",与外人缔结情缘的同时,也让此一秘密情事东窗事发,终于使私相期会的情人得以遂愿团圆而喜剧收场。

接下来的"宓妃留枕魏王才"一句中,乃是从俗世恋情转向仙界之爱,而将令女子倾心之焦点从年少风流之"貌"替换为八斗傲世之"才",以充分突显女子所爱的情人(也就是诗人自己)才貌双全的完美无缺。宓妃原为洛水女神,曹植《洛神赋序》李善注云:"宓妃,宓牺氏之女,溺洛水为神。"此处用指曹丕之后甄氏。魏王者,指魏之东阿王曹植。"留枕"之旖旎情事亦本于李善所注:"魏东阿王,汉末求甄逸女,既不遂,太祖回与五官中郎将(案:即曹丕)。植殊不平,昼思夜想,废寝与食。黄初中入朝,帝示植甄后玉镂金带枕,植见之,不觉泣,时已为郭后谗死。帝意亦寻悟,因令太子留宴饮,仍以枕赉植。

植还,度辗辕,少许时,将息洛水上,思甄后,忽见女来,自云:'我本托心君王,其心不遂,此枕是我在家时从嫁前与五官中郎将,今与君王。遂用荐枕席,欢情交集。……' 言讫,遂不复见所在,遣人献珠于王,王答以玉佩,悲喜不能自胜,遂作《感甄赋》。后明帝见之,改为《洛神赋》。"此事虽诬妄不实,却成为后世诗人乐于采用之浪漫材料,而"宓妃留枕"不但是一桩饱受压抑,只能成就于仙界的浓烈爱情,亦带有巫山神女自荐枕席的情色意味,则衡诸此处用意,可见双方之恋情在倾心相思的纯情之外,还同时包括以身相许的爱欲层次,与上一句贾氏私通韩寿的典故异曲同工。诗句中另行添加一原典故未曾强调的"才"字,乃呼应谢灵运对曹植"才高八斗"的推崇,以刻意彰显女子所慕之情人的不凡才情。

而虽有"贾氏窥帘韩掾少,宓妃留枕魏王才"如此浓情蜜意之往事,如今却已如春梦般了无痕迹,唯余飒飒风雨与阵阵轻雷,爱情至此,遂令诗人不禁油然感慨道:"春心莫共花争发,一寸相思一寸灰!"将满心之相思怨望都付诸灰飞烟灭。"春心",是在李商隐诗中常常出现的一个语词,与"芳心""香心"意义相通,都是用来指一种追求美好与希望的芳美之心意,如《燕台四首·春》的"蜜房羽客类芳心"、《燕台四首·冬》的"芳根中断香心死"、《落花》的"芳心向春尽",以及《锦瑟》的"望帝春心托杜鹃"等等皆是。而所谓"争发",意即争相开花、绽放。整句表现出对此一春心强加压抑,而期许自己悬崖勒马的自我警戒,既然热烈燃烧的寸寸相思都不免沦为寸寸灰烬,又何须对此春心百般鼓励助长,使之有如百花竞放般义无反顾地尽情追求?只是,这样一个忏情人的自誓之词,非但没有真心的悔改之意,言外却反衬出沛然莫之能御的深情执着,可以看到经过得失计算之后,在理性所施加的节制控管之下,蕴含的其实是一股理性所无法压抑的浓烈情感,否则薄情寡情之人轻易便能抽身而出,绝不会全心投入到了自焚的地步,当然也就不会有刹车不及之后企图亡羊补牢的想法。因此,"春心莫共花争发"中谆谆自诫的话语,颇有李白所谓"长相思兮长相忆,短相思兮无穷极。早知如此绊人心,何如当初莫相识"(《三五七言》)之意味,而《唐诗鼓吹评注》亦云:"末则如怨如诉,相思之至,反言之而情愈深矣。"

由于这首无题诗在性别角色与抒情主体上的暧昧模棱,以及虚实之间的交错混糅,对整首诗的理解也可以从另外几个角度来体会。第一种乃是在"金蟾啮锁烧香入,玉虎牵丝汲井回"一联呈现出对女子不得接通的处境百般怨望之后,诗人于莫可如何的百无聊赖中,所思所想的乃是佳人突破重围、飞奔前来的痴心妄念,则接下来的"贾氏窥帘韩掾少,宓妃留枕魏王才"并非追忆往事的纪实之笔,而是一种心向往之的蹈空之想,如清姚培谦所言:"计此时,金蟾啮锁,非侍女烧香莫入;玉虎牵丝,或侍儿汲井时回,惆怅终无益耳。于是春心一发,妄想横生:念贾氏之窥帘,或者怜我之少;如宓妃之留枕,或者怜我之才。要之念念相续,念念成灰,毕竟何益!至此则心尽气绝时矣。"(《李义山诗集笺注》)当然此种幻想毕竟只是自欺欺人而已,到最后还是必须面对"一寸相思一寸灰"的哀绝无望。更有甚者,这种心向往之的心态,甚至会产生一种相形见绌的自卑心理,亦即诗人在横生"贾氏窥帘,宓妃留枕"之妄念

时,也深知自己的望尘莫及,因此希望适足以成就失望,如纪昀所谓:
"贾氏窥帘,以韩掾之少;宓妃留枕,以魏王之才。自顾平生,岂复有
分及此?故曰'春心莫共花争发,一寸相思一寸灰',此四句是一提
一落也。"(《玉谿生诗意》)若果如是,则"贾氏窥帘,宓妃留枕"乃是
诗人遥想前人遂情遂愿之风流韵事,在对比之下即有自惭形秽的怨
艾之意,如此一来,追攀不得的诗人便依然只有面对相思成灰的落空
下场。

另外,前文之阐释无论是采取何种角度,"贾氏窥帘韩掾少,宓
妃留枕魏王才"一联无论是追忆往事的纪实之笔,还是一种心向往
之的攀比之想,都是设定抒情主体为男方的视角而言,差别只在于
虚实之分而已。如果将此诗之抒情主体转换为女子一方,由诗人
假拟闺中女子之立场来展开铺叙,诗中之理路根脉也都依然可以
解释得通:

"飒飒东风细雨来,芙蓉塘外有轻雷"是禁足于深闺中不得奔
赴情人期约之女子,眼见东风细雨飒飒而至,自己却不得成行,遂
尔揣想情人独自在芙蓉塘外徒劳等待的情景,语中自有一分怜惜
不舍;至于"金蟾啮镲烧香入,玉虎牵丝汲井回"则是说明自身现下
受限闺中一方天地的处境,只能以烧香、汲井等身边琐事来排遣时
光,而于此一来去回转的行止之间,不免情思游移动荡,以致不禁
向往"贾氏窥帘韩掾少,宓妃留枕魏王才"这类大胆追求爱情自主
的故事传说。然而无奈的是,相较于"贾氏窥帘韩掾少"之突破闺
阁铁限,以及"宓妃留枕魏王才"之突破仙凡阻隔的这两种恋情,在
现实世界里,自己的爱情却是充满了绝望与悲凄。原本在前述如

轻雷般之车声唤醒了相思春情之后，接着进行"烧香入""汲井回"这般象征情思游移的生活细节，以及"贾氏窥帘""宓妃留枕"这两个表现出大胆越界以争取爱情自主的典故，至此似乎少女便要破笼而出，奔赴闺阁之外那轻雷响处的翩翩公子所在，以回应自由与爱情的召唤。但人生毕竟必须面对现实，"回廊四合掩寂寞"（《日射》）的闺阁铁限毕竟是如此之厚重而牢不可破，因此终究只能归结于"春心莫共花争发，一寸相思一寸灰"的凄绝无望，以寸寸灰烬点明春心绽发之后果。原来"贾氏窥帘""宓妃留枕"所表现出的争取爱情自主的大胆越界，都只是欠缺勇气与能力的少女望梅止渴的幻想而已，填补心灵空虚的功能远大于激发行动的作用，徒令情人枯守期约而无望地等待，而少女自己也将面临"轻身灭影何可望？粉蛾帖死屏风上"（《日高》）的凄绝命运，因此乃有"春心莫共花争发，一寸相思一寸灰"的哀惋之词。

　　无论如何，此诗于意脉结构上所呈现的回环呼应之繁复，都是十分值得注意的一大特点，除了表现在上述以"香"字为枢纽，让第五句的"贾氏窥帘韩掾少"与第三句的"金蟾啮锁烧香入"上下对应，而一脉相承、互为线索之外，诗人于末联两句中安排得更为复杂精密，那共花争发的"春心"既是挑动贾氏窥帘、宓妃留枕之动力，是成就非凡之爱情的契机，而"一寸相思一寸灰"又分别与前面第二联、第三联共四句诗互相映衬，其中之"相思"对应第四句之"玉虎牵丝"，因为"思"与"丝"同音双关，将其间绵延不断之牵引象喻化，并绾合第六句之"宓妃留枕魏王才"，呈现人去之后物是人非的相思无极；"灰"字则回应第三句之"金蟾啮锁烧香入"，因实质上的燃烧而成灰，又引带第五句因香成缘之"贾氏窥帘韩掾少"。如此之回环往复、穿引扣连，让整首诗具备了紧密强韧的内在结构，而以"相思"为结穴，就之进行反复皴染、往复交织的结果，便创造出一种作茧自缚般层层缠绕、无以自拔的厚密情网，诗人既不能也无意于跳脱自赎，甘愿陷溺其中而为情所困，因此势必归于"一寸相思一寸灰"的绝望之境。

然而，在相思成灰之后，便可以超脱这绝望难堪的命运了吗？答案曰否！李商隐曾经说："当时若爱韩公子，埋骨成灰恨未休。"（《和韩录事送宫人入道》）换言之，即使相思如飞灰、形骸如烟灭，依然有一股无休无止之恨在天地间长存，这便是李商隐《无题》诗的共同结局。

赠荷花

世间花叶不相伦，　　花入金盆叶作尘。
唯有绿荷红菡萏，　　卷舒开合任天真。
此花此叶长相映，　　翠减红衰愁杀人。

　　本篇是一首极为特殊的咏物诗，诗中借红荷之花叶的不同遭遇，而抒发对人心偏私、世间敧倚不均以及天地不仁的感慨，一方面感叹花叶原本相互扶持映衬，展现天然清真之风华，却不免进入世间而受到判若云泥的差别待遇；一方面又伤痛于就算是花叶相映、生命圆足，最终仍一皆同归于衰减凋零，沦为一无所有的虚无。前者是人事的影响，后者是自然的力量，而无论在哪一种范畴，结果都同样导致消损幻灭的悲剧，此真凄怆入骨之哀也。整首诗透过歌谣般顺口吟唱的韵味，以及白描的语句和流畅的节奏，再加上非律非绝的折衷体裁，一反义山诗所专擅的缠绵细腻、婉曲入微，而显得依违跌宕、动摇感慨。全篇有三联六句，均衡地分为三个段落，而每一段都把视角层层推进，逐步导入天地间无可期待的重重幻灭的悲剧。

　　第一联也就是第一段，李商隐首先感叹"世间花叶不相伦，花入金盆叶作尘"的差别待遇，原就是人类以其无知的傲慢，师心自用地将种种优劣、美丑、是非、高下、好恶的评价强加于人事物之上，在差别心旺盛的运作之下，以己之所是而非人之所是，以己之所爱而丑诋人之所爱，一味私心偏执的结果，人世间便沦为价值争夺的杀戮战场，根据个人蔽于一隅的价值判断蛮横地进行取舍择汰，随之而来的势必是"以成见杀人"的无情牺牲。于是乎，不但各擅胜场的红杏白梅被强分出雅俗贵贱之等差，连原即一体扶持、彼此成就的花叶交映，在如豆如芥的人类眼光中也有了"不相伦"的高下之别，"不相伦"即不相类之意，谓花与叶不能类比、难以相提比论；而这样的成见往往又会付诸行动以遂行己意，于是人类的主观意识发而为一把"顺我者生，逆我者亡"的利刃，对万物经行剪伐扫除的工作，形成"花入金盆叶作尘"的不平等现象。"花入金盆"者，极言花朵备受宝爱，以金盆栽植万般呵护；而"叶作尘"者，则指叶片备受冷落，被弃于原地化为尘泥，其间差异迥然，何异于霄壤之别！

然而，造物主本以平等为法，以博爱为怀，对万物一视同仁，因此善体天意的杜甫也曾经三番两次地谆谆诉说道："雨露之所濡，甘苦齐结实"（《北征》）、"上天无偏颇，蒲稗各自长"（《秋行官张望督促东渚耗稻向毕清晨遣女奴阿稽竖子阿段往问》），无论种属为何，也不分甘苦之别，更超越颜色形貌之外在差异，杜甫都感受到天地助成一切生命的伟大力量，其平等无私之胸怀实足以企及参天地、赞化育（《中庸》）的宇宙仁能。然而，崇高的理想一旦落入人间，便不免折翼受创而荒腔走板，原来所谓的"人间世"原来就由褊狭崎岖的人心所铺成，人间世中处处充满莫名其理却又牢不可破的成说与偏见，乃至于无端横生种种无从究诘的偏斜恶意，再加上盲目、无知、偏执、自私、贪婪、浅薄、自以为是等等根植难迁的人性弱点，总是片面而独断地破坏了物种的平等与人际的和谐，处处引爆冲突的火线或制造不平的伤害。无论是庄子所谓的"凡人心险于山川,难于知天"(《庄子·列御寇》),或是刘禹锡所说的"长恨人心不如水,等闲平地起波澜"(《竹枝词九首》之七),或是杜荀鹤所体认的"逢人不说人间事,便是人间无事人"(《赠质上人》),都说明人心之深险与世间之庸扰,而此处李商隐也以"世间"一词加以挑明,表示他深深了解这乃是人群社会中往往可见的一般通病;也正是到了这样的"世间",才会产生"花叶不相伦"的偏执现象,一如杜甫所感慨,宇宙造化对天地万物所施加的,固然是"雨露之所濡,甘苦齐结实"与"上天无偏颇,蒲稗各自长"的平等无私之博爱,一旦归于人类世界时,则一反其道,显示出"人情见非类,……除草置岸旁"(《秋行官张望督促东渚耗稻向毕清晨遣女奴阿稽竖子阿段往问》)的偏私不仁。因此,欲问乐园何处有,其地绝不在人群社会之中,而只能向庸鄙浅薄的世间之外去寻求。

无奈的是,自居为万物之灵的人类,其影响力确实是无远弗届的,而在其唯我独尊之强势作风的驱动之下,更能支配万物之价值高下乃至于生杀予夺,陈子昂便曾托物写怀,借翡翠鸟来申诉人类无孔不入的强行干预,其《感遇三十八首》之二十三说:"翡翠巢南海,雄雌珠树林。何知美人意,骄爱比黄金。杀身炎州里,委羽玉堂阴。旖旎光首饰,葳蕤烂锦衾。岂不在遐远,虞罗忽见寻。多材信为累,叹息此珍禽!"陈子昂清楚地看到,在人类笼罩万有的支配权之下,旖旎葳蕤的翡翠鸟幽居于人迹罕至的南海炎洲,全心远身避祸却依然无用的悲剧,"岂不在遐远,虞罗忽见寻"正说明那令万物无所逃于天地之间的人为势力。但显然李商隐在这里就显得天真得多,他相信那远离人间、遗世独立而自成天地的一泓水塘,便得以免除这样盲昧无明却残酷可怕的差别待遇。第二联所谓的"唯有绿荷红菡萏,卷舒开合任天真",乃是对前一联"花入金盆叶作尘"之世间不伦所作的突破,其"唯有"一词显得多么孤独单弱,同时又包含了多少的惊喜与庆幸,原来世间总有一个幸存的例外,一个网开一面的乐园,可以保有"舒卷开合任天真"的自然生命。"菡萏",音汉但,即荷花,《尔雅·释草》云:"荷,芙蕖,其茎茄,其叶蕸,其本蔤,其华菡萏,其实莲,其根藕,其中的,的中薏。"所谓"任天真"者,意即顺任其天然真实之本性,而下一句的"此花此叶长相映"亦即"卷舒开合任天真"的具体呈现,它突破或克服了"花入金盆叶作尘"的世间律法,花与叶以平等之姿互相映衬、彼此烘托,绿叶红花亭亭一水间,随着季节循环、昼夜交替的自然韵律而自开自合,没有外力的横加摧折,也没有花叶殊途的差别待遇,构成了彼此缺一不可的整体生命,以及相辅相成的整体美感。

然而,才稍稍庆幸世间总有一个得其所哉的生命形态,能够免于人事力量的干扰,而护卫其充完自在之天机;却不知,在人事力量的强横之外,还存在着一股更深邃的自然力量,以无坚不摧之势终将席卷天地,以更甚于人事力量的"死亡"来终结生命并毁灭一切。于是那幸存的荷花再也无法保有其遗世独立的一方圆满,没有例外地在死亡面前丧失了曾经短暂保有的风华。末句的"翠减红衰愁杀人"紧接在"此花此叶长相映"之后,突如其来,直如一股死亡之势扑面而至,令人大感意外而措手不及,连一丝思考的空间或做好心理准备的余地都没有,就在毫无防备的瞬间将仅存的圆满摧毁殆尽。李清照曾以"绿肥红瘦"(《如梦令》)来感伤暮春初夏之际的景致,充满一种"落花流水春去也"的伤春情怀;而李商隐之悲剧性格显然更是彻底,"翠减"者,意谓绿色的荷叶枯减凋萎;"红衰"者,亦即红色的荷花衰朽零落,所谓"翠减红衰"便是既把春夏繁花的美丽一笔勾销,又将夏日特有的绿意盎然的生机都加以终结,于是让天地事物丧失了所有的颜色与希望,最终便只留下"愁杀人"之怆然心绪。

"愁杀",即"愁甚"之意,张相《诗词曲语辞汇释》卷四云:"煞,甚辞,字亦作瞰、作杀。"从表层意义来看,荷叶的"翠减"势必是秋天的节候现象,所谓"荷叶枯时秋恨成"(《暮秋独游曲江》)、"秋阴不散霜飞晚,留得枯荷听雨声"(《宿骆氏亭寄怀崔雍崔衮》),诸说都足以印证。而一如宋玉曾经观察并感慨的:"悲哉!秋之为气也,萧瑟兮草木摇落而变衰。"秋天带来的不只是金黄色的丰收,还更是枯黄色的颓败,它是死神的使者,为生命拉下沉重的黑幕,以致亭亭夏荷不堪一击地翠减红消,清楚展现出原来在死亡面前,自然界的一切都不过是短暂的过客;也只有在死亡之前,一切才会获得永恒不变的真正的平等,无论是"入金盆"的花还是"作尘"的叶,在秋气衰飒的此刻都落入到死亡狂潮的席卷之中,面临无所逃于天地之间的全体毁灭而无一例外。于是,在偏倚不均之世间以及吞噬生命之死亡黑洞两面煎逼的夹缝中,"卷舒开合任天真"和"此花此叶长相映"只是稍纵即逝的梦幻泡影,对生命而言,幸福圆满只是昙花一现的瞬间。眼看着翠减红衰的消亡之景,"愁杀"的诗人遂只有凄怆悲恸不已!

花下醉

寻芳不觉醉流霞，　　倚树沉眠日已斜。
客散酒醒深夜后，　　更持红烛赏残花。

本篇虽然只是一首短短的七言绝句，诗人运笔叙写时，也采取纯粹白描而不加藻饰的手法，"花下醉"甚至是诗坛上十分熟悉常见的题裁，其情境往往是恬然自安的闲适，其取材亦不外是花、酒、月、歌、舞等内容，容易写成点染风花雪月的轻松小品，而流于千篇一律的熟滥俗套。然而此诗却能别出心裁而以偏锋取胜，在尺幅之间推澜回流，一波三折，在句与句的过渡之际别开生面，使情绪的变化和人格的特质都能饱满地呈现出来。因此，虽然整首诗在采取"只眼前景、口头语"（沈德潜《说诗晬语》卷上对七绝的创作判准）的写法而一气流宕之余，又能产生峰回路转之意外奇趣，可以说是一种审美经验的激荡与开拓。

诗为某日赏花饮酒之宴席后所作，即景抒情，而充分表现出李商隐耽溺残缺之美的性格。唯其一开始所描绘的，乃是一幅温暖酣足的图景，首句的"寻芳不觉醉流霞"中，"寻芳"在字义上一般是指寻访花朵，以欣赏其芳美；"流霞"者则为天界仙酒之名，《抱朴子·袪惑篇》云："仙人但以流霞一杯与我饮之，辄不饥渴。"则此句表面上是说在寻访春花的时候，一边啜饮着如仙界流霞之美酒，不知不觉地沉醉。然而,"流霞"之字面意义本即是流动之彩霞,将"寻芳"与"醉流霞"以"不觉"连结为一,借由诗歌浓缩、凝练的作用,则亦仿佛是说花之灿烂有如流光霞影,则花之美极为令人沉醉,充分满足了"寻芳"的目的。此外,又因为此刻乃是"倚树沉眠日已斜"的黄昏之际,因此流霞可以作为呈现暮色之实景,则"寻芳不觉醉流霞"便可以理解为被花丛中流漫之夕阳霞光所迷醉,因而颇有"为君持酒劝斜阳,且向花间留晚照"(宋祁《玉楼春·春景》)的情韵。由此可见,单单一句之中就包蕴了如此丰富的感受、联想的可能,诗人的手笔已堪称是巧夺天工。

而就"寻芳不觉醉流霞,倚树沉眠日已斜"整联来看,其中所述及的动态描写,依序先后是寻芳、醉酒、沉眠,表面上只是诗人百无聊赖之际的闲适之举,然而,这一连串的行为发展其实并非任意取材、信手拈来的偶然组合,而是经过精心安排以捕捉其间理有必然的因果关系,一如刘学锴、余恕诚《李商隐诗歌集解》所言:"一、二点题面'花下醉',十四字中包含自寻至醉之全部过程:因爱花而寻芳,既得而流连称赏,因称赏而对花饮酒,因饮而不觉至醉('醉流霞'双关,既醉于酒,亦醉于艳若流霞之花)。因微醉而倚树,由倚树而不觉沉眠,由沉眠而不觉日已西斜。叙次分明,而又处处紧扣其爱花心理。"其层次纹理细腻绵密,逻辑思致环环相扣,笔端却是娓娓写来,何等顺畅自然,又何等雅致可爱。而赏花之时令人"不觉"多饮而醉,醉后沉眠又"不觉"已至日斜,可见此中花、酒、眠三项物事足以令人沉迷,而超然于现实意识之外,到了不觉酒量多寡和时间流动的地步,则花之美、酒之醇与睡之酣浓也就令人意会可知了。

古人曾以为,"良辰、美景、赏心、乐事"乃构成人生完美情境的四项条件,故谓之"四美",然而四美兼备谈何容易!机会稍纵即逝,因缘往往失之交臂,诸如适逢春秋佳日,气候宜人,却未必有丽花明月可赏;而有春花秋月之良辰美景嫣然眼前时,却很可能是心头怅闷、抑郁不开,如此则依旧是"良辰美景虚设";即使在良辰美景之前心和意顺,但若有一快意之乐事以为佐欢,则可以使恬淡清和变成腾越欢畅,而更强烈地将"赏心"带往欢乐之高潮。可惜人生不如意事是十之八九,因此谢灵运于《拟魏太子邺中集诗序》中便感叹道:"建安末,余时在邺宫,朝游夕宴,究欢愉之极。天下良辰、美景、赏心、乐事,四者难并。"其中将"四美"之期望转化为"四难"之遗憾,正是有感于四美兼具的难能可贵。而初唐的王勃竟然进一步地求之更甚,在《滕王阁序》一文中指出:即使在"四美具"的情况下,依然还有"二难并"的缺憾,意谓在四美兼具的情形之下,贤主、嘉宾双方之遇合也很可能难以兼具,如此一来,就将人与人之间的关系提升到了超乎"四美"之上的决定性地位,视友侣相知相伴之温暖契合为人生圆满与否的关键因素,从而与世相忤而失落了人群的诗人们,那彻骨无解的"寂寞"的心声便呼之欲出。

明朗强健如李白者,也免不了在处处残缺不全的人生旅途中,因为"孤独"而悲歌淋漓,如在《月下独酌》一诗中,李白便高呼着:"花间一壶酒,独酌无相亲。举杯邀明月,对影成三人。月既不解饮,影徒随我身。暂伴月将影,行乐须及春。我歌月徘徊,我舞影凌乱。醒时同交欢,醉后各分散。永结无情游,相期邈云汉。"在春天之良辰、花月之美景、好酒之赏心与歌舞之乐事四者兼备的情况下,却只能与月、影共结无情之交游,其中那在"极热闹之笔"之下所蕴藏的"极寂寞之心",简直令人感之欲碎。而这种无法样样俱全的不完美,才是生命最终的真相。但是,《花下醉》一诗却难能可贵地齐备了种种要件,春、花、酒、人(由第三句知有客为伴)无一或缺,其中虽无明月,斜日却也差相仿佛,可以凑数。如此良辰美景、赏心乐事相共一处,其完美至极,更有何求?

  然而,"完美"只是以流动变化为本质的世界稍纵即逝的瞬间幻相。花会残,客会散,酒会醒,而月也会落,那花面交映、酒酣耳热又明光如水的时刻一旦粉碎之后,满目之残败凄清、寂寞荒凉岂非更令人不堪?第三句的"客散酒醒深夜后"正是这样的一记当头棒喝,因为在"客散"之后,留下的是杯盘狼藉的凌乱与四顾无人的冷清,在先前杯觥交错之热闹喧腾的对比之下,不免会加一倍凄凉;而既然已经"酒醒",便丧失了"醉乡路远宜频到,此外不堪行"(李煜《乌夜啼》)的依托,必须清醒面对这孑然一身的处境,其感受势必远较沉醉时的不知不觉来得更尖锐、更强烈。尤有甚者,此句先写"客散",而后乃接以"酒醒",则或许在诗人"醉流霞"而浑然不觉时便被众人所遗弃,则诗人在酒醒之际蓦然察觉众客皆已散去,当下怕也会产生人事全非、恍如隔世的错愕,而有"醒时同交欢,醉后各分散"(李白《月下独酌》)的无情之慨;而"深夜后"更是黎明前最黑暗阴沉的时刻,天地寂然、河星已稀,连未眠之幽人都已酣然入睡,因此更充满"众人皆睡我独醒"的孤绝。繁丽之后的孤独真有教人不忍卒读的悲感,由此遂使诗境急转直下。

何况，李商隐在其《春日寄怀》一诗中也曾感慨道："纵使有花兼有月，可堪无酒又无人。"其中所谓的"有花兼有月"者，固然是良辰美景之具形，然而比起李白尚有手中一壶酒，与月、影一起交欢结游，李商隐缺少的条件更多，也更不圆满，在客散、酒醒之后，李商隐的处境已差堪是"无酒又无人"，再加上由末句所知的夜深、花残，当下之诗人实已落入一无所有的窘境。然而当此孤绝之境，身边仅存的竟又只有失色将坠之残花，理当更加怵目惊心、摧魂落魄，因为连禀性温柔敦厚的杜甫，面对落花时都不免写出"一片花飞减却春，风飘万点正愁人。且看欲尽花经眼，莫厌伤多酒入唇"（《曲江二首》之一）的凄怆之声，而强悲以为欢，王国维更以其彻骨之悲剧心灵，发出"最是人间留不住，朱颜辞镜花辞树"（《蝶恋花》）的悲楚哀吟，都是合乎某种"宇宙共感"的自然反应。如此一来，更令人不免担心同样秉赋"春蚕到死丝方尽"之悲剧性格的李商隐，是否会在最后一句将此悲感深化到绝望的地步？

但令人大感意外的是，在"客散酒醒深夜后"的穷途末路之后，末句居然山回路转、奇峰又起，在无可奈何之中开创崭新的审美范畴，而将低调拔高。"更持红烛赏残花"一句有如《宿骆氏亭寄怀崔雍崔衮》诗篇收尾所说的"留得枯荷听雨声"一般，告诉我们："残缺"的确是可以创造出真正的美感！残花败容、枯荷支离，似无妍媚可言；然而在红烛映照、风吹摩娑之下，却是余韵犹存，别具风姿。此种残景真俗眼所未曾见，而其美感又真俗人所不曾知！因此刘学锴、余恕诚《李商隐诗歌集解》便阐释道："醉眠花下，已可称'赏'之极致，三、四忽柳暗花明，转出新境。客散，方可细赏；酒醒,则不至醉眼赏;深夜后,方能见人所未见之情态。而'持红烛赏残花',更将爱花、惜花之心理推至高潮。情致之曲折,风格之浑成,均义山所独有。"

事实上,早在白居易《惜牡丹花》中就曾经表示过:"惆怅阶前红牡丹,晚来唯有两枝残。明朝风起应吹尽,夜惜衰红把火看。"然而细细较之,在表面雷同的举止之下,存在的却是"一样看花两样情"的不同心灵,白居易夜深把火观花,是出于"惆怅"的心态,而所见者也是不容卒睹的"衰红",惜花之情才是全诗真正的主旨;而李商隐却大大不同,他的深夜持烛观花,是出于"寻芳"的心态,而所见者乃是耐人寻味的残花,赏花之意贯穿全篇。在新颖出奇的"更持红烛赏残花"之举中,红烛映照之下所见的残花确然迥异于白日所见的"衰红",而颇有俗人难知之美,因此启发了苏轼作《海棠》诗云:"只恐夜深花睡去,高烧银烛照红妆。"字里行间充满新雅之趣。

当然,若进一步推敲深求,李商隐的诗句中依然隐隐暗透着一层深刻无奈的凄怆寂寞。清林昌彝《射鹰楼诗话》云:"天下多爱才慕色之人,而真能爱才慕色者实无其人。譬之于花,爱花者多,而可称花之知己者则少矣,义山《花下醉》……此方是爱花极致,能从寂寞中识之也。"而事实上,能够"从寂寞中识之"之人,本身岂非即是孤深绝甚的寂寞者!因为只有同类之间才能具备万中取一的敏锐眼光,和彼此共鸣应和的近似频率,以特有的嗅觉辨识出另一个孤独的灵魂,并以惺惺相惜之情相濡以沫,否则又如何能在客散、酒醒、深夜的荒凉凄清中,对萎败憔悴的残花慧眼相看！

由此而言，"寻芳"虽是本篇之主旨，在李商隐的世界里，其意义却被扩延出远较为丰富的内涵，已非寻访芬芳花朵之义所能囿限。探绎其"寻芳"背后的动机，其实也就是要肯定自己对理想的执着、对美好的坚持，并欲从外界寻得一分对自我心灵的回音与共鸣。那份不断发出微弱呼喊的心灵，是"芳根中断香心死"（《燕台四首·冬》）中的香心，是"芳心向春尽"（《落花》）中的芳心，是"望帝春心托杜鹃"（《锦瑟》）与"春心莫共花争发，一寸相思一寸灰"（《无题四首》之二）中的春心，因此是无比美好的，足以与芬芳之春花相媲美；同时却也是面临残灭的，因此是与"香心死""向春尽""一寸灰"相类比的残花。花已残，岂非意味着心已死！残花败容，即是片片心碎，而对此伤心残景，却用一"赏"字来言说，直是血点泪痕，苦涩难言。这究竟是爱花、惜花之极至，还是嘻笑甚于痛哭的强打精神？诗人的执着让他即使在花残之时依然坚持不懈，借红烛之彩光添加花颜，以精神志气延展其美丽；只是烛下残花虽然另具丰姿而差堪告慰，然其转瞬即逝的凋零速度，比诸一般春花却更有过之，一旦烛灭、花落之时，李商隐岂非便即万劫不复？因此持红烛赏残花这番脱俗的努力，真复有精卫填海、夸父逐日般的壮烈，虽无其刚其强，却同其可敬可哀。

于是在一场原本平凡无奇的晚春纪事中，便隐隐含藏了一种类似"亦余心之所善兮，虽九死其犹未悔"（《离骚》）的执着。一如《宿骆氏亭寄怀崔雍崔衮》一诗也在篇末致以"留得枯荷听雨声"之说，在残破缺损乃至一无所有的处境中发挥想象的创造力，而将自己心中追求美感的信念持续下去,终于让主观意志去超越客观现实,获得审美感受的崭新体验;同样地,通过"更持红烛赏残花"这积极而具有创造意义的行动,李商隐一反其惯有的凄怆哀绝之笔调,将其感伤、耽溺、唯情主义的性格特点,从另一个面向加以更透彻地呈现。

嫦　娥

云母屏风烛影深，　　长河渐落晓星沉。
嫦娥应悔偷灵药，　　碧海青天夜夜心。

　　这是一首脍炙人口的七绝名篇，无任典故、不事藻绘，却深深触动人们灵魂深处无以言诠的幽渺之思，颇富唱叹之致。清林昌彝《射鹰楼诗话》指出："七绝喜深而不宜浅，喜婉曲而不宜平直。"又施闰章《蠖斋诗话》评唐人绝句曰："太白、龙标外，人各擅能。有一口直述，绝无含蓄转折，自然入妙。……此等着不得气力学问，所谓诗家三昧，直让唐人独步；宋贤要入议论，着见解，力可拔山，去之弥远。"从这几个评价标准来看，李商隐的《嫦娥》诗都足以当之无愧，因为它既有见于言外的深沉婉曲之情思，必须是饱尝寂寞之苦者，始能深解其中味而感同身受，并有所会心了悟；然其用语却又以平直自然之口吻娓娓表出，不着气力学问，也不入议论、谈见解，除了一个"悔"字稍稍透漏消息之外，全诗纯粹从景物叙写中塑造意境，人物的心理活动都赋形于周遭景物之变化与神话人物之揣想中，以不落言诠之方式间接表出。也因为如此，此诗中那独处一室幽寂，彻夜观景、感时、揣想，而与天外之嫦娥共此无边荒凉的主人翁究竟是谁，便朦胧不清而不可确指，他隐身于实景实物以及神话想象之中，只剩下虚拟幻设的心理活动与情感波纹。也就是说，这首诗目的在呈现一种典型处境与情感本质，而人物之身份、具体之事件都不在关心之列，反而具备了包容性更大、适用性更广的普遍意义。

综观对此诗之意旨的解释，历来有数种说法，屈复《玉谿生诗意》云："嫦娥指所思之人也。"纪昀认为"此悼亡之诗"（见沈厚塽《李义山诗集辑评》引），冯浩和程梦星都以为是刺女道士而作，如冯浩《玉谿生诗集笺注》云："或为入道而不耐孤孑者致诮也。"另外还有何焯所持的自伤之说，谓："自比有才调，翻致流落不遇也。"（见沈厚塽《李义山诗集辑评》引）张采田《玉谿生年谱会笺》亦曰："义山依违党局，放利偷合，此自忏之词。"林林总总，不胜枚举。其实无论"嫦娥"指的是情人、女道士、亡妻或自己，都只是诗人生活中思想感情的土壤，是有待重加塑造的素材，它们都可能是诱发创作的因素，却不是创作的主题所在。所谓"义山身世之感，多托仙情艳语出之"（冯浩《玉谿生诗集笺注》卷一），李商隐在作品中大量运用了神话素材，故而和李白、李贺这两位好以神话入诗的诗人鼎足而三，但不同于李白、李贺的是，神话故事不但提供李商隐表现其情感模式的媒介，其原始面貌也因为李商隐的特殊诠释方式而获得新的改造，而镕铸了创作者的灵魂，成为我们了解李商隐内在心灵世界的一条途径。

因此刘学锴、余恕诚便以兼容并蓄的观点，寻绎出其中融贯为一的本质所在，认为："自伤、怀人与咏女冠三说，虽似不相涉，实可相通。……盖'嫦娥应悔偷灵药，碧海青天夜夜心'二句，设身处地，推想嫦娥心理，实已暗透作者自身处境与心境。嫦娥窃药奔月,远离尘嚣,高居琼楼玉宇,虽极高洁清净,然夜夜碧海青天,清冷寂寥之情固难排遣;此与女冠之学道慕仙、追求清真而又不耐孤子,与诗人之蔑弃庸俗、向往高洁而陷于身心孤寂之境均极相似,连类而及,原颇自然。故嫦娥、女冠、诗人,实三位而一体,境类而心通。咏嫦娥即所以咏女冠,亦即所以寄寓诗人因追求高洁而陷于孤子之复杂矛盾心理。"(《李商隐诗歌集解》)如此说法便通达深刻得多。除此之外,若就诗论诗,本篇更透过"人情化"的思考方式,重新想象嫦娥这位月中女神的存在处境,而对原始神话进行再诠释与再创造,在打破既有神话的圆满与完美的同时,也深刻表现出李商隐彻骨入髓的悲剧性格,遂造成一无边无尽的永恒悲感。

以月宫神话为例,"嫦娥"又作常娥、姮娥,《淮南子·览冥训》云:"羿请不死之药于西王母,姮娥窃以奔月。"高诱注:"姮娥,羿妻。羿请不死之药于西王母,未及服之,姮娥盗食之;得仙,奔入月中,为月精。"作为一位永远青春不死的神话人物,其外貌之美丽、心灵之圆足、居所之完善、生命之永存,都是毋庸置疑的连带条件,因此历来备受赞颂而成为乐园追求的投射对象。至于将此一神话人物进行由圣而俗的诠释与改造,其实在以李白、杜甫为主的盛唐时期已然稍稍肇其端绪,如李白对神话中的嫦娥曾提出隐微的质疑,其《把酒问月》一诗道:"白兔捣药秋复春,嫦娥孤栖与谁邻?"而杜甫则较之更进一层,其《月》诗中云:"兔应疑鹤发,蟾亦恋貂裘。斟酌姮娥寡,天寒耐九秋。"质疑的范围已稍加扩大。只不过,此时的萌芽初露与后来中晚唐的波澜壮阔,其间仍有一长段的距离有待跨越,如陈器文《自月意象的嬗变论李义山的月世界》

一文中所指出：

> 李杜对于景物采用白描的手法，一切景物以真实的面目呈现，却仍见情，造成人与物完全复合的效果，这是因为李杜能以丰盛的生命力逼近一切意象物，……使得一切经手的素材，无不转生。……但这（案：指李杜二诗）只是借原形的神话很质朴地加以抒情，而且在这则作品之后，并没有具有暗示力的系统意象，因此不能像李义山的嫦娥诗那般幽婉深曲，而这番幽深的意味，得以完全具象化。

而我在《唐诗的乐园意识》一书中从另一个角度指出，由盛唐的李杜偶然的"白描手法"，到晚唐的李商隐所塑造的"具有暗示力的系统意象"，其间清楚显示了乐园之崩解由表面到内在、由浮面到深层的过程，彼此具有本质性的不同。这个过程是诗史的动态发展，而其发展的结果就在李商隐的作品中获得淋漓尽致的呈现。从质与量两方面来观察，就量的计算而言，李商隐诗不但反映出"多托仙情艳语出之"的现象，因此神话题材占有令人瞩目的高比例；从质的角度来看，其诗中呈现之神话内涵也往往超出原始面貌，足以作为神话思考面临根本改变的典型。而其运用神话时所表现的种种特色，恰恰全部反映在这首《嫦娥》诗中，可以说是相关诗篇中的典型代表作。

对于李商隐运用神话之特殊手法，我曾在《李商隐诗之神话表现》一文中归纳出三项：首先我们可以注意到的第一个写作特点，即李商隐诗歌中偏重以女性的神话人物为主要抒写对象，展现出一种婉约、含蓄、柔韧、哀怨的女性色彩；而衬托这些女性神话人物的周遭景物或意境，也同时传达一种偏向寒色系的无温度感，酝酿出一个充满距离感与超越感的氛围，精致而孤冷如冰。诸如"如何雪月交光夜，更在瑶台十二层"（《无题》）、"欲就麻姑买沧海，一杯春露冷如冰"（《谒山》）、"兔寒蟾冷桂花白，此夜姮娥应断肠"（《月夕》）之类，比较这首《嫦娥》诗，其中赖以叙写的用字遣词也同样符合此一意象感受，不论是"云母屏风烛影深，长河渐落晓星沉"还是"碧海青天夜夜心"，莫不营造出幽寂、深邃、沉静、荒远之意境。而在反映此一特色的同时，《嫦娥》诗意蕴之丰富幽隐，还存在着更细腻的解读空间，非他诗之可比。

试观本诗之首联两句，乃是就人物之所在随着视线的推移延展出去，由近而远地从室内写到室外，第一句的"云母屏风烛影深"是室内之近景，却极力呈现一种幽深难测的空间感；而第二句的"长河渐落晓星沉"是室外之远景，同时却又点出那来时无多的时间感。云母屏风，乃是以云母矿石琢成之半透明薄片装饰的屏风，《西京杂记》卷一云："赵飞燕为皇后，其女弟昭仪在昭阳殿，遗飞燕……云母屏风、琉璃屏风。"云母装饰的屏风呈现出半透明的质地，诗中言烛影而非烛光，显示一灯如豆，荧荧欲灭，而微焰之外却弥漫着无边之暗影；当烛火投射出来的光芒映入云母屏风之后，便被吸收消纳而沉入更深的阴暗之中，层层暗影之深沉更增添了黑夜的阒寂幽静，那颗辗转难眠之心遂更加惶然无依。长河，即银河、天河，"长河渐落晓星沉"乃是破晓之前的天象，如李白曾经说:"长歌吟松风,曲尽河星稀。"(《下终南山过斛斯山人宿置酒》)李商隐在另一首诗中也铺写道:"回望高城落晓河,长亭窗户压微波。"(《板桥晓别》)这都是漫漫长夜即将画下句点的前兆,也是黎明前最黑暗的时刻。本句用"渐"字、"沉"字展现出在时间推移之下,夜已极为深沉的室外景象,而长夜漫漫之感亦在其中。

在这样的时空背景以及环境氛围之下,诗人顺势推出身处其中之嫦娥的内心活动,乃是残缺孤寂,而非完美圆满。所谓"嫦娥应悔偷灵药,碧海青天夜夜心",其"应悔"之说乃诗人之想象与推测,而为原神话所无,故表现出诗人主观之心境,成为其自我揭露的写照。它不仅是如俞陛云所说:"嫦娥偷药,本属寓言。更悬揣其有悔心,且万古悠悠,此心不变,更属幽玄之思,词人之戏笔耳。"(《诗境浅说》)更重要的是呈现出李商隐往往通过"人情化"的运用模式,以一般神话思维的反向运作,来对神话情节加以重新诠释,而这就是李商隐运用神话素材时,极具有本质意义的第二个创作特点。

神话是为了弥缝人世间的缺憾,遂通过心灵补偿作用而对现实加以超越所得到的完满成果,诸如长生不死、青春永恒、丰饶富足,以及驱遣宇宙运行的非凡神力,在在都显示神话对残缺有限的人生的补偿意义。但在李商隐诗里,原本臻于圆满自足的神话体系却再度被人情化的想象重新定位,人物与情节都浸染了世俗色彩而形成更深的缺憾,如嫦娥必须因为不死而反倒只能永远承受"碧海青天夜夜心"的悔恨,万世不得解脱,所谓:"嫦娥有长生之福,无夫妇之乐为悔。"(明高棅《唐诗品汇》卷五三引谢云)实则缺乏夫妇之乐的长生,又何"福"之有?既是长生而无乐,则其悔恨岂非更甚于虽然短暂却悲欣交集的人间,而永生岂非也就是永劫的同义词!如此一来,李商隐倾向于将神话内容重新嵌入现实人间之框架中,以一般人情事理重新加以诠释的特色,竟造成与一般神话思维运作互相违逆的反命题,两者之差异可以比较表列如下:

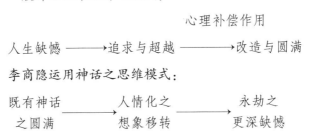

两相对照之下,可以明显看出李商隐不但从神话结束的地方重新出发,而且其思维进行的步骤恰恰是神话思考程序的逆反,结果便是回到神话产生时那促使神话萌发的缺憾原点,虽然缺憾之内容与层次容或有二致,但其为缺憾之性质则根本如一,甚至在缺憾的表现程度上还要来得更深更痛,因而构成了李商隐运用神话材料的特殊原则。这个原则普遍地贯穿于李商隐有关神话的大部分诗作中,发挥了作为撑起神话血脉进行之支架的极大功能,因此,李商隐虽然有"神仙有分岂关情"(《华岳下题西王母庙》)这一疑问的提出,他却以自己所构设的异质神话做了全盘的解答,其答案便是此一疑问的彻底否定。

事实上，神仙固然有其"分"，但也只不过是僵死的基本材料而已，仅是一般性对神话的普泛认知与基本了解，真正主导神仙人物之生存重心与存在意义的，乃是这个立足于人间的诗人心眼所出的"情"，而非有别凡俗的神仙之分。所谓"莫羡仙家有上真，仙家暂谪亦千春"（《同学彭道士参寥》）便足证仙凡之际所成就的，毕竟是一个特属于李商隐个人的生命宇宙，存在于其中的神话故事和人物，不过是在为他人生的缺憾作一番切近的见证而已，因而也焕发着无限的悲感。由此也可以看出，李商隐不但热切地将生命投入于更深邃辽阔的神话传说中，结合自己幽渺难述的身世之情，以两者混沦而产生的一种有别以往的观看方式，对古往今来、上下四方的神话内容重加辩证，其最佳成果便是无异于创造了新的神话。于此，我们也可以了解到李商隐如何更新鲜、更深入地进入到活生生的神话之中，又以他的生命情感在诗中创造了新的神话，提供后人在面对旧神话时一种体味的新角度和思索的新空间，确然教导人们一种截然有别的观看方式，达到了艺术价值的最高要求。

值得注意的是，此种反向思考的理路并不仅仅为李商隐个人所独有，而是中晚唐诗人有志一同的选择，当时诗坛上大量出现重新设想过的嫦娥形象，往往都属于此一世俗化、人情化的类型，所谓："月里愁人吊孤影"（白居易《晚秋夜》）、"此夜姮娥应断肠"（李商隐《月夕》）、"秋娥点滴不成泪"（李商隐《无愁果有愁曲北齐歌》）、"嫦娥老大应惆怅，倚泣苍苍桂一轮"（罗隐《咏月》）等皆是，至此，神话的神圣性也就遭到结构性的彻底解消的下场。由此续推下去,便难怪苏轼《水调歌头》会写出"我欲乘风归去,唯恐琼楼玉宇,高处不胜寒"这样既欣慕又危惧的复杂心理,其"欣慕"是一种自古以来原始心理的流露,而"危惧"恐怕就是一种承袭自中晚唐而来的心态或感受;这种心态或感受建立在神话遭到俗化的前提之下,而其俗化的过程便是通过"人情化"的角度,来重新思考神话人物之性格与心理活动的可能性,经由"神话思考的逆命题"取得一种重返残缺的诠释,让具足无忧的乐园中人同样不能避免凡俗之辈的"界限经验"(boundary experience),如哲学家雅斯贝尔斯(K. Jaspers)所言者,因而承载了包括衰老、疾病、死亡、罪恶等经验带来的痛苦,并深深受困其中,遂尔彻底瓦解了神话的神圣性。而被瓦解了神圣性的神话,不但不再能发挥弥补人生缺憾的功能,反而将人生的缺憾更进一步地从现实世界扩大到想象世界,一旦人间特有的磨难痛苦被延伸至仙域他界,终究使天地之间无所依托,所有的希望与安慰都完全破灭,进而为李商隐(乃至中晚唐诗人)的生命悲剧提供最切近的见证。

果然,最后的"碧海青天夜夜心"一句,就将第一联所描写的世俗时空转移到神话时空,从举目所见的"云母屏风烛影深,长河渐落晓星沉"代换到悬浮失据的"碧海青天夜夜心",由此再度呈现李商隐诗歌运用神话的第三个特点,即其作品中所呈现的神话时空,乃是一极度不均衡的扁平架构,其空间轴无限延伸,到达人力无法企及的宏阔极境,展现一种迢迢远征而必然失败的情境,显示出他的心灵开展着一个连自我都无法笼罩、无法自宰的无限空间,然后再反过来架空自己,压迫自己,从而在这广大宇宙间迷失,成为宇宙间一个徒有羽翅的飘荡点。而相反地,其时间轴却极度压缩,集中于"一年"中的"春期"或"佳期",乃至于"日日"或"夜夜"这个别计算的日子,却又因为春光易灭、佳期常虚,以至于神话中原应漫长迢递的岁月,竟是以日日重生的悲剧不断在徒劳中原地踏步,造成"现在"不断重现的原点印象。这首《嫦娥》诗所说的"嫦娥应悔偷灵药,碧海青天夜夜心"正是其例。

除了"碧海青天夜夜心"的嫦娥之外,"姮娥捣药无时已,玉女投壶未肯休"(《寄远》)的防天笑生电之神、"青女丁宁结夜霜,羲和辛苦送朝阳"(《丹邱》)的主霜雪之神与驾日御行者等等,诸诗之中李商隐都刻意突显神话仍在当前活生生进行的状态,因此冯浩注《丹邱》一联诗时,才会特别点出:"夜复夜,日复日也。"我们可以看到,当古代的神话不但已经在完足的情节中确立下来,以"过去完成式"的封闭形态存在,并且在神话故事结束的时刻与后世诗人再度面临神话的时刻之间,留下一个时间距离的情形下,李商隐却跳进神话情节进行的时间之中,让神话与现实重叠,于是神话时间并未过去,也并未完成,它在诗人当下的生存时间中天天获得新生,且因为不断重演而显出"现在进行"的新鲜血脉,这便是一种"不断向特定时间回归之原点意识"的表现。因而我们可以说,李商隐诗中的时间意识虽以一年为幅度,而一年其实又是每一日相同之伤情悲感的承续与累积而已,于是神话时间便停留在一个特定的焦点上,借由无休无止地自我重复,而显出一种历久弥新的迫近感,而那日日反复的悲怆与徒劳落空之感也就永远难期终了之时了。

证诸"碧海青天夜夜心"此句,所谓"碧海青天"所呈现的即是一无边无际的浩瀚宇宙,《海内十洲记》云:"东有碧海,与东海等,水不咸苦,正作碧色。"而如此被架空在复绝无垠的"碧海青天"之间的嫦娥,下不能获得爱情、亲情、友情之类人间的温暖与抚慰,上又不能自足于孤寒寂寞的月宫仙界,左右失据之余,只得孤悬于整个宇宙所铺展的黑暗与寒冷之中,反倒有如被判了无期徒刑一般,落入永世无以解脱的神仙炼狱,日日夜夜都在椎心蚀骨的悔恨之中悲痛不已。所谓的"夜夜心",亦即夜复一夜地不断追悔、忏悔、悔恨当初偷药的心,具体言之便即是"悔心";而"悔"也者,作为一种负面的情绪反应,乃是来自于对过去所犯之错误的认知与反省,而在理性的认知与反省之余却又无从补救,于是只能面对无法改变的错误结局严厉地归咎自己,遂产生自责自恨的负面情绪。因而忏悔心理其实就是一种对自我的惩罚,以致"夜夜心"所呈现的不断忏悔,言外之意便是以现在和未来的生命,去为一个已然的、无法挽回的错误殉葬。如此一来,"偷灵药"乃是在无知之下的错误抉择,而飞升成仙也仅仅是另一个形式的误入歧途,而且再无回头之路。

所谓"嫦娥应悔偷灵药,碧海青天夜夜心",实即李商隐在《月夕》一诗中所说的:"兔寒蟾冷桂花白,此夜姮娥应断肠。"两相比照,可知嫦娥之悔恨已到了断肠心碎的地步,而其悔恨之深切亦不言可喻。同时,两段诗句中都铺陈出寒冷空寂的氛围基调,并由"应"字共同传达诗人主观推测的语气,在在都可以判知嫦娥之所以"应悔偷灵药",便在于她所超升以栖身的"碧海青天"的世界,并非空阔逍遥的无忧乐土,而竟是远隔于人间繁华欢乐的无边荒原,以致面对琼浆玉液却食不知味,身穿仙袂神衣却遍体生寒。李商隐所谓"微生尽恋人间乐"(《过楚宫》)也者,正说明一种对"人间"的执迷与耽溺,乃是一毫无保留的纵情追求,相依相守互为温存的人间之乐,也是这渺小的人生唯一用尽全心全力执着依恋的;然而嫦娥一念之间窃药奔月的结果,竟是反其道而行地孤悬于渺茫天际,自绝于人间之外,则其悔恨之情,确然势必至于"断肠"的地步。

很显然,对中晚唐诗人(尤其是李商隐)而言,高居天界之神仙不但会犯错,而且大错一旦铸成,便永远无法挽回——与人寿有时而尽的凡俗人类不同,神仙独有的是永生不死的存在特性,一旦在此一永恒生命过程中灌注的是令人痛苦的界限经验,则非但不是对人间苦难的超脱,而是反过来使嫦娥陷入于夜夜追悔之中,永远背负着苦痛而万劫不复。李商隐所谓的"姮娥捣药无时已,玉女投壶未肯休"(《寄远》),也说明神界没有时间终点的永恒处境,乃是反过来成为痛苦无法结束的主要因素,以致不但李商隐曾建议:"莫羡仙家有上真"(《同学彭道士参寥》),另一同为晚唐诗人的曹唐,更以十分强烈的否定态度提出了"却厌仙家日月长"(《小游仙诗九十八首》之九十五)这样的"反动"思想。

只是,对这样的一个嫦娥而言,即使悔意已萌,厌心已生,仙家日月却依然无休无止,则在漫漫不尽的时间中,永生势必成为永劫的同义词。同时,人生的苦痛被延伸至仙域他界,则由碧落至黄泉的天地之间,再也无一处乐土可以豁免心灵的磨难,这就是李商隐所体认到的最深怆痛。

为 有

> 为有云屏无限娇，　　凤城寒尽怕春宵。
> 无端嫁得金龟婿，　　辜负香衾事早朝。

此篇乃为闺中怨妇而作，诗题乃采自全诗之首二字以为标示，为未编年诗。

对于闺怨诗的描写方式与呈现角度，历来都不免于特定的类型而流于窠臼，或是专注于女子独守空闺之孤寂情境，或是用以控诉战争之残酷，或怨责君王良人之无情，对于闺中思妇之心理刻画几乎少有着墨。清何焯指出："此与'悔教夫婿觅封侯'同意，而用意较尖刻。"（清沈厚塽《李义山诗集辑评》引）这样的比较，一方面点出王昌龄之《闺怨》诗与李商隐之《为有》诗突破了此种类型窠臼的限制，而有相近的地方，因为它们都着重在少妇心理的变化与人格的层次，使其女性形象都丰富立体得多；另一方面也可看出李商隐诗中所蕴含的批判之意，而就此又与王昌龄诗有所区别，可谓慧眼独具。

就王昌龄《闺怨》一诗与李商隐此篇的不同而言，其诗曰："闺中少妇不知愁，春日凝妆上翠楼。忽见陌头杨柳色，悔教夫婿觅封侯。"其中固然有"教夫婿觅封侯"之"悔"，但主要是表现少女的纯真，以及由少女到少妇的觉醒与成长，而带有了解与同情的笔调。

就表现少女的纯真而言,这位已嫁为人妇之女子一直是"不知愁"的,这在传统婚姻中实在十分罕见,因为一般女子在经过婚礼仪式的引导之后,生活上就会直接面对"三日入厨下,洗手做羹汤。未谙姑食性,先遣小姑尝"(王建《新嫁娘词三首》之三)的复杂人际关系与柴米油盐酱醋茶的烦琐家庭杂务,而这位闺中少妇显然大大不同,不但在夫婿觅封侯之前享有夫妻恩爱相守的甜蜜,而且在夫婿离家之后独守空闺的日子里,也依然一直保有无忧无虑的心态,身为富家贵妇固然是原因之一,未曾受到婚姻中现实层面的磨难,也应该是她能够延续少女心态的理由。这位女性是幸运的,在她的成长历史中,"少妇"只是一个表面上身份的转变,就人格状态而言实际上依然是"少女时代"的延续,春日凝妆,高楼赏景,一心追求美丽与快乐,生活中显然并没有缺陷与痛苦。因此严格说来,这位青年女子在心理上真正变成一位少妇的关键时刻,就是在那"忽见陌头杨柳色"而乍然触动了独守空闺的寂寞感,再由寂寞感逼出一种怨悔之心的刹那之间。因此可以说,她作为一位女性的成长是在瞬间完成的,"愁"的重量使她无法回到少女的纯真与轻盈,也使她不能重得童稚般无忧无虑的欢乐。西谚有云:"未哭过漫漫长夜的人,不足以语人生。"遭忧识苦乃是一个人成长的契机,童年的幻灭与失落则是使心灵深沉有力的关键,就此而言,这位"悔"意已生的少妇便不再是一个"不知愁"的天真骄稚的孩子了。

而就呈现由少女到少妇的觉醒与成长而言,一如王文濡所说:"少妇于春日凝妆上楼,怡然自得,初不知愁为何物。忽见陌头春色,不觉触目惊心,念夫婿一去不返,纵觅得封侯,亦不能偿此春日之离恨,悔不当初莫使之去。写'怨'字归咎于己,所谓怨而不怒也。"(《唐诗评注读本》卷四)此一说法点出这位闺中少妇由"不知愁"到"悔意忽生"的心灵变化,而且是"将怨归咎于己",自责先前同意甚至鼓励丈夫追求功名的无知,而并不怨天尤人,这就是一种人格成熟的表现,因为她开始有了较深刻的存在自觉,也意识到必须为自我的错误决定承担责任,一个"悔"字说明少妇的觉醒,因此懂得思考反省,懂得衡量得失的不同标准,可以从完全不同的角度来观照人生价值。换言之,能够产生"悔"之心理的前提,必然是具备了足以反思省视的理性能力,以及面对自己犯下之错误的勇气,同时确认了情重于利的价值判准,则这位"悔教夫婿觅封侯"的闺中少妇在瞬间的成长乃是石破天惊的,令人动容。

如果说王昌龄所刻画的是一种出于"功名之望遥,离索之情亟也"(唐汝询《唐诗解》)的状态,则李商隐这首诗中之女主角所表现的,则是功名已然在握,但离索之情犹然存在的无奈。

这首《为有》诗之首联为因果句,以首句"为有云屏无限娇"说明原因,点出这位闺中少妇追求富贵的心理,言女子为了追求以"无限娇"的云屏为代表的富贵生活,于是"嫁得金龟婿",如愿地成为一位贵妇。"为有",可以解释作"因为要拥有",其中寓有追求、向往之意。而云屏,即云母屏风,《西京杂记》卷一载:"赵飞燕为皇后,其女弟昭仪在昭阳殿,遗飞燕……云母屏风、琉璃屏风",乃以半透明的云母矿石薄片装饰的贵重屏风,一如《龙池》的"龙池赐酒敞云屏"、《嫦娥》的"云母屏风烛影深",都是贵家所有所见之物,此处乃用以借指富贵。但如愿而身为"卢家少妇郁金堂"(沈佺期《古意》)之类的华屋贵妇,却导致了"凤城寒尽怕春宵"的遗憾与恐惧,一个"怕"字突兀地扭转了一般的预期心理,造成了诗意的一大顿挫,也创造了令人玩味的人性空间。

"凤城",指长安,杜甫《送覃二判官》诗赵次公注云:"秦穆公女弄玉吹箫,凤集其城,因号丹凤城。"其后言京都之盛者,即曰凤城,故沈佺期《古意》诗中亦有"丹凤城南秋夜长"之句,两处都以之为闺妇之所在。在此风华荟萃之地,一旦寒尽春来、风暖花开之时,繁春盛景当更充满游赏之乐而倍加宜人,因此依常理而言,所引发的应该是仕女迫不及待的盼望之情,然而于此却大不其然,诗中这位娇美的少妇在"寒尽"的春来之时,竟心生"怕春宵"的恐惧感受,害怕面对春夜的到临。这是多么令人错愕的结果!更有甚者,对女子而言,"凤城寒尽怕春宵"同样地是出乎意料的,下一句中"无端"一词正指出此一错愕的心理。于是我们急于追问究竟何以至此?孰能致此?答案则是:原来追求富贵是要付出代价的,末句告诉我们:根本上与"云屏无限娇"之富贵俱来的,必然还包括"辜负香衾事早朝"的夜夜寂寞,而这也更进一步解释了何以次句会说"怕春宵"的原因,既然"春宵一刻值千金,花有清香月有阴"(苏轼《春宵》),则必须一人孤居空闺的春夜便全然辜负了良辰美景,只能独对清香之花与有阴之月,自当倍觉难堪。因此,在事先已知必然"辜负香衾"的预期心理之下,便不免产生恐惧与逃避之情了。

诗中身为这位少妇仰望托身的良人,不是在无定河边浴血苦战的征夫,也不是重利轻别离的商人,而是朝廷中显贵的大臣,"金龟婿"也者,意即贵婿,"金龟"乃唐朝三品以上官员所佩带的官符,《旧唐书·舆服志》云:武后"天授元年(六九一)九月,改内外所佩鱼并作龟。久视元年十月,职事三品已上龟袋,宜用金饰,四品用银饰,五品用铜饰"。位居举足轻重之高职,固然可以获得富贵作为报偿,然而也同时必须付出牺牲家庭生活的代价,朝中万机自然繁忙不得脱卸,而依朝仪,更必须黎明破晓之前即装束妥当并进宫朝谒,结果就是"辜负香衾事早朝"。"香衾",即香暖之大被;"事早朝",谓以早早上朝从政为事。则早出晚归之余,难免顾此失彼,冷落妻子便成为不得不然的结果。而这位备受冷落的妻子,自不能归罪朝廷独占其夫,又无法责求心有余而力不足的丈夫,于是遂托诸"无端",以示无缘无故、不料如是的错愕之感,其中怨天之意见于言外。

　　清姚培谦《李义山诗集笺注》曰:"此作细意体贴之词。'无端'二字下得妙,其不言之意应如此。"然而对"无端"所蕴含的意义,众家体认的却有所差异,如喻守真《唐诗三百首详析》的解释是:"此诗神韵,全在'为有'与'无端'四字,有这样的娇妻当然可爱,没来由作了金龟婿,却又可恨。一种闺房之乐,两口怨情,全在这四字曲曲道出。"此一阐述十分温厚,将闺情的俏皮有趣说得生动传神;但就少妇之性格与心理,似乎便未曾触及。而刘学锴、余恕诚则认为李商隐此诗带有较不留情的批判意味,指出:"'无端'二字,揭示贵家少妇事出意料,自怨自艾心理,最宜玩味。盖嫁贵婿,本彼竭力追求之人生目标,乃既嫁之后,反畏春宵之孤而

日有'辜负香衾'之憾。'无端'云者,正讽其事与愿违,托青春于富贵反为富贵所误也。"(《李商隐诗歌集解》)

  从这个角度来看的话,则诗中之少妇便显出性格上不成熟的地方,因此无法择其所爱、爱其所择,以致在遂其所愿之后,反不能坦然接受自己选择的结果。相较而言,王昌龄笔下"悔教夫婿觅封侯"的"悔"是将责任归咎于己,而此处"无端嫁得金龟婿"的"无端"则是推诿于莫名之力,人格高下固然可以判分,诗人"较尖刻"之"用意"也就于此可见。

日　射

日射纱窗风撼扉，　　香罗拭手春事违。
回廊四合掩寂寞，　　碧鹦鹉对红蔷薇。

本篇为一闺怨诗，写少妇独在深闺之中的寂寞，含蓄而清丽有味。为未编年诗，诗题乃仿古诗采首句之前两字而来。

以题材来看，本篇是传统分类中的闺怨诗，通常这类作品描写的主角，是因出征、行贾、求仕等原因致使丈夫缺席的闺中女性，因此不免会强化少妇凄苦不幸的怨情。如初唐沈佺期《古意呈补阙乔知之》之"白狼河北音书断，丹凤城南秋夜长。谁为含愁独不见，更教明月照流黄"，盛唐李白《子夜吴歌·冬歌》之"明朝驿使发，一夜絮征袍。素手抽针冷，那堪把剪刀"，与晚唐陈陶《陇西行》之"可怜无定河边骨，犹是深闺梦里人"等，皆是借闺中怨妇的愁思悬念，来申诉战争的残酷无情；而初唐张若虚《春江花月夜》之"谁家今夜扁舟子，何处相思明月楼。可怜楼上月裴回，应照离人妆镜台"，以及中唐白居易《琵琶行》之"商人重利轻别离，前月浮梁买茶去。去来江口守空船，绕船月明江水寒"，则是聚焦于水路的萍踪浪迹，书写商人逐利天下的情轻利重；至于王昌龄《闺怨》的"忽见陌头杨柳色，悔教夫婿觅封侯"以及李商隐《为有》的"无端嫁得金龟婿，辜负香衾事早朝"等诗，乃是抒发富贵荣华与真情相守的不能两全。但总而言之，无论是受召出征的被动献身或逐利而居的主动出击，还是为名利所驱的志在功名，凡是离家在外的男子背后都会遗留一位独自愁怨的无助女性，在以她们为主的诗作中，或多或少都不能免于对此类女性之心理感受的描绘，包括等待的悲哀、处境的孤独、期望的落空与控诉的无力，这些便构成了闺怨诗的普遍基调。

然而李商隐的做法却远远不同。比较来看，就题材、主旨都十分接近的作品来加以观察，与李商隐此篇颇为类似的乃是欧阳修的《蝶恋花》，其词云：

庭院深深深几许，杨柳堆烟，帘幕无重数。玉勒雕鞍游冶处，楼高不见章台路。　　雨横风狂三月暮，门掩黄昏，无计留春住。泪眼问花花不语，乱红飞过秋千去。

同样是独守空闺的女子，同样是在生机盎然的春天，也同样都置身于深深庭院中，为高楼、掩门以及无数重帘幕所围困，然而，李商隐营造的是一种"尽在不言中"而委婉含蓄的意境，除了"寂寞"一词稍稍泄露机关之外，其余都只有无言的间接呈现，情在景中，不落言诠，诗中"我"之抒情主体仿佛蒙着面纱隐身于背景的部分，几乎不着痕迹；而欧阳修铺陈的却是直露无遗的心迹剖白，从"雨横风狂"的扰乱躁动、"无计留春住"的惶惶难舍，以至"泪眼问花花不语"的悲伤宣泄，诗中"我"的抒情主体都处处现身说法，表情鲜明可见。因此，李商隐这首诗的细腻幽微之处,更是耐人寻味。

在这首诗中,他避开人物心理活动的部分,也刊落幽怨情怀的着墨,而别具巧思地以景寓情,借由细微的动作与表面上似乎毫不相干的外在景物,将少妇的寂寞幽怨表现得不落痕迹,反而显得特别含蓄有味。整首诗捕捉的是闺阁生活中一个几近于静止的片段,春光寂寂,深闺幽闭,日射阳暖而穿透纱窗,门扉撼动而非良人归来,一个被"回廊四合"所包围圈限的闺阁庭院,虽然有日射、风撼、拭手等动态,却更加衬托出无边深沉的寂静。

首句的"日射纱窗风撼扉",其中的"风"乃是春风,这点从末句"碧鹦鹉对红蔷薇"之风物景致即可推知;而"风撼扉"所写的春风吹动门扉之景,是全诗中所出现的第一个动态呈现,虽为寻常之景,却绝非泛泛笔墨。中唐李益《竹窗闻风寄苗发司空曙》诗曾说:"开门复动竹,疑是故人来。"风吹之撼动产生了人至的错觉,其中蕴含的是一种对故人来访的殷殷期待;而比诸故人情谊更为撩人心绪的,其实是那甚至足以令人生死以之的两性之爱。早在东汉末年,蔡邕已将风吹床帷的情境与闺情直接连结,声称:"条风狎猎,吹予床帷。……非彼牛女,隔于河维。思尔念尔,怒焉且饥。"(《青衣赋》)对于在爱情中往往扮演守候角色的女子而言,显然春风撩动的不只是床帷帐幔,也暗示了一股来自外界的无形动能,遂尔激发了少妇内在潜伏之春心。而李白在《春思》一诗中则将此一与闺怨相结合的手法加以反用,以天真无邪的语气,代替独守空闺的少妇诉说道:

燕草如碧丝,秦桑低绿枝。当君怀归日,是妾断肠时。春风不相识,何事入罗帏?

有别于汉诗"荡子行不归,空床难独守"(《古诗十九首》之二)的赤裸表白,在李白含蓄蕴藉的笔致中,那吹入罗帏的,乃是"不相识"的春风;既然与春风俱来的人并不是闺中少妇殷殷期待的良人,则那吹入罗帏中的春风显然是暗喻一种外来的诱惑力量,挑逗了少妇心中无法枯竭的对爱情的渴望。然而耐人寻味的是,其中的"何事入罗帏"之问,又展现了少妇不晓世事的纯真无邪,完全对那已然登堂入室的诱惑浑然不觉,因此才会对自己内心深处的寂寞不明不白,也对此一外来之诱惑不迎不拒,甚至对此一攸关贞节之举动毫不避讳,反而光明磊落地坦然笑问道:"春风不相识,何事入罗帏?"由此便巧妙展现了少妇如白纸般纯洁、如水晶般无瑕的本质,使得外界的诱惑彻底丧失了用武之地。

其趣味就在于:一般而言,避开诱惑的武器通常都是坚贞的道德,以盔甲般的坚硬外衣护卫防守寂寞脆弱的心灵,从而不但被保护的女性必须另外费力张设礼教之网以增加抵抗力,而且外来的诱惑只要攻破这一层由人力所附加之障壁,那寂寞脆弱的心灵便如探囊取物般唾手可得。而此处的少妇却无须苦苦逃遁于由道德所打造的盔甲内,反倒一无戒备地完全袒露在荒芜的情感沙漠中,听任春风长驱直入,只那一片毫不设防的纯真坦荡,就使得诱惑无坚可攻而望风瓦解。因为对一个完全不懂得诱惑的人,诱惑又将如何成立?而诱惑的举动又将如何发挥作用?是故诗评家论此二句道："此心贞洁，非外物所能动也。此诗可谓得《国风》不淫不诽之体矣。"（萧士赟语）其中所谓的"贞洁"之说尚且说得落于斧凿痕迹，真正的韵味其实在于这里的少妇已经超越了道德的层次，与贞洁与否完全无关，因为在"思无邪"的纯洁心灵上，根本就缺乏"不道德"的立足之地；换句话说，在没有道德概念的世界里，宽容与温柔才有无限的可能，故此"春风不相识，何事入罗帏"之提问才会显得那么纯真自然、清白无伪，而"不淫不诽"之说也才得到更加深刻的诠释。

　　至于李商隐的这首作品，也捕捉了这"春风撼扉"与"春风入罗帏"的类似景致，在"日射纱窗"的背景之下，春风逗漏的是一股明媚跃动的生命气息，在撼动门扉的同时，仿佛也就是外面世界对少妇心扉的扣启，让她久被寂寞禁锢而沉睡的春心蓦然苏醒，察觉到青春的躁动与爱情的渴望。然而，这首诗与前述两首汉诗中大胆热情、坦露直率的女子大大有别，与李白笔下纯真无邪、不晓世事之少妇也迥然不同，李商隐所呈现的乃是成熟内敛、沉稳贞定的女性，那苏醒的春心只能眺望，却无从越界。次句的"香罗拭手春事违"，描写了少妇以香软的罗巾把手擦拭干净。然而，少妇又何以需要以香罗拭手呢？她或许是在从事居家烹饪清扫之类的例行工作，以日常琐事的忙碌排遣漫漫时光；或许是在镜台前凝妆打扮，以"女为悦己者容"的心情装饰自己。可惜的是，在这些忙碌之后，她将蓦然了解撼扉的是风而不是人，而发现无论家庭多么洁净、自己精心装扮之后又多么美丽，都依然会因为缺少了那位"悦己者"而永远残损或百般辜负，那启动春心的风痕波纹只是徒留怅惘的昙花一现,随即便又化入一片熟悉的沉寂。也就是因为这样的醒悟,在目见耳闻"日射纱窗风撼扉"之后的少妇停顿了手上忙碌的工作,于"香罗拭手"后的余暇中才那么清晰地意识到自己的空虚,所谓"春事违"者,意谓辜负了美丽繁华的春光,亦寓有虚度青春之象征,则"香罗拭手"也暗含了袖手旁观之意,因为一切都只是徒劳无益而已。于是,无论"香罗拭手"之前的琐碎忙碌,还是"香罗拭手"之后的无所事事,总之都是白白浪费大好青春的无谓之举,那"春事违"的意兴寥落与先前"风撼扉"的希望跃动,正恰恰形成鲜明的对比;而由"风撼扉"所点燃的不期然之欢欣鼓舞,跌入"春事违"所自觉的失望落空,正呈现了少妇摆荡在两极之间的情绪落差,从而顺势启出下面的"回廊四合掩寂寞"一句。

作为"春事违"的进一步延伸与具体化,第三句的"回廊四合掩寂寞"表面上写的是曲折回转之走廊在四周围绕的景致,然而其中连续使用了"合"字、"掩"字,真真刻画出一种重重困陷的无以超脱之境。这样的闺阁世界是一座封闭的围城,种种有形无形的制约有如四合的回廊般从四面八方禁锢着女性的身心,因此,春风虽然得以趁隙吹入而撼动门扉,却无法打开大门,让她通往外界的广大天地;即使受困其中的青春深深为空虚寂寞所苦恼,却也必须因为礼教道德的顾虑而含蓄内敛,而强加掩盖,以实践"寡妇不夜哭"的奇特逻辑。那"回廊四合"是形躯上的阻隔,而"掩寂寞"则是情感上的压抑,在这身心双重的阻绝与压抑之下,于是失去丈夫的年轻女性便只有"袖手空过一春"(屈复《玉谿生诗意》),眼看春光渐逝而虚度良辰美景,这才是"香罗拭手春事违"的真正涵义,是造成青春浪掷的关键所在——原来让思妇痛苦幽怨的并不只是丈夫的缺席,而更是在丈夫缺席之后单身女性所受到的无形禁锢与重重制约,以致丧失了迎接阳光、追逐春风的自由与欢乐,更因此被剥夺了自我实践、心灵满足的天赋本能,徒然让宝贵的生命与短暂的青春局限在狭小的闺阁门限之内,在无谓的等待中日见萎缩,终至白白耗尽。这就是李商隐通过这首诗进一步揭露的残酷本质,也是它之所以超越一般闺怨诗而更加深刻的地方。

然后,无边天地被缩小到"回廊四合"之一方庭院的少妇,唯有依违徘徊其中,聊以排遣空虚无端之心绪,并依稀领略春日春风的讯息。此时当其放眼望去,只见庭园中兀自铺展着"碧鹦鹉对红蔷薇"之小块风景,岁华并未遗忘这与世隔绝的闺阁院落,春花春鸟依然盛开啼鸣,却更加触动寂寞人最为敏感易碎的心绪,于是一腔无边之寂寞幽怨都倾注在花鸟相对的不言之中,弦外之处便荡漾出一种不落言诠的悠悠情韵。只从外表上来看,这样一种遗世独立、默默运行的小世界,在王维诗中也有似曾相识的描画,其《辛夷坞》一诗曰:"木末芙蓉花,山中发红萼。涧户寂无人,纷纷开且落。"全篇所捕捉的也是一个与外在隔绝的寂静场景,展演出不为人所知的生命律动;然而差之毫厘便谬以千里,导致千里之谬的差别,就在于王维诗中所呈现的,乃是以"本来无一物,何处惹尘埃"的空灵虚静,抽离了人类之主观意识与价值判断,经由"以物观物,而不知何者为物,何者为我"(王国维《人间词话》)的方式还原事物之真实本貌,从而达到了"不以物喜、不以己悲"的圆满自足。李商隐却显然一反其道,让无边之幽怨落寞都深蕴其中,因为在回廊四合而"寂无人"的庭园里,花自开、鸟空啼,徒令春光虚度,这还只是"春事违"的表面意涵;事实上,花将凋落、鸟必飞去,华年人生也会一去不返,所谓"昨夜闲潭梦落花,可怜春半不还家。江水流春去欲尽,江潭落月复西斜"(张若虚《春江花月夜》),如此更是"春事违"的深层寓意所在。毕竟,"纷纷开且落"的不仅仅只是红花而已,还有那同样短暂、同样脆弱的青春,以及渴望自由、追求自我实践的美好心灵!

值得玩味的是,李商隐却未曾将这些感伤加以点破,只把一切情思伤怀都收束隐藏在"碧鹦鹉对红蔷薇"的纯粹景致中,透过"以景作收"的结尾方式,创造出全诗最含蓄而耐人寻味的地方。试看"碧鹦鹉对红蔷薇"是一幅多么缤纷可爱的画面,碧红相间、花鸟相对,而鹦鹉贵气,蔷薇清丽,有如工笔细摹、精心配置的小品图,在幽闭的深院中静静展出,与晚唐诗人韩偓《深院》诗末联所言之"红蔷薇架碧芭蕉",于色泽、意象和意境上皆十分近似。而既有春景如斯,何以却说"春事违"呢?除了前述所言之外,尚有几个可能的答案,答案之一,是因为赏此春景者,仅此闺中一人而已,无人陪伴分享;何况鹦鹉又称"能言鸟",以能说善话见长,可惜虽然具有倾诉的能力,眼前与之相对者却是默默无语的红蔷薇,实质上依然是流于多此一举的个人独白,则"纵有千种风情,更与何人说",仍旧是"良辰美景虚设"(语出柳永《雨霖铃》)。答案之二,在于此一春景乃一不容外人插足的小世界,碧鹦鹉与红蔷薇彼此相对,圆满自足,似乎不能理会观景之人急需排遣的哀愁怅闷,既"不能强无情作有情"(姚培谦《李义山诗集笺注》),则闺中人自亦只能独自寂寞而已。如此一来,百无聊赖的赏景者便有如局外人般,被花鸟相对的圆满自足隔离在外,在旁观这碧红相间的春景之余,其心理既是艳羡又复落寞,更加衬托出她孤身一人的形单影只,故陆鸣皋云:"花鸟相对间,有伤情人在内。"(刘学锴、余恕诚《李商隐诗歌集解》引)

整体以观之,全诗动静相衬、色彩鲜明,写闺情而含蓄有致,故程梦星《李义山诗集笺注》评道:"此为思妇咏也。独居寂寞,怨而不怒,颇有贞静自守之意,与他艳语不同,盖亦以之自喻也。"值得进一步说明的是,同样是描写此种怨而不怒之独居寂寞,而与李商隐此诗差相仿佛者亦颇为有之,于色泽、意境、主旨、韵致乃至七言绝句的书写形式上,在中晚唐诗坛上都可以找到十分类似的作品,值得连类比观,以突显其典型意义。如中唐诗人刘禹锡《和乐天春词》一诗,勾画闺中女子百无聊赖之幽居生活亦深富韵致,诗云:

新妆粉面下朱楼,深锁春光一院愁。行到中庭数花朵,蜻蜓飞上玉搔头。

显然地,新妆粉面之精心打扮,原是出于"女为悦己者容"之心理,只不过在"悦己者"缺席的情况下,仅仅沦为聊以鼓舞心绪的勉强自娱而已;那款款步下朱楼的丽人佳姿,面对的却非良人"带笑看"的拥抱与赞美,而是冷清虚无的一院深锁扑面袭来,高昂的心绪乍然碰壁而遭到顿挫,从而连那勉强振奋起来之兴致也在刹那之间爽然若失，萎然消减于无形。原来美丽的女子虽然下得朱楼，却出不了高墙院落，依然只落得"深锁春光一院愁"的无情幽闭，恰如李商隐所说的"回廊四合掩寂寞"，那满怀盈溢之春情被囿限在深院之中激荡着、鼓涨着，却处处碰壁而找不到出路，有如豪华的舞台却缺乏观众般，只得将宣泄无处之一腔情怀托诸庭中自开自落的花朵，使那遭受禁锢的美丽与青春显得倍加残酷。只有寂寞的人才会数起花朵，而非欣赏花朵，仿佛计算着不知何时终结的日子，将漫漫光阴付诸无关紧要的花开花谢之中，以排遣过多的空虚。果然这"行到中庭数花朵"的女子在这数花朵的机械动作中是漫不经心的，思绪飘到不知何处的他方而逐渐失神，徒留木雕泥塑般的形躯悄然凝立，再加上其新妆粉面所散发的芳美清香，遂使蜻蜓错认为院中一花而飞来停息。岁月的脚步在这深锁的深深庭院中是驻足不前的，过去、现在与未来的时间迁流都被凝定在"蜻蜓飞上玉搔头"这幕静止的画面中，既展现出"花面交相映"之美丽，却又有如被抽干了灵魂的标本般，显得空洞而贫瘠。今朝青春正茂，尚且有花朵可数，有蜻蜓飞身而来；一旦花朵零落成泥、蜻蜓飞去不知所踪，则朱楼已然黯淡无光，新妆粉面亦将人老珠黄，原应无限美好的人生便在这无谓的幽闭与徒劳的等待中虚耗殆尽而丧失意义。则刘禹锡的《和乐天春词》与李商隐的《日射》一诗确实双双是形神皆似的佳构。

除此之外，前述韩偓《深院》诗所言："鹅儿唼喋栀黄嘴，凤子轻盈腻粉腰。深院下帘人昼寝，红蔷薇架碧芭蕉"，以及杜牧《齐安郡后池绝句》所云："菱透浮萍绿锦池，夏莺千啭弄蔷薇。尽日无人看微雨,鸳鸯相对浴红衣",这两篇也有与李商隐《日射》诗极其近似的地方。虽然表面上李商隐《日射》诗所呈现的是一种"有我之境",女主人翁甚至表现出"香罗拭手"之人物动态,以人物为焦点的视角十分鲜明;而韩偓与杜牧这两首诗所铺陈的却是一种"无我之境",都以"人昼寝"或"尽日无人"为说,突显整个环境中自在自为的自然生机。然而细玩诗味,其无我之境所发挥的乃是烘云托月的映衬作用,依然传达了深闺岁月的百无聊赖之情,"伤情人"自在其中,隐然见于景物之外。其次,两篇中所渲染的红绿相间的缤纷色调,也都与李商隐这首诗差相仿佛,至于禽鸟与化草相伴为伍的构图,更是三首诗共通的舞台背景。所谓"不着一字,尽得风流"(司空图《诗品》),它们都捕捉了妇女隐身深藏、恍若无人的闺中世界,色彩斑斓、沉静无声,开展了美丽精致却没有观众参与的寂寞画展,在繁华中包藏了空虚落寞的笔调,都让人有似曾相识之感,可以作为李商隐诗的补充,以见时代之消息也。

日　高

镀镮故锦縻轻拖，　　玉笄不动便门锁。
水精眠梦是何人？　　栏药日高红髶髴。
飞香上云春诉天，　　云梯十二门九关。
轻身灭影何可望？　　粉蛾帖死屏风上。

　　本篇采取宫体糅合长吉体的笔法，描写一富贵娇艳之女子，于日已高升之际犹沉睡未起，从而呈现门镮深锁、水晶帘低垂的悄然情景；而恋慕者窥探其娇酣之睡姿，同时感叹伊人可望而不可即，而终抱必死望绝之哀志，张采田《玉谿生年谱会笺》曰："此假艳情寓可近而不可亲之意，篇中皆从想望着笔。"正因为可望而不可即的距离，"所谓伊人，在水一方"的远观企慕使诗人百般想望，因此形成如真似幻的氛围，其笔调之旖旎、情境之浪漫、构思之新颖，在在点染出一首绮丽动人的恋歌。

　　首先，全篇便从闺阁铁限中唯一外通的孔道——门锁扣环——开始写起，所谓"镀镮故锦縻轻拖，玉笄不动便门锁"，因为这是唯一能够外窥与内视的地方，一如我们在《无题四首》之二的论析中所指出的，爱情赖以突破重围而得以生发与联系的凭借，莫过于里通外延的门户孔隙，如卓文君与司马相如、贾充之女与韩寿违抗礼教的爱情故事。此处与之不同的，只是将性别角色加以调转,让表达恋慕者从女子改为男方,窥视之方向也从由里而外替换为由外而内,正类乎《无题二首》之二所谓的"偷看吴王苑内花",而其为春情驰荡、恋慕不能自已的浓烈表白,却更有过之。

作为爱情的通道,"镀镮故锦縻轻拖,玉笍不动便门锁"一联即极力刻画女子所在之贵家大户的富丽堂皇,连门锁钥匙都极尽富丽奢华。"镀镮"即镀金的门环;"故锦"乃系于门环上便于拉动的旧锦布,冯浩注引徐曰:"镀镮谓门镮。以故锦系镮,便于引曳,宫禁之制如是。"而"縻"者,意谓系也,整个上句是说镀金门环上系着的旧锦布轻轻地拖带飘垂。"笍"字音池,即"匙"字,指用以闩门的锁钥,整个下句乃言伊人犹静眠于内,故便门上精美的玉质门锁一直紧闭未动。然而,虽然门关紧锁而无路可通,通过水晶帘莹透之质地与珠串间狭长之缝隙,却依稀可见伊人娇酣沉睡之姿影。水精,指水晶帘,"水精眠梦是何人"一句乃是故意设问在水晶帘内眠梦未起者是谁,语中带有一种惊叹而不敢置信的语气,颇有"其人如之何"的欣慕艳羡之意味;而另一方面也自然而然地顺势引出下句之应答,以点出伊人情态,一如刘学锴、余恕诚所言:"'水精眠梦'者,或为贵家姬妾一流。'栏药'句对'水精眠梦是何人'之设问,不作正面回答,宕开写景,推出栏中芍药于丽日春风中融怡摇荡之特写镜头,象征手法运用绝妙。"(《李商隐诗歌集解》)

因此接下来作答的"栏药日高红髲髵"一句,乃借芍药花在晴光明媚中随风摆动的姿态,形容美艳女子沉睡时因呼吸均匀而胸口微微起伏的样子。"栏药",指花栏中的芍药。"髲髵",音必我,义近于"駊騀",马摇头貌;此处乃一般化地形容物体摇晃摆动的样子。此句以花栏中随风轻摆的红芍药,妙喻水晶帘内于眠梦中微微酣息起伏的美丽女子,形象生动、优美逼真,足以传神写照,因此历来为诗评家所称赏。而这里之所以不用"绣被犹堆越鄂君"(《牡丹》)之类的意象,以呈现女子拥被酣眠之状,主要乃因为整首诗的背景是在"日高"的正午之际,熏风习习,晴光朗朗,昼寝晏起的美人自应不耐被热裹身,反而比较像《红楼梦》第二十一回中所描写的,睡梦中的史湘云"一把青丝拖于枕畔,被只齐胸,一弯雪白的膀子撂于被外,又带着两个金镯子"的情态,因此诗人才能窥见女子起伏之鼾息。晚唐诗人杜荀鹤曾形容丽日当空之景道:"风暖鸟声碎,日高花影重。"(《春宫怨》)此时人声寂寂,花影浓密,于风暖鸟声碎的慵懒气息中,任何风吹影摇的细微动态感都会是整个寂静中最动人的景致。由"栏药日高红髣髴"之描绘,可以推知女子之美乃属于明艳动人一型,一如日光照耀下的红芍药,而一在室内的水晶帘里,一在室外的芍药栏中,诗人身处介乎里外之间的门槛,恰恰捕捉到两者互为映衬、节奏一致的现象,尤其双方之美又堪称"花面交相映""名花倾国两相欢",因此遂就地取材,创造出前所未见的奇想妙喻。

至于诗中隐而未言的是,美丽女性的睡姿恒常是撩人的,具有浓厚的感官刺激性而容易引起非非之想,不但李商隐《北齐二首》之一即有"小怜玉体横陈夜"之描绘,早在南朝梁简文帝《咏内人昼眠》诗便曾形容道:"梦笑开娇靥,眠鬟压落花。簟纹生玉腕,香汗浸红纱。"其另一首《美女篇》亦有"粉光胜玉靓,衫薄拟蝉轻"之句,都可以作为《日高》诗中这位昼寝之美人的细部补充。而如此可闻、可嗅、可触之肉体感官描写，李商隐此诗中虽然绝无涉及，乃全然化为景物意象的间接呈现，但看在身历其境之观者眼中，岂能全无垂涎心动？因此接下来的"飞香上云春诉天"一句，意谓芍药之花香飘飞至高高的云空上，而心中涌动的春情亦随之满涨而诉之于天，陈贻焮先生谓"飞香"乃象征"无法抑制的春情"（见刘学锴、余恕诚《李商隐诗歌集解》），可谓妙悟善解。而所谓"春诉天"也者，一方面是夸喻其春情之满涨，几乎到了摩天排空、直达云霄之地步，则此无限欣慕爱恋之情直欲充盈于天地之间矣；另一方面，其言外之意似乎又欲将此无法抑制、又受限于门禁之春情，诉诸"天"——一种形而上之超能力的帮助，则诗人之无能为力与世间之窒碍重重，也就不言可喻。

只是，这一无望的越界之爱毕竟是不被祝福的，连天上的神也都设下追攀不及的藩篱障壁，令满怀希望的诗人挫败而返，终究无从跨越雷池一步。试看就在"飞香上云春诉天"而到达云霄之际，诗人便立刻碰触到"云梯十二门九关"的重重阻隔，则其满涨之春情势必不得遂愿，遂尔造成春情恋慕的一大顿挫。"云梯十二"，化用《汉书·郊祀志》所载：武帝时，"方士有言，黄帝时为五城十二楼，以候神人"。而所谓"门九关"，即门九重，典出《楚辞·招魂》："君无上天些，虎豹九关，啄害下人些。"整句乃感叹伊人高不可攀，彼此之间存在着十二层云梯和九道门锁关卡的重重阻隔，使荡漾之春情瞬间转而冷却，以致终于绝望。此句亦属李商隐偏好的典型情境，其他尚有相关之类似诗句，如《无题》有"如何雪月交光夜，更在瑶台十二层"以及《月夜重寄宋华阳姊妹》的"十二城中锁彩蟾",都是通过"十二"这个代表最多最大之数字,以及向上拔高之层级,来展现一种高不可攀的悬绝状态。它不只是"刘郎已恨蓬山远,更隔蓬山一万重"(《无题四首》之一)、"红楼隔雨相望冷,……万里云罗一雁飞"(《春雨》)之类的远隔情境而已,而是在"远"之外还结合了"高",亦即在平面的延伸之外还扩大了高度的纵深,形成了阻隔重重又仰攀难跻的双重距离,使所思的对象被架空在一处高远的所在,并因为超拔于尘寰之上而更具备了浓厚的理想性。一如李白《长相思》所说:"美人如花隔云端,上有青冥之高天,下有渌水之波澜。天长路远魂飞苦,梦魂不到关山难。长相思,摧心肝!"则固然美人之神圣崇高、脱俗不凡因此而受到加倍烘托,但其迢迢远隔、寻觅无路之困境也将更难以突破。

如此一来,诗人只能再度落回现实中反求诸己,又不得不面对自己凡身肉胎的局限,以致终抱永生绝望之恨,末联遂由此逼出。所谓"轻身灭影何可望"者,即不能寄望于羽化生翼,以飞升天际、超越障碍的可能性;其中"轻身灭影"一词,意谓身轻可飞、影灭无踪,则可高翔入冥、穿幽入仄地到达伊人所在,而点尘不惊、全无形迹,可以不为人所知地一亲芳泽。这是因应前面的"飞香上云春诉天,云梯十二门九关"而来的想象之词,但随后再加以"何可望"一语,则将此几近于幻想的希望一笔勾销,迅即将幻想的本质彰显出来,使之在发生之际便立刻幻灭。这一方面是用理智来嘲笑自己的荒诞,一方面更是用绝望来窒息自己的出路,则幻想破灭之后,无望的人若不愿另谋芳草,便只有苦苦在此空候痴等、至死方休。因此诗人接下来说"粉蛾帖死屏风上",粉蛾,比喻寻花访蜜的诗人自己,言外自有一种明知其无望却依然奋不顾身的"飞蛾扑火"的寓意,此外又如陈贻焮所言,"粉蛾帖死"乃象征一种"绝望的相思"(刘学锴、余恕诚《李商隐诗歌集解》引);"帖"字同"贴"。粉蛾既然不能轻身灭影,也只能在屏息枯等的守候中,化入屏风面上成为整幅图像之一景,即使是死,也要死在自己的守候里,形象生动地比喻门外之窥帘者终将绝望一生,终身难遂其愿,又至死不愿抽身撤退的执着。

这样一个美丽却绝望、华艳却凄凉的意象,让釉彩包裹着尸体,让死亡散发出麝香,杂糅出一种艳魅凄丽的独特气息。而现代知名小说家张爱玲也曾描绘过极其神似且形似的片段,其《茉莉香片》一篇中曾经描述道:"她是绣在屏风上的鸟——悒郁的紫色缎子屏风上,织金云朵里的一只白鸟。年深月久了,羽毛暗了,霉了,给虫蛀了,死也还死在屏风上。"无论张爱玲是否直接从李商隐的诗句取得创作的灵感,甚至以之为按图摹写的蓝本,其间有关意象之构成、图景之设计以及精神血脉之贯通,真是若合符契,而共同传达出一种至死无以解脱的悲剧。不同的是,张爱玲主要是用以挖掘隐藏在华丽中的腐败朽坏,而李商隐却是借死亡来提炼爱情的纯度,并创造出一种凄惋哀绝的深度,那绝望的等待,以全幅生命为美好的事物殉葬的精神意志,无形中便成就出美丽却苍凉的图像,真有屈原"亦余心之所善兮,虽九死其犹未悔"(《离骚》)的哀绝悲壮,而又更加凄美哀惋得多,因此令人不忍卒睹。

一只无法"轻身灭影"的粉蛾紧紧贴附在屏风上,仿佛门外之窥视者因为依恋着锁孔中的美人而不忍离去,终于双双以死殉情。一个实践了"飞蛾扑火"的宿命,一个则贯彻了"九死未悔"的执着,遂都成为爱情中华丽的标本,永远展示着"绝望的相思"的真谛。

北青萝

残阳西入崦，　　茅屋访孤僧。
落叶人何在？　　寒云路几层？
独敲初夜磬，　　闲倚一枝藤。
世界微尘里，　　吾宁爱与憎！

这是一首唐诗中较为常见的"寻道诗"，更精确地说，是属于"寻道不遇"的类型。和唐代为数不少的寻道诗类一样，《北青萝》一诗是以寻访超越精神之象征（如佛寺、僧人、道士、隐者）为主题，展现了寻道过程中"由迷而悟"的典型结构，叙写诗人启程向遗世独立的山林前进，欲寻访其中所居的出世高人所代表的形上真理时，却因为寻访对象的意外缺席，促使诗人摒除外求之心而反躬内造，在历经景物的净化、心理的转折之后，最终以自我的力量获取内在超越的解悟并获得精神的超脱，完成追寻的旅程和意义。为未编年诗，或即作于文宗大和九年（八三五）前后于王屋山、玉阳山学道之时，年二十四岁。

诗题中的"青萝"，乃是山名，为王屋山之一支，在今河南济源境，岑参《南池夜宿思王屋青萝旧斋》诗云："早年家王屋，五别青萝春"，即其地。首句的"残阳西入崦，茅屋访孤僧"即点出时间、地点与对象，时间是在夕阳将尽的黄昏时刻，"崦"即崦嵫，为神话中太阳下山之处,《楚辞·离骚》云:"吾令羲和弭节兮,望崦嵫而勿迫。"王逸注曰:"日所入山也。"另《山海经·西山经》中载有"崦嵫之山",郭璞注亦谓:"日没所入山也。"于此日薄西山之际,诗人启程前往山中孤居茅屋的僧友。然而值得玩味的是,在一般人"日入而息"的休止时节,诗人不畏暮色之昏暗与山行之辛劳,竟然决意独自一人往荒僻之山中前去,其动机显非单纯的寻幽访胜与探望故旧,而带有更深刻的心理需要与精神潜能,如此才足以启动探访的决心。从所寻访的对象为否定世界之真实性的出世佛僧,可知从红尘中出发的李商隐,应该是因为感到深为俗务俗情所苦却又无以超脱,是故企图通过外在的力量来协助自己,那股带有宗教意义的外在力量足以将诗人由凡间俗世向上攀升,引领至化外圣境,其中所展现的正是一种抗拒沉沦的努力。

然而令人意外的是,如此跋涉的结果,竟遭遇到"落叶人何在?寒云路几层"的挫败,这两句意谓所访之孤僧行踪不定,让远途至此的诗人扑空未遇,与贾岛《寻隐者不遇》的"只在此山中,云深不知处"和韦应物《寄全椒山中道士》的"落叶满空山,何处寻行迹"意境类同。而所在之地的高,于"寒云"一词中可见;所在地之远,则由"路几层"一语可知。诗人落单于此高远荒寂之地,独对一山黑暗阒静,竟没有彷徨不知所终甚至失意而返,反倒表现出"独敲初夜磬,闲倚一枝藤"的随遇而安,这就为篇终的悟道奠下了重要的基础。

磬,本为一种乐石,又指寺观中铸成钵形之金属器,于拜神时敲击,亦谓之磬。此处应为后者,敲磬于夜初临之时,故云"初夜磬"。

倚,即拄靠之意;一枝藤,指一枝藤制的手杖。访僧未遇的李商隐在百无聊赖之余,随手敲击身边的磬石,于寂静的山中磬音显得更加清远脆亮,有如"暮鼓晨钟"般,足以令燥热不安之心灵沉淀平静下来,获得一种"客心洗流水,遗响入霜钟"(李白《听蜀僧濬弹琴》)般的豁然;而在藤杖扶持之下随意盘桓,又不知不觉地被四周环绕之祥和氛围所净化。因为僧人活动的领域乃是一种迥异于世俗生活环境的特殊空间,无形中构成一种"神圣空间"(holy space),其周遭之一草一木都会折射圣洁的光辉,而使身处其中之人获得涤清心灵的洗礼,如当代神话学者约瑟夫·坎贝尔(Joseph Campbell)所指出:"庙堂是心灵活动的空间与世界。当你走进一间教堂时,你是进入一个充满精神影像的世界。它是你精神生活的发源地——就像教会的本部(mother church)。四周围所有的外观形态都在表示精神价值的意义。"而这样一个心灵活动的空间与世界,其本身即是一个"转化中心",因为在此一"神圣的地方,时间之墙可能会消融,而显露出世界的秘密"(《神话》)。于是时间消融了,精神束缚也随之解脱,原本在此岸世界中苦恼烦躁不已的人们,遂得以臻至宁静永恒的彼岸。

换言之,"独敲初夜磬,闲倚一枝藤"表面上只是用以描写诗人于访僧未遇后,独自盘桓于充满僧人活动痕迹与其心灵余韵之茅舍的情景,实际上则是与前数句一起勾勒出由迷将悟之时,作为寻道者的诗人内心中层层递进的种种轨迹:从一开始由"寒云路几层"所代表的未知性引发的疑虑困惑中勇于迈步向前探索,再到"独敲初夜磬"的敲磬之举,颇有躬自践行其日常修道功夫,以进一步锻炼自我、努力超越的象征意味,终而在"万籁此俱寂,唯闻钟磬音"(常建《题破山寺后禅院》)的空灵境界中得到初步净化,达到"闲倚一枝藤"所展现的闲适自在、悠然自如的体会。而经历此一阶段的心理转折,最终便顺理成章地越过门槛,对自己深深陷溺于爱憎之情而执着不悔的个性投射一道理性认知的光照,进而提醒自己,在认清了世界本如微尘般微不足道的真理时,又岂能继续沉沦于爱恨笑泪的情感束缚中不愿自拔?也正为如此,在此神圣空间独自盘桓的李商隐,竟能短暂地超脱出执着陷溺的本质性格,而于当下达到"世界微尘里,吾宁爱与憎"的开悟境界,从世俗剪不断、理还乱的情丝纠葛中解脱出来。

所谓"世界微尘",乃佛经语,谓世界之大,实渺如微尘而已,如《金刚经》云:"若以三千大千世界碎为微尘。"《法华经》亦曰:"譬如有经卷书写三千大千世界事,全在微尘中,时有智人破彼微尘,出此经卷。"这种超越一身一世的宏观视野,让人类从短视近利与斤斤计较中解脱出来,足以将人世之悲喜得失泯化于无形,所谓"蜗牛角上争何事,石火光中寄此身"(白居易《对酒五首》之二),即说明此一道理。因此在"世界微尘里"的体悟之后,李商隐接着便说出"吾宁爱与憎"的超脱之语,"宁"乃岂可、怎能之意,为否定意义的疑问词,乃以质疑反诘之语气表达一种对现时之我的反省与否定,而正是在此觉醒之际,便达到了超越自我的终极境界。末联两句实即《楞严经》所言:"人在世间,直微尘耳,何必拘于憎爱而苦此心也!"这就显出诗人当此心领神会之际,也松动了平日"深知身在情长在"(《暮秋独游曲江》)、"微生尽恋人间乐"(《过楚宫》)、"春蚕到死丝方尽,蜡炬成灰泪始干"(《无题》)之唯情主张,一反耽溺执着的本质性格,而对自我耽溺执着之性格提出质疑,并获得短暂的超脱,这就是李商隐此一寻道旅途最终之领悟。

除此之外,我在《唐诗的乐园意识》第五章"寻道诗的原型分析"中曾进一步分析道,和其他寻道不遇之类型诗一样,《北青萝》表面上似乎只是一个寻幽访胜的偶发事件,只是一段余暇时刻短程游历经验的诗歌记录,但所谓"行住坐卧,皆是佛法",一叶尚且足以知秋,道既然无所不在,其内蕴便有待抉发而可以豁然彰显。通过对寻道不遇诗内在之深层结构与象征意义的分析,我们可以清楚地看到"由迷而悟"的线索环环相扣地一路展开,而事实上,作为"追寻主题"的一种表现,"寻道不遇"的诗类都揭示了人类情感的共通性和心灵结构的普遍性,贯穿并浮现于全篇之中。为了方便比较、并充分阐释起见,兹将其他相关诗作皆收录于此,以作为综合观察的基础:

不知香积寺,数里入云峰。古木无人径,深山何处钟。
泉声咽危石,日色冷青松。薄暮空潭曲,安禅制毒龙。

(王维《过香积寺》)

一路经行处,莓苔见履痕。白云依静渚,芳草闭闲门。
过雨看松色,随山到水源。溪花与禅意,相对亦忘言。

(刘长卿《寻南溪常山道人隐居》)

绝顶一茅茨,直上三十里。扣关无僮仆,窥室惟案几。
若非巾柴车,应是钓秋水。差池不相见,黾勉空仰止。

草色新雨中,松声晚窗里。及兹契幽绝,自足荡心耳。
虽无宾主意,颇得清净理。兴尽方下山,何必待之子。

(丘为《寻西山隐者不遇》)

就对象而言,这几首表现出"寻道不遇"的篇章,对象容或有道、僧、隐的不同,但在内容层次与结构意义方面,却都十分一致。以下将依此进行比较论述,让李商隐《北青萝》这首诗中所蕴含的属于唐代诗歌的普遍特质充分彰显出来。

首先,这类作品都会一开始便点出此行欲探访之对象,以及此一对象所具备的高远的特质,如《北青萝》的"残阳西入崦,茅屋访孤僧"、《过香积寺》的"不知香积寺,数里入云峰"、《寻西山隐者不遇》的"绝顶一茅茨,直上三十里"和《寻南溪常山道人隐居》的"白云依静渚"都点出寻访对象的存在特质,从俗世尘间出发的诗人以"原我"踏上寻道的出发点,向一个脱俗超尘的理想所在迈进。由于"追寻"之行动的微妙本质,事实上都奠基在追寻对象的召唤上,追寻者内心深处朦胧地酝酿着一个更高于目前所知而足以引领自我超越的"道",但对道的形貌及其究竟意义,却并不能在追寻历程的出发点上就充分在握,否则又何来追寻的必要?只有在对象处于一种令人"心向往之"的高度,而且与追寻者之间横亘着一段遥远的距离,才能引发追寻的动力并化为实际的行动;而这个"道"向追寻者开显的内涵,可以说就是一种人生目标、理想生命境界或美好乐园的代名词。但正是因为一切崇高的理想、境界和乐园向往都只提供精神性的"方向",而不以具体可见的物质性目标为限,于是不但其结果可以因人而异,其程度更有高下之别,而"道"的本身也就禀具了不可究诘的未知性。因此诗中象征着道之具形的香积寺、北青萝、常山水源、西山绝顶等处所,都是一个距离有"数里"乃至"三十里"之遥,高度在"云峰"之上的奇妙圣地。

在此基础上,诗人才展开了追寻的旅程。所谓"数里入云峰""白云依静渚""寒云路几层"和"绝顶一茅茨,直上三十里",在在都显示出对象所在地之高远难及,也唯其如此,才能塑造一个神圣的空间,足以净化那从凡俗中来访,以乞求救赎的灵魂。正如当代神话学者约瑟夫·坎贝尔所指出的:

> 有一种特定的神话,你或许可以称它做心象追求,追求一种恩赐,一种心象。这在每个神话中的形式都一样,……都给我们同样的基本要求。你离开你现在的世界,然后深入、远行或攀高,在那里你找到你平日生活的世界里欠缺的东西。之后的问题是,要不就坚持它,抛掉现实世界,不然就是带着那个恩赐回来,并且在你回到你的社会时,仍然紧紧的抱着它不放。那不是件容易的事。
> (《神话》)

当人们在进行某种"心象追求"之时,所依循的"你离开你现在的世界,然后深入、远行或攀高,在那里你找到你平日生活的世界里欠缺的东西"此一路径与此一目的,正与唐诗中这类"寻道诗"之原型意义相通。换言之,展开寻道之路的诗人首先是离开日常所处的凡俗世界,然后深入、远行并攀高,向一个位于"数里入云峰""直上三十里"之绝顶,或"寒云路几层""白云依静渚"之水源所在展开了追寻之路,朝着一个具有"代表人类实践其意识状态的最高精神潜能"之意义,而足以使自己得到启蒙的某个对象(如香积寺、道人、孤僧、隐者)前进,有如英雄寻找圣杯(Holy Grail)以发现生命之真理的旅程一般,故其本身就蕴涵着"超凡入圣"的潜在意图,而且更重要的是能够将此一潜在意图加以具体实践。

然而,追寻之路必然是孤独而窒碍重重的,王维在《过香积寺》中继"数里入云峰"之后,接着就写"古木无人径",而刘长卿的《寻南溪常山道人隐居》则索性一开始就从"一路经行处,莓苔见履痕"切入,铺展一条荒凉的求道之路,李商隐的《北青萝》也透过"寒云路几层"一句,暗示跋涉山途之不易。由于这是一条不同于凡俗之追求因而人迹罕至的"荒途",是前无古人、后无来者的寂寞之路,小径上很可能连前辈的足迹都已湮灭难辨,唯有活过漫长岁月的参天古木屹立在旁,见证着古往今来极少数不畏寂寞而敢于向未知叩门的寻道者才会踏上的"无人径",正与天下人熙熙攘攘、摩肩接踵的喧闹大路迥然有别。毕竟"天下熙熙,皆为利来;天下攘攘,皆为利往",名利富贵之路被众人走成了康庄大道,且势必将会一直吸引更多的人前仆后继;但总是有少数的选民不甘蒙昧一生,在"偶开天眼觑红尘,可怜身是眼中人"(王国维《浣溪沙》)的观照自省之下而蓦然醒觉之际,决心从尘网的纠缠束缚中超拔出来,并踏上一条通向内在自我的羊肠小径。更有甚者,孤独者非仅寻访者而已,还包括被寻访之人,如李商隐所说的"茅屋访孤僧"和丘为诗中的"扣关无僮仆",都暗示着不但寻访者是冒着孤独前来叩门的,那被寻访之人更是早已被长久的孤独打造为坚稳不移而怡然自得的磐石,锤炼出足以点化人心的力量。

因为连孤独都无法承受、无法把持的人,是无法具备认清自己的资格的,以至于"孤独"是寻找自我的副赠品,"寂寞"是如影随形的必要装备,凡是欲成就其突出不凡之人格的人,都必须先通过孤独的考验,才能获取登堂入室之通行证。而另一方面,孤独之所以使人畏惧而难以承受,是因为它带来种种未知的不安,"孤独"使人被隔离在一切的理所当然之外,它化为阵阵的浓雾隔离了熟悉的世界,使人与周遭事物的既定联系为之全面断绝,并陷入于一种必须重新摸索的归零处境,因此种种疑惑不安便是对寻道者的一大考验;王维所惊喜的"深山何处钟"以及李商隐所疑惑的"落叶人何在?寒云路几层"于潜在心理上都未尝不是这种危惧之感的流露。唯有坚忍心志而不曾动摇的人,虽然没有成功的保证与外来的鼓励,然而毅力和执着终究不会使自己迷失,接下来所说的"深山何处钟"便仿佛是那仍旧不知隐身何处的"道"所发出的回声,就在这适时的呼应之中,诗人便取得了一种肯定和保证,足以使自己虽迷而不疑,临危而不惧,继续循声向着"未知"而去。

但问题又不仅仅如此而已。除了孤独之外,寻道之路上还隐藏着一道道的魔障,考验着踏上此途的人们,它既会化身为"孤独",企图使人动摇;又会制造种种的迷思,阻碍寻道的脚步。因此在追寻的过程中,诗人势必遭遇到由外在环境所造成的横逆和阻碍,有如"泉声咽危石,日色冷青松"一联所示,那如"咽危石"之不顺、如"日色冷"之寒寂般的一种困顿心境的表征,正有类乎心理学家所指出的"学习高原"(plateau of learning),乃一切求道者在追寻的过程中,于到达一定的程度时必然面对的关卡。王维在《与胡居士皆病寄此诗兼示学人二首》之一亦曾以"洗心讵悬解,悟道正迷津"来明示"学人"此种迷妄窒碍的存在,但只要一旦尽全力突破此一瓶颈而超克了挑战,便能跃升进入一个崭新的境界而脱胎换骨,亦即是由"不知"而"知",由"迷"而"悟",由"凡"而"圣",因此王维《过香积寺》末联便以"薄暮空潭曲,安禅制毒龙"做结,显示了作为一个求道者的诗人终于完成其追寻的旅程,在未必到达香积寺或入寺与僧徒当面晤谈析疑的情况下,便已自我洗涤与净化,达到了从未知的迷障中超越,并获取更高之开悟的最终目的。证诸刘长卿《寻南溪常山道人隐居》的"溪花与禅意,相对亦忘言"、丘为《寻西山隐者不遇》的"虽无宾主意,颇得清净理",也都是在旅途之最终阶段的悟道之词,同样地,李商隐《北青萝》结尾所说的"世界微尘里,毋宁爱与憎",也正是一种顿悟之后的开脱之语。

　　值得进一步说明的是,整个追寻所展开的过程,主要是建立在与世隔绝的大自然辽阔而雄伟或清寂而优美的背景上,无论是《过香积寺》中的云峰、古木、深山、泉声、危石、日色、青松、潭曲,或是《寻南溪常山道人隐居》中的莓苔、白云、静渚、芳草、山雨、松色、水源,或是《寻西山隐者不遇》的"草色新雨中,松声晚窗里",或是《北青萝》中的落叶、寒云,都点染出一幅不染人间烟火的山林风光。其最大的功能便是如丘为《寻西山隐者不遇》中所言之"及兹契幽绝,自足荡心耳",对刚刚脱离凡俗的尘心杂念施予净化与涤清的工作,仿佛"仪式"的作用一般。一如神话学者所言:

就像一切意欲进入更高真理境界的人一样,必须在实现这一目的之前做一番具有净化作用的准备仪式,然后他才能最终企及人马的境界。(案:此处"人马的境界"即最高智慧的展现,说见威廉·比希·斯泰恩《〈华尔腾〉:人马的智慧》一文)

因此寻道过程中所经历的以大自然为背景的路途,其本身即是求道过程之整体结构中不可或缺的主体。寻道者由凡俗的外界介入,在到达目的地之前,这段长远的上坡山路不但是形式上全诗构成的主体部分,因而必定占有一定的篇幅;同时更具有内容上引带了心境转折的关键意义。随着路途的深入、远行与攀高,其沿途风景物色也一一呈现,即使这些景物的描写是在诗人到达而不遇之后才开展,其所发挥的净化作用亦无不同,因为此时兼具求道者之身份的诗人,所进行的不只是景物游览而已,所有这些眼之所睹的白云、青松、幽泉、水雾、落叶、溪花、芳草,以及耳之所闻的松涛、钟声、磬音等山景,非徒寓目所见、耳遇成声的外部描绘,更是主观心境与外在自然环境正在不断地交互作用、互相开放的显露。故这段表面上的风景描写(即所谓的"景语"),并不是客观环境的如实重现,因此对行旅之人而言,也不是如印之印泥般在心中复制其形貌;事实上,其中随着路程延伸而纷然呈显的自然景物,代表的"不仅是外在事物的影子,也不仅是主观的妄想,而是人与自然的结合。这个结合保证人与自然可同时参与到某种超越的存在里面去"(语见卫姆塞特、布鲁克斯合著之《西洋文学批评史》)。而这种人与自然结合的关系,内外交织莫辨地记录了求道过程中心灵层层蜕变的轨迹,有如接受了身心的洗礼。

同时,就在此追寻的过程中,自然景物除了具有净化作用的仪式性质之外,往往也是表现外来之障碍与内发之疑惑相结合的媒介,诸如"泉声咽危石,日色冷青松""落叶人何在?寒云路几层""芳草闭闲门"或"差池不相见,黾勉空仰止"等抒发忧疑感叹之情的词语,在在都隐示着一种心灵遭受的困境,而造成追寻之路的一大转折。此种经由某种遭遇所导致的心灵变化,亦即承受了一种悲剧的损失而做了某种道德的决定或解决了某种情感的困难,当寻道过程中,通过"泉声咽危石""落叶人何在""寒云路几层""芳草闭闲门"以及"差池不相见,黾勉空仰止"等诗句所展现的危疑不定、失落挫败的负面情境出现后,便意味着外来障碍与内发忧疑等"悲剧的损失"的存在,而其存在的必要性,就在于它是逼出"做某种道德决定或解决某种情感困难"的关键,是使最终的证道成为可能的先决条件。于是这蜿蜒的山路,就隐含了神话学者伊利亚德(Mircea Eliade)在其《圣与俗》(*The Sacred and the Profane*)一书中所谓的"门槛"的意义:

> 分隔两个空间的门槛也标示着介于两种生存模式之间的距离,即凡俗的与宗教的。门槛是区别与对立两个世界的界限、边界与边境——同时也是那些世界互相沟通,使由凡俗通往神圣的世界之通道成为可能的矛盾地带。

山路作为一种门槛,其两端所联系的,一是此行的起点——即诗人以"一般我"和"社会我"为生存模式的凡俗世界,是充满妄心执念与种种束缚苦恼的低地尘寰;而与此相对立的另一端,则是已然实践"人类意识潜能的最高状态"的高人所活动的崇高圣地(sacred place),代表的是"超我"或"精神我"的终极实现。在这个通道上,寻道者脱离了凡俗的生存模式,但又尚未企及那未知的神圣世界,因此便不免产生来自于两头蹈空而无所依恃的忧疑之感;但只要寻访的目标不变,也不为此中无论是心灵的或环境的障碍所阻,从而努力地"做某种道德决定或解决某种情感困难"而坚持下去,终究会突破门槛的矛盾性而取得入门的资格,成为由俗而圣的真正通道,并获取登堂入室的保证。

但是,在这道门槛之后还有一个关键性的考验,那便是作为一个"被引见者",正当诗人已通过层层净化涤清与危惧挫折的步骤而到达圣地之际,所面对的却是寻访对象的缺席。就一般情况而言,此一遭遇应该是朝圣之旅的中断与否定,《北青萝》的"落叶人何在?寒云路几层"、《过香积寺》的"古木无人径,深山何处钟"、《寻南溪常山道人隐居》的"芳草闭闲门"和《寻西山隐者不遇》的"差池不相见,黾勉空仰止"都指出寻访对象的缺席,使得寻访之举几乎丧失意义而半途折返,距离"道"的启发也依然一样遥远。但微妙的是,在此类诗歌基型中其结果却正好相反,历经了"古木无人径""莓苔见履痕"的孤独寂寞,"深山何处钟"与"落叶人何在?寒云路几层"的疑惑不安,以及"泉声咽危石,日色冷青松"的窒涩不顺,继续坚持上路的诗人终究克服了客观环境与主观心理的种种问题,而跃入到另一个超脱的境界,使精神获得更高层次的转化,达成自我内在的提升与启悟。有如约瑟夫·坎贝尔所说的一般,得到了超乎寻常的恩赐——亦即在"平日生活的世界里欠缺的东西",领受了某种"终极真理"或更高的、超越性的"生存原则",诸如前述诗例中王维的"安禅制毒龙"、丘为的"颇得清净理"、李商隐的"世界微尘里,吾宁爱与憎"和刘长卿的"溪花与禅意,相对亦忘言",以及李白《寻山僧不遇作》末联所云的"了然绝世事,此地方悠哉"等,都是诗人在欠缺寻访对象的直接点化之下,通过自己内在的力量所获取的终极智慧,而印证了寻访对象的虚位化恰恰是促使求道者转向内心顿悟的契机。这正是追寻主题的展现中足堪玩味的现象。

推究其故,寻访者之所以能够免于形式层面的失败而转向精神意义的再生,其中道理应在于具体有限的"形体人"的消失,不但无损于"无形道"的存在,反而使"道"拥有更加普遍开阔的显现空间,使周遭一切景物都莫非是体察道心的可能媒介,因为一旦将对象"存而不论"地纳入括号中不使出现,将因此保留更丰富的可能性和更深邃的诠释空间;同时,被访者的缺席又能激起寻访者的充分想象,而此种想象反而可以道出亲见对象时所无法提供的无形感悟,因为当对象实际显露于眼前之际,人们所获得的只是直接印象上的"感知";而在对象不存在的时候,想象便开始发挥作用,某种"我们永远看不到其本身的事物"或"看不见的东西"就会被"呈象"出来,而为我们所"看见"。这种想象,就是通向世界的另一种方法,正可以说明适逢寻道而不遇的"不遇"时刻,对道的解悟之所以会恰恰在此际发生的原因之一。

然而除此之外,还有一个使"不遇"发挥积极效用的更重要的因素,那便是由于目的地中被访者的"虚位"或"缺席",使得求道者无法获得直接而方便的解答,于是诗人只有被迫反求诸己,尝试从"外在超越"转向"内在超越",在别无依傍的情况下向内心寻求自我开悟的钥匙,以免于这趟求道的努力完全落空;何况在到达目的地前,沿路层层累积而步步深化的省思也可以在别无依傍的情况下,顺着本身的脉络进一步获得自我完成的机会,而到达最终的觉醒阶段,因此末联所提出的悟道之说,可以视为前述过程发展到最后水至渠成的自然结果。适其上山寻道之初,诗人内心蕴蓄的迷惑原即是从自我之内部所形成的,一路上经由内在不断反复辩证的充分发酵之后,终于在自身心灵的土壤上得到自发性的成长与觉醒,使得种种有关自我认知、终极命运与生存意义等迷惑之处,都因为有所领悟而至少得到暂时的廓清,并且更进一步获得了俗界所难能的超越体验。而唯有不假外求的答案才最真实也最为切己的,对"自我追寻"的完成也最为有力而彻底,于是"未遇"的结果,反而正是促进心灵彻底完成自我调整的有效策略。

从丘为《寻西山隐者不遇》诗中所谓的"虽无宾主意"和"何必待之子",可知诗人似乎也已经体会到,寻访对象的缺席非但不是此行落空的挫折或失败,而是正好恰恰相反,寻访之特定对象的"虚位"反倒促进了寻访者注意力的转移,并因此开拓出更丰富的可能性和更高深切己的领会,这可以说是此类诗歌中,超出"用而不知"或"知而不言"之层次而现身说法的极少数例子,适足以作为吾人探讨的旁证。至此，诗人由出发点的"原我"到终点站的"超我"，由俗世到离世，那由迷而悟的寻道历程也全部完成。

在以上详析其深层意义之后，于此便可以综合性的简图将其典型结构表列如下：

追寻——自然景物的呈露过程、心理转折——未遇——→觉醒（或：追寻——未遇——自然景物的呈露过程、心理转折——→觉醒）

俗（迷）————————→门槛————————→圣（悟）

外在超越————————————→内在超越

原我————————————————→超我

景语————————————————→情语

固然李商隐乃是一往情深、往而不返的情感典型，因而有"春蚕到死丝方尽，蜡炬成灰泪始干"（《无题》）、"荷叶生时春恨生，荷叶枯时秋恨成。深知身在情长在，怅望江头江水声"（《暮秋独游曲江》）之类的诗句，显示一种与悲剧相始终的生命情调，却又有着充分自觉而不欲解脱的陷溺执着，所谓"深知身在情长在"，正是这种自甘沉沦于爱憎之情的夫子自道。因此在《北青萝》诗中末联部分所提出"世界微尘里，吾宁爱与憎"的开悟之语，便似乎和他的人格形态产生了矛盾与冲突，但这种矛盾冲突的现象，与其说是诗人一时敷衍的媚俗讨好之词，毋宁视之为诗人努力自我救赎、却终其一生徒劳无功之余，所保留下来的挣扎的痕迹；同时更可以显示出"寻道不遇"此一诗歌原型强大的规范力量，连陷溺至此的诗人李商隐都不免于其深层结构的影响,而表现了超越本性的另类风貌。

对李商隐而言,世界的确渺若微尘,但未必就会因此选择超脱心中之爱憎情愁,反而带有深陷其中、不欲自拔的自觉,所谓"微生尽恋人间乐"(《过楚宫》),正可以说是对《北青萝》一诗的反面注解,展现其性格与价值观的真正本质。则"世界微尘里,吾宁爱与憎"所蕴含的并不是超脱与豁达,而是亟欲超脱与豁达却无能为力的挣扎与失败,这便是诗人一生之痛苦所在。

暮秋独游曲江

荷叶生时春恨生，　　荷叶枯时秋恨成。
深知身在情长在，　　怅望江头江水声。

  这是一首凄怆入骨的哀歌，是李商隐在深深陷溺于个人情伤之余，极其少见的"偶开天眼觑红尘"的自省之作。这时候的李商隐没有沉沦于眼泪与凄怆之中，反而是从眼泪与凄怆中抽身而出，反向观照个人的存在特质，展现了李商隐对内在自我之人格形态与情感态度的深刻自省，因此在"可怜身是眼中人"（王国维《浣溪沙》）的无奈中，反而带有清明的理性意味，可以说是李商隐对他奉守一生的人生哲学的剖析。因此全篇虽然仅仅只有四句而已，却是李商隐极少数以理性之光深刻自剖的诗章，让李商隐那哀感顽艳的悲剧性格更加彻底而无可救赎。

  在未正式切入诗歌内容之前，诗题中已先清楚点明：时当暮秋，地在曲江，其中有一人独自流连徘徊，这些就构成了整首诗的基本条件。暮秋也者，即深秋、晚秋，约在九月之时，不但满目皆是"悲哉，秋之为气也，萧瑟兮草木摇落而变衰"（宋玉《九辩》）的风物节候，更是连"天寒红叶稀"（王维《山中》）的景致都几乎不易得见的入冬前夕。曲江乃是长安东南的风景胜地，于安史乱生之前的玄宗一朝，其风光旖旎、繁华明媚之盛况，乃是："花卉环周，烟水明媚,都人游玩,盛于中和上巳之节。彩幄翠帱,匝于堤岸;鲜车健马,比肩击毂。……入夏则菰蒲葱翠,柳阴四合;碧波红蕖,湛然可爱。好事者赏芳辰、玩清景,联骑携觞,亹亹不绝。"(唐康骈《剧谈录》卷下)然而,在安史之乱的破坏之下,曲江早已沦为"江上小堂巢翡翠,苑边高冢卧麒麟"(杜甫《曲江二首》之一)、"望断平时翠辇过,空闻子夜鬼悲歌"(李商隐《曲江》)的废墟遗迹。那么,诗人何以至此,又为何孤身至此?是出于漫无目的之行游所致,还是有所为而来?而那召唤诗人前来的潜在原因,究竟是纯粹的赏景散心,还是意欲排遣心中之块垒?若是为了追怀某一特定之往事,则其事是家国沦灭之悲,还是伊人已逝之痛?

在传统的诗评中,一般多认为此篇乃诗人因追悼过去某一特定之情事而作。由于前半首的"荷叶生时春恨生,荷叶枯时秋恨成"两句,显然是以"荷叶"为传情达意的媒介,使得传统说法往往将诗句一一落实在具体人事之上来解释,因此在传统诗论中便遭到种种附会的命运,对诗中之"荷叶"众家说法解释不一,如冯浩以为乃其意中人之名,而有的则认为应该是指情人留赠之信物,无论何种说法皆与艳情有关,并归总为一不能见容于礼教以致悲剧收场的爱情诗。如刘学锴、余恕诚便认为:此诗"所谓'情'当指男女之情。'春恨'谓相思之恨,'秋恨'谓伤逝之恨。此当是诗人于曲江'荷叶生时'遇意中人而种下相思之恨,于曲江'荷叶枯时'而伊人云逝,铸成伤逝之恨。重游旧地,怅望江头江水,遂觉此恨绵绵,永无绝期。曰'独游',正所以明往昔之同游也。"(见《李商隐诗歌集解》)

如此牵引臆测、拘狭坐实的诠释法,在李商隐诗的接受过程里已经可以说是司空见惯了,其结果往往引发无端之聚讼却又莫衷一是,徒使诗境受限于单一情事而显得扁薄狭窄。事实上,从前述曲江极其鲜明可见的盛衰变化中,我们同时可以见出李商隐这位晚唐诗人本质性的个人风格与审美趋向,李商隐选择在荷枯藕败的深秋时节亲临其地,而不是盛唐时所见的风光最美的春夏季节;而冒着寒风严霜的诗人孤身一人独游,又与当时众人联骑携觞共游的盛况迥别。当然最主要的差异是,曲江鼎盛之际那"菰蒲葱翠,柳阴四合;碧波红蕖,湛然可爱"的典型画面,至此也只剩下"荷叶枯时秋恨成"的满目凋残。或许正是因为这样的时空背景,使得李商隐于现场触目所见的,只有瑟缩于秋气荒烟之中的枯荷残枝,遂尔因物起兴,援以为抒情寓意的表现媒介,若不执实以求,单纯以遇景有感而自抒伤怀之作视之,则诗中透过对自然界中"荷叶"一物生灭过程之诠释,将能更本质地透显李商隐那沦肌浃髓的生命悲剧感。

因此,我们依然采取剪除枝蔓、去芜存菁的态度,将这首诗直接视为诗人偶然遇景有感而抒发感慨的自伤之作;一旦超越有限的个别事实,而就整体诗境所展现的根本精神以观之,则本诗所表现的,乃一特属于李商隐,因而具有普遍性与本质性的生命悲剧意识。其中的"荷叶"不代表任何一个具体可以实指的个别的人事物,却是他生命中所遭遇之种种人事物的综合呈现;"荷叶"是任何人、任何事、任何物,是概括了李商隐一生的整体象征,因此整首诗所展现的,即是他最为核心的生命情调,如此似乎更能掌握到李商隐那彻底而包弥天地的悲剧性格。

在这样的认识之下,本诗一开始便以"荷叶生时春恨生,荷叶枯时秋恨成"传达出一种迥异于常情常理的生命观,让读者在错愕之余完全措手不及。因为李商隐在暮秋萧瑟、荷塘残败之际,回顾荷叶由初生到枯灭的生命过程,竟只是为了完成一个"恨"字而存在!因此当荷叶亭亭出水之际,所绽现的并不是生之创造的喜悦,而是悲恨之形成与展露;然后随着春生、夏长、秋熟的季节流转,荷叶的茁壮同时也就是此一悲恨的扩大,直到荷叶凋零残破的时刻,此一悲恨才达到完成的阶段。换句话说,"荷叶生时春恨生,荷叶枯时秋恨成"即意谓生命的诞生与死亡本都是为了完成"恨"而存在,生命在恨中诞生,也在恨中完成,"恨"乃是整个生命结穴的核心,则生有何欢,死亦何苦!对李商隐而言,那包括荷叶在内的一切存在物都深蕴哀愁的种子,其春生秋枯的种种形态,其实都不过是那股悲恨之诞生与完成的具体表现,也都是为了完成此一弥天盖地之悲恨才具备存在的意义。推而扩之,世间如荷叶一般的种种生命,也莫不是此一"恨"的凝结与具体化,如此一来,"恨"才是一切生命存在的本质,而生命是为了完成悲剧才降临世间,执行与悲剧相始终的必然命运。

  如此看待生命,已是十分可哀;而诗人明知如此,却又一往不悔,一味耽溺其中不愿自拔,则其哀更甚。后两句的"深知身在情长在,怅望江头江水声",便展现出李商隐对自己这种与悲剧相始终之性格的深刻了解与执着不移。

  这两句诗本是从杜甫《哀江头》中的"人生有情泪沾臆,江水江花岂终极"化出,却显得更加缠绵凄惋而令人不忍卒读。杜诗之原意是说,因为人生有情,所以才会情生泪流、沾湿衣襟,而此情此泪将如江中之水与江边之花一般,岂有终了的时刻!话语中颇有此情不绝之寓意。李商隐的写法则更有过之,如清程梦星《李义山诗集笺注》所谓:"'身在情长在'一语最为凄惋,盖谓此身一日不死,则此情一日不断也。"如此一来,其情不只是长,而且是深;其长是明确以自己的一生为幅度,其深则是无一日豁免的执着,都不是与天地同存之类的泛说,以致那一息尚存、其志不灭的个人特性实在是浓厚强烈得多。

然而,第三句用一"深知"加在"身在情长在"之上,真复有情深不返、死而未悔之意味,因为它在杜诗已然声称如江中水、江边花一般无有终极的情与泪之上,又焕发出一种打算以一生殉情而终的高度自觉。所谓"深知"一词,更将李商隐推向了无可救赎的绝望深渊,因为它清清楚楚地表明此一凄惋的人生并不是偶然得来,也不是茫昧度过的,李商隐自己并非一般"百姓日用而不知"的平凡人,对于所谓的"自我"乃是不知其然,更不知其所以然,只能盲目地随着个人与生俱来之天性或情绪而任其支配,在自然本能的驱动之下,成为被自我个性宰制而不懂得反抗的奴隶;恰恰相反,李商隐对自己"身在情长在"的人格特质,是经过"深知"这一层理性的觉察和反省之后,依然固守执着的人生选择。在理性之光的照耀下,他展现出对个人人格特质的高度"存在自觉",透过"深知"一词传达那终身以殉而不打算自拔的自我认识,从而随后才会接着写出"怅望江头江水声"一句,以无比无奈的怅然之情,看望江头日日夜夜朝着特定方向流动不息的江水,清楚地表明自己亦终将如此一往不悔的"伦理抉择"——知而不悔不改,比起无知无觉而无法选择,其中所蕴涵之悲剧性无疑是要深沉得多。因此太过了解自己的李商隐,自然也就只能面对江水无奈地惆怅着——一如他在《西溪》中也曾说道:"怅望西溪水,潺湲奈尔何!"日夜潺湲不息而终无了时的江水,正是李商隐与生命相始终的一往不返的情感执着。于是乎,"怅望江头江水声"的诗人便如同看着自我的倒影一般,那般无可奈何地看望着不断向悲剧深渊坠落的自己,而丝毫不愿或不能加以救赎,毕竟他所选择的,乃是一个过于陷溺执着,也过于凄楚悲苦的人生!

如此一来,这悲恨、这凄惋就再无其他解脱的可能。而既然深知却不悔不移,便只有怅望江头不尽之江水,无言地承担那永恒不灭的悲情,和那亘古难消的长恨。至此,李商隐终身以殉、不思救赎的绝望性格和感伤情调,便彻底地全幅彰显。对终身纠缠于情丝情网之中的唯情诗人而言,"偶开天眼"之行动意味着此刻他不再只是自缚于茧中的蛹,困在一个狭小阴暗的地方,将全副精力用在困顿挣扎的感受上;而是在纯粹感受的层次上再翻上一层,如蝶蛾般飞出那总是将自己困限的丝茧,因而得以借由光照来全面省察自己的处境,从而在理性的探视之下彻悟自己陷溺于红尘中的存在样貌。如此一来,"可怜身是眼中人"的惆怅之感就如同"怅望江头江水声"一般,传达的都是诗人对自我性格的彻底了悟,以及对个人处境的全无救赎。

于是"知其然"也"知其所以然"的李商隐,就这样带着怅惘之情,眼睁睁地望着自己往情恨之深渊中坠落,直到生命被悲剧摧毁的那一刻。而其"身在情长在"的此生此世,也就成为这惆怅人生的吊唁祭品。

乐游原

向晚意不适，　驱车登古原。
夕阳无限好，　只是近黄昏。

　　李商隐的悲剧性格，使他总是看不到夜空中的星辰，而只看到满地污秽的泥泞；让他对朝气蓬勃的旭日东升视而不见，只全神贯注于绚丽却感伤的夕阳。这首《乐游原》诗正是此一心灵趋向的典型表露。

　　乐游原，亦作"乐游苑""乐游园"，为长安城内最高之所在，自汉宣帝加以开辟整治之后，至唐代已是贵游之名胜，《汉书·宣帝纪》云："神爵三年春，起乐游苑。"注曰："宣帝立庙于曲池之北，号乐游。"另《长安志》卷八亦载："长安中，太平公主于原上置亭游赏，后赐宁、申、岐、薛王。其地居京城之最高，四望宽敞，京城之内，俯视指掌。每正月晦日、三月三日、九月九日，京城士女，咸就此登赏祓禊。"此篇即是李商隐登长安城之最高处而骋望四顾之际，触景生感所作，由此可以划归为登临诗一类。

　　传统中所谓的登临诗，必然是诗人作于登高望远、居高临下之际，所登之处可以是高山峰顶，也可以是高楼崇台；当面对川原辽阔而纵览无遗的景色时，其心中往往会兴起一种宇宙苍茫、时空无限的历史感，如孔子登农山时，就有"登高望下，使人心悲"之叹。

而所悲者何也？于《安定城楼》一诗的阐释中,我们曾经归纳出几种类型,指出当个体被如此浩渺无穷的时空意识压迫之余,或者心生离乡去国、羁旅他方的游子情怀,或者在缩短距离的错觉中,因缅怀远方的情人而表现出情人间相思怨望之迫切;此外,登高时也可以唤起人生如寄、短暂匆促的存在意识,而不免在死亡的威临之下一洒凄然哀恸的眼泪,或者便超升而出,以洒脱旷达之胸怀表现脱俗之志,这些都是在具体的诗歌内容中可以寻索出来的主题意涵。然而,在这首《乐游原》中,我们却只能捕捉到一种朦胧浑沦而无法确指的情调或氛围,虽然传统索解者有谓其旨在忧武宗之蔽、忧唐祚之衰,然而都不免过于穿凿坐实。何焯曾评此诗云:"迟暮之感,沉沦之痛,触绪纷来,悲凉无限。"(沈厚塽《李义山诗集辑评》引)此外纪昀《玉谿生诗说》亦曰:"百感茫茫,一时交集,谓之悲身世可,谓之忧时事亦可。"二说指出诗中包笼一切客观世界与个体人生的有限之感,可谓较切近诗的本质,以此看待,方能进一步触及本诗中所蕴含的人格形态与情感特质。

　　细究全诗的结构乃是顺时而生,从登原前之动机与心理状态、登原时之行动与交通方式,乃至登上高原之后所见所感的抒发,理路井然而环环相扣。

　　诗一起首即点出李商隐登乐游原的原始动机,所谓"向晚意不适"者,意谓在傍晚这逼近黑夜之前的黄昏时刻,感到一种不适意、不顺心的感受。若欲追踪不适之意何故得来,从诗中未曾提供任何具体的线索来看,不但是无从确证,而且也恐怕不免沦于胶柱鼓瑟而毫无必要。事实上,那种"意不适"的感受,很可能并不是自某种特定的人事挫折而产生,而很可能只是源于"黄昏"的影响。人类身心起伏的变化往往是与大自然的脉动息息相关的,如原始神话中便有"太阳升起即是出生,太阳落下即是死亡"的象征类比,由于黄昏正是介乎光明与黑暗的临界点,生命与死亡的拉锯辩证在此显得特别尖锐而突出,所谓"日入而息"带来的不仅是休息闲暇的愉悦,更包含今日已然一去不回的永恒失落感;而黑暗逼临之际,也引发人类心中那对黑暗的原始的恐惧与不安。

这种来自黄昏时节特有的惆怅情绪,早在诗人笔下就多所流露,如孟浩然《秋登万山寄张五》诗就曾说道:"愁因薄暮起,兴是清秋发。"那因薄暮而生的愁绪,正是对一往无所归之岁月的无可奈何而产生,似乎光明、希望与种种生命的可能性都将随着夕阳西下而一起葬送在黑暗的深渊之中,距离明日由升起的太阳所拉开的另一个光明与希望之间,横亘的是一个漆黑无望的漫漫长夜。那作为"人类的感官"的诗人们(维柯《新科学》书中语),以其特有的灵心锐感与自然运行的韵律潜在地应和,因此"黄昏的忧郁"乃是一种对大自然消长变化有所感应的宇宙情怀,它生发自一种包括了生命逐渐衰歇、希望面临消沉、时间迈入终点,以及光明趋近黑暗、高处向下坠落等等"逼近死亡"的体验,具有普遍共通的本质性意义,因而诗人也不免慷慨悲歌道:"况是青春日将暮,桃花乱落如红雨!"(李贺《将进酒》)、"日暮东风怨啼鸟,落花犹似坠楼人!"(杜牧《金谷园》)

更有甚者,夕阳坠落之际往往是瞬间的、突如其来的,那微光犹存的景象与紧接而来的彻底黑暗彼此仅仅只是一线之隔,中间模糊混沌的灰色地带可以说是稍纵即逝,例如对大自然景色变化观察细腻的自然诗人孟浩然便曾说:"山光忽西落"(《夏日南亭怀辛大》)或"夕阳度西岭,群壑倏已暝"(《宿业师山房期丁大不至》),其中的"忽"字、"倏"字都点出光明的消失乃是间不容发的一瞬之间,随后而来的,立刻便是"暝"字所寓含的深沉幽暗。则已经深深因为黄昏来临而生发"意不适"之情的李商隐,若不愿继续沉沦其中而随着即将降临的黑暗一起灭顶,便只能试图去排遣这份浓郁厚重的莫名愁绪。然则,排遣之道又何以致之?强说"超脱"只是一个知易行难的空话,根本无法在当下立即有效地发挥作用,尤其对一个早就选择"身在情长在"(《暮秋独游曲江》)的诗人而言,更是谈何容易!既然心不由自主,而人类又往往是心随境转,于是排遣愁绪的为今之道,势必就是急于抢救残存的最后余光,延缓夕阳坠落的时间与速度,与地平线展开夸父逐日式的拉锯战,跟造化奋力拔河!

稍早于李商隐的晚唐诗人李涉,便曾以类似的心态挽救所剩无多的春天,于《登山》诗中说:"终日昏昏醉梦间,忽闻春尽强登山。因过竹院逢僧话,又得浮生半日闲。"在人间世载浮载沉,散漫如槁木死灰的李涉,如惊蛰般忽然被春天即将远去的讯息猛烈震醒,警觉时光偷换、春日无多,遂勉力抬起醉梦昏昏的脑袋,提起麻木无力的双腿,以"强登山"的方式去寻访盘桓在高山上的最后的残春余花,以免造成彻底错失华年崇光的终身遗憾;果然在山行之路上与出世僧人交会的一席偶遇,使得他豁然如醍醐灌顶般超脱了醉梦浮生,取得千金难买的"半日闲",而其所谓闲也者,并不只是时间上的空闲而已,而更是一种心灵上的平静安适,这乃是"因过竹院逢僧话"的结果。然而,固然僧人敲响的暮鼓晨钟是涤除尘垢、净化心灵的主要力量,但是追根究底,"登山"的立即行动才真正是超凡绝俗的关键所在,因为它将诗人由凡间俗世向上攀升,引领至化外圣境,展现的正是一种抗拒沉沦的努力。

这样的一种心理需要,早在屈原的《九章·哀郢》中就曾表示过,所谓:"登大坟以远望兮,聊以舒吾忧心。"而中唐的白居易也已先李商隐一步,登上乐游原以寻求心灵之纾解,其《登乐游园望》一诗云:"爱此高处立,忽如遗垢氛。耳目暂清旷,怀抱郁不伸。"同样地,百无聊赖又郁闷排遣的李商隐,遂想要登高眺望,离开这平庸浅俗的扰攘人间,解脱那被重楼叠屋所隐蔽的狭仄尘居,到一个开阔的、高拔的地方拓展身心与视野;既然夕阳坠落的轨迹无法改变,所谓"从来系日乏长绳,水去云回恨不胜"(《谒山》),但至少可以提升人类立足的高度而延缓夕阳消失的时间。比较来看,与此更相近的一个例子,是早在初唐时期王之涣所作的《登鹳雀楼》,诗中便是在"白日依山尽"的背景之下,提出"欲穷千里目,更上一层楼"的建议,充满了积极健动的昂扬意志,以及无限延展的开阔视野,可见那欲没西山之夕阳绝非只是黑暗的前奏,而可以是拉开生命格局、向宇宙飞升的契机。类似的背景与动机,致使李商隐接下来也是采取"驱车登古原"的行动,企图以"登高"来求得对此抑郁愁情之纾解。

而"驱车"也者,显然是以当时行进速度最快的交通方式争取时间,驱车驶往那向上攀高的路径,向最高的峰顶趋近,其心之迫切,其行动之快疾,仿佛只要登顶,便足以指引那沉沦困守的心灵前往蒙受祝福的圣地。因此"欲穷千里目,更上一层楼"之说,移诸此诗,似乎可以改写为"欲求千里日,更上最高原",诗人是要以登高的方式与大自然拔河,争取光明在望的时间而挽回夕阳的颓势,因此李商隐版的夸父逐日显得更急迫、更细腻,相对地,其结果也必然更早一步揭晓。

果然,第三句的"夕阳无限好"展现了一幅视野开阔的壮美景观,令诗人原本郁闷的心怀为之舒展开来。所谓的"无限好",指的不只是夕阳灿丽的程度无可比拟,还更包括整个天空版图都被夕阳彩绘成片片霞光的数大之美,一如王勃《滕王阁序》所说的"落霞与孤鹜齐飞,秋水共长天一色",那种彩霞满天的壮丽景色,唯有在登上山顶而"荡胸生层云,决眦入归鸟"(杜甫《望岳》)的时候才能尽收眼底。因此,"无限"既是一个表示程度的副词,也是一个表现空间的量词,所谓的"夕阳无限好"正是李商隐君临大地之际,身心皆充分浸润在无边的壮美之中而被提升臻至的圆满状态,因而情不自禁地由衷发出了至高的赞叹。而这种对夕阳之美的偏好,也是其他中晚唐诗人共同的审美经验,如白居易说:"最爱夕阳时。"(《闲游》)钱起也表示:"山爱夕阳时。"(《谷口书斋寄杨补阙》)也就是在这目夺神予、心魂悠然升华的时刻,原先郁积难遣的浓郁愁绪被化解了,"自然之美"对"生命之悲"进行了洗涤与救赎。

只是,李商隐终究还是李商隐,在那视野推扩及于无限而心胸为之一开的时候,非但未曾让心灵的羽翼展翅高飞,将自我泯化于无垠的天地之中而摆落尘网、洒然忘机,相反又跌入一个更深沉的悲剧意识之中而饱受远较为彻底的侵蚀；那更为深沉而具有彻底侵蚀力量的悲剧意识，也就是从"夕阳"的存在方式体验出一切美好事物的无常本质。我曾在《论唐诗中日、月意象之嬗变》一文的研究中发现：对中晚唐诗人而言，与"夕阳"同时俱来的相关指涉，往往通向广义的死亡并暗示了不安定的世界，包括人事代谢、历史更迭与生命消亡，群体世界的起落沧桑与个体存在的无常陨灭，都成为夕阳意象之系统性表述的具体内涵，因此李贺《将进酒》中的"况是青春日将暮，桃花乱落如红雨"将日暮与花落、青春渐逝结合为言，而杜牧《金谷园》中的"日暮东风怨啼鸟，落花犹似坠楼人"则进一步将日暮之景指涉到花落人亡，至于刘禹锡的《金陵五题·乌衣巷》一诗，则是在"乌衣巷口夕阳斜"的背景之下，发抒"旧时王谢堂前燕，飞入寻常百姓家"的盛衰代谢之感，乃至许浑《咸阳城东楼》中的"溪云初起日沉阁，山雨欲来风满楼"便把日沉之景致绾结了时代动荡不安的末世感受。而身为晚唐诗坛之一员大将的李商隐，更是展现出此一时代特征的鲜明印记，如其《落花》诗将伊人云逝的恋恋不舍之情，化而为"参差连曲陌，迢递送斜晖"的片片花瓣，如点点血痕般绵延到天涯海角，深恐随着夕阳陨落而断影渺然；《野菊》诗则是在"细路独来当此夕"的黄昏时刻，意识到自己处在"苦竹园南椒坞边"的边缘困境，并油然而生"微香冉冉泪涓涓""忍委芳心与暮蝉"的凄惋欲绝之情，直将与夕阳同灭。而《乐游原》中的"夕阳无限好，只是近黄昏"，同样是此一时代哀歌的同调。

面对这即将沉入黑暗的"近黄昏"的时刻，杜牧曾强作旷达地说："不用登临恨落晖"(《九日齐山登高》),然而虽明说"不用恨",其实恨已潜在其中。李商隐的说法便坦率得多,登上了古原之后的诗人不但没有因此而纾解"意不适"之烦忧,反而更加深悲剧的痛苦,因为他目睹了无限美好的事物却当场消逝的景象,遂加倍增添无限的凄凉之感。鲁迅曾说:"悲剧将人生的有价值的东西毁灭给人看,喜剧将那无价值的撕破给人看。"(《再论雷峰塔的倒掉》)而眼睁睁看着美好的事物被摧毁时却又无能为力,岂非更是令人痛彻心扉?原先的"意不适"还只是个人的、偶发的郁闷,孰知经过勉力加以宽解的努力之后,却扩大并深化为普遍的、永恒的悲恸,因此之故,眼见夕阳满天之美景,诗人心中引发的非但不是当下拥有的幸福与满足,却是预知即将失去的忧惧与痛苦。那"只是近黄昏"的喟叹,是对美好事物势必被摧毁的惋惜,也正展示了李商隐本质的、彻骨的悲剧性格,他在"美丽"中挖掘出"哀愁",于是满天绚烂的彩霞,便形同溅洒在天空上的殷殷血泪,濡染出弥漫宇宙的浓郁深沉的凄怆。

锦 瑟

锦瑟无端五十弦，　　一弦一柱思华年。
庄生晓梦迷蝴蝶，　　望帝春心托杜鹃。
沧海月明珠有泪，　　蓝田日暖玉生烟。
此情可待成追忆，　　只是当时已惘然。

　　本篇虽题曰《锦瑟》，实乃仿照古诗掇取首句前二字以为标示，并非一般诗歌因内容立题者，故其实质仍是一首《无题》诗，乃有意隐晦其事而朦胧言之，却因此反而造成索解纷纭的结果。其诗旨主要有以下数种说法：宋刘攽《中山诗话》和明胡应麟《诗薮》都认为"锦瑟"为婢女名，诗乃为"令狐楚家青衣"而作；宋黄朝英《缃素杂记》据苏轼所引《古今乐志》，谓此诗乃言瑟乐"适、怨、清、和"之声；《李义山诗集辑评》引朱彝尊曰："此悼亡诗也。意亡者善弹此，故睹物思人，因而托物起兴也"则代表第三种说法。第四种看法如清叶矫然《龙性堂诗话》所言：此诗"分明是义山自悔其少年场中，风流摇荡，到此始知其有情皆幻，有色皆空也"。而近代钱钟书则提出第五种解释，认为全诗皆借物拟象，说明作诗之技法和创作之心得（见其《冯注玉谿生诗集诠评》）；此外，甚至有疑此诗乃伤唐室之残破而作者。

　　事实上，读者根本毋须拘限坐实、牵引具体事物以解之，而直就其中综摄了一切有关理想、爱情、人生遭遇等生命的整体感受，以体味其深沉之感伤，似乎更能切近其本质。因为李商隐在写作这类《无题》诗时，绝大多数是以爱情诗的面貌出现，又往往以精丽华美的意象和曲折间接的笔法，交织渲染出迷离朦胧与扑朔隐晦的诗境，充满了绝美而难懂的魅惑力。尤其诗前所冠之"无题"之名，并不是因为在历史传承过程中遭到无情的遗忘，导致其本题被沉埋而流失的结果；相反地，它是出自于作者有意曲避隐讳的心态所造成的产物，将具有指示和说明功能的诗题完全解消，从而让读者在缺乏人、事、时、地等具体指涉的情况下，连同创作者一起被引导到诗境的迷雾之中。此时，纯粹的美丽与哀愁就从个别的事件和特定的情节中独立出来，不但构成一种普遍性的基调，更成为吟咏品赏的主要内容。换句话说，"美丽与哀愁"本身即是作者唯一想传达、也是作者希望读者主要去领略的重点，因此超越了对事件之叙述和对理路之安排的关心，而让其本事显得不够明确与具体。

　　由此可知，无题诗虽然戴上了爱情的面具，但在爱情的面目底下，饱涨的是一种糅合了人生总体情境的身世之感，虽由政治生涯的追求与失意、爱情方面的执着与落空等经验同时汇聚而来，却往往只选择以爱情为外显的形式。如此一来，不但避开了具体事件的有限性和其中的难言之隐，更展现出丰富多义、宜于联想的效果，与含蓄蕴藉、意旨遥深的艺术境界，而"爱情"所特有的芳美绮丽也使那份深沉的苦涩获得升华。此类诗作或许令人产生"独恨无人作郑笺"（元好问《论诗绝句三十首》之十二）之憾，但那从千疮百孔的现实人生中所提炼出来的美丽与哀愁之结晶，无疑更能将我们推向艺术的精灵，而不落言诠地直接从内心深处随之震颤低吟。这就是无题诗最动人之性质所在。

尤其是这首《锦瑟》诗约作于宣宗大中十二年（八五八），李商隐四十七岁，适为其命终于故乡郑州之前夕，因此表现出李商隐在走到人生尽头之际，于回顾平生、缅怀前尘往事之余，悲欣交集而感慨系之的综合感受。作为将李商隐的艺术与人生表现得淋漓尽致的篇章，堪称笔力万钧的压轴之作；它既是一篇诗人亲手为自己盖棺定论的墓志铭，也有如一首凄美绝丽的天鹅之歌。

锦瑟，是一种金玉其外、哀愁其内的乐器，也是李商隐最为偏好的意象之一，如《回中牡丹为雨所败二首》之二的"锦瑟惊弦破梦频"、《寓目》的"锦瑟傍朱栊"、《房中曲》的"锦瑟长于人"等，莫不是他对美好之人与物的赋形。偏好的原因之一，是它的美丽高贵，表面上绘文如锦、雕饰华美；偏好的原因之二，则是它的悲凄怆楚，内在深蕴着天神亦为之动容的哀伤，《史记·封禅书》："太帝使素女鼓五十弦瑟，悲，帝禁不止，故破其瑟为二十五弦。"因此它代表了一种柔美深情的心灵，而寓有无限的沉痛与悲感，遂尔成为李商隐反复致意的一个特殊象征。句中依然以"五十弦"为言者，乃如李商隐在《七月二十八日夜与王郑二秀才听雨后梦作》一诗中所云之"雨打湘灵五十弦"一般，都是舍弃现实世界中瑟器二十五弦的通俗形制，而一仍神话的原调以极言其悲凄怨苦；又因为"五十"之整数恰恰是李商隐此际年岁的近似值，更能触动诗人因物起兴的微妙感应，故下一句便接言"一弦一柱思华年"，谓五十根弦系在五十根琴柱上,每一弦一柱都令人想到过去四十七年以来的美好时光,从而引发中间两联四种不同的人生感受。

然而,"锦瑟五十弦"固然堪称完备地呈现其一生的整体感受,却又加以"无端"一词,则更添注一种无可奈何的迷惘惆怅之情;也就是当诗人面对如此兼具美丽与哀愁的锦瑟时,内心中所兴起的,竟是一种难以理解而充满疑惑的无端之感。原来整个一生悲欢离合的经历与喜怒哀乐的遭遇竟然都是无法解释,也无从究诘,更欠缺理性的答案;一切都是冥冥中一股无名力量的展现,它隐身在茫昧之中随意拨弄命运的齿轮,于是被迫启动而不断向前展开的无常人生,"存在"的本身就是一切的解答。"无端"者,谓无缘无故、没有原因;一说为"无心"之意,其实应以前者为是。盖"无端"亦为李商隐诗中常常出现的语词,如《潭州》的"今古无端入望中"、《为有》的"无端嫁得金龟婿"、《属疾》的"秋蝶无端丽"、《别智玄法师》的"云鬓无端怨别离"、《晋昌晚归马上赠》的"人岂无端别"等等例句,都以"无端"表达一种事出意外、难以言诠而莫名所以的感受;无论是幸或不幸,是美丽或哀愁,是人生际遇或历史发展,都是出自那深不可测之形上命运的奇异决策,受赠者只能被动承接命定的结果,根本无从预知,也无力抗拒,更不可能叩问答案。因此当李商隐在代表了一生的"五十弦"之前也冠以"无端"一语,便深深呈现出李商隐回首一生的前尘往事时,那种无以名状、难以言诠的迷惘之感,呼应了全诗末句的"惘然"情怀。因此,清人薛雪评曰:"此诗全在起句'无端'二字,通体妙处,俱从此出。意云:锦瑟一弦一柱,已足令人怅望年华,不知何故有此许多弦柱,令人怅望不尽;全似埋怨锦瑟无端有此弦柱,遂使无端有此怅望。而达若庄生,亦迷晓梦;魂为杜宇,犹托春心。沧海珠光,无非是泪;蓝田玉气,恍若生烟。触此情怀,垂垂追溯,当时种种,尽付惘然。对锦瑟而兴悲,叹无端而感切。如此体会,则诗神诗旨,跃然纸上。"(《一瓢诗话》)

被"五十弦"这代表了一生之完整形态所触动的诗人,在怅望不已之后,禁不住从"五十弦"的笼统中进一步深入,将此无端形成的五十弦一一玩味、细细寻索,而产生"一弦一柱思华年"的悠然怀想。所谓"华年"者,与一般作为"年岁"之同义词的"年华"不同,意指美好的岁月。此处作"华年"而不作"年华",固然是因为"华年"一词以"年"字为句尾,正可以和全诗押韵,而更收音节流动谐畅之音乐美感;但另一方面,"年华"一语不过是对人生岁月的泛泛描述,具备的仅仅是对应于物理现象的客观意义,而"华年"一词则是对此人生岁月深抱珍爱之情的特殊指称,其中蕴含的更是一种出于个人情感的主观评价。换言之,无论一生遍历多少伤痛苦楚,诗人对这样的一生都还是充满了珍爱怜惜之情,因此生命中所经历的每一年、每一事,都同样促使他缅怀不已;或者说,诗人对他所经历的每一年、每一事,都那么清楚地意识到它的存在重量,因此事事物物都深深刻镂在他的生命历程中,有如沦肌浃髓般无时或忘。如此则"思"字并不仅仅是出于情感耽缅的"怀思"之思,而也是来自心灵观照的"省思"之思,对过去一生种种情事既怀思又省思的李商隐,在一往情深的耽迷之中,又深深体认到一往不返的幻灭,当那眷恋难舍的怀思与悲观察照的省思交织杂糅之际,便回荡出一首缠绵悱恻的哀歌。

而接下来的"庄生晓梦迷蝴蝶,望帝春心托杜鹃。沧海月明珠有泪,蓝田日暖玉生烟"这四句,分别是李商隐所思之华年中,种种令其终身缅怀不已的遭遇与感受,同时也直接贯彻到第七句的"此情可待成追忆",是为"此情"所综摄的几个内涵。

首先,"庄生晓梦迷蝴蝶"即领衔展现出一种耽溺执迷的情感形态,而这正是李商隐性格中最鲜明的一个特征。此句用庄周梦蝶之典故,《庄子·齐物论》云:"昔者庄周梦为胡蝶,栩栩然胡蝶也,自喻适志与,不知周也。俄然觉,则蘧蘧然周也。不知周之梦为胡蝶与?胡蝶之梦为周与?"文中充满一种泯然无际、物我两忘的浑融境界。但李商隐援以入诗之际,除了借以呈现其对人生中美好事物深深沉湎的忘我情境之外,复又加上原典所无之"晓"字、"迷"字,用以表现往事之美好如清晨之梦一般短暂,却又如蝴蝶般令人深深眷恋而迷醉。如此一来,整句诗非但没有庄子的达观逍遥,更欠缺与万物同化的洒脱自适,反而带有李商隐特有的性格烙印——亦即将全部的情感投注在美好却十分短暂的对象上,一往情深而执迷不悔。当他将全部的情感投入时,获得的固然是酣然升华的深美体验,然而因为投入其全部情感的对象只有极为短暂的存在时间,则倾心投入之后不久,便几乎是立刻就要面临幻灭,那先前投入的全部情感因为失去基点而忽然落空,整个生命也就势必被架空而彷徨无托。

然而,在投入了全部的情感之后,那如清晨晓梦般令人沉迷的短暂时光,就像流星霎时照亮了生命的黑幕却又瞬间消逝,除了留下清晰的回忆之外，便只创造出无尽的苦涩与无望的缅怀；彷徨无所托的炽热情感又必须寻求出路，于是终其一生，李商隐都在迷醉与幻灭中摆荡挣扎，塑造出一个失落了美好记忆而在无垠的黑暗中徬徨无依的灵魂，注定只能孤独地在无底的深渊中无望追寻。而此一追寻仅仅只用"春蚕到死丝方尽"的一生是不够的，为了把情感意志继续扩延下去，就必须跨越死亡的界线，更进一步将希望托诸来生之缘会。因此接着"庄生晓梦迷蝴蝶"之后的"望帝春心托杜鹃"一句，便是运用周朝末年蜀王望帝死后化为杜鹃（即子规）鸟的传说，来表达一种生生世世传承不绝的执着。

左思《蜀都赋》刘良注引《蜀记》曰："昔有人姓杜名宇，王蜀，号曰望帝。宇死，俗说云宇化为子规。子规，鸟名也，蜀人闻子规鸣，皆曰望帝。"又《说文·隹部》于"巂"字下云："一曰蜀王望帝淫其相（名鳖灵）妻，惭，亡去，为子巂（即子规）鸟。故蜀人以闻子巂鸣，皆曰是望帝也。"另《华阳国志·蜀志》亦载："周失纲纪，蜀侯蚕丛始称王。后有王曰杜宇，教民务农，一号杜主。七国称王，杜宇称帝，号曰望帝，更名蒲卑。会有水灾，其相开明（案：开明即鳖灵之号）决玉垒山以除水害，帝遂委以政事，禅位于开明，帝升西山隐焉。时适二月，子鹃鸟鸣，故蜀人悲子鹃鸟鸣也。"各说有详有简，互有出入之处，然皆无碍于表现一种生死不移的执着。李商隐在其原始内容上又复添加了"春心"与"托"字，则更传达其情志如春般之珍贵芳美，以及那呕心泣血般之悲凄哀苦；而这美好却凄怆的心灵，将如望帝一般寄托在杜鹃鸟世世代代之啼鸣中而永恒不绝、生死不灭。其"美好"启下联下句之"蓝田日暖玉生烟"，而其

"凄怆"则引出下联上句之"沧海月明珠有泪"。

"沧海月明珠有泪"一句，事实上融合了"月明珠圆"及"鲛人泣珠"两个典故，左思《吴都赋》云："蚌蛤珠胎，与月亏全。"李善注引《吕氏春秋》曰："月望则蚌蛤实，月晦则蚌蛤虚。"意谓蚌珠随月亮圆缺之形状而产生相应之变化，则月明之时，蚌珠之形体势必最为硕大圆润。鲛人泣珠事见《博物志》卷三："南海外有鲛人，水居如鱼，不废织绩，其眼能泣珠。"又左思《吴都赋》注云："俗传鲛人从水中出，曾寄寓人家，积日卖绡。……鲛人临去，从主人索器，泣而出珠满盘，以与主人。"两个不同的典故经李商隐融并裁铸之后，便产生了新的意义，即在此月明之际，由泪所凝成之珠最为硕大圆润；而这同时也代表最充盈饱满的眼泪，其上竟又"有泪"，这就形成了"泪中之泪"此一哀甚悲绝的彻底伤心之境。此乃昔日人生遭遇中，包括漂泊之苦、丧妻之痛和失志之悲在内的种种不幸的写照，而至今泪光依然闪烁。

但除了饱涨的泪水之外，浮光掠影的往事中依然闪现了几许温存的记忆，当那记忆被召唤而来时，暖融轻柔的氛围沁人肌骨，足以令人遍体生春，接下来的"蓝田日暖玉生烟"一句，就是总括李商隐一生之甜美梦想的意象感受。蓝田，又名玉山、覆车山，在今陕西蓝田，《初学记》卷二七引《京兆记》云："蓝田出美玉如蓝，故曰蓝田。"此句所用之意象，《困学纪闻》卷一八曾载其出处："司空表圣云：'戴容州（案：即戴叔伦）谓诗家之景，如蓝田日暖，良玉生烟，可望而不可置于眉睫之前也。'李义山'玉生烟'之句盖本于此。"全句以日之温热、玉之莹润和烟之迷离，交织出一种遍身和融、暖馨洋溢的无限温蔼之情,代表过去所拥有的过美好经历和温暖感受,但其存在却如烟似雾一般虚幻而难以把捉。

而末联的"此情可待成追忆,只是当时已惘然"两句,虽然一洗前面诸句的典故藻饰,呈现出质朴浅白的语言本色,却没有因为文字的平直如话而免除了争论,历来的解释也是聚讼多端。只不过这一联的争议是来自于训诂上,而不是像前面数句之争议是来自于用典上;也唯其如此,末联的涵义是比较容易解决的,只要掌握住字词的训诂意义,并从李商隐其他作品的相关用法作为诠释基准,这样的争议事实上是可以避免的。

所谓"此情",指的是以上所说包括"庄生晓梦迷蝴蝶""望帝春心托杜鹃""沧海月明珠有泪"与"蓝田日暖玉生烟"等充满悲喜哀丽的种种情感。而"可待"者,即岂待、何待,为"何必等到"之意,带有"无须"的否定意味,犹如李商隐在另一首《牡丹》诗所言:"荀令香炉可待熏。"显然其中的"可待"便作此义,整句意谓东汉末年的荀彧身上本已有远送而持久之浓郁芳香,如习凿齿《襄阳记》载刘季和云:"荀令君至人家坐幕,三日香气不歇。"又李商隐《韩翃舍人即事》诗亦曰:"桥南荀令过,十里送衣香。"则如此之荀彧又何必等到香炉熏染,其香气便久久不散,"可待"作为否定的疑问词,意义十分明确,移诸《锦瑟》诗中,用法亦当如是。则"此情可待成追忆"即意谓人生中悲欢离合的种种经历与感受,并不必等到日后追忆的时候,才能了解它们对自己的意义和重要性;换言之,在事件正在发生、正在体验的当下时刻,诗人就已经深深体认其中的无限情思与珍贵价值了。

顺着这样的意脉发展下去,接下来的"只是当时已惘然"便顺理成章地应作如是观:"只是"一词,为表示限定范围之语汇,亦即"就是""就在"之意;而"惘然"一语,则是迷惘而若有所失的样子,乃是一种幻影般的不真实感。在这一句里,就和"可待"一样,"只是""惘然"这两个词也都被严重地误解,其中,"只是"并不是今天所惯用来表示"只不过"的转折语,回到唐代的用法来看,"只是"与贾岛《寻隐者不遇》所谓"只在此山中,云深不知处"的"只在"同旨,都是"就在"的意思。该诗写松树下的小童回答贾岛的询问,告知老师采药去了,并不在家,他人"就在"这座山里,没有走远,可是因为云雾缭绕,所以不确定究竟身在何处,所以说,真正带有"只不过"的转折意味的,并不是"只在此山中"这一句,反倒是最后的"云深不知处"这一句,只是在字面上没有显示出来而已。就"只是"的正确解释而言,贾岛《寻隐者不遇》一诗提供了最好的参证。而末联两句在串解之后,乃意味着:这些情感何必等到事过境迁之后才成为追怀的珍贵记忆?就在当时便已经深心爱惜,因唯恐其失去、却又知其必然失去而迷惘惆怅了。

必须说,由"惘然"所表现的怔忡莫名的复杂情愫,并不是因为盲目无知而迷惑茫然的状态,恰恰相反,它乃是当一个人切身拥有极其珍爱之事物或极其深刻之生命体验的同时,于意识上却又清楚认知到这些事物或经历将来必然有失落的一天,由此所产生的惆怅不真实感,而这也才是形成李商隐彻底之悲剧性格的真正根源。因为"悲剧"的定义并不是来自一连串的打击与不如意所产生的痛苦处境,那仅仅是被动的、外来的附加物,虽然使人在当下感受的层次上身心俱裂,却并未从思想的根本层次上动摇到个体的存在自觉,因此至多只能算是"不幸"而已;唯有当一个人将种种打击与不如意的遭遇加以本质化,成为世间(乃至个人)具有普遍作用的必然规律,而清楚地意识到一切事物都蕴含着必然销毁、终将幻灭的本质,以至于在观照任何事物之际,都深刻自觉到拥有的必将失落,美好的必将摧毁,这才形成真正的悲剧心灵。

  李商隐的悲剧乃涵括前述两种类型,或者应该更正确地说,外在赋予的种种打击与失意,被这位敏感脆弱的诗人深刻内化为一种观照事物时根本性的悲观情调,而形成一种"习惯于绝望"并"预知绝望"的心理模式,因此李商隐总是自觉到自己目前所拥有的,乃是彻底幻灭之前相对可喜的残光余热,致使当下所引发的往往不是拥有的幸福与满足,反而是预知即将失去的忧惧与痛苦。如《回中牡丹为雨所败二首》之二所言:"前溪舞罢君回顾,并觉今朝粉态新。"当明日花落舞罢之后,便会知道今天的残花败容都相对地显得美好而可贵;则在面对眼前尚且能够拥有的事物时,除了拼命珍惜之外,心中同时还会染上一种即将漏失的恐惧,好比在点燃光亮的同时就已准备迎接它的熄灭,在花朵绽放的时刻就预见了它的凋零,以致在挚爱中同时包含着永别,在拥有的同时就准备失去,爱之深,也就悲之切,凝视不移的双眼便蒙上了泪水。一如《燕台四首·冬》所说的"当时欢向掌中销"与《燕台四首·秋》中末联所云:"歌唇一世衔雨看,可惜馨香手中故。"终身启唇清歌、倾吐心声,对生命进行不懈的咏赞,同时眼中竟是含着无尽的点点泪雨,则其一生遭遇之痛楚已然不言可喻;而在他含泪吟唱的同时,却又眼睁睁地看着手中握有的一瓣馨香逐渐萎落,只能痛惜,却无从挽救,则其歌如泣、其声如颤,哀吟之凄苦当更令人不忍卒听!因此时时怀抱着幻灭意识,而随时准备要失去一切的李商隐,在确知眼前一切都必然面临失落之时,提前感受到的幻灭感便会让目前手中尚且真实拥有的人事物,就这样笼罩在一种虚浮不实的感受中,而像幻影般模糊不清起来,这才是此种怔忡茫然之莫名情愫的真正心理原因。

整体以观之,末联在串解之后,乃意味着:这些情感何必等到事过境迁之后才成为追怀的珍贵记忆?即使在当时就已经深心爱惜,因唯恐其失去而迷惘惆怅了;那清泪、暖烟,那迷梦、春心,不待日后的追忆之际,当时即已化入惆怅难舍又捡拾无望的一片惘然之中。于是在拥有的每一刻即触及失去的悲哀,乃形成一种绝望的拥抱、幻灭的真实与含泪的微笑。从末句所蕴含的深层心理来看,呈现的是李商隐对人生所抱持的极其深邃的悲剧意识,与其说李商隐对当前事物珍爱到唯恐失落的反应,是因为看透一切皆空的高瞻远瞩,不如说是出于那彻底绝望的悲剧情怀。唯有一个不断被剥夺的人才会习惯于失去和落空,也才会产生如此之深切的幻灭意识与不安感,因而在深知一切都无以久留常驻之余,感到手中尚且真切拥有的东西是如同幻影般的不真实,而一切际遇也都深深染上了势必一往不返的痛惜。所谓"可惜馨香手中故",又与《燕台四首·冬》所言之"当时欢向掌中销"相应,正恰恰与"只是当时已惘然"一般,呈现出一种因为亲眼见证幻灭之过程所产生的心灵凌迟,足为李商隐一生习惯于幻灭的悲剧心灵的写照。

于是末句的"惘然"与首句的"无端"分别从首尾包绾，本已将整首诗架空在无以言诠、不可名状的朦胧氛围之中，奠定了凄迷怅惘的基调；除此之外，诗中又复加以"晓梦迷""玉生烟"的层层皴染，以及"托杜鹃""珠有泪"等神话传说的幻化虚写，渲染出极其浓厚的非现实的梦幻色彩，更使得全诗笼罩在一片朦胧迷茫的意境中。李白在《下终南山过斛斯山人宿置酒》一诗中，也写到他在结束一天的活动之后，于下山的小径上忍不住回首来时路，因为那来自已逝之过去的残温余波依然荡漾不已，然而反观省视的结果竟是"却顾所来径，苍苍横翠微"——方才一路行经的风光景致已然瞬间化为明日黄花，沦灭于遗忘的深渊中，早已弥漫着一片苍苍茫茫的云雾烟岚，迷离恍惚，而无从把捉。比观这首《锦瑟》诗，岂不也正是如此？差别只在于李白回顾的只是当天"暮从碧山下，山月随人归"的一小段路程，而李商隐回顾的却是他漫长而曲折的一生。但那"苍苍横翠微"的迷茫之感，岂非与"蓝田日暖玉生烟"的情致有着异曲同工之妙！

既然过去的岁月不论是长是短，其间种种悲欢离合的际遇都已经化为苍茫迷离的过眼云烟，一如《孟子·尽心篇》所说的"所过者化，所存者神"，于是回顾这样的人生时，势必不能是一弦一柱的工笔镂刻，诗人也并不想设定任何清晰具体的轮廓；他只是打通了所有人事物的全部经历，综合为一整体的大块写意，将人生"遗貌取神"地点染出一片无形无迹的化境，其中只有抽象的情思，没有写实的叙述；只有幻化的意象，没有具体的事件。因此《锦瑟》作为一篇诗歌化的墓志铭，所传达的乃是诗人对整个人生之存在感受的综合写意,而不是对个人历史的细部写真;创作风格上则是属于泼墨渲染式的光影闪烁的印象派,而不是对号入座式的丝丝入扣的工笔画。

天鹅之歌已然咏成,回荡在诗国的时空之中,诗人也随之缥缈云逝,就此销声匿迹,留下迷离朦胧、不落言诠的亘古哀愁,继续为无端而惘然的人生发出深沉的叹息。

后 记

　　这本书是延续《李商隐诗选》的成果,其中结合了个人近数年来阅读、研究与教学之心得,将关于唐代诗歌的若干想法纳入其中,因此在分析时虽以李商隐之诗篇为主,往往也透过比较异同的方式,将诗歌类型之特色、诗史发展之流变,以及相关作品之意蕴都加以涵括涉及,试图提升分析的深度与广度。而在潜心论析的过程中,又因为时有触发而产生柳暗花明的惊喜,从而对李商隐诗的体认与理解,较诸往昔亦更有进境,这是于种种考虑之下腾出部分时间进行撰写工作时,所未曾预期到的。

　　另外,任何知识学问并非一夕可就,都是站在前人的肩膀上始能有所开展,本书所述之若干看法也是前有所承,除了行文中随机注明的前辈观点之外,若干见解的来源应于此处加以说明,如《无题》("白道萦回入暮霞")一篇中有关女性期待"被发现"之心理一段,系参考谢鹏雄先生发表于《自由时报》副刊(2003 年 2 月 10 日第 35 版),题为"发现女人"的一篇短文,因觉与此诗所欲展现之内在意蕴有所相通,故援用之并就中国古典文学之范畴稍加扩充申论。不敢掠美,兹特志之以示感谢。

　　此外,由于个人先前对唐诗的研究,某些论点已见诸相关论文,在撰写此书时便就近援用,如《嫦娥》诗中,对整个李商隐作品里所呈现的运用神话题材之特质,主要论述皆见于《李商隐诗之神话表现》一文,发表于《编译馆馆刊》第二十四卷第一期;而《北青萝》诗中对相关诗篇之比较分析,则主要见于《唐诗的乐园意识》一书中"寻道诗的原型分析"一文的阐述。附志于此,乃是因为单篇诗作之鉴析毕竟与学术论文不同,前者是情中有理,后者是理中有情,抒情、说理之笔调自有不同之偏重,因此也直接影响叙写的重点与方式。读者若有意焉,欲详其广狭深浅之别,便可就此按图索骥。

至于书中《富平少侯》《初食笋呈座中》《宿骆氏亭寄怀崔雍崔衮》《七月二十九日崇让宅宴作》《夜雨寄北》《柳》《天涯》《南朝》《隋宫》《龙池》《日射》《为有》《北青萝》《花下醉》《暮秋独游曲江》等十五篇诗章,其阐释的内涵乃是建立在先前《李商隐诗选》的基础上,因当时之撰写体例与全书篇幅所限,鉴析部分被设定为注解与辑评的进一步补充,是故其内容分析的部分都比较简短,如今将这些诗篇重加整理申论之后,已形成较为完足的论述整体。遗憾的是,其他若干诗篇以及某些想法尚未及处理,此书只能加以割舍,不免有所憾焉。增补修订之工作只有俟诸来日。